KB016047

황홀한 사람

Kôkotsu no Hito by Sawako Ariyoshi

Copyright © 1972 by Tamao Ariyoshi

First published in Japan in 1972 by Shinchosha Publishing Co., Ltd., Tokyo

Korean translation rights arranged with Tamao Ariyoshi

Through Japan Foreign-Rights Centre/Shinwon Agency Co.

이 책의 한국어판 저작권은 Japan Foreign-Rights Centre와 Shinwon Agency Co.를 통해
Tamao Ariyoshi와 독점 계약한 청미출판사에 있습니다.

저작권법에 의해 한국 내에서 보호를 받는 저작물이므로 무단 전재 및 무단 복제를 금합니다.

황홀한 사람
恍惚 の 人

아리요시 사와코 지음 · 김욱 옮김

청미

일러두기

모든 각주는 옮긴이 주이다.

1

백화점 마크가 선명한 커다란 쇼핑백을 양손에 들고 지하철 계단을 오르자 오우메 가도에 조금씩 쌓여가는 눈발이 보였다. 주말에는 냉동식품을 사 먹는 게 일상이지만 눈을 본 아키코는 새삼 쇼핑하기를 잘했다는 생각이 들었다. 예년보다 이른 편이다. 갑자기 날씨가 추워진 걸 보면 밤에도 눈이 그치지 않을 것 같다.

집에 가는 길모퉁이에 있는 가게에 들른 아키코는 식빵부터 집었다. 그리고 곰곰이 생각하다가 과자를 더 샀다. 고등학교 2학년인 외아들의 식욕은 감당이 안 될 정도로 왕성했다. 과자라고 해봐야 무게는 뻔했지만 눈으로 보기엔 부피가 제법 나가 보여서 가게 문을 열고 거리로 나온 아키코의 두 손은 커다란 쇼핑백 두 개도 무척 힘겨워 보였다. 오른손에 든 쇼핑백에는 냉동식품이 잔뜩 담겨 있고, 왼손에는 빵과 과자가 더해져 터질 듯이 부푼 쇼핑백이 들려 있었다. 걷기에도 약간 부담스러웠다. 그나마 다행인 건 아침에 우산을 챙기지 않았다는 것이다. 눈도 이제 막 내리기 시작한 참이어서 신경 쓰지 않아도 될 듯싶었다. 아들 사토시의 보충 수업이 끝나갈 무렵이었다. 짐도 무거운데 이럴 때 아들을 만난다면 얼마나 반가울까. 오른손에 든 쇼핑백이 가뜩이나 무겁게 느껴지는 이유는 냉동 털게를 두 마리나 욕심껏 구매해서였다. 내리는 눈을 맞으며 걷다 보니 지금은 조금 무겁더라도 선택이 옳았다는 생각이 들었다. 아키코는 그렇게 생각하며 자신을 위로했다. 남편은 눈이 많이 내리는 지방에서 어린 시절을 보냈다. 더구나 게라고 하면 만사를 제쳐놓고 달려들 만큼 좋아한다. 오늘 저녁 식탁에서 게를 발견할 남편의 표정이 눈에 선하다. 하지만 사토시는 일일이 게살을 발라 먹는 게 귀찮다며 시큰둥하게 앉아 있을 것이다. 아키코도 10년 전에 게를 잘못 먹고 식중독에 걸린 적이 있어 그 뒤로는 게를 즐겨 먹지 않는다.

이쓰카이치 가도에서 우메자토로 방향을 꺾은 아키코는 자기도 모르게 발길을 멈추었다. 맞은편에서 키가 큰 노인이 그녀를 향해 똑바로 걸어오고 있었다. 무슨 일이 있었는지 안색이 별로 좋아 보이지 않았다. 넥타이에 구두까지 챙겨 신었는데 정작 외투는 어디다 벗어놓고 나왔는지 와이셔츠 바람이었다. 우산도 없었다. 눈 오는 거리에서 만난 사람치고는 아무래도 좀 이상했다.

"아버님, 아버님!"

아키코가 소리쳐 불렀지만, 노인은 들은 척도 하지 않았다. 어디를 그리 바삐 가는지 빠른 걸음으로 아키코를 그냥 지나 칠 기세였다.

"할아버지, 할아버지!"

얼떨결에 시아버지를 할아버지라고 부른 아키코는 왼손에 들고 있던 짐으로 노인을 막아서려다 하마터면 노인과 부딪힐 뻔했다. 다행히도 이 예기치 않은 상황에 시아버지의 정신이 약간 돌아온 듯싶었다.

"어이구, 아키코 씨 아니세요?"

시아버지는 그 자리에 우뚝 서서 이상하다는 듯 며느리를 바라봤다.

"이 추운 날씨에 왜 나오셨어요? 눈까지 오는데……."

"아, 눈이 오는군요."

아키코를 쳐다보는 시아버지의 눈은 반쯤 풀려 있었다. 마치 다른 어딘가를 바라보는 것만 같았다. 조금 전에 안색이 별로 좋아 보이지 않았던 건 아키코의 착각이었을까. 최근 들어 눈 이 자주 피로해진다고 느낀 아키코는 자신이 잘못 본 거라고 생각했다.

아무리 그래도 와이셔츠에 넥타이를 매고 구두까지 신은 시 아버지가 외투도 입지 않고 외출했다는 것이 수상쩍었다. 평소

봐왔던 시아버지의 모습과는 사뭇 달랐다. 매사에 깐깐하고 빈틈없는 시어머니가 이런 차림으로 문을 나서는 아버님을 왜 말리지 않았는지 궁금했다.

"아버님, 눈 오는데 춥지 않으세요?"

"예, 춥지 않습니다."

"어디 가는 길이세요?"

"회사에서 퇴근했나 보네요?"

"아, 예, 회사에서 오는 길이에요. 근데 아버님은요?"

"눈이로군요."

아키코의 질문에 대답도 하지 않고 시아버지 시계조는 꿈꾸는 소년처럼 하늘을 올려다봤다. 어느새 시계조는 아키코와 어깨를 나란히 하고 걸었다. 이상하다고 생각했지만, 이 추운 날씨에 외투도 입지 않고 돌아다녔다간 감기 걸리기 십상이니 두껍게 입고 나가시라고 말하면 오기를 부려서라도 얇게 입고 나가는 것이 시아버지의 성격이라는 것을 결혼 생활 20년 동안 뼈저리게 경험한 터라 아키코는 잠자코 시아버지와 함께 걸었다. 이 까다로운 시아버지에게 시어머니는 여간 조심스러운 게 아니다. 아마도 평생을 그래왔을 것이다. 시어머니의 과보호 때문에 아직도 소년 시절의 치기를 버리지 못한 시아버지가 이렇듯 제멋대로 생활하는 건지도 모른다. 시아버지와 함께 집에 돌아가면 시어머니가 얼마나 놀랄까. 남편의 모습에 놀라 다급히 문을 열고 따뜻한 차부터 한잔 끓여줄 것이다. 혹시 시어머니가 어딜 외출하진 않았을까 생각했지만, 하는 일 없이 집에서 편하게 지내는 분이니 이렇게 눈이 내리는 날 굳이 외출해야 할 중요한 용무가 있을 것 같지는 않았다.

"오늘 있잖아요, 아버님. 게를 몇 마리 샀어요. 홋카이도 털게예요. 아범이 좋아하는 거죠. 아버님도 게 좋아하시죠?"

"예, 좋아하지요."

"냉동이거든요. 그래서 오늘은 못 드세요. 내일 점심에 해드릴게요. 일부러 두 마리나 샀어요. 눈이 많이 왔으면 좋겠어요."

시아버지는 아키코의 말에는 대꾸도 하지 않고 넓은 보폭을 자랑이라도 하듯 앞서나갔다. 저만치 집이 보이자 시아버지는 아키코에겐 한마디 말도 없이 현관문을 열고 들어가버렸다. 아키코는 눈이 살짝 덮인 길거리에 쇼핑백을 내려놓고 한숨 돌렸다. 다치바나 가家의 작은 대문 앞에서 아키코는 메이지 태생◆의 남자는 저런 것인지 은근히 부아가 치밀었다. 커다란 쇼핑백을 두 개나 끌어안고 비틀거리는 며느리와 마주쳤음에도 키가 180이 넘는 장신의 시아버지는 들어주기는커녕 수고했다는 말 한마디 없었다. 애당초 노인이 도와주기를 바라지도 않았지만, 아키코는 시아버지의 태도가 오만하게 느껴졌다. 털게를 두 마리 사 왔으니 내일 요리해드리겠다고 말한 것이 조금 후회되

◆ 메이지 태생: 일본의 메이지 왕의 재임 기간(1867~1912년)에 태어난 사람들. 이 글의 시대적 배경이 1970년 무렵이므로 노인을 의미한다.

었다. 하늘 높은 줄 모르고 치솟는 물가를 뻔히 알면서도 대형 털게를 두 마리나 사는 것이 얼마나 힘든 결정이었는지 시아버지는 알기나 할까. 작년 말에 새로 산 냉장고도 그렇다. 남편 혼자 일하는 가정에서는 엄두도 못 낼 일이다. 그나마 아키코가 20년 가까운 결혼 생활 내내 힘들게 일하며 저축했기에 가능했다. 게를 살 때도 하루 저녁에 먹어치울 욕심으로 결정한 게 아니었다. 한 달이건 두 달이건 냉동실에 보관하고 먹을 수 있어 큰맘 먹고 두 마리나 산 것이다. 굳이 털어놓자면 털게를 살 때만 해도 안뜰과 이어진 별채에 따로 사시는 시부모님께 드릴 생각은 요만큼도 없었다. 털게를 두 마리나 살 수 있었던 건 시아버지가 그토록 탐탁잖게 여기는 맞벌이 덕분이었다. 결혼 직후부터 시아버지는 아키코만 보면 여자가 바깥에서 일해서 집안을 망쳐놓는다고 잔소리를 퍼부어댔다. 세상에서는 흔히 고부 관계가 문제라고 하는데 아키코로서는 시아버지의 성화를 중간에서 말려주는 시어머니가 고마운 존재였다. 다치바나 가에서 며느리를 구박하는 인물은 시아버지인 시게조였다.

사람 왕래가 흔치 않은 좁은 골목길부터 눈발이 조금씩 거칠어지기 시작했다. 아키코는 게부터 냉장고에 넣어둬야겠다고 생각하며 서운하게 느껴지는 시아버지의 뒷모습에 쓴웃음을 지었다. 쇼핑백을 집어 들고 잰걸음으로 대문을 들어섰다.

열쇠로 현관문을 열자 아무도 없는 집 안에 냉기만 감돌았다. 토요일임에도 사토시는 보충 수업 때문인지 아직 돌아오지 않았다. 아키코는 코트도 벗지 않고 석유난로에 불을 붙였다. 아침에 나갈 때 그대로였다. 지저분한 것들부터 대충 치웠다. 일주일 동안 쌓이고 쌓인 집안일은 토요일 오후에 시작되어 한밤중까지 이어졌다. 맞벌이하는 아키코로서는 감수해야 할 수고였다. 그리스도가 일요일을 안식일로 정한 것은 위대한 지혜였다. 아키코는 기독교도가 아니었지만 늘 그리스도에게 감사했다. 일요일에 집안일로 기운을 빼앗기면 월요일에 출근해서도 컨디션이 망가진다. 결국에는 가정과 일 둘 다 엉망이 된다. 이 둘 사이를 조화롭게 연결시키는 고리가 토요일 오후였다. 그래서 토요일 오후만큼은 어떤 약속도 잡지 않았다. 딱 하나, 백화점 지하 식품 매장은 빼놓지 않고 들렀다. 일주일 동안 먹을 반찬거리를 사야 하기 때문이었다. 갑자기 레저 열풍이 불어 토요일부터 일요일 이틀 동안 등산을 하거나 하이킹을 즐기는 문화가 유행처럼 번졌지만 아키코는 여가 생활에 관심을 기울일 처지가 아니었다. 남편 노부토시는 바쁘기로 둘째가라면 서러워할 종합 상사에 다니고 있었다. 일주일에 엿새를 정신없이 보낸 남편은 일요일에 또다시 외출하는 사람들을 이해하지 못했다. 실컷 잠이나 잘 수 있으면 그것으로 만족하는 단순한 남자였다. 아키코로서는 다행스러운 일이었다. 외아들인 사토시는 부모가 맞벌이를 해서 부모의 손길이 미처 미치지 못했지만 과보호를 받지 않아 도리어 독립적인 아이로 자랐다. 친구들과 스키를 타러 다니거나 야영을 한다면서 주말에는 부모보다 더

바빴다. 하지만 고등학교에 입학한 뒤로는 치열한 입시 경쟁에서 살아남기 위해 열심히 공부하고 있다.

눈이 오든 비가 오든, 토요일엔 무조건 세탁기를 돌렸다. 세탁기가 윙윙거리며 소리를 내질렀고, 그 옆에 건조기가 무서운 속도로 회전하며 빨래를 말렸다. 직장에 다니며 집안일을 하기가 벅차 비싼 건조기를 살 수밖에 없었다. 석유난로는 빨갛게 달아오르고 거실에 훈기가 돌았다. 그제야 아키코는 2층으로 올라가 코트를 벗고 스웨터와 면바지로 갈아입었다. 그다음 할 일은 침실 청소였다. 진공청소기도 세탁기 못지않게 윙윙거렸다. 노부토시가 침대를 싫어해서 아침저녁으로 이불을 갰다 폈다 하는 게 귀찮았지만 청소하기엔 편했다. 그나마도 일주일에 한 번 돌리는 청소기였다. 방 모서리마다 먼지가 잔뜩 쌓여 있었다. 그래도 오늘은 눈이 내려서인지 평소보다 깨끗하게 느껴졌다.

사토시의 방은 일종의 자치 구역이라서 거의 들여다보지 못했다. 생각보다 깨끗했고, 남자아이치고는 정돈을 좋아하는 성격이라 아키코는 아들에게 늘 고마웠다.

아래층으로 내려오자 현관문을 열고 사토시가 들어왔다. 요즘 아이들은 아키코 때와 달리 "다녀왔습니다!"라고 힘차게 인사하지 않는다. 사토시는 전형적인 '열쇠 아이(key child)'였다. '열쇠 아이'란 부모가 둘 다 직장에 다니는 가정의 아이들을 말한다. 부모가 돌아올 때까지 열쇠를 목에 걸고 학교와 학원을 오가는 데서 붙여진 별칭이다. 어머니가 먼저 집에 돌아와 있는 경우는 드물었다.

"이제 오니?"

"응."

"너 좋아하는 과자 사 왔어."

"과자는 됐고 라면."

"지금 먹을래?"

"응."

면 종류는 뭐든 잘 먹는 사토시는 어렸을 때부터 혼자 라면을 끓여 먹는 습관이 몸에 배었다. 아빠나 엄마도 제때 저녁을 못 먹는 경우가 많아 밥보다 라면을 더 자주 먹었다. 사토시가 초등학교에 입학하기 전부터 가족 모두가 이런 생활에 익숙해져 있어서 아키코는 아이 혼자 라면을 끓여 먹는 것을 별로 안쓰럽게 생각하지 않았다. 즉석식품인 라면은 문자 그대로 즉석에서 간단하게 조리할 수 있는 것이기 때문에 별로 힘들지 않다.

가스레인지에 냄비를 올리고 물이 끓는 동안, 아키코는 쇼핑백을 하나씩 풀어 냉동실과 냉장실로 분류해서 넣었다. 모시조개와 냉동 생선, 반제품인 와플은 냉동실에 넣었다. 이 작은 집과 어울리지 않게 호사스러운 살림은 세탁물 건조기와 냉장고뿐이었다. 이 두 가지는 아키코가 생각하기에 맞벌이 부부에겐 없어서는 안 될 중요한 조력자이다. 아직도 냉동식품은 맛이 없다는 이야기를 하는 여자들이 많은데 맞벌이를 해야 하는 조건에서 좋은 식사란 첫 번째가 스피드, 두 번째가 영양, 맛은 그다음이다. 다행히 냉동 기술이 점점 발달해서 상하기 쉬운 새우와 어패류까지 거의 완벽하게 보존할 수 있다. 생선 가게 매대에 즐비하게 누워 있는 것들도 따지고 보면 아프리카 바다에서 잡은 생선을 냉동해 일본까지 가져온 것이다.

털게 두 마리를 꺼낸 아키코의 손이 머뭇거렸다. 아주 순간적인 행동이었다. 아키코는 한 마리를 냉동실에, 다른 한 마리를 냉장실에 넣었다. 시아버지께 비싼 털게를 드리는 것이 아깝지는 않았다. 다만 생각난 게 있었다. 시아버지는 오랫동안 위장이 안 좋다며 투덜거렸는데, 그 화살은 언제나 아키코를 향했다. 10년 전에 아키코가 사 온 만두를 먹고 탈이 한 번 난 이후로 시아버지는 아키코가 생선을 조려 가면 속이 부글거린다느니, 소화불량에 걸린 것 같다느니 하면서 며느리를 구박했다. 그래서 얼마 전부터 아키코는 아예 자신이 손수 만든 음식은 시부모님께 갖다드리지 않았다. 그런데 왜 조금 전에는 털게를 드리겠다고 말했을까. 눈 내리는 날 게를 드신 시아버지가 "어멈이 사 온 게를 먹고 또 배탈이 났어. 밤새도록 한잠도 못 자고 설사만 했어"라고 일부러 툇마루까지 쫓아 나와 불평을 늘어놓는 모습이 눈에 선했다.

"엄마, 물 끓어!"

사토시 목소리에 아키코는 정신이 퍼뜩 났다.

"라면 정도는 너 혼자 끓여 먹을 수 있잖아."

"엄마가 해준다며!"

아키코와 사토시의 입씨름은 모자지간에 친밀함을 확인하는 일종의 인사와도 비슷했다. 잠시 뒤 달걀 두 개와 햄 두 쪽이 담긴 먹음직스러운 라면이 완성되자 사토시는 그릇에 얼굴을 파묻었다.

"역시 엄마가 만들어준 게 맛있어. 엄마 맛이 나거든. 히히히……."

오늘따라 아양을 떠는 아들이 아키코는 밉지 않았다. 아버지를 닮아 장난기 있는 인상이어서, 이런 말을 하면 웃음이 절로 나왔다. 아키코는 미소 띤 얼굴로 다 돌아간 건조기 뚜껑을 열고 바짝 마른 시트를 꺼냈다.

남편이 오랜만에 저녁 식사 시간에 맞춰 돌아온다고 했으므로 쌀을 충분히 불려 전기밥솥에 안치고 토란과 당근, 강낭콩을 씻어 음식을 만들어 볼 작정이었다. 맞벌이로 월요일부터 토요일까지 분주하게 지내다가 주말이 되면 감칠맛 나는 된장국과 야채조림이 그리워지곤 했다. 젊은 시절에는 음식점에서 시킨 요리를 먹더라도 아무런 거부감이 없었는데 요즘은 노부토시도 그렇고 아키코도 그렇고 주방에서 직접 만든 산뜻한 집밥이 입맛에 맞는다. 저번에 시어머니가 녹미채조림을 주셨는데 정말 맛있게 먹었다. 털게는 시아버지가 또 무슨 까탈을 부릴지 몰라 안 드릴 거지만 야채조림은 맛있게 잘 만들어지면 별채에 사시는 시부모님께 한 접시 갖다드려야겠다고 생각했다. 한 울타리 안에서 살더라도 평소에는 거의 왕래가 없다. 시게조가 아키코만을 공격 목표로 삼아 줄기차게 닦달해대자 시어머니와 남편이 보다 못해 집을 따로 짓기로 했다. 벌써 10년 전 일이다. 북유럽에서는 수프가 식지 않을 정도의 거리에서 부모 자식이 모여 산다는데 아키코 부부는 별난 시아버지 덕분에 북유럽 사람들의 지혜를 생각해낸 셈이었다. 따로 집을 살 형편은 못 돼서 정원 한쪽에 시부모가 지낼 별채를 지었다. 그날 이후 아키코가 사는 본채에는 볕이 잘 들지 않았다. 어차피 낮에는 부부 모두 일하러 밖으로 나가고 밤이 되어야 돌아왔기 때문에 시아버지와 마주치지 않고 살 수 있다는 것만으로도 아키코는 만족했다. 그까짓 햇볕쯤은 아무래도 상관없었다.

당근, 토란, 강낭콩, 표고버섯을 각기 다른 냄비에 담아 살짝 데쳐낸 후 갖은양념으로 버무리는 것이 아키코식 야채조림이었다. 시부모님께 한 접시 갖다드려도 10인분은 족히 될 것 같았다. 다른 냄비엔 톳조림이 담겨 있었다. 이것도 세 식구가 먹기엔 너무 많았다. 반찬을 만드는 것도 아키코의 토요일 일과 중 하나였다. 한 끼 먹을 만큼만 남겨두고 몽땅 냉동실로 직행했다. 능률적으로 계획된 다치바나 가의 식생활이었다. 달걀과 곤약, 어묵, 두부는 냉동시켰다간 원래 상태로 돌아오지 않는다는 상식도 냉장고 덕분에 알게 되었다.

반찬 가게처럼 김이 모락모락 피어오르는 부엌에서 아키코는 부지런히 돌아다녔다. 직장에 다니고 있지만 집안일을 싫어하지는 않았다. 아키코는 계획한 순서대로 내일부터 다음 주 토요일까지 먹을 반찬거리를 만드는 데만 집중했다. 이것저것 반찬을 만드느라 김이 서려 잔뜩 흐려진 부엌 창문을 두드리는 소리에 아키코는 그새 건조기가 멈추었다는 걸 문득 깨달았다.

"누구세요?"

"납니다, 아키코 씨."

창문을 열고 큰 소리로 묻자 창가에 바로 맞닿은 추녀 사이의 좁은 공간에서, 좀 전에 문 앞에서 헤어진 시아버지 목소리가 들렸다.

"사토시, 문 열어드려."

여전히 이상한 옷차림을 한 시게조가 집 안으로 성큼성큼 들어왔다. 커다란 냄비에 수북이 쌓인 야채조림을 보자 쾡한 눈으로 한마디 툭 던졌다.

"토란이군요."

"나중에 갖다드리려고 했어요."

일부러 밝게 말하면서 고개를 든 아키코는 깜짝 놀랐다. 시아버지가 야채조림을 한 움큼 쥐고 한입에 털어 넣는 것이 아닌가!

"아버님, 왜 그러세요? 시장하세요?"

아키코가 황급히 냄비를 빼앗자 시게조는 사토시가 먹고 남긴 라면 국물을 부러운 듯 쳐다보며 더듬거렸다.

"할머니가 안 일어나요. 배고파 죽겠는데……."

"어머님 주무세요?"

"할머닌 아직도 자요. 흔들어도 안 일어나요."

"어디 편찮으신 건 아니죠?"

"모르겠어요. 근데 좀 이상한 것 같긴 해요."

아키코는 조금 전에 시아버지가 들어왔던 현관에서 샌들을 신고 별채로 가봤다. 시어머니는 시아버지와 달리 병을 모르는 건강한 체질이었다. 그래도 일흔을 훌쩍 넘긴 연세였다. 언제 중풍 같은 발작을 일으킬지 모르는 일이었다.

2

키익키익 하는 소리가 귓속을 진동시키는가 싶더니 이내 뇌까지 흔들어댔다. 기계의 날카로운 끝이 기분 나쁜 소음을 내며 노부토시의 어금니를 파고들어갔다. 입을 쫙 벌린 노부토시는 몇 번이고 치과의사 앞에서 몸을 뒤로 젖히며 신음했고, 한숨도 토해봤다. 침이 연신 혀 밑에 고였다. 다행히 입안에 찔러 넣은 기계가 노부토시의 목젖을 대신해 침을 삼켜주었다. 문명이 아무리 발달해도 치의학은 전쟁 전과 비교해서 별반 달라진 점이 없는 것 같아 노부토시는 내심 화가 났다. 몇 주에 한 번씩 치과에 다닌 지 벌써 3년째다. 치과가 회사와 같은 건물에 있어서 시간 낭비는 피할 수 있었다. 그러나 매번 치과에 와서 이를 하나씩 깎아내 충치를 치료하고, 금을 씌우고, 또 씌우기를 반복해도 몇 달 안 가 또 틈새가 벌어지고, 충치가 생기고,

신경을 자극하는 치통이 찾아왔다. 이런 진통이 앞으로 몇 년이나 더 반복될까. 노부토시는 짜증스러웠다.

치료가 끝나자 노부토시는 맥이 풀린 얼굴로 물어보았다.

"이것도 유전인가요?"

"유전인 경우도 꽤 있죠. 뭐 궁금한 거라도 있으세요?"

"저희 아버지도 이 때문에 고생한 기억이 있어서요. 틀니를 일찍 하셨거든요."

토요일은 치과도 오전 근무만 한다. 치과의사는 일찍 문을 닫고 싶었는지 간단하게 정리했다.

"틀니는 어렵지 않아요. 이를 빼버리면 치료할 필요가 없죠. 선생님이 틀니를 끼시는 일이 없게 하려고 제가 이렇게 치료하는 겁니다."

틀니를 하면 곧 후회한다. 잇몸에 감춰진 신경은 될 수 있는 한 죽이지 않는 것이 상책이다. 신경을 죽이면 잇몸이 약해져 이가 빠지기 쉽고 충치도 빨리 진행되어 틀니를 빨리 하게 된다. 이것이 치과의사의 신조였다. 노부토시가 아파 죽겠으니 차라리 몽땅 빼달라고 간청해도 치과의사는 들은 척도 하지 않았다. 틀니처럼 치과의사인 자신을 불쾌하게 만드는 치료법이 없다면서 노부토시의 상사들도 틀니를 해달라고 여러 번 부탁했지만 결국은 다들 치과의사가 하자는 대로 치료를 받고 있다는 애기를 빼놓지 않았다. 그 말을 들은 노부토시는 더 우울해졌다.

"아버지의 치성齒性이 나쁜 것도 이유가 될 수 있을까요?"

"그게 아니라 누구든지 나이를 먹으면 잇몸이 약해지기 마련이에요. 치아라는 게 원래 그렇습니다."

치과의사는 노부토시의 푸념을 달래듯 다독이며 빙그레 웃었다. 마치 노부토시의 나이가 되면 누구나 이가 아플 수밖에 없다는 일종의 선언처럼 들렸다. 노부토시는 그런 치과의사의 태도가 오늘따라 마음에 들지 않았다. 어렸을 때부터 치통을 겪어본 기억은 없는데, 나이 들어 치과를 들락거리게 된 건 3~4년 전, 아니 한 10년 전부터 그랬던 것 같다. 전쟁 중의 힘들었던 생활과 전후의 궁핍했던 식생활이 한데 섞여 이 나이에 치통으로 발현되는 것 같아 마음이 착잡했다. 그래도 역시 유전은 속일 수 없다는 생각도 들었다. 노부토시가 철이 들 무렵부터 아버지는 위장병과 치통으로 괴로울 때마다 상대를 가리지 않고 울분을 쏟아냈다. 젊었을 땐 그런 아버지가 창피하기도 했고 또 약간의 반항심도 느꼈지만, 어머니를 봐서 참은 적이 많았다. 병약한 아버지의 최대 피해자는 자식이 아니라 아내인 어머니였다. 어쨌든 외아들인 노부토시가 부모의 과보호에서 자유로울 수 있었던 건 전적으로 아버지 덕택이었다. 또 체질적으로도 어머니를 닮아서인지 남들 못지않게 건강했다. 전쟁이 한창일 때도, 또 전후 생활이 정말 힘들었는데도 일본이라는 나라에서 이만큼 성공할 수 있었던 건 체력이 뒷받침되었기 때문이다. 그런데 요즘 들어 갑자기 치아가 말썽을 부린다.

나도 늙어서 아버지처럼 되는 게 아닐까? 노부토시는 토요일인데도 늦게까지 회사에 남아 서류를 보며 생각했다. 아버지 시게조는 꽤 까다로운 사람이었다. 치과만 해도 하루에 몇 군데씩 돌아다녔다. 그때마다 치과의사와 다퉜고, 틀니는 수도 없이 고쳤다. 조금만 불편하게 느껴져도 새로운 치과를 찾아다녔고, 결국은 치과용 재료와 도구를 사들여 직접 자신의 잇몸에 맞는 틀니를 만들어낸 아버지였다. 여러 번 틀니를 해 넣다 보니 만드는 방법을 배워버린 것 같았다.

"차장님, 치통 있으세요?"

젊은 직원이 노부토시 책상 앞으로 다가와서 말을 걸었다.

"어. 아주 기분 나빠 죽겠어. 자네같이 젊은 친구는 이런 고통 잘 모를 거야."

"아닙니다. 저도 어려서 이 때문에 고생한 적이 있어요. 그래서 식후엔 반드시 이를 닦기 시작했죠."

"그래? 그거 잘했군."

노부토시는 입사 3~4년 차인 젊은 직원의 하얀 앞니를 눈부신 듯 바라보았다.

"자넨 담배도 안 피우지?"

"예."

"몸에 해로운 건 절대 안 하겠다는 합리주의자로구먼."

"꼭 그렇진 않습니다. 대학 다닐 때까진 피웠는데 담배를 피우면 꼭 편도선이 부었어요. 그래서 끊었습니다."

"편도선이라, 역시 젊군."

"그렇게 되나요……."

"어머님이 엄하셨나 봐."

"아닙니다. 저희 때만 해도 학교에서 그렇게 하라고 가르쳤어요. 초등학교 때 급식이 끝나면 꼭 이를 닦고 검사를 받았거든요. 그러다 보니 저도 모르게 버릇이 됐나 봐요."

"그거 잘했군."

노부토시는 감탄스럽다는 표정을 지었다. 아들 사토시도 그런 습관을 지니고 있는지 궁금했다.

"이라는 건 젊어서는 생각도 안 한단 말이지. 두통이나 복통하곤 차원이 달라. 한번 치료받으면 그걸로 괜찮아진다고 장담할 수가 없어. 계속해서 차례차례 고장나니까."

젊은 직원은 적당히 수긍하며 이야기를 듣고 있다가, 이런 얼토당토않은 상사의 푸념을 들어주는 건 여기까지라는 듯 도중에 태도를 바꾸어 말했다.

"차장님, 결재 좀 해주셨으면 합니다."

노부토시는 아차 싶었다. 젊은 직원의 난처한 표정이 무슨 뜻인지 금방 알아차렸다. 그에게 이 때문에 고생스럽다고 호소해본들 이해할 리 없었다. 지금까지 젊은 직원에게 푸념이나 늘어놓은 자신의 행동이 후회스러워 공연히 또 화가 치밀었다. 하지만 그럴수록 아버지가 엉터리 솜씨로 틀니를 만들었을 때의 기억이 자꾸 되살아났다. 틀니 만드는 방법이 기록된 책이라도 사보았던 건지 하루도 빼놓지 않고 젖빛이 감도는 치아를 몇 개씩 만들고, 또 주홍색 잇몸을 여러 개 만들던 아버지는 저녁 식사 때마다 이번엔 너무 컸다느니, 저번보다 작게 만들었다느니 불평을 늘어놓고도 다음 날이 되면 틀니 세공에 정신이 팔려 시간이 어떻게 가는 줄도 몰랐다. 그러다 마침내 화가 폭발한 아버지는 이가 반드시 서른두 개여야 하는 이유가 무엇이냐고 부르짖으며 위아래 틀니를 마우스피스처럼 통으로 만들어 끼고 나타났다. 아들인 자신의 눈으로 보기에도 끔찍스러운 광경이었다. 아버지는 손수 제작한 그 틀니를 무척이나 자랑스러워했다. 나중에는 다른 사람에게 틀니를 보여주는 것을 취미로 여길 정도였다. 허연 곡면으로 구성된 밋밋한 물건이 입술 밖으로 드러날 때의 광경은 지금 생각해도 끔찍하기만 하다. 그러나 노부토시도 이제 아버지처럼 치통에 넌더리를 내는 노인의 심정을 헤아릴 수 있는 나이가 되었다. 아버지가 이 때문에 그토록 성화를 부리는 까닭을 이해하지 못했던 자신이 젊은 직원을 앞에 두고 끝없이 치통에 대해 늘어놓고 있다. "차장님, 결재 좀 해주셨으면 합니다"라고 공손히 말하는 젊은 직원의 심중이 노부토시는 훤히 들여다보였다. 창피한 생각이 들었다.

주 5일 근무제를 시행해야 한다는 여론이 무성하다고는 해도 아직은 즉시 시행할 수 있는 단계가 아니었다. 그래도 토요일 잔업은 누구나 피하고 싶은 일과였다. 젊은 직원들은 더 열심히 일하기 위해 충분한 휴식이 필요하다고 말하지만 노부토

시처럼 나이 든 직원들은 습관 때문인지 토요일에 쉬는 것이 은근히 불안했다. 우선 경영자의 태도가 불분명했다. 쉬라는 건지 쉬지 말라는 건지 분명하게 이야기해주면 좋으련만 그냥 알아서들 하라고 말했다. 그래서 직원들끼리 토요일 오후에는 잔업을 하되 일이 끝나면 서로 인사할 것도 없이 각자 알아서 퇴근한다는 불문율을 만들었다. 요즘에는 상사가 퇴근하지 않았다고 해서 상사 눈치를 보며 미적거리는 젊은 직원들은 없다.

노부토시는 혼자 사무실에 앉아 있다가 난방이 곧 꺼질 기미가 보이자 엉거주춤 자리에서 일어났다. 왼손을 뺨에 대고 치료 중인 이를 지그시 눌러보았다. 꽤 오래 앉아 있었는데 딱히 해놓은 일이 없다. 오늘은 일찌감치 퇴근하기로 아내와 약속했던 것이 기억났다. 치과를 다니며 치료받는 동안에는 술도 마시지 못한다. 그럴 바에야 일찌감치 집에 가서 저녁이나 먹고 푹 쉬는 게 상책이다.

사무실이 즐비한 도심의 거리에는 가루눈이 흩날리고 있었다. 지하철에서 내려 지상으로 올라오니 그새 인도에 눈이 살짝 쌓여 있었다.

'눈이 왔구나.'

속으로 중얼거리며 노부토시는 눈살을 찌푸렸다. 노부토시는 눈을 좋아했다. 눈 내리는 경치만큼 아름다운 것은 이 세상에 존재하지 않는다고 생각하는 사람이었다. 그런 노부토시가 눈을 본 순간 기분이 언짢아진 이유는 이렇게 몇 시간 전부터 눈이 오고 있는데도 술을 마시지 못하게 된 자신의 처지가 한심했기 때문이다. 치통이 세상 즐거움을 몽땅 짓밟아버린 것 같아 속이 상했다. 그는 묵묵히 걸었다. 어느새 이쓰카이치 가도로 들어섰다. 자동차들이 쉴 새 없이 달리고 있었지만 길가에는 눈이 하얬다.

집 근처에 다다랐을 때 노부토시는 잠시 걸음을 멈췄다. 뭔가 이상한 느낌이 들었다. 처음 보는 소형차가 문 앞에 세워져 있었다. 현관문도 열린 채였다. 집 안으로 들어서자 뜨뜻미지근한 온기가 전해졌다. 그런데 아내도 아들도 보이지 않았다. 원룸 형태인 1층 방과 마루 사이에 키가 큰 사내가 문 쪽으로 등을 보인 채 쪼그리고 앉아 있을 뿐이었다.

"아버지, 여기서 뭘 하세요?"

그 소리에 놀라 뒤를 돌아본 시게조가 잠자코 노부토시를 올려다보더니 이내 고개를 숙였다.

천천히 코트를 벗은 노부토시는 아버지가 끌어안고 있는 게 뭔지 확인했다. 순간 기가 찼다.

"지금 뭘 드시는 거예요?"

"토란. 당근도 있어요."

어린아이처럼 손으로 집어 먹고 있었다. 노부토시는 한동안 말이 나오질 않았다.

"집사람 들어왔어요?"

"아, 아키코 씨요? 예, 예, 들어왔어요."

"어디 있어요?"

"할머니한테 갔어요."

"그래요? 근데 아버지, 왜 그걸 손으로 집어 드세요. 배탈이라도 나면 어쩌시려고요."

"그러게요."

시게조는 들고 있던 냄비를 한쪽에 내려놓고 마루에 엎드리는 듯하더니 거미줄에 매달린 거미처럼 두 손을 번쩍 들면서 일어섰다. 노부토시가 중간 키에 살이 알맞게 찐 체격이라면 아버지 시게조는 옛날 사람치곤 드물게 키가 180이 넘는 장신이면서도 뼈가 가늘었다. 사지를 쭉 뻗어 기지개를 켠 시게조는 부엌문을 열고 신발을 찾기 시작했는데, 이상하다는 생각이 들 만큼 움직임이 매우 느렸다.

그때 현관문이 요란하게 열리면서 아키코가 뛰어들어왔다.

"어머, 당신 왔어요?"

아키코의 눈꼬리가 치켜 올라가 있었다.

"무슨 일 있어?"

"어머님이 쓰러지셨어요. 의사 선생님이 오셨는데 아직……."

"밖에 있는 차가 의사가 타고 온 차야?"

"지금 막 가시려고 해요."

"그래서 뭐가 어떻게 됐는데?"

아키코는 자기보다 큰 노부토시를 올려다보며 말을 더듬었다.

"빨리, 당신이 가서 한번 보세요. 사토시도 거기 있어요."

그러고는 아직도 부엌 문간에 있는 시게조를 노려보며 소리쳤다.

"아버님, 왜 빨리 알려주지 않으셨어요? 저희들 회사 전화번호도 알고 계시잖아요!"

평소답지 않은 아키코의 말투에 노부토시는 깜짝 놀랐다.

"당신, 갑자기 왜 그래?"

"어머님이 돌아가셨단 말이에요! 그것도 아까 낮에요."

아키코는 전화번호부를 넘기더니 다이얼을 돌리기 시작했다.

"여보세요, 고쿠리코 씨인가요? 저 아키코예요. 오늘 저희 시어머니가 미용실에 가셨죠? 아, 그래요? 정확히 몇 시쯤이죠? 어머나, 그 시간에? 뭐 어디 불편해 보이시진 않았나요? 샴푸도 하셨다고요? 아, 그랬군요. 예, 예……. 집에 돌아오자마자 쓰러지셨나 봐요. 숄을 두른 채 쓰러져 계시더라고요. 예, 예, 그런데……."

흥분한 목소리로 빠르게 이야기하는 아키코를 뒤로하고 노부토시는 한달음에 뜰을 지나 별채로 내달렸다. 안방에 이부자리가 펴져 있고 그 위에 어머니가 조용히 누워 있었다. 머리맡에 앉아 있는 사토시는 아버지를 보고도 멍하니 고개만 숙이고 있었다.

"언제 알았어?"

"좀 전에 할아버지가 오셨는데, 할머니가 안 일어난다고 하셔서 와봤더니 저쪽에 쓰러져 계셨어."

사토시가 좁은 현관을 가리키며 중얼거린다.

어머니의 얼굴은 편안해 보였다. 검버섯이 그리 많지 않은 흰 피부가 오늘따라 더 하얬다. 돌아가셨다는 게 믿어지지 않아 가슴 위에 포개진 양 손목을 잡아 맥을 짚었다.

"차갑지?"

사토시가 묻는다.

"사람이 죽으면 차가워진다는 게 진짜였어."

노부토시의 귀에는 사토시의 말투가 마치 이과 실험 보고를 하는 것처럼 들려 거북했다. 하지만 노부토시도 달리 할 말이 없었다.

돌아가셨구나, 라는 생각만 머릿속에서 윙윙거렸다. 어머니 나이를 생각하면 어차피 멀지 않은 장래에 겪게 될 일이라고 늘 생각은 해왔다. 그러나 너무 갑작스럽게 찾아왔다. 특별한 병을 앓던 것도 아니어서 임종도 지키지 못했다. 이런 식으로 어머니의 죽음과 맞닥뜨릴 줄은 꿈에도 몰랐다. 눈물도 나오지 않았다. 죽음이라는 것이 실감 나지 않아서였다. 어머니의 가슴팍에 매달려 통곡하고 싶지도 않았다. 노부토시는 사토시 옆에 책상다리를 하고 앉아 한숨부터 내쉬었다. 사토시는 무릎을 껴안은 채 그 위에 턱을 고이고 곁눈질로 슬며시 아버지의 얼굴을 살펴보며 아무 말도 하지 않았다.

"의사가 주사라도 놨니?"

노부토시가 물었다.

"아무것도 안 하던데. 눈을 한번 들여다보더니 돌아가신 지 네 시간이 넘었다는 말만 했어. 사람이 죽으면 몸이 굳어진다고 하던데 그 말이 진짠가 봐. 할머니 손을 가슴에 올려놓느라 애먹었어."

사토시는 여전히 무릎을 껴안고 있었다.

바로 옆 안채에서 아키코가 외치는 소리가 들렸다. 여기저기 전화를 걸고 있는 모양이다.

"엄만 계속 저러고 있던 거야?"

"응. 이불 펴고 의사 선생님 부르고 할머니 옷을 갈아입혔어. 근데 괜히 나한테 막 화를 냈어."

"엄마 불러와."

"부르지 않아도 올 거야. 오자마자 또 화부터 낼 거고. 아무것도 하지 않고 가만히 앉아 있다고……."

인간은 이럴 때 무엇을 해야 좋은가. 어떻게 행동해야 하는가. 노부토시는 어머니의 갑작스러운 죽음에 정말이지 충격을 단단히 받았다고 생각했다. 멍하니 앉아 있는 것이 이 상황에 가장 어울리는 행동인 듯싶었다. 뭐든 해야겠지만 그건 나중에 생각하고 싶었다.

눈앞에 멀쩡한 모습으로 누워 계신 어머니가 돌아가셨다는 게 도저히 믿어지지 않았다. 아무리 기억을 더듬어도 어머니가 무슨 병을 앓고 계셨다고는 생각되지 않았다. 항상 부지런히 움직이면서 까다로운 남편을 잘 다독여왔는데……. 귀찮다는 한약도 매일 달여주고, 병적으로 깨끗한 걸 좋아하는 남편 비위를 맞추느라 이틀이 멀다 하고 집 안 청소를 했다. 늘 생긋거리는 입가와 하얗고 매끄러운 피부 때문에 나이보다 건강해 보였던 어머니였다. 굳이 모양을 내진 않았지만 까다로운 남편에게 트집이라도 잡힐까 봐 집 안에서도 단정한 차림새였다. 지금도 머리카락 한 올 흐트러지지 않은 모습이다. 성성한 백발엔 아름다운 윤기가 감돌고, 그 위에 발이 고운 머리 망을 쓰고 있다. 노부토시는 어머니가 눈을 깜박거리며 깨어나 "아니, 왜들 여기 이러고 있는 거냐?"라고 말할 것만 같다.

"뭐 하는 거예요?"

인기척도 없이 나타난 아키코가 다짜고짜 쇳소리부터 냈다. 사토시가 히죽 웃으면서 아버지의 얼굴을 훔쳐봤다. 노부토시가 반문했다.

"뭐 하냐고? 의사가 가망 없다고 했다면서. 그러니 앉아 있는 수밖에 더 있어?"

"네 시간 전에 돌아가셨다는 의사 선생님 말 못 들었어요? 장의사한테 전화하니까 오늘은 토요일이고 내일은 일요일이라 모레 아침에나 올 수 있대요. 화가 나 죽겠어요. 사람이 죽었다는데 토요일이니 일요일이니 하면서 미룰 때냐고 말했더니 산 사람은 살아야 하지 않느냐고 능청을 떨잖아요."

"그건 좀 심했군."

"너무 화가 나서 얘기도 다 안 끝났는데 끊어버렸어요. 누굴 바보로 아나? 장의사한테까지 공손하게 굴어야 하냔 말이에요. 의사 선생님한테 다시 전화해서 잘 아는 장의사 있으면 좀 소개해달라고 했거든요. 그랬더니 전화받은 의사 선생님 부인이 신경질을 부리면서 자기가 장의사나 소개해주는 사람이냐며 확 끊는 거예요."

"우리가 누구라는 거 얘기했어?"

"내 정신 좀 봐, 그 말을 빼먹었네⋯⋯. 애, 너 빨리 가봐. 사사야마 의원 댁이야. 방금 전화 건 집은 다치바나 씨 집이라고 전해."

"응."

"잘 몰라서 그러니 부탁 좀 드린다고 엄마 아빠가 말씀하셨어요, 이렇게 공손히 말해야 한다. 알겠지?"

"알았어."

"의사 선생님 댁 들렀다가 곧장 집으로 와야 해."

이 판국에 아이가 어딜 들렀다가 온다고 저런 걱정까지 다 하나. 노부토시는 아내의 행동에 화가 치밀었지만 입 밖으로 말하지는 않았다. 우리가 잘 모른다는 것은 맞는 말이다. 사람은 언젠가 죽기 마련이지만 그런 일을 실제로 당하고 장례식을 치러본 경험은 한 번도 없다. 시베리아에 억류되었을 때 하루가 멀다 하고 전우들이 노상 죽어나갔다. 그때마다 누군가 소련 병사에게 알렸고, 근처에 있는 사람들이 시체를 메고 나가면 그만이었다. 벌써 25년 전 일이다. 이젠 생각도 잘 나지 않는 광경을 노부토시는 애써 떠올리려고 노력했다. 그때도 죽음은 노부토시에게 별다른 감정을 불러일으키지 않았다. 그런데 피가 통하는 부모 자식 간에도 역시 죽음은 책에 적힌 문장처럼 정서적 파동을 일으키지는 않는 걸까?

"오늘 미용실에 가셨대요. 이부자리를 펴서 어머니를 눕히는데 머리에서 샴푸 냄새가 올라오더라고요. 그래서 고쿠리코 미용실에 전화해봤죠. 그랬더니 오늘 어머니가 낮에 들르셨다는 거예요. 머리도 감겨드리고 드라이도 해드렸대요. 아버님 잔소리가 듣기 싫어서 자주 미용실에 가신다는 건 알고 있었는데, 이렇게 눈 오는 날에 머리를 감고 밖으로 나오셨다가 이상이 생긴 건 아닐까요? 날씨가 갑자기 추워진 게 화근이에요. 의사 선생님이 뇌출혈 같다고 했어요. 미용실 사람들도 깜짝 놀라더라고요. 그때가 두 시쯤이었대요."

아키코는 사토시가 설명한 곳과 같은 지점을 가리켰다.

"숄을 어깨에 두르고 저기에 쓰러져 계셨어요. 여섯 시가 조금 넘었을 때예요."

"어머니가 쓰러지셨는데 아버진 아무 말씀 안 하신 거야?"

"배고픈데 어머님이 안 일어난다고만 하셨어요. 어머님이 어디 몸이라도 불편하신가 해서 와봤더니 숄을 두른 채 현관 앞에 쓰러져 계시잖아요. 얼마나 놀랐는지……. 어머님, 어머님 하면서 아무리 흔들어도 움직이질 않으시는 거예요. 몸이 너무 차

33

가워서 사사야마 의원에 전화했죠."

"주사도 안 놨다면서?"

"쓰러지자마자 돌아가셨대요. 고생하지 않고 편안히 돌아가셨으니 그나마 다행이죠. 난 그런 줄도 모르고 어머님 드리려고 열심히 토란을 데쳤는데……"

"내가 와보니까 아버지가 부엌에서 냄비째 토란을 먹고 계시더라고."

"그냥 손으로 막 집어 드시더라고요. 어머, 내 정신 좀 봐……"

부부는 서로 눈을 마주 보았다. 아키코가 벌떡 일어나 안채로 달려갔다. 잠시 후 아키코 손에 이끌려 시게조가 건너왔다.

"아버님, 오늘은 밤샘하는 날이에요. 어머님이 돌아가셨어요. 이쪽으로 오세요!"

어슬렁거리며 집 안으로 들어온 시게조는 누워 있는 아내를 이상한 눈초리로 쳐다보곤 다시 아들 쪽으로 몸을 돌려 앉았다.

"어머니가 쓰러지셨을 때 아버진 어디 계셨어요?"

"할머니 말이군요. 거기 누워 있지 않았나요?"

"어머니를 눕힌 건 아키코예요. 어머니 쓰러진 거 못 보셨어요?"

"저기, 그 할머니는……"

시게조는 천천히 고개를 돌려 뒤에 앉은 아키코를 힐끔거렸다.

"무슨 일이 생겼나요?"

"무슨 일이라뇨? 어머님이 돌아가셨다니까요."

"그렇군요."

노부토시와 아키코는 서로 멍하니 얼굴을 쳐다봤다. 불길한 예감에 가슴이 두근거렸다.

"여보!"

"아버님!"

노부토시의 떨리는 목소리와 아키코의 외마디 비명이 동시에 울렸다.

아키코는 시게조의 옷깃을 양손으로 쥐고 그의 상체를 앞뒤로 흔들면서 외쳤다.

"왜 빨리 안 알려주셨어요. 이웃에도 사람들이 많잖아요. 기하라 씨도 있고, 가도타니 씨도 있는데 어머님이 쓰러지셨다고 알려주면 금방 달려왔을 텐데……. 어머님이 쓰러지신 걸 보고도 왜 가만히 계셨냐고요. 저하고 길에서 만나셨잖아요. 왜 그때 말씀하지 않으신 거예요? 어머님이 쓰러지신 지 몇 시간이나 지났는데 그대로 내버려두는 경우가 어디 있어요. 그러고도 남편이라고 할 수 있나요?"

시게조는 아키코가 하는 말을 잠자코 듣기만 했다. 흔들면 흔들리고 끌어당기면 끌려가며 아키코가 하는 대로 몸을 맡겼다. 그때마다 머리가 이리저리 흔들거렸다. 보다 못한 노부토시가 아키코의 손을 잡았다.

"됐어, 그만해. 그보다 아버지가 좀 이상해."

이 말에 아키코는 급히 남편 쪽으로 몸을 돌렸다.

"당신도 그렇게 생각했어요?"

"어머니가 돌아가신 것 때문에 충격을 받아서 아버지가 이상해지신 것 같아."

"아까 집에 오다가 아버님을 만났거든요. 맞은편에서 걸어오셨는데 화가 잔뜩 난 사람처럼 씩씩대시더라고요. 넥타이에 정장까지 입고 나온 분이 글쎄 외투도 안 입고, 눈이 오는데 우산도 안 챙겨 나오셨지 뭐예요. 어디 가시는 길이냐고 물으니까 그냥 아무 말 없이 나랑 집으로 돌아왔어요."

"사람을 부르려고 나가셨던 건 아닐까?"

"어쩌면 나를 보곤 사람들 부르려고 했던 걸 깜빡하신 건지도 모르겠네요. 요 앞 슈퍼마켓 근처에서 만났거든요."

부부는 서로 눈길을 피하면서 아직 살아 있는 것만 같은 어머니를 흘끔거렸다. 아키코가 먼저 자리에서 일어났다.

"이웃집에 알리고 올게요. 기하라 씨나 가도타니 씨는 어머님과 사이좋게 지낸 분들이니까요. 다녀올게요."

황급히 뛰어나가는 아내의 뒷모습을 멍하니 바라보던 노부토시는 곁에 쭈그리고 앉아 있는 아버지와 누워 있는 어머니를 차례로 살펴봤다. 자신이 이 두 사람의 피를 이어받아 세상에 태어났다는 것이 사실일까, 라는 생각을 해봤다. 50여 년 전에 벌어진 머나먼 과거의 일이었다.

시게조도 말없이 책상다리를 하고 앉아 있었다. 그는 죽은 아내의 얼굴을 뚫어져라 바라보고 있다가 이윽고 고개를 돌려 아들에게 말했다.

"할머니가 언제까지 잠만 잘 생각인지 모르겠군요."

노부토시는 그 말을 듣고 깜짝 놀라 아버지를 정면으로 바라봤다. 시게조의 말투는 노부토시가 누구인지 모르는 상황에서 타인에게 말을 걸듯 이야기하고 있다는 느낌이 들었다. 일찍이 아버지는 이런 식으로 아들에게 말한 적이 없었다. 이봐, 노부토시, 라고 조금은 쌀쌀맞게 부르곤 했다. '모르겠군요' 같은 존댓말을 했던 적은 단 한 번도 없었다. 노부토시는 아버지가 아들인 자기가 누군지 모르는 게 아닐까, 의심이 들었지만 설마 그럴 리야 있겠는가, 라고 생각을 고쳐먹으며 시게조의 눈동자를 살폈다. 시게조의 흰자위는 누렇게 탁한 빛이 감돌았고, 여간해선 깜빡거리지도 않았다. 노부토시의 얼굴을 응시하면서도 초점은 다른 곳을 향해 있었다. 노부토시 눈에는 아버지가 황홀한 꿈을 꾸고 있는 것처럼 보였다.

3

아키코는 시어머니와 친하게 지내던 이웃집들을 찾아가 시어머니의 죽음을 알렸다. 소식을 듣고 놀란 이웃들이 이것저것 묻는 말에 대답하면서 아키코는 천천히 마음의 평정을 되찾았다. 죽음은 산 사람들의 정신까지 빼놓는다. 특히 이번처럼 가까운 사람의 죽음은 마음을 다잡는 데 많은 시간이 필요할 것이다. 의사를 부르고, 장롱에서 이불을 꺼내 시어머니를 눕히고, 의사가 돌아간 후 장의사에게 전화하는 것까지 정신없이 헤맸다. 왜 이웃에게 알리지 않았느냐고 시아버지를 다그치다가 문득 자신이야말로 이웃에게 알리지 않았다는 걸 깨달았다. 직장 생활을 하면서 사회에서 남들 못지않게 어지간한 일은 다 할 수 있다고 자신해왔지만, 막상 초상을 당하자 어떻게 해야 할지 몰라 적잖이 당황했다. 남편의 태도가 정직했다고 아키코는 뒤

늦게 인정했다. 죽은 어머니 머리맡에서 어리둥절한 얼굴로 앉아 있는 것이야말로 아들다운 모습이었다.

하지만 아키코 입장은 남편과 달랐다. 며느리인 자기가 남편과 함께 앉아 있을 수는 없는 노릇이었다. 집에 돌아오자 간장 타는 냄새가 코를 찔렀다. 가스레인지에 올려놓은 녹미채에서 연기가 무럭무럭 피어올랐다. 아키코는 황급히 가스를 끄고 냄비를 싱크대로 던져 수도꼭지를 틀었다. 시커멓게 탄 냄비에 찬물이 닿자 치지직 하는 소리와 함께 뽀얀 김이 솟아올랐다. 두세 번은 먹을 수 있는 녹미채가 타버린 것이 아까웠다. 그러나 지금 아키코는 녹미채 따위에 연연할 처지가 아니었다.

수화기를 들고 아키코는 오빠에게 연락했다. 전화는 올케가 받았다.

"언니, 나야. 오빠 왔어?"

"아직 안 왔어. 매일 늦어."

"큰일 났어. 시어머니가 돌아가셨어. 네 시간 전에 돌아가셨는데 아버님이 아무 말씀도 안 하신 거야. 퇴근하고 알았어. 의사가 뇌출혈이래. 솔도 벗지 못한 채 현관에 쓰러져 계시더라고. 미용실에 다녀오시는 길에 그랬던 것 같아."

"지금 아가씨 시어머니 얘기하는 거지?"

"응."

"그럼 큰일이잖아. 내가 지금 갈게."

"오빠는 어디 있어? 연락할 수 있을까?"

"집에 오면 알 수 있게 해둘 테니 걱정하지 마."

전화는 올케인 미쓰코가 먼저 끊었다. 수화기를 내려놓은 아키코는 무릎에서 힘이 빠져나가는 걸 느끼며 맥없이 주저앉았다. 내가 지금 갈게. 미쓰코가 오늘처럼 믿음직스러웠던 적이 있었는지 아키코는 생각해봤다. 올케이기 전에 아키코에겐 여학교 동창이었다. 둘은 학창 시절부터 제일 친한 사이였다. 친구 사이였기에 장난칠 때 이외에는 올케라고 부르지 않았는데 전화 한 통에 즉시 달려오겠다고 하는 걸 보면 이젠 친구라기보다는 가족인 올케라는 표현이 더 맞는 것 같았다. 몇 해 전에 아키코의 어머니가 간암으로 돌아가셨을 때 미쓰코 혼자 간병을 도맡았고 임종을 돌보았다는 사실이 떠올랐다. 그러나 미쓰코가 시어머니의 죽음에 대해 경험자라는 것을 깨달은 것은 며칠이 더 지난 다음이었다. 얼마나 든든했는지 모른다.

이웃인 기하라 가와 가도타니 가에서 사람들이 왔다. 아직 장례 준비가 되어 있지 않은 걸 보곤 밤샘에 필요한 준비부터 시작했다. 경험자의 도움이 장례를 치르는 데 이토록 중요할 줄은 아키코가 미처 생각하지 못한 부분이었다. 아키코는 평소 대수롭지 않게 생각해온 법도라는 게 얼마나 중요한지 절감했다.

"사토시 엄마, 날붙이가 있어야겠는데."

기하라 부인이 말했다.

"그래요? 뭐 자르실 거라도 있어요?"

"귀신 쫓는 데 쓸 거예요. 부처님 가슴에 올려놔야 해요."

부처님이 돌아가신 시어머니를 말한다는 걸 깨닫는 데도 꽤 오랜 시간이 걸렸다. 날붙이라고 하니 아키코는 부엌 식칼과 반짇고리의 가위, 세면대 위에 놓인 노부토시의 면도기가 떠올랐지만, 기하라 부인은 기가 차다는 듯이 아키코를 바라봤다.

"작은 칼 같은 거 없어요? 귀신 쫓는 데 쓸 건데 이런 걸 가져오면 어떡해."

"과도를 가져올까요?"

"과도요?"

기하라 부인이 어이없다는 표정을 지었다. 그때 사토시가 돌아왔다.

"제 방에 주머니칼 있는데⋯⋯. 칼집도 있어요."

사토시가 방으로 올라가자 기하라 부인은 무명도 필요하다고 말했다.

"몸을 닦아드리려고요?"

"얼굴에 씌워드려야지."

"그럼 수건 갖다드릴게요."

"무늬가 있는 건 좀 그런데⋯⋯."

침실로 올라온 아키코는 시어머니 얼굴을 덮을 만한 수건을 찾기 시작했다. 그런데 요즘 쓰는 수건들은 하나같이 커다란 타월이다. 한참 뒤진 후에야 하얀색 타월을 찾아냈다. 서둘러 거실로 내려왔으나 기하라 부인도, 사토시도 보이지 않았다. 2년 전에 기하라 가에서도 초상이 났었다. 그때 썼던 물건들을 가지러 간 것 같았다.

　별채로 건너가자 가도타니 할머니가 아키코를 기다리고 있었다. 대뜸 절에 연락했느냐고 물었다.

　"아니요."

　"생전에 어느 절에 다니셨지?"

　아키코는 예기치 못한 질문에 당혹스러웠다. 다치바나 가의 본가는 먼 지방에 있다. 차남인 시게조가 분가한 지 수십 년이 흘렀고, 그 사이 태어난 아이라곤 남편인 노부토시와 교코가 전부였다. 그동안 단 한 명도 죽지 않은 시게조 집안이었다. 초상이 나서 절에 연락할 일이 당연히 없었다. 게다가 시게조는 신앙을 생각하는 사람이 아니었고, 시어머니도 어느 종파라고 말해준 기억이 없었다. 아키코가 대답을 하지 못하고 우물쭈물하자 가도타니 할머니는 마땅찮은 눈초리로 집에 불단佛壇은 있나, 라고 재차 다그쳤다.

　아키코는 별채에 불단을 만든 시어머니께 얼마나 감사했는지 모른다. 불단을 한참 들여다보던 할머니가 종파를 알아냈다.

　"영감님, 조동종曹洞宗이시죠?"

　"예, 예."

　시게조는 상대방이 누구든 간에 자신을 붙잡고 뭐든 물어보면 그저 예, 예, 라고 고개만 주억거렸다. 할머니는 자신들과 같은 종파라며 마바시에 있는 어느 절에 전화를 걸었다. 전화를 끊은 할머니는 불단 밑 서랍에서 불교식으로 만든 흰 수의 한 벌을 찾아냈다. 아키코는 저 안에 언제 저런 게 들어 있었는지 신기할 따름이었다.

"미리 준비해두셨구먼."

가도타니 할머니가 혀를 끌끌 차며 소매로 눈시울을 닦았다. 마침 딱 맞는 치수의 삼베가 보여 우선 그것으로 시어머니 얼굴을 덮었다.

"아무리 그래도 타월을 가져오는 법이 어딨누."

할머니는 아키코가 들고 온 타월을 보며 또 한 번 잔소리를 늘어놓으려고 했다. 그러자 옆에 있던 기하라 부인이 잽싸게 중재했다.

"나중에 탕관*할 때 필요해요. 할머니도 도와주세요."

돌아가신 시어머니를 이불째 여럿이 들어 머리를 북쪽으로 돌렸다. 병풍을 치고 향을 피우니 그럭저럭 초상집다워졌다.

"사토시 엄마, 나 좀 봐."

아키코가 장례에 관해서 아무것도 모른다는 걸 확인한 가도타니 할머니는 점점 기고만장해져서 시도 때도 없이 아키코를 불러 이것저것 잔심부름을 시켰다. 할머니는 아키코에게 고인이 생전에 제일 좋아한 옷 한 벌을 준비하라고 일렀다. 입관할 때 거꾸로 해서 몸을 덮어야 한다고 했다.

"그리고 밥도 지어두라고. 부처님께 공양을 드려야 하니까. 젓

◆ 탕관(湯灌): 불교의 장사(葬事)에서, 관(棺)에 넣기 전에 시체를 목욕시키는 일.

가락 꽂아놓는 거 잊지 말고."

젓가락을 어떤 식으로 꽂아놓아야 하는지 몰랐지만 물어보지 않았다. 괜히 또 아는 게 없다며 핀잔만 들을 것 같았다. 노부토시도, 사토시도 아직 저녁을 못 먹었다. 아키코는 요기라도 시켜야겠다는 생각에 부엌으로 향했다.

그때 현관문을 열고 미쓰코가 들어왔다. 택시를 타고 온 모양이었다. 아키코에게 보따리와 흰 국화 다발을 건네주며 공손히 머리를 숙였다.

"아가씨, 얼마나 놀랐어요. 나 절부터 하고 올게요."

별채에 갔다가 곧 돌아온 미쓰코는 가져온 보따리에서 부지런히 앞치마를 꺼내 입고는 꽃병을 찾아 물을 담고 흰 국화를 꽂았다. 꽃병을 들고 다시 별채로 향하는 미쓰코의 뒷모습을 물끄러미 바라보던 아키코는 지금까지 자신이 알고 있던 미쓰코와 완전히 다른 사람인 것 같아 어리둥절했다.

"제일 큰 주전자가 이거야?"

주전자에 물을 담아 가스레인지에 올려놓고 쟁반에 찻잔을 가지런히 정리하던 미쓰코가 아키코를 보며 물었다. 문상객을 대접하는 데 쓰려는 것처럼 보였다.

"미쓰코, 너 정말 일 잘한다. 난 아직도 정신이 없어. 뭘 해야 좋을지 모르겠어. 조금 전에도 무명이 필요하다는데 타월을 가져갔다가 옆집 할머니한테 망신만 당했어."

"나도 처음엔 그랬어. 우리 시어머니 돌아가셨을 때 친척들한테 얼마나 혼났다고. 탕관은 끝났어?"

"모르겠어."

"참, 그건 입관 전에 하는 거니까, 아직 안 했을 거야. 그건 그렇고 밥은 먹었어?"

"안 먹었어. 먹고 싶지도 않아."

"그래도 안 돼. 지금 먹어둬야 해. 오늘 밤은 밤샘을 해야 하니까 시간 있을 때 얼른 먹어둬. 집에서 생선조림 가져왔어."

미쓰코의 보따리에서 생선조림과 김, 과자, 통조림이 쏟아져 나왔다. 집에 있는 반찬거리를 몽땅 쓸어 담아 온 것 같았다.

"반찬 같은 건 걱정 안 해도 되는데……. 냉장고에 먹을 게 좀 있거든. 퇴근하고 집에 와서 야채조림을 만들었어. 10인분은 될 거야."

여기까지 말하고 아키코는 아차 싶었다. 서둘러 냄비 뚜껑을 열었다. 10인분은 고사하고 1인분도 안 돼 보이는 토란 조각과 당근만이 뒹굴었다.

"어머, 일 났네."

"왜?"

"없어졌어. 야채조림을 해놨는데 다 없어졌어. 어떡하지?"

설마 했던 아키코는 초조했다. 시아버지가 다 드시진 않았겠지……. 그 많은 걸 노인네 혼자 다 먹진 못했을 거다. 빈말이 아니라 정말 열 명은 족히 먹고도 남을 만큼 많았다. 일부러 제일 큰 냄비를 골라 세 식구가 일주일 동안 먹을 야채조림을 만들어놓은 것이다. 기억을 되짚어보니 별채와 안채를 정신없이 오가는 사이 시아버지가 부엌에 웅크리고 앉아 있던 모습이 스쳐 지나갔다. 아마 그때 냄비째 끌어안고 먹은 것 같다. 맞아, 아까 집 안으로 뛰어들어온 시아버지는 토란부터 집어 드셨어…….

야채조림이 얼마나 많았는지 짐작조차 할 수 없는 미쓰코는 아키코의 이야기에 놀라는 기색이 없었다.

"된장국이나 끓이면 되지, 뭐. 돼지고기 잘게 썬 것도 가져왔어. 사쓰마지루*는 내가 만들게."

"그나저나 걱정이야."

"또 뭐가?"

"시아버지가 원래 위가 약하시거든. 내가 만든 걸 드시기만 하면 꼭 나 때문에 탈이 났다고 타박하셔. 10인분이 넘는 야채조림을 다 드셨으니 지금쯤 탈이 났을 텐데 또 나 때문이라고 하면 어떡하지?"

"괜찮아. 그냥 하시는 대로 놔두고 모른 척해. 이럴 땐 신경 안 쓰는 게 제일 속 편해. 장례식 끝날 때까진 참아야지 어쩌겠어."

미쓰코는 문상 온 이웃에게 대접할 밤참을 식당에 주문해놓으라고 조언했다. 우메자토는 오우메 가도와 가까워 메밀국

◆ 사쓰마지루: 닭이나 돼지고기를 우엉, 토란, 파, 무 등의 채소와 함께 끓인 된장국.

숫집과 초밥집이 꽤 많았다. 미쓰코는 유부초밥이 좋겠다며 초밥집에 전화를 걸었다. 전화를 받은 초밥집 주인은 12인분 정도가 남긴 했지만 눈도 오고, 토요일이기 때문에 배달은 힘들다고 말했다.

"내가 갔다 올게."

아키코가 일어섰다.

"사토시 보내. 네가 갈 필요 없어."

차를 끓여 별채로 건너가려는데 막 승려가 도착했다. 사토시가 초밥집으로 뛰어나갈 때쯤 승려가 경을 읽기 시작했다. 아키코는 눈을 감고 합장했다. 한 울타리 안에 살면서 시어머니가 쓰러지신 것도 몰랐다는 게 믿어지지 않았다. 임종을 지키지 못했다는 안타까움에 죄송스럽기만 했다. 시어머니의 갑작스러운 변고가 가슴 아플수록 무심한 시아버지를 향한 원망이 깊어졌다. 현관에 아내가 쓰러져 있는 걸 보고도 비트적거리며 거리를 쏘다닐 수 있다니, 남 같았으면 실컷 욕이라도 했을 것이다. 게다가 집에 돌아와서는 배고프다며 생떼까지 쓰지 않았는가. 자기 아내가 쓰러졌는데 어쩜 이리 모질 수 있을까. 시아버지에 대한 반감이 주체할 수 없을 정도로 일렁였다.

아키코는 실눈을 뜨고 시아버지가 무엇을 하는지 살펴봤다. 단정하게 정좌한 노인은 경을 읽는 승려의 옆모습을 불안한 눈초리로 지켜보고 있었다. 들으면 들을수록 졸음이 쏟아지는 독경 소리에 빠져들어가는 것처럼 보이기도 하고, 경을 읽는 승려를 신기해하는 것처럼 보이기도 했다. 어쨌든 50년간 부부의 연을 맺고 살아온 아내의 죽음에 슬퍼하는 모습은 아니었다. 아키코는 또다시 화가 치밀었다.

한창 경을 읽고 있을 때 아키코의 오빠가 한 되들이 술병 두 개를 들고 도착했다. 오빠는 노부토시에게 살짝 눈인사를 건네며 자리에 앉았다.

조동종의 승려는 대학을 졸업한 지 2~3년밖에 안 돼 보일 정도로 앳돼 보였다. 머리 모양도 빡빡 민 삭발이 아니라 노부토시나 아키코의 오빠처럼 밑머리를 짧게 처올린 형태였다. 포마드를 듬뿍 발라 가지런히 빗질까지 했다. 밤새 경을 읽을 줄 알았는데, 곧 독경을 마치고는 사람들이 앉아 있는 쪽으로 고개를 돌려 말했다.

"친족분들부터 분향하시지요."

승려의 말투가 어쩐지 너무 매끄럽게 들렸다. 아키코는 텔레비전에 나오는 아나운서와 비슷하다는 느낌을 받았다.

분향이 끝나자 노부토시가 승려에게 인사했다.

"오늘처럼 눈 오는 날 폐를 끼쳐 정말 죄송합니다."

"아닙니다. 그래도 해가 가기 전에 내린 눈이라 쌓이지는 않을 겁니다."

마치 세상 이야기를 나누러 온 사람 같았다.

한 생명이 사라졌는데 죽은 사람의 시신을 지키는 밤샘이라는 게 이런 건가, 하고 아키코는 어처구니가 없었다. 생각해보면 몇 년전 친정 어머니가 돌아가셨을 때도 시신에 매달려 흐느껴 울거나 하는 모습은 보지 못했다. 그때는 병원에서 돌아가셔서 그렇다고 생각했는데, 집에서 돌아가신 분에 대한 예우가 이 정도라면, 사람은 어디에서 죽음을 맞든 산 사람에게 그다지 슬픔을 남기지 못한다는 생각이 들었다. 사람의 죽음을 애도한다는 것은 상당히 관념적인 것이고, 특히 가까운 친족들에게는 좀 더 현실적이고 사무적인 측면이 상당히 강했다.

미쓰코가 주위를 살펴보며 넌지시 물었다.

"저 승려 네가 불렀니?"

"이웃에 사는 할머니가 부르셨는데. 왜, 뭐 잘못 됐어?"

"승려에게 얼마나 보시해야 하는지 물어봤어? 시주."

"아직 안 물어봤어."

"그 할머니가 얘기 안 해?"

아키코가 그렇다는 시늉으로 고개를 끄덕이자 미쓰코는 할머니에게 다가가 무슨 말인가를 속삭였다. 이어서 할머니도 미쓰코의 귀에 뭐라고 한참 이야기하자 미쓰코는 연신 고개를 끄덕이더니 아키코에게 돌아왔다. 승려를 부르는 것까지 돈이 필요하다니, 아키코는 왠지 마음이 편치 않았다. 미쓰코가 오지 않았다면 자기 혼자 얼마나 힘들었을지 생각하며 그나마 다행이라고 자신을 위로했다.

저만치서 아키코의 오빠가 노부토시에게 말하는 소리가 들렸다.

"이젠 우리도 부모님과 헤어질 나이가 됐어."

왜 하필 오늘 저런 이야기를 하는지 모르겠다. 아키코는 속으로 질색했다. 아키코는 어려서 아버지를 잃었기 때문에 어머니가 돌아가신 것으로 끝이었다. 하지만 이 집엔 아직도 시게조가 살아 있었다. 저렇게 큰 소리로 하는 말을 시아버지가 듣기라도 한다면 나중에 그 뒷감당은 고스란히 내가 해야 하는데……, 라고 아키코는 벌써부터 걱정이 앞섰다. 다급한 마음에 시아버지 쪽을 살펴봤다. 시게조는 오빠의 말을 들었는지 못 들었는지 여전히 같은 자세로 앉아 있었다. 승려를 보고 있던 게 아니었나 보다. 시선도 한 곳에 고정되어 있고 노부토시의 재촉을 받고서야 분향하기 위해 천천히 일어서는데 표정 변화가 없었다.

미쓰코가 쟁반 위에 컵을 담아 돌아왔다. 아키코의 오빠가 한 되들이 술병을 따 승려에게 한 잔 권했다.

"추우실 텐데 이거라도 한 모금 드시지요."

"마시고 싶은 마음은 간절하지만 차를 가져와서……."

젊은 승려는 염주를 챙기며 느릿느릿 말했다.

"실례지만 주지이신가요?"

"아, 예. 아버님이 계시긴 한데 은거 중이시라 제가 대신 맡고 있습니다. 아직 젊다 보니 애송이 취급받을 때가 꽤 있습니다. 이래 봬도 벌써 처자가 있답니다. 이런 말 하면 대개는 믿지 않더군요. 머리가 짧아서 그런지 나이보다 더 어려 보이나 봅니다. 집사람은 수염이라도 한번 길러보라고 하는데 히피로 보였다간 이 짓도 끝이라 그럴 수가 있어야죠."

"젊은 분이 효도하시는 거죠. 아버님이 은거하실 수 있게 하시던 일을 도맡는다는 건 쉬운 일이 아니에요."

"아닙니다. 실은 아버님이 전신마비세요. 3년째입니다. 병들어 쭉 누워 계신 터라 간호사 없이는 하루도 못 견디세요. 나쁜 짓을 많이 하셨던 모양입니다. 인과응보이지요. 남들 눈도 있고 해서 은거 중이라고 둘러댑니다. 돌아가신 분을 뵈면 사실 부러울 때도 있어요. 불효자식이라고 욕먹을 소리라는 건 알지만 저희 아버님도 돌아가신 분들을 뵈면 부럽다고 생각하실 겁니다. 저희 아버님 같은 분은 오래 사신다고 해봤자 하나도 좋을 게 없으니까요. 의사 말이 앞으로 10년은 더 사실 수 있다고 하더군요."

"올해 아버님 연세가 어떻게 되시는지요?"

"일흔아홉입니다."

보기보다 말이 많은 승려였다. 자신이 말한 것처럼 술을 꽤 즐기는 모양인지 술이 담긴 컵을 연신 곁눈질하면서 중풍 환자를 치료하는 획기적인 의술에 대해 한바탕 늘어놓았다. 미쓰코가 시줏돈이 담긴 것으로 보이는 봉투를 술병과 함께 건넸다. 승려는 고개를 숙여 감사하다는 인사를 대신하곤 고무장화를 신고 밖으로 나갔다. 아키코가 배웅하러 나갔을 때는 출시된 지 얼마 안 된 최신 소형차에 올라탄 직후였다. 그는 창문을 반쯤 내리고 장례식 날짜와 시간이 정해지는 대로 곧 알려달라고 하고는 내리는 눈 사이로 차를 몰고 사라졌다.

"중노릇하면서 꽤 좋은 차를 타고 다니네요. 생각지도 못한 일이에요."

"경기가 좋은 절인가 보네. 절간에 맨션인지 뭔지도 세웠을 거야, 틀림없이!"

곧이어 고쿠리코 미용실에서 미용사 세 명이 흰 국화 다발을 안고 문상을 왔다.

"정말 건강하셨는데……."

"다른 날이랑 다르지 않았어요."

"생각해보니 묘한 말씀도 몇 번 하셨던 것 같아요."

미용사들의 인사가 끝나기를 기다린 아키코가 마지막 말이 무슨 뜻이냐고 물었다.

"머리하러 올 때가 제일 살맛 난다고 하셨거든요. 할머니는 미용실이라는 말을 잘 안 쓰셨어요. 그냥 머릿집이라고 하셨죠."

"샴푸해드릴 때마다 뜨거운 물로 헹궈달라고 늘 부탁하셨어요. 아, 오늘은 정말 시원하다, 극락에 가는 것 같다면서 좋아하셨는데."

"오늘 아침 드라이를 해드릴 때는 이상하게 말씀을 많이 하셨어요."

"뭐 좋은 일 있으시냐고 물으니까 웃기만 하시던데."

함께 온 미용사들이 아키코가 묻지도 않은 말을 큰 소리로

아무렇게나 떠들자 미용실 주인은 부끄러워졌는지 얼른 이야
기를 돌렸다.

"머리카락이 흩어져 있으면 손질해드리려고 준비해 왔는데
무척 깨끗하시네요."

"예, 덕분이에요. 마지막 몸단장을 하신 거나 다름없어요. 미
용실을 다녀오셔서 그런지 산 사람보다 더 윤기가 돌아요."

"숱이 많으셔서 세팅하기 편했어요. 부지런히 손질하러 오시
기도 했고요."

미쓰코가 유부초밥을 권했다. 미용사들은 손사래를 치며 분
향을 한 뒤 서둘러 돌아갔다.

미쓰코가 아키코 부부에게, 여긴 자기한테 맡기고 식사부터
하라고 권했다. 사토시와 노부토시, 아키코는 안채로 건너갔다.
가스레인지 위에서 된장국이 보글보글 끓고 있었다.

노부토시도, 사토시도 배가 고팠는지 밥 한 그릇을 뚝딱 먹
어치우곤 된장국을 소리 내어 훌쩍였다. 사토시가 된장국을
마시다 말고 얼굴을 들고 말했다.

"할아버지는 뭐 안 드려?"

"할아버진 말이지……."

아키코는 아들과 남편에게 시게조가 야채조림을 거의 다 먹
어치웠다고 털어놨다. 노부토시는 그 광경을 직접 목격한 터라
잠자코 듣기만 했다.

"그렇게 많은 걸 어떻게 다 드셨는지 모르겠어요. 믿을 수가

없어요."

"나도 그래."

"진짜로 아버님이 다 드신 거면 틀림없이 배탈 나실 거예요. 또 한바탕 소란을 피우시면 어쩌죠?"

"소화제라도 미리 드려."

"그래야겠네요. 약은 아버님이 가지고 계실 테니까."

시게조는 선천적으로 위장이 약했다. 평소에도 여러 가지 상비약을 준비해뒀다. 한약을 달여 차 대신 아침저녁으로 복용한 지 10년이 넘었고, 어디서 채소즙이 좋다는 얘기를 듣고 와서는 신선한 채소를 먹어야겠다며 정원 뒤편에 쑥갓을 심기도 했다. 푸성귀 잎을 절구로 빻아 거즈로 짜낸 즙만 마시는 시게조였다. 시어머니가 돌아가신 지금, 아키코에게 그 역할이 돌아올 것을 생각하면 눈앞이 캄캄했다.

젓가락을 내려놓고 노부토시가 나직이 중얼거렸다.

"난 아버지가 먼저 돌아가실 줄 알았어."

"당신, 그런 말 함부로 하지 말아요."

사토시의 눈치를 살피며 아키코는 남편을 나무랐다. 그러나 남편도 속으로 자기와 똑같은 생각을 하고 있었다는 걸 알고 한숨이 나왔다.

그때 미쓰코가 부엌에 얼굴을 내밀었다.

"미안해요, 아가씨. 시어머님이 쓰시던 밥그릇 좀 줘요."

"잠깐만요."

"옆집 할머니가 왜 밥 안 가져오느냐고 난리예요."

"유부초밥 안 드시겠대요?"

"그게 아니고, 부처님 드실 밥 가져오라고요."

시어머니가 사용하던 밥그릇에 흰밥을 소복이 담아 가지런히 젓가락을 꽂아 머리맡에 놓자 가도타니 할머니는 그제야 입을 다물었다. 그새 이웃들이 꽤 많이 찾아왔다. 밤샘에는 으레 술이 있어야 하는 것인지, 한 되들이 술병이 늘어나 있었다. 누군가 또 가져온 모양이었다. 눈이 내려서인지 자동차 지나가는 소리도 그다지 들리지 않았다.

"회원으로 가입시켜달라고 나한테도 그랬는걸. 같이 연극 보러 가기로 약속했다우. 그런데 이렇게 가셨으니 이를 어쩌면 좋수."

가도타니 할머니 목소리였다. 아마 동네 미망인회를 이야기하는 것 같았다. 그 말을 받아 기하라 씨가 큰 소리로 물었다.

"그 모임에 남자는 못 낍니까?"

"안 되고말고. 남자는 출입 금지라우. 늙긴 했지만 모두들 정조가 굳으니까."

그 말에 다들 소리 내어 웃었다.

"그거 불공평한데. 남자라고 차별하는 겁니까?"

"그게 아니고, 보통은 남자들이 먼저 가는 거 아니겠수? 그래서 미망인회라고 부르는 거라우."

"아닌 게 아니라 여자들이 남자보다 더 오래 사는 것 같아요.

여자들 평균 수명이 일흔인가요?"

"일흔넷이라고 합디다."

"그럼 이 댁 부인은 평균보다 1년 더 장수하셨네. 남자들 평균 수명은 몇 살이라고 했죠?"

"예순아홉쯤 될까."

"5년이나 짧구먼."

"그러게 말이우. 동갑끼리 결혼해도 여자는 5년은 과부로 살아야 한다는 얘기지."

"듣고 보니 그러네요."

이런 대화가 오가는 중에도 시게조는 말이 없었다. 좁은 방 안에서 여럿이 큰 소리로 떠드는 이야기가 시아버지 귀에 안 들렸을 리 없다. 남성의 평균 수명보다 10년 넘게 오래 산 시게조는 이런 이야기를 어떻게 받아들일까. 아키코는 은근히 시아버지가 신경 쓰였다. 맞은편 구석에서 돌아앉아 있는 시아버지의 넓은 어깨가 유난히 눈에 들어왔다. 소화제를 드려야겠다고 생각한 아키코는 시게조가 어느새 유부초밥 그릇을 끌어안고 있는 걸 발견하곤 그 자리에 얼음처럼 우뚝 섰다.

"아버님, 안 돼요. 토란을 그렇게 많이 드셨는데 또 이러시면 위장이 어떻게 되겠어요?"

시게조는 순순히 아키코에게 밥그릇을 내주었다.

"아버님, 유부초밥 몇 개나 드셨어요?"

아키코가 시게조의 어깨를 살짝 흔들며 물어보았다.

"글쎄, 몇 개더라……."

잠시 생각에 빠진 시게조는 아무래도 모르겠다는 눈치였다.

"여보, 여보! 잠깐 나 좀 봐요."

아키코는 급히 남편을 불러 시게조가 유부초밥을 적어도 대여섯 개는 먹은 것 같다고 이야기했다. 묵묵히 듣고만 있던 노부토시가 미간을 찌푸렸다.

"약 드리라고 했잖아."

"알았어요. 소화제부터 찾아볼 테니 아버님 좀 지켜요."

아키코는 시어머니가 약상자를 어디에 뒀는지 몰라 한참을 헤맸다. 벽장이니 찬장이니 닥치는 대로 뒤져보았다. 그러나 어디에서도 깨끗이 정돈된 약상자 같은 건 보이지 않았다. 혹시나 하는 마음에 부엌으로 들어가 뚜껑 달린 그릇이란 그릇은 모조리 열어봤지만 모두 허탕이었다.

"아키코, 뭐 찾아?"

뒤에서 미쓰코 목소리가 들렸다.

"소화제 찾고 있어. 여기 어디 있을 텐데 못 찾겠네. 아버님이 이것저것 너무 많이 드셨어. 또 탈이 났다며 나를 들볶기 전에 미리 약 갖다드려야 해."

별일 아니라는 듯 미쓰코가 묻는 말에 건성으로 대답했지만, 아키코 머릿속은 시아버지 성화를 막아야 한다는 생각밖에 없었다. 약이 있을 리 없는 찬장 맨 아래 서랍까지 마룻바닥에 무릎을 꿇고 열심히 뒤졌다.

미쓰코는 아키코가 하는 일을 가만히 지켜보다가 꼭 하지 않으면 안 될 말부터 해야겠다고 작심했다.

"시누이는 어떻게 됐어? 연락했어?"

아키코는 입을 헤벌린 채 미쓰코를 올려다봤다. 왜 진작 그 생각을 못 했을까. 아무래도 정신이 어떻게 된 모양이다. 육친에게 알려야 한다는 걸 잊고 있었다니, 얼마나 멍청한 여자인가. 의사와 장의사에게까지 연락해놓고선 정작 시어머니의 딸에겐 전화할 생각조차 하지 못했다.

노부토시가 알렸을지도 모른다고 생각했지만 그런 것 같지 않았다. 시아버지가 누구보다 먼저 알아차리고 딸에게 연락하라고 말해야 하는 것 아닌가, 라는 생각도 해봤다. 하지만 그런 걸 따질 겨를이 없었다.

"여보, 나 좀 봐요. 빨리요."

아키코는 황급히 부엌에서 뛰어나가 남편에게 손짓했다.

4

인간의 죽음이 눈물을 자아낸다는 말은 흘러간 노래나 소설의
세계처럼 가공의, 혹은 관념적인 경우에만 해당하는 것이 아닐
까 하고 노부토시는 생각했다. 어머니의 죽음을 똑똑히 지켜보
면서도 외아들인 노부토시는 울지 않았다. 애지중지 귀여움을
독차지하며 자란 사토시마저 울지 않았다. 며느리인 아키코는
울기는커녕 너무 흥분해서 히스테리를 일으키지나 않을까 걱
정스러웠다. 인간의 죽음으로 말미암아 발생하는 번거로운 일
들이 너무 많아서, 실제로는 정신적으로도 시간적으로도 슬퍼
할 여유가 없어지는 것이리라. 그 증거로 도호쿠의 소도시에서
올라온 노부토시의 여동생은 오랜 시간 기차를 타고 올라오면
서 어머니의 죽음을 슬퍼할 여유가 충분했는지 우에노 역에 도
착했을 땐 이미 얼마나 울었는지 화장이 지워져 보기 흉한 몰

골이었다.

"엄마가 먼저 돌아가실 거라곤 생각도 못 했어요. 오빠 전화 받고도 내가 잘못 들었다고 생각했다니까요. 엄마가 나이가 많긴 하지만 그래도 이렇게 가시는 건 너무하잖아요. 아버진 팔십이 넘어서도 정정하신데 열 살이나 젊은 엄마가 먼저 돌아가시는 법이 어딨어요. 그 생각만 하면 또 눈물이 나요. 언니도 그렇게 생각하죠? 엄만 맨날 참기만 하다 돌아가셨다는 거 언니도 알죠? 툭하면 타박만 해대는 아버지한테 제대로 할 말도 하지 못하고 노예처럼 사셨어요. 아버진 맨날 위가 아프다, 배탈이 났다, 아침저녁으로 그런 말만 하잖아요. 엄만 평생을 환자랑 사신 거예요. 아버진 아무것도 아닌 일로 막 화를 낸 적도 많아요. 그때마다 엄마 때문이라고 했어요. 열이 조금 나고 기침만 해도 엄마 때문에 아프다면서 막 화를 내는 거 언니도 봤죠? 그래도 엄마가 잘 참으셨지, 나 같으면 남편이 나한테 그랬다간 3일도 못 가서 헤어졌을 거예요. 그래도 엄만 끝까지 참고 사셨는데…… 좋은 꼴 한번 못 보고 돌아가신 게 생각만 해도 너무 억울해요."

하루 온종일 기차를 갈아타고 오면서 속에 품었던 말을 몽땅 토해내기로 단단히 작정한 모양인지, 교코는 현관에 들어서자마자 신발도 벗지 않고 떠들어댔다. 이미 입관은 끝났고, 병풍 등 장의사가 가져온 장례 도구가 가지런히 세워져 있고, 흰 천이 덮인 제사상에는 플라스틱제 공양물과 진짜 과일과 과자

따위가 묘한 구도로 차려져 있었다. 관 뚜껑을 한쪽으로 옮기고 죽은 어머니의 얼굴을 쓰다듬던 교코는 흐르는 눈물은 아랑곳하지 않고 아키코가 건넨 젖은 면봉으로 어머니의 입술을 축였다.

"엄마한테 말이죠, 아이도 다 컸으니 한번 놀러 오시라고 하고 싶었어요. 근데 아버지가 엄마만 보낼 리 없잖아요. 그렇다고 아버지랑 같이 오면 우리 그이가 좋아하겠어요? 어떻게 할까 고민 중이었는데 돌아가시다니……. 언니한텐 정말 미안한데, 오빠 결혼하고 나서 아버지가 오빠 따라 도쿄로 가겠다고 하셨을 땐 솔직히 살았다 싶었어요. 그럴 수밖에 없는 게, 나도 힘들었지만 아버지가 그이가 하는 일에 사사건건 참견하면서 얼마나 괴롭혔다고요. 시골이라 안 좋은 소문도 많이 나고, 나만 가운데서 얼마나 난처했는지 몰라요. 내가 편해진 만큼 언니가 힘들었다는 거 잘 알아요."

언니라고는 부르지만 실제로 교코는 아키코보다 나이가 많았다. 곧 쉰을 바라보는 나이였다. 희끗희끗한 머리가 헝클어진 채 정신없이 떠드는 교코를 노부토시는 편치 않은 심정으로 바라봤다. 미용실에서 돌아오는 길에 변을 당한 어머니와 비교할 바는 아니지만 돌아가신 분보다도 몰골이 못하다니, 라고 생각했다.

"얘, 가서 얼굴이라도 좀 씻고 와라. 어머니 놀라시겠다."

"오빠, 그런 말 하지 말아요. 어젯밤에 잠을 제대로 못 자서 그래요. 그리고 나도 이젠 늙었다고요. 작년엔 어깨가 퉁퉁 부어서 무거운 걸 들지도 못했어요. 오십견이래요. 세수한다고 뭐가 달라져요."

"아가씨, 무슨 말을 그렇게 하세요."

아키코가 겨우 입을 열었다. 오자마자 격하게 울고 격하게 지껄이는 시누이를 어떻게 대해야 할지 난감했다.

"언니, 엄마가 이 방에서 쓰러지셨어요?"

"예. 미용실 다녀오시다가 그랬어요. 신발 벗자마자 쓰러지셨나 봐요."

"그때 아버진 뭘 하셨어요?"

"그게 좀……."

말꼬리를 흐리는 아키코를 보고 교코는 뒤늦게 아버지의 존재를 깨달았다.

"아버지! 아버지가 제일 서러우시죠? 이젠 엄마도 안 계시니 이래저래 힘드실 거예요, 그렇죠?"

여전히 방 한쪽 귀퉁이에 단정히 앉아 있던 시게조는 자기 얼굴을 들여다보는 교코를 멀뚱히 쳐다보며 입을 열었다.

"음, 누구시더라?"

눈두덩이 퉁퉁 부어올라 실눈처럼 가느다래졌던 교코의 눈이 별안간 튀어나올 듯이 커졌다. 목구멍 안에서 숨이 막혀 입만 벌린 채 아무 말도 하지 못했다.

"지금 정신이 없으셔."

노부토시가 한마디 하자 교코는 고개를 좌우로 왔다 갔다 하며 오빠와 아버지를 번갈아 바라봤다.

"아버지, 농담하시는 거죠?"

교코가 얼굴을 찡그렸다.

"아버지, 저예요. 교코예요."

"아, 예, 교코 씨로군요."

"아버지, 저라니까요. 저 누군지 모르시겠어요?"

"글쎄, 누구시더라?"

"아이참, 교코라니까. 저 교코예요. 아버지, 왜 그러세요? 어디 아프세요?"

아버지의 무릎을 붙든 교코의 얼굴이 순간 일그러졌다.

"널 못 알아보실지도 모른다고 생각했는데, 정말로 못 알아보시네. 요즘엔 내가 누군지도 못 알아보셔."

"설마, 오빠를? 거짓말이죠?"

"직접 물어보라니까."

"아버지, 이 사람은 누구예요? 이 사람요."

교코가 노부토시를 가리켜도 대답이 없자, 이번에는 아키코를 가리켰다. 시게조는 어깨를 으쓱거리며 불쾌하다는 투로 대답했다.

"이분이야 잘 알죠. 아키코 씨입니다."

"어머나!"

친자식은 못 알아보면서 별로 친하지도 않던 며느리 얼굴과 이름은 똑똑히 기억했다. 대체 어떻게 된 일일까.

"고모, 할아버지가 저도 알아보세요."

어디서 보고 있었는지 사토시가 가까이 다가왔다.

"몰라보게 컸구나. 길에서 만나면 못 알아보겠다, 얘."

사토시를 보고 호들갑을 떨던 교코는 자기가 한 말이 이런 자리에 어울리지 않는 연극 대사처럼 사람들에게 들릴까 봐 걱정스러웠다.

"오빠, 아버지 언제부터 이러셨어요?"

"나도 정확히는 모르겠어. 처음엔 어머니가 돌아가셔서 그런 줄 알았어. 근데 아무래도 어디가 불편하신가 봐."

"망령 나신 건가?"

"네 말이 맞는 거 같아."

말없이 시게조의 동태를 살피던 교코가 갑자기 두 손을 번쩍 들고 손뼉을 치기 시작했다. 시게조는 그런 교코를 물끄러미 바라보다가 아키코를 붙잡고 기분 나쁜 표정으로 말했다.

"이분 아무래도 이상해요. 남의 집 장례식에서 손뼉을 치다니 신도*에 어긋나는 걸 모르시는가."

교코가 목소리를 낮춰 속삭였다.

"그래도 사리에 맞는 말씀은 하시네. 이건 아버지다운 말투인데."

"근데 누가 죽었는지를 모르셔."

◆ 신도(神道): 일본 고유의 민족 종교.

"말도 안 돼!"

"이런 걸 거짓말하겠냐?"

이때 사토시가 큰 소리로 물었다.

"할아버지, 누가 돌아가셨는지 아세요?"

"할머니 장례식이에요."

시게조는 사토시를 응시하며 대답했다.

"저 봐, 아시잖아요."

"가끔은 아실 때도 있어."

노부토시는 교코에게 오늘 아침엔 여기가 어디냐며 갑자기 밖으로 뛰쳐나가려고 해서 한바탕 난리가 났었다는 말도 해 줬다.

"실례 많았습니다, 이만 가보겠습니다, 라고 한마디 하시곤 그냥 나가시잖아. 아키코가 붙잡으니까 여태 집에 안 가고 남의 집에서 뭘 하느냐고 막 화를 내시더라고."

"아버님, 여긴 아버님 집이에요, 라고 아무리 말씀드려도 알아듣질 못하세요. 아키코 씨, 우리 그만 갑시다, 이러시질 않나, 사토시, 집에 가자, 라는 말만 되풀이하시는 거예요."

"오빠랑 나는 잊어버리고 언니하고 사토시는 기억하시나 보네."

교코는 저도 모르게 한숨을 쉬었다. 더는 할 말이 없다는 표정이었다.

노부토시는 교코가 어떤 심정인지 이해할 것 같았다. 피는 물보다 진하다는데, 그와 정반대되는 현상이 자기 집에서 벌어

지고 있는 것이다. 시게조는 아들과 딸을 몰라봤다. 교코는
10년 만에 만났으니 그럴 수 있다고 해도 도쿄의 한 울타리 안
에서 처마를 맞대고 15년이나 함께 살아온 친아들을 못 알아
보는 건 어떻게 설명하면 좋을까. 노부토시는 알아주는 대기업
에 근무하며 하루하루를 바쁘게 살았다. 휴일엔 골프를 치러
나가거나, 집에 있는 날에는 하루 종일 잠만 잤다. 솔직히 아버
지와 마주치지 않으려고 노력했다. 어머니는 가끔 노부토시가
궁금해서 들여다보러 오신 적도 있고, 노부토시가 좋아하는
음식을 손수 만들어 오실 때도 많았다. 하지만 시게조는 아들
이 궁금하다고 직접 들여다볼 위인이 아니었다. 당신 몸이 좋
지 않다는 핑계로 평생 아들과 딸을 살갑게 대한 적이 없었다.
아마도 자신과 상관없는 먼 일상부터 차례로 잊어버렸을 것이
고, 그 상관없는 일상 중에는 친아들도 포함되어 있을 것이다.

"난 엄마가 돌아가신 것보다 아버지가 저렇게 되신 게 더 걱
정이네요. 이젠 눈물도 안 나와요."

"우린 처음부터 그랬어."

아키코가 눈 오는 거리에서 시게조가 외투도 입지 않은 채
돌아다닌 일과 냄비에 가득했던 야채조림을 손으로 집어 먹
은 일을 털어놓자 교코는 어이없다는 표정으로 시게조를 바
라봤다.

"어머, 어머, 그러고도 유부초밥을 또 드셨어? 배탈이라도 나
면 어쩌지?"

교코는 걱정스럽게 말했다. 시계조를 아는 사람은 그가 하루도 빼놓지 않고 위장 상태에 대해 투덜거린다는 걸 알고 있었다.

"소화제는 객실 장식장 서랍에 가득 있어요. 환약도 있고 탕약도 있는데 환약부터 드시게 했어요."

"설사는 안 하셨어요?"

"안 그래도 혹시나 해서 화장실에 가봤는데 괜찮으신 것 같아요. 아침엔 죽을 드렸어요. 희한하게도 아직까지 위장 상태가 어떻다는 말씀이 없으세요. 괜찮으시냐고 물어보면 그냥 예, 라고만 하세요."

"거 참 이상하네. 예전엔 상태가 어떠시냐고 물어보기만 하면 한 시간도 좋다고 설명하시곤 했는데. 신혼 초에는 아침마다 우리 그이한테 똥 크기를 얘기하셔서 내가 얼마나 난처했다고요. 기분 좋은 날엔 오늘은 잘생긴 게 나왔다면서 색깔에 모양, 냄새까지 한 시간 정도는 이야기하셨어요."

"어제도 그렇고, 오늘도 그렇고, 별말씀 없잖아?"

노부토시와 아키코는 서로 눈을 마주쳤다.

"아무래도 망령 나신 거야. 언제부터 저러셨대요?"

교코보다 더 궁금한 건 노부토시와 아키코였다. 대체 언제부터 저러신 걸까.

"엄마는 알고 계셨을까요? 알고 계셨겠죠?"

노부토시 내외는 그 말에도 대답하지 못했다. 무슨 이유에선

지 어머니는 생전에 이런 푸념을 며느리나 손자에게 털어놓지 않으셨다. 아버지가 까다로운 노인네라는 건 아버지를 아는 대부분의 사람들이 동의하는 사실이었다. 자기 몸 관찰 외에는 별다른 취미도 없었고 오로지 아내를 옆에 앉혀두고 하루 종일 잔소리만 퍼부으며 살아온 사람이었다.

"엄마가 먼저 돌아가실 줄이야……."

교코는 기운이 빠졌는지 같은 말만 중얼거렸다. 이젠 울지도 않았다.

일요일은 화장터도 휴일이었고 당연히 영구차도 오지 않았다. 그래서 월요일 아침에야 겨우 화장했다. 노부토시와 아키코는 회사에 휴가를 냈고 사토시도 학교에 가지 않았다. 20년 전 고향의 신용 금고에서 정년퇴직한 시게조의 삶은 완전한 은둔 생활이었기에 도쿄에는 지인이라고 할 만한 사람이 거의 없었다. 가족끼리 서로의 마음을 위로하는 쓸쓸한 장례식이었다. 생전에 시어머니는 이웃들과 가깝게 지냈지만 시게조는 동네에 누가 사는지도 잘 몰랐다.

화장터 가마에 어머니가 누워 계신 관이 들어가기 직전 노부토시는 한 번 더 시게조의 얼굴을 살폈다. 역시나 아버지 얼굴엔 아무런 감정도 드러나지 않았다. '철컥' 가마 뚜껑이 닫히고 곧 화염이 이글대는 소리가 들렸다. 아키코는 그 소리에 눈을 감았고, 옆에 있던 교코는 손으로 얼굴을 가렸다.

시신이 타는 동안 화장터 앞 찻집에서 시간을 보내기로 했다. 그 와중에도 교코는 또다시 시계조 옆에 앉아 끈질기게 말을 걸었다. 교코는 이렇게 하면 아버지의 정신이 되돌아올 것이라고 생각했다.

"아버지, 정말 제가 누군지 모르시겠어요? 진짜 몰라서 그러시는 거예요? 저 아버지 딸이잖아요."

"아, 그렇습니까."

"아, 그렇습니까가 뭐예요. 저 아버지 딸이에요. 정말 몰라요?"

"이상한 분이시네. 왜 자꾸 나한테 이럽니까."

시계조는 성가시다는 표정으로 짜증스럽게 쏘아붙였다.

"내 딸은 당신처럼 늙지 않았습니다."

"어머, 어머!"

맞은편에 앉은 사토시가 킥킥거렸다. 노부토시와 교코의 얼굴이 동시에 굳어졌다. 아키코는 자기와 상관없다는 듯 창밖만 바라봤다.

"그럼 아버지. 아버지 딸 이름이 뭔지 기억나세요?"

"자꾸 이상한 소리만 하시는데 딸 이름 잊어버리는 사람이 세상천지에 어디 있습니까."

"그럼 말해보세요."

"예, 예."

"아버지 딸 이름이 뭐냐니까? 말할 수 있죠?"

"예, 할 수 있습니다."

"딸 이름이 뭐예요?"

"아키코입니다."

"그게 무슨 말이에요! 아키코는 이 사람이잖아요!"

"그렇습니다."

"아키코가 아버지 딸이에요?"

"아닙니다."

보다 못한 노부토시가 끼어들었다.

"됐어, 그만해."

화장터 앞뜰에 내린 눈은 모두 녹아 있었다. 녹은 눈이 흙과 뒤섞여 질퍽거렸다. 스산한 날씨였다. 스타킹만 신은 아키코는 종아리가 얼어붙는 것처럼 따끔거렸다. 요즈음 유행하고 있는 판탈롱이 마음에 들어 초가을부터 판탈롱을 입었는데, 오늘은 검은색 투피스 정장에 나일론 스타킹을 신었더니 꼭 맨발로 돌아다니는 것처럼 다리가 시렸다. 지난 3년 동안 새로 산 옷들이 대부분 화려한 계열이라 이런 장례식에는 입을 만한 것이 없었다. 지금 입고 있는 옷은 겨울날 화장터 앞뜰의 냉기를 견디기엔 얇은 편이었다. 젊은 시절 아키코는 검정 드레스를 즐겨 입었다. 하지만 검정색이 어울리지 않는다는 것을 깨닫고는 늘 밝고 화사한 옷들만 골라 입었다.

교코는 시골에서 싸 들고 온 상복 차림이었다. 녹은 눈과 섞여 질퍽거리는 진흙이 흰 버선 끝자락에 배어들었다. 쌀쌀한 날씨에 코트를 걸쳤는데 하필 자줏빛이 감도는 화려한 코트였다. 잠이 모자라 푸석해진 얼굴은 애써 정성 들인 화장을 얼룩처럼 보이게 했다.

　노부토시는 자신도 오랜만에 만나는 여동생을 아버지가 못 알아보는 건 어쩌면 당연한 일인지도 모른다고 생각했다. 교코는 늙었다. 내 딸은 당신처럼 늙지 않았다고 말한 아버지 심정을 헤아릴 수 있을 것 같았다. 교코만큼은 아니지만 아내 역시 예전의 젊었을 때와는 많이 달라졌다. 그리고 노부토시 자신은 여동생이나 아내보다 나이가 더 많았다. 늙어 망령이 난 아버지가, 앞으로 살아갈 인생 저편에 서 있는 또 다른 나라는 생각이 머릿속에서 떠나지 않았다. 늙음의 끝은 결국 이런 것인가, 라는 생각에 착잡해졌다. 죽음보다 어둡고 깊은 절망이었다.

　내내 말이 없던 아키코가 입을 열었다.

　"올케가요, 어머님이 아주 편안하게 돌아가셨을 거래요. 마지막까지 건강하셨고, 누구한테 폐를 끼치지도 않으셨고, 그래서 사람들이 슬퍼하지 않는 거래요. 우리 엄마는 간암으로 오랫동안 병원에 계셨거든요. 툭하면 유언이라면서 식구들 불러놓고 푸념을 늘어놓으셨는데 여간해선 돌아가시질 않아 괜히 소란만 피운 셈이 됐어요. 그래서 올케만 보면 항상 엄마 때문에 미안한 생각이 들어요. 내가 죽게 되면 어머님처럼 죽고 싶어요. 마지막으로 미용실에 들러 단정하게 머리까지 만지고 오시다니! 그 모습이 너무 예뻤어요."

　"그건 또 무슨 소리야? 지금 나보다 먼저 죽고 싶다는 거야?"

노부토시가 심술을 부렸다. 교코와 사토시가 마주 보고 웃었다. 찻집 여주인이 무슨 일인가 싶어 돌아다봤다. 화장터에서 큰 소리로 웃는 건 분명 예의가 아니다. 하지만 다치바나가 사람들은 지금 웃을 수밖에 없다. 가슴속이 답답해서 견딜 수 없다.

"아버지하고 오빠만 남으면 어떻게 될까."

교코가 웃으면서 물었다.

"그럼 난 집 나갈 거야."

사토시가 익살맞게 대답했다. 하지만 이번에는 아무도 웃지 않았다. 침묵이 어색해지려는 순간, 화장터에서 직원이 내려왔다. 직원을 따라 계단을 올라가자 작은 방이 나왔다. 직원이 노부토시에게 흰 도자기로 만든 납골함을 건넸다. 한쪽 구석엔 길이가 서로 다른 대젓가락이 여러 벌 보였다.

요란한 기계 소리와 함께 방 한가운데 놓인 둥그런 탁자 중앙의 구멍 밑에서 백골들이 올라왔다.

"어머, 도쿄에선 이런 것까지 기계로 다 하네."

교코가 신기하다는 듯 감탄했다. 어머니의 죽음을 그토록 슬퍼했던 교코가 죽은 자를 떠나보내는 마지막 의식을 앞두고 쓸데없는 말을 지껄이는 게 노부토시의 심기를 건드렸다. 교코는 노부토시의 구겨진 표정을 못 봤는지 사토시에게 말했다.

"얘, 뼈 줍는 젓가락 길이는 이렇게 달라야 해. 그리고 두 사람이 양쪽에서 마주 보면서 같이 주워야 해. 도쿄도 이런 건 똑같구나."

교코는 자기 경험을 사토시에게 자랑하고 싶었는지 말이 많아졌다. 어머니 백골을 마주하고 약간 흥분한 것처럼 보였다.

시게조와 아키코가 짝이 되어 젓가락 끝으로 제일 큰 뼛조각을 집었다. 노부토시와 사토시는 삼각형으로 조각난 뼛조각을 집으려다 몇 번이나 떨어뜨렸다. 결국 집기 쉬운 막대 모양의 뼛조각을 집었다. 교코가 제일 열심이었다. 화장터 직원과 함께 부지런히 뼛조각을 납골함에 담으면서 쉬지 않고 주절거렸다.

"이건 어느 부위일까요?"

"아마 두개골일 겁니다."

"이건 척추인가요?"

"아뇨, 팔뼈입니다."

생물학 교실에서나 주고받을 법한 대화였다. 사토시는 신기한 구경거리라도 되듯이 목을 길게 빼고 뼛가루가 된 할머니를 살펴보느라 정신이 없었다.

어디에 그런 장치가 있는지 또 한 번 기계 소리가 났다. 젓가락으로 줍고 남은 뼛조각들이 모두 체 위로 떨어졌고, 그렇게 체에 거른 뼈를 조그마한 삽 같은 것으로 퍼 납골함에 담았다.

"전기화로라 너무 많이 태운 것 같아요. 뼈가 적네요."

"아무래도 노인이시니까 그렇죠."

"나이 들면 뼈도 적어지나요? 그건 처음 알았네요. 그래도 내가 사는 동네에선 이렇지 않았어요. 2년 전에 우리 시아버님이 돌아가셨거든요. 그때가 칠순이셨는데, 이것보다 뼈가 두 배는 됐을 거예요."

교코도 망령이 난 걸까, 노부토시는 쉴 새 없이 떠드는 여동생을 바라보며 생각했다. 쓸데없는 말을 너무 많이 지껄이는 품이 어쩐지 의심스러웠다.

흰 천으로 곱게 싼 납골함을 들고 나온 직원이 공손한 태도로 노부토시에게 건넸다. 그때까지 잠자코 말이 없던 시게조가 별안간 무슨 생각을 했는지 고개를 수그린 채로 말했다.

"신세 많이 졌습니다."

시게조의 말에 모두들 깜짝 놀랐다. 직원은 자기에게 한 말인 줄 알았는지 덩달아 고개를 숙이며 대답했다.

"얼마나 애통하십니까."

노부토시와 아키코는 시게조가 백골이 된 아내에게 말한 거라고 짐작했다. 교코는 허를 찔렸는지 잠잠해졌다.

눈이 녹아 질퍽해진 길을 유족들은 노부토시를 선두로 집에 돌아왔다.

미쓰코가 아직 집에 있었다. 장의사와 함께 뒷마무리를 깔끔하게 해주었다. 미망인회에서 투명한 비닐로 포장한 커다란 꽃다발을 보내 왔는데 장의사가 그 꽃다발까지 가져갔다며 아까워했다. 집 안은 이전과 다름없이 조용하고 쓸쓸했다. 생각해보면 아직 남편이 살아 있는데 미망인회에서 꽃다발을 보낸 것이 조금 묘했다. 하긴 가도타니 할머니가 꽃다발을 보내자고 우겼을 것이다. 흰 천으로 싼 납골함은 별채의 작은 불단에 안치되었다.

"도쿄는 장례식이 간단해서 좋네요. 시골 같았으면 난리도 아니었을 거예요. 매일 사람들이 밀려드는데 그때마다 음식 대접하는 게 여간 번거로운 일이 아니에요."

미쓰코가 돌아가기가 무섭게 교코는 또다시 말문을 열었다. 그녀는 시아버지가 돌아가셨을 때 겪었던 경험을 하나도 빼놓지 않고 모두 얘기해줄 작정인 것 같았다. 노부토시는 교코에게 등을 돌리고 신문을 읽었다. 아키코는 부엌으로 들어가 남은 설거지를 했다. 교코는 거들어주지 않았다. 사토시까지 2층으로 올라간 후에도 교코는 여전히 떠들어댔다.

"시골에는 친척이 많고 동네에 아는 사람도 많잖아요. 장례식이 끝나도 아무개한테 들었다면서 사람들이 계속 찾아온다니까요."

설거지를 하던 아키코는 시누이가 하루에 소모하는 열량의 80퍼센트가 저 입에서 사라질 거라고 생각했다.

"그때마다 술을 사러 가거나 새로 밥을 짓느라 정신이 없었어요. 그래도 시어머니는 조문객이 오면 그렇게 좋아하시더라고요. 아버지 정도는 아니지만 시아버지도 옛날 분이라 그런지 모시기가 힘들었는데 막상 돌아가시니까 좋은 추억이 꽤 많았어요. 우리 시어머니는 과부가 되더니 정신이 어떻게 되셨는지 노상 웃고 다니셨어요. 남편이 죽어서 행복하셨나 봐요. 해방감이란 게 진짜 있긴 있나 봐요. 그래서 난 우리 엄마가 더 불쌍해 죽겠어요. 과부란 여자 행복의 궁극이니까."

"그런 말을 네 남편 앞에서도 하냐?"

"그럼요."

아키코가 참지 못하고 싱크대 앞에서 웃음을 터뜨렸다.

"요새 여자들은 정말 지독하군. 어머니는 평생 그런 말씀은 안 하셨어."

"그러니까 불쌍하다는 거죠."

냉장고를 정리하던 아키코는 처음 보는 반찬 몇 가지를 발견했다. 그새 미쓰코가 만들어놓았나 보다. 반찬을 정리하다가 털게 한 마리를 찾았다. 이 냉동 게를 산 날, 시어머니가 돌아가셨다.

"털게 있는데 먹을래요?"

아키코의 말이 끝나기도 전에 노부토시는 술부터 찾았다. 술은 어머님 장례식 때 마실 만큼 마셨으니 이제 그만 마시라고 하자 노부토시는 짜증 섞인 목소리로 술 없이는 게를 못 먹는다고 투덜거렸다.

"눈 오는 날 먹는 게가 제일 맛있다고 생각했는데, 먹을 처지가 못 됐나 봐요."

"장례식에 게를 먹는 건 좀 그렇지."

한 마리는 양이 조금 많을 듯싶어 식칼로 등을 후려쳐 둘로 토막 내 반 마리만 삶아 저녁을 차렸다.

"아키코 씨, 나도 게 주세요."

어느새 나타난 시게조가 식탁에 자리를 잡고 앉아 어린애처럼 보챘다. 아키코는 그 말이 왠지 측은하게 들려 나머지 반 마리를 삶아 시아버지에게 내밀었다. 막상 게를 삶고 나니 걱정이 밀려왔다. 이럴 때 노부토시나 교코가 말려주면 얼마나 좋을까. 시게조의 위장이 과연 이 게를 정상적으로 소화시킬 수 있을지 불안했다. 그런 아키코의 마음을 아는지 모르는지 교코가 사토시에게 물었다.

"게 안 좋아하니?"

"싫진 않은데 발라 먹기 귀찮아요."

"그럼 고모가 발라줄게."

교코가 시게조의 접시에서 다리 하나를 가져왔다.

"뭐 하는 짓이에요! 내 거잖아. 당장 줘요!"

시게조가 소리를 질렀다.

놀란 교코는 얼른 게 다리를 시게조 접시에 떨어뜨렸다. 교코는 무안했던지 노부토시와 아키코를 번갈아 쳐다보며 어깨를 으쓱거렸다.

식구들은 게살을 바르는 시게조를 불안하게 주시했다. 왼손과 젓가락을 사용해 정성껏 살을 발라 입에 넣고는 꼭꼭 씹어 먹었다. 맛있는지 쩝쩝거리기까지 했다. 시게조 접시 위로 게 껍데기가 점점 쌓여갔다. 그것은 살기 위한 처절한 의식과도 같았다.

"아버님, 맛있으세요?"

아키코 목소리에 시게조는 접시에 파묻은 얼굴을 들고 한참을 우적이더니, 간신히 대답했다.

"예, 아주 맛납니다."

"난 그만 먹을래."

노부토시가 젓가락을 내려놓았다. 평소 게라면 자다가도 벌떡 일어나는 노부토시이지만, 걸신들린 듯이 게살을 발라 먹는 아버지 모습에 식욕을 잃은 얼굴이었다. 그날 노부토시는 훗날 아버지 나이가 되면 절대로 젊은 사람들과는 겸상하지 않겠다고 굳게 결심했다.

5

시아버지의 죽음을 계기로 시어머니가 행복해졌다는 이야기를 교코는 되풀이해서 말했고, 그래서 집에는 서둘러 돌아가지 않아도 된다고 했다. 아키코는 내심 다행이라고 안심했다. 노부토시는 하루 회사를 쉬었을 뿐 출근을 했고, 사토시 역시 학교를 빠질 수는 없었다. 집이 대충 정리되려면 적어도 닷새는 넘게 걸릴 것 같았다. 이왕이면 교코가 집에 남아 함께 정리하는 편이 아키코로서는 훨씬 좋은 일이었다. 시어머니가 남긴 유품을 교코와 상의해 처리할 수 있으니까. 천성이 수다스러운 교코는 말처럼 행동도 머뭇거리지 않아 편했다. 특히 이런 문제로 상의할 때 앞장서는 스타일이라 아키코가 크게 신경 쓸 일이 없었다. 교코는 어머니 물건 중에서 오비* 두서너 개를 미리 점찍어놓은 듯 장롱에서 오비를 꺼내고는 더는 필요 없다고 시원스레

이야기했다. 장롱 밑 서랍에서 시어머니의 저금통장도 찾았는데, 그동안 노부토시와 아키코가 드린 용돈을 저금하거나 빼내쓴 흔적이 남아 있었다. 시게조가 도쿄로 상경한 데는 그럴 만한 사정이 있었다. 한 동네 사람인 교코의 시아버지와 별일 아닌 것으로 툭하면 싸움을 해서 더는 교코의 시아버지와 지낼 수 없게 되었다. 노부토시가 결혼하자 이를 핑계로 도쿄로 올라왔던 것이다. 그때 이미 시게조는 퇴직한 상태였다. 그러니 무슨 특별한 재산이 있을 리 만무했다. 노부토시와 아키코 모두 수입이 적었을 때에는 한집에서 복작대는 수밖에 없었고, 별채는 그들의 수입으로 변통해서 어렵사리 지었다.

너무하다는 생각이 들 만큼 남긴 것이 없었다. 장롱을 뒤지던 교코도 한숨을 내쉬며 돌아섰다. 시골로 돌아갈 때 어머니가 남긴 옷가지 중에서 시어머니에게 맞을 만한 옷을 골라 가져갈 작정이었는데 아무리 뒤져도 건질 만한 옷이 없었다.

"20년 동안 뭘 하고 사셨는지 모르겠네. 무슨 낙으로 사신 건지, 원."

서랍을 정리할 때마다 약병이 쏟아졌다. 부엌 천장에는 약초를 담은 자루까지 매달아놓았다. 시게조가 엽차 대용으로 마셨던 약초였다. 아키코는 이 자루가 무슨 용도인지 금방 알아차렸다.

◆ 오비: 일본 여성들의 기모노의 허리 부분을 장식하는 끈.

"불로장수라는 말이 있다지만, 아버지는 장수만 챙기신 것 같아요. 한방약은 부작용은 없다고 하지만, 역시 노화는 막을 수 없나 봐요."

교코는 또 엄마가 먼저 가시다니, 말도 안 돼, 라며 푸념을 늘어놓았다.

시어머니가 쓰던 이부자리를 꺼내 솜을 틀기로 했다. 동네 이불 가게에 전화를 걸자 곧 주인이 도착했다. 집 안에는 도구다운 도구도 없었다. 툇마루 밑에 빈 캔과 빈 병 들이 가득 쌓여 있는 것을 발견했다. 교코와 아키코는 용도를 몰라 서로 얼굴을 마주 봤다.

"언니, 도쿄에 고물상 없어요?"

"있긴 한데……."

아키코가 고개를 갸우뚱거렸다. 빈 캔과 빈 병 대부분이 자기가 버렸던 것들이었기 때문이다. 노인네 둘만 사는 집에 이렇게 많은 튀김 기름 캔이 돌아다닐 까닭이 없었다. 아키코가 일주일에 한 번씩 버린 것들을 주워 이런 곳에 챙겨둔 장본인이 시게조였는지, 아니면 돌아가신 시어머니였는지 궁금했다. 마치 집에서 기르는 개가 헌 신발짝을 물어다가 툇마루 밑에 감춰놓은 것 같았다.

교코는 말이 많아서 탈이지 정리 하나는 기가 막혔다. 벽장 안에 있는 물건들을 죄다 끄집어내 버려야 할 것과 챙겨야 할 것을 정확히 구분했다. 옷가지와 화장 도구, 장신구는 대부분

낡은 것들이라 버려야 할 것이 더 많았다.

"엄마에겐 이런 걸 모아둘 만한 추억이 있었을 거예요. 언니, 이거 쓸 거예요?"

요즘은 연말 불우이웃돕기에도 헌옷보다 현찰을 더 좋아하는 세상이다.

교코는 벽장 안으로 기어들어가더니 네모진 나무 상자를 꺼내 왔다. 이게 뭐지, 라며 뚜껑을 열어보곤 비명을 질렀다. 찬장을 청소하던 아키코가 깜짝 놀라 교코에게 갔다가 들고 있던 걸레를 떨어뜨렸다. 상자 속에는 틀니가 여러 개 들어 있었다. 부러진 빗과 금이 간 손거울과 함께, 누런 이들을 살색의 받침에 붙여놓은 틀니들이 도사리고 있었다. 부러지거나 이가 빠져서 못 쓰게 된 것들이었다. 아키코는 시게조가 잘 안 맞는 틀니 때문에 몹시 화를 냈던 일, 여러 번 병원을 바꾼 끝에 직접 틀니를 만들었던 일, 그때마다 적지 않은 돈이 들어갔던 일 등을 기억해냈다. 시게조가 재료와 도구를 사들여 직접 틀니를 만든 적이 있다는 얘기를 털어놓자 교코의 눈이 휘둥그레졌다.

"어머, 언제요?"

"한 10년 됐을걸요."

"이건 그때 만든 걸까요?"

"아마 그럴 거예요."

틀니는 보면 볼수록 기분 나쁜 것이어서 아키코도 교코도 질려버렸다.

"돈이 만만찮게 들었을 텐데."

"그랬죠. 보험 혜택을 못 받는 치과에서도 몇 번이나 틀니를 만드셨거든요."

치과를 바꿀 때마다 시게조는 누가 묻지도 않은 경위를 자세히 설명해줬다. 노부토시와 아키코 중 한 사람이 틀니 만들 돈은 제가 드릴게요, 라고 말해줄 때까지 일주일이고 열흘이고 틀니 얘기만 했다. 아키코는 그런 이야기까지 교코에게 하고 싶진 않았다.

"아버지가 지금 쓰시는 틀니, 혹시 직접 만든 건가요?"

"글쎄요."

시게조는 딸과 며느리가 집 안 정리에 정신이 없는 동안 햇볕이 잘 드는 마루에 무릎을 껴안고 앉아 있었다. 눈이 그친 후로 며칠간 날씨는 계속 화창했다. 시게조의 시선은 뜰에 있는 동백나무의 짙은 초록빛을 향하고 있었다.

"아버지, 아버지."

교코가 큰 소리로 시게조를 불렀으나 노인은 대답하지 않았다. 교코가 그만 단념하고 돌아설 때 아키코를 찾는 시게조의 목소리가 쩌렁쩌렁하게 울렸다.

"아키코 씨, 밥 안 먹습니까?"

교코가 아버지를 타박했다.

"점심을 그리 많이 드셔놓곤 또 밥을 달래는 것 좀 봐. 아직 두 시도 안 됐어요."

"아키코 씨, 나 배고파요."

"아버지, 또 배탈 나고 싶으세요?"

"아키코 씨, 밥 안 줘요?"

아키코는 특별히 마음씨가 고운 편은 아니었지만 교코가 등장하고부터는 매우 착한 역할을 맡게 된 듯싶었다.

"아버님, 조금만 기다리세요. 간식 사 올게요."

"빨리 사 오세요. 배고파 죽겠습니다."

"예, 알았으니까 잠깐만 기다리세요."

목소리가 전에 없이 공손해진 이유는 무엇일까. 교코가 내뱉는 볼멘소리를 듣다 보면 아키코는 마음이 가라앉았다.

"아버님 모시고 병원에 가서 의사 선생님을 한번 만나보는 게 좋을지도 모르겠네요."

"그래요, 상당히 심하신 것 같으니까 언니가 한번 모시고 가봐요. 의사가 노인네 망령을 고쳤다는 소린 아직 못 들어봤지만······."

친아버지 일인데도 교코는 될 대로 되라는 듯이 거리낌 없이 말했다.

간식을 사러 나간 길에 시어머니가 쓰러졌을 때 불렀던 의사를 찾아갔다. 무뚝뚝하게 생긴 간호사가 택진*은 오후 여섯 시부터 가능하다고 말한 후 아키코가 다시 물어볼 새도 없이 진

◆ 택진(宅診): 의사가 자택에서 환자를 진찰하는 것.

료실로 들어가버렸다. 그 태도가 마음에 안 들어 일부러 그럼 여섯 시에 다시 올게요, 라고 큰 소리로 외쳤다. 아키코는 조금 걱정이 됐다. 시어머니 장례식에 생각보다 많은 돈이 들어갔다. 화장터와 장의사가 보낸 청구서에는 이런 일이 처음인 아키코 로서는 도저히 납득할 수 없는 금액이 적혀 있었다. 독경 몇 마 디 중얼거린 젊은 승려가 요구한 돈도 터무니없어 보였다. 전화 를 걸어 어디에 돈이 쓰였냐고 물어보자 지극히 사무적인 말 투로 이러이러한 일에 들어갔다면서 촌지는 알아서 하라고 할 말만 하고는 전화를 끊었다. 촌지를 빼도 꽤 큰돈이었다. 가도 타니 할머니에게 청구서를 보여줬더니 할머니도 이건 좀 너무 한데, 라고 혼잣말처럼 중얼거렸다. 장례식에는 나도 있었으니 잘 알지만 잠깐 경을 읽은 것뿐인데 이렇게 큰돈을 달라고 할 수 있느냐면서도, 가도타니 할머니는 어차피 장례 치를 노인이 한 분 더 계시니 촌지는 그만두고 그쪽에서 청구한 돈만 정산 해주는 게 좋겠다고 결론 내렸다.

장의사가 보낸 명세서에서는 관값이 너무 비쌌다. 교코가 보 더니 도쿄라는 곳이 얼마나 물가가 비싼지를 보여주는 증거라 면서 어이없어했다. 도쿄에선 내 맘대로 죽지도 못하겠어, 어차 피 태울 관인데 뭘 이렇게 비싸게 받아먹는 거야, 관 하나를 사 놓고 사람이 죽을 때마다 두 번 세 번 쓸 수도 없는데…… 하 면서 교코는 웃었지만 돈을 직접 관리하는 아키코는 웃음이 나오지 않았다.

물가가 하늘 높은 줄 모르고 치솟는다. 남편 혼자 벌어 오는 돈으로 살림을 꾸리는 집들은 얼마나 힘들까. 그나마 맞벌이를 한 덕택에 그럭저럭 견뎌왔지만, 이렇게 갑작스레 큰돈이 나갈 때마다 연말 보너스 같은 건 순식간에 사라져버렸다.

아키코는 나가는 만큼 어디서 얼마나 아껴야 할지를 계산해봤다. 돌아오는 건 한숨뿐이었다. 늙은 시부모를 한 울타리 안에서 모셔왔으니 언젠가 이런 날이 올 거라고 늘 생각은 해왔다. 그런데 막상 일이 닥치자 정서적 슬픔보다 아키코의 가슴을 답답하게 만드는 주인공은 장례식에 들어간 비용이었다. 사람들이 상갓집에 왜 부의금을 내는지 이제야 납득이 되었다.

여섯 시쯤 사사야마 의원으로 시게조를 데리고 갔다. 잠깐 사이에 환자가 셋이나 더 늘었다. 아키코는 간호사가 내민 용지에 시아버지 이름과 나이, 주소, 전화번호를 적고 초진료를 지불했다. 진료비를 받은 간호사는 말도 없이 접수구의 창문을 쾅 소리가 날 정도로 세게 닫았다. 가뜩이나 신경이 곤두선 아키코는 기분이 매우 불쾌해졌다.

시게조 차례가 되자 아키코는 진찰실까지 함께 따라 들어갔다. 진찰실에서 만난 의사에게 아키코는 공손히 머리를 숙여 시어머니 일로 폐를 끼쳤다며 감사 인사를 전했다.

"아, 다치바나 씨였군요. 그래, 얼마나 애통하십니까. 장례 치르느라 힘드셨죠?"

의사가 상냥하게 위로하는 말을 하자 아키코는 뜻밖이라 더

듣거리며 말했다.

"예, 저……. 시어머니가 갑자기 돌아가신 일 때문인지, 아버
님이 조금 이상한 행동을 하세요."

의사는 간호사가 적어 온 차트를 쭉 훑어보더니 물었다.

"연세가 많으시네요. 정기 검진은 제때 받으셨나요?"

"어떤 검진 말씀인가요?"

"노인 복지 정기 검진요. 65세 이상인 분들이 받으시는 거요."

"안 받으신 걸로 알고 있어요. 아버님이 별채에 따로 사시고
제가 직장을 다니고 해서 잘 모르겠지만 최근에는 병원에 가
신 적이 없는 것 같아요."

사실, 시게조는 의사들을 극도로 불신했다. 그나마 한방 쪽
은 불신이 덜했다. 의사에게 이런 말을 상세히 할 수는 없었다.
다행히도 시게조는 진료실에 들어오기 전부터, 또 들어와서도
점잖게 앉아 있었다.

"윗도리 좀 올려보세요."

시게조는 군말 없이 의사가 시키는 대로 윗도리를 올리기 시
작했는데 동작이 너무 느려 아키코가 옆에서 거들어야 했다.

"연세에 비해 몸이 좋으시네요."

의사가 웃으며 말했지만, 시게조와 아키코, 둘 다 아무 말도
하지 않았다. 젊어서는 키가 큰 미남이었다는 말을 시어머니에
게 들은 적은 있지만 아키코는 젊었을 때의 시아버지를 본 적
은 없었다. 확실히 체격만큼은 다른 노인들보다 훨씬 컸다. 이

렇게 체격이 크면 납골함 한 개로 부족하지 않을까, 라는 생각이 문득 들었다. 순간 이런 생각을 하는 자신이야말로 어디가 잘못된 건 아닌지 싶었다.

"크게 숨 들이켜세요. 예, 잘하셨어요. 한 번 더요."

의사는 어린아이 다루듯 시게조 가슴에 청진기를 가져갔다. 시게조는 의사가 시키는 대로 심호흡을 했다.

문제는 그다음이었다. 간호사에게 무엇인가 준비하도록 지시한 의사는 시게조를 옆방으로 데려가 찰카닥, 찰카닥 소리를 내며 엑스레이 사진을 여러 장 찍기 시작했다. 가뜩이나 장례식으로 많은 돈을 써서 민감해진 아키코로서는 갑작스러운 엑스레이 촬영에 가슴이 철렁 내려앉았다. 엑스레이는 싸구려 사진기가 아니다. 의사와 간호사는 시게조에게 건강 보험이 있느냐는 말도 묻지 않았다. 이런 식으로 자꾸 엑스레이를 찍어댄다면, 또 보험이 아닌 현찰로 지불해야 한다면 어떻게 하나. 아키코는 옆방 문을 박차고 들어가 촬영을 중지하라고 소리라도 지르고 싶은 걸 간신히 억누른 채 안절부절못하고 진료실을 서성거렸다. 구체적으로 증세가 나타난 것도 아닌데 병원에 모시고 온 것부터 잘못이었다는 생각이 들었다. 따지고 보면 교코가 먼저 말을 꺼냈다. 상당히 심하신 것 같으니까 진찰을 받아보는 게 좋겠다고 말이다. 그러나 교코는 이런 말도 덧붙였다. 의사가 노인네 망령을 고쳤다는 소린 아직 못 들어봤다고.

자기 친아버지인데도 어찌 그리 무책임할까, 하고 아키코는 교코에게 화가 났다. 무슨 일이든 시원시원하게 결정짓는 것도 가만 생각해보면 말로 한몫 보겠다는 꼼수에 지나지 않는다. 그런 식으로 말만 앞세우면서 금전적인 부담은 어떻게든 피해보겠다는 일종의 방어 본능이다. 교코는 방어 본능에 충실한 여자다. 이런 생각을 하다 보니 아키코는 또 화가 났다. 그때 촬영실에서 의사가 나왔다. 아키코가 황급히 물었다.

"선생님, 진료비는 얼마나 나올까요?"

의사는 안경 너머로 아키코의 심각한 표정을 찬찬히 훑어보았다. 질문의 의도를 파악했는지 목소리를 가다듬고 설명해줬다.

"매년 경로의 날부터 한 달 동안, 그러니까 10월 15일까지 65세 이상 노인은 무료로 건강 검진을 받을 수 있습니다."

"예, 그렇군요."

처음 듣는 말이었다. 다만 한 가지 확실한 건 연말인 지금이 그 기간에 해당되지 않는다는 것뿐이었다. 아키코는 낙담했다. 무료로 건강 검진을 받을 수도 있었다는 사실을 몰랐다면 이렇게까지 울적해지진 않았을 것이다.

"장례식 비용이 만만치 않으셨을 테고, 또 엑스레이는 처음이시니까 큰 부담이 되지 않도록 해보겠습니다."

"무슨 말씀이신지……."

"실비만 받겠습니다."

아키코는 살았다는 말이 목구멍까지 올라왔으나 가까스로

삼켰다. 여러 번 공손히 인사하는 아키코를 두고 의사는 다시 촬영실로 들어갔다. 아키코는 진료실 한쪽 구석에 앉아 의술은 인술이라는 옛말이 아직 죽지 않았다고 생각하며 진심으로 고마워했다.

엑스레이 촬영이 끝나자 시게조는 다시 진료실 침대에 누워 심전도 검사를 했다. 혈액 검사에 필요한 피도 뽑았다. 꽤 오랫동안 병원 곳곳을 돌아다녔다. 그때마다 의사는 아키코에게 실비만 받겠다며 안심시켰다. 시게조는 의젓한 어린애처럼 의사 말을 고분고분 잘 따랐다.

일주일 안에 결과를 알 수 있다고 했다. 아키코는 또 몇 번이나 고맙다고 인사를 하고는 시아버지 손을 붙잡고 집으로 돌아왔다.

현관에 들어서자마자 라면 냄새가 진동했다. 교코는 사토시와 함께 사발에 얼굴을 파묻고 정신없이 라면을 먹고 있었다.

그 모양을 본 시게조가 어린애처럼 칭얼거렸다.

"배고파요, 아키코 씨. 먹을 것 좀 주세요."

"의사가 뭐래요?"

교코가 얼굴을 들고 물었다.

아키코가 자초지종을 얘기하려 했지만 시게조가 계속 배고프다며 재촉하는 바람에 우선 저녁부터 준비하기로 했다. 아키코도 배가 고팠다. 교코는 도대체 이 시간까지 뭘 하느라 밥도 해놓지 않은 걸까. 저녁 시간이 다 되었으면 밥이라도 해놓을 것이지 사토시랑 라면이나 끓여 먹고 있다니, 대체 이게 무슨 경우란 말인가. 배가 고프기 때문인지 한번 치민 부아가 쉽게 가라앉지 않았다.

"너 지금 뭐 하는 거야? 다 먹었으면 그릇이라도 설거지통에 넣어야지."

아이에게 화풀이를 해도 교코는 들은 척도 하지 않았다.

"어머, 그래요? 경로의 날부터 한 달간 공짜구나. 난 그런 것도 몰랐네. 우리 어머니도 내년 경로의 날에 맞춰 병원 모시고 가야겠네. 혹시 도쿄에서만 그런 건 아니겠죠?"

이런 소리만 늘어놓고 있었다.

"그나저나 아버지는 어디가 안 좋으신 거래요?"

"일주일이 지나야 알 수 있대요."

"일주일씩이나 걸려요?"

"혈액 검사는 큰 병원에 맡기는 거라서요."

"그렇군요. 일주일이라……."

생각에 잠긴 교코가 다시 말문을 열었다.

"언니, 칠일재* 끝나면 난 내려갈게요."

아키코가 설거지하던 손을 멈추고 교코를 쳐다보았다.

"시어머니도 있고 애도 있잖아요. 여기서 계속 이러고 있을 순 없죠."

◆ 칠일재(七日齋): 사람이 죽은 지 7일이 되는 날에 부처 앞에 드리는 불공.

"그야 그렇죠."

"칠일재까지만 여기 있을게요."

교코 말처럼 여기는 교코의 집이 아니다. 교코는 자기 집이 있는 북쪽으로 돌아가야 할 여자이다.

그때 거실에 앉아 있던 시게조가 흑흑거리며 흐느끼기 시작했다.

"왜 그러세요, 아버지!"

"배가 고파서 그래요. 배가 너무 고파서 못 움직이겠어요."

두 손으로 얼굴을 감싸고 소리 내어 흐느끼는 시아버지를 보고 아키코는 당황했다. 우선 사토시에게 식빵을 사 오라고 시키고는 얼른 냉장고를 열어보았다. 노부토시가 남긴 게가 눈에 들어왔다.

"아버님, 게가 좀 남았는데……."

시게조는 울음을 뚝 그치고 식탁에 앉아 젓가락을 집었다. 언제 울었느냐는 듯 천천히 게 껍데기를 핥기 시작했다. 볼에는 굵은 눈물방울이 여전히 빛나고 있는 채로 말이다.

간신히 조용해진 방 안에서 한숨 돌린 아키코는 교코에게 내일부터 출근해야 할 것 같다며 집을 봐달라고 부탁했다. 시누이는 그러겠다면서 아버지 정도는 자기 혼자서도 충분히 보살필 수 있다고 큰소리쳤다.

6

언제부턴가 유라쿠초 중 일부가 니시긴자로 불리기 시작했다.
아키코가 근무하는 후지에다 법률사무소의 주소도 유라쿠초
에서 긴자로 바뀌었다. 긴자의 사무실이라고 하면 사람들은 으
레 새로운 건물과 젊은 화이트칼라 직장인을 떠올렸다. 굳이
틀린 말은 아니지만 아키코의 직장은 유라쿠초에서도 외진 곳
에 있었고 전차가 지날 때마다 유리창이 들들들 흔들릴 정도
로 초라한 사무실이었다. 전쟁 통에 전부 불타고 재만 남은 자
리에 건물이 하나둘씩 들어설 때만 해도 지금처럼 볼품없진
않았다. 행세깨나 하던 입주자들은 새로 올린 건물들로 뿔뿔
이 흩어지고 후지에다 법률사무소만 그때나 지금이나 이 건물
을 지키고 있었다. 아키코와 노부토시는 원래 사내 커플이었다.
회사는 부부가 맞벌이하는 것을 허락해주지 않았다. 어쩔 수

없이 아키코가 퇴직했다. 그리고 몇 달 후 아는 사람의 소개로 후지에다 법률사무소에 타이피스트로 고용되었다. 그럭저럭 20년 세월이 흘러 이 낡은 사무실에서는 선생님이라고 불리는 후지에다 변호사 다음으로 오래 다닌 사람이 되었다. 사무소 소속 변호사는 후지에다 변호사를 포함해 단둘이었고, 사무원은 아키코 외에 젊은 직원이 한 명 더 있었다.

변호사들은 재판이 열리는 날 오전엔 종일 법정에서 지냈고 오후엔 재판에 필요한 변론서를 작성해 아키코에게 타이핑을 부탁했다. 잠시 한눈팔 사이도 없이 아키코의 책상 위로 난해한 법률 용어들이 가득한 서류들이 한 뭉텅이씩 쌓였다.

새로 나온 영어 타자기는 생김새만 세련된 것이 아니라 타이피스트들도 젊은 아가씨들이 대다수라 어딘지 모르게 활기차 보였다. 반면, 일어 타자기는 글자 수가 알파벳보다 지독히 많다는 점과 특수 한자는 일일이 스페어 상자에서 끄집어내야 한다는 불편함 때문에 활기와는 거리가 멀었다. 아키코는 여학교를 졸업하자마자 취직했다. 바쁜 직장 생활을 하면서 새로운 기술을 배울 여유는 없었다. 그나마 남들이 기피하는 타이핑이 수요가 있을 거라는 기대를 갖고 조금씩 배워둔 덕분에 결혼하고 퇴직한 후에도 재취업이 가능했다. 법률사무소에서 아키코의 업무는 타이핑만이 아니었다. 전화도 받고 방문객들에게 커피도 타줘야 했다. 때론 청소와 잡일까지 도맡아야 하는 날도 있었다. 시어머니 장례식이 있는 동안 일거리가 잔뜩 밀려 있었다.

"죄송합니다. 갑작스레 당한 일이라서⋯⋯."

아키코는 오전 내내 법정에 머물다 점심때쯤 돌아온 후지에다 변호사에게 그간의 사정을 이야기했다.

"향년 일흔다섯이시라고 그랬나? 자리에 눕지 않고 가신 게 얼마나 다행이야. 본인도 그렇지만 가족들에게도 천만다행이었지."

"예. 그런데 또 일이 생겼어요."

"무슨 일?"

"올해 여든넷 되신 시아버님이 좀 이상해지셨어요."

변호사는 손가락으로 관자놀이를 가리키며 물었다.

"여기?"

"어머, 어떻게 아셨어요?"

"그 연세에 이상해지셨으면 여기밖에 더 있겠어."

"자식들도 못 알아보세요. 저랑 우리 아이는 그래도 알아보시는데, 남편은 통 못 알아보세요."

"방향 감각은 있으신가?"

"방향 감각이라뇨?"

"방향을 분간하시냐구. 엉뚱한 곳으로 돌진하거나 그러시진 않나?"

"그러시진 않아요. 왜 그런 걸 물어보세요?"

"우리 아버지가 그러셨거든. 나도 꽤 애를 먹었지. 갑자기 자리에서 벌떡 일어나 앞으로 돌진해서는 벽에 머리를 부딪치시기도 하고, 맨 마지막에는 마루에 떨어지셨지."

"그래서 돌아가셨어요?"

"아니, 다리가 부러져 움직일 수 없게 되셨지. 식구들이 차라리 잘됐다고 그러더라고."

"저희 아버님은 아직 그 정돈 아니에요. 근데 무작정 많이 드세요. 먹을 걸 달라고 할 때 안 드리면 막 우셔서 탈이죠."

"오래가진 않을 거야."

"오래가지 않으면 얼마나요?"

"한 2~3년은 가겠지. 우리 아버지도 처음엔 그러셨거든. 점심을 드시자마자 점심은 왜 안 주느냐고 하시더라니까. 우리마누라가 아주 두 손 들었었어. 세상 사람들이 일부러 당신을 굶긴다는 거야. 그러시다가 2년도 안 돼 돌아가셨어."

아키코는 한숨을 쉬며 나직이 말했다.

"계속 별채에서 지내셨거든요. 한집에 살아도 별로 왕래가 없어서 아무것도 몰랐어요. 언제부터 망령이 드셨는지 짐작도 못하겠어요. 어머님이 건강하신 편이라 아버님을 어련히 잘 모실까 싶어서 그냥 믿고 있었는데 어머님이 이렇게 갑자기 돌아가신 데다가 아버님까지 저러시니까 솔직히 뭘 어떻게 해야 좋을지 모르겠어요."

"그럼 오늘은 누구랑 지내시나?"

"시누이가 칠일재 지내고 간대요. 시누이가 시골로 내려가면 보살펴드릴 사람도 없어요."

"그거 큰일인데. 정말 큰일이야."

"저도 걱정이에요."

이때 전화벨이 울렸다. 후지에다 변호사와 아키코의 대화는 그것으로 중단되었다. 아키코는 타자기를 두들기면서도 머릿속으로는 후지에다 변호사가 했던 말을 계속 떠올렸다.

변호사 둘이 밖으로 나가자 아키코와 책상을 마주 보는 직원이 아키코의 눈치를 살피며 다가왔다.

"언니, 큰일이네요."

"뭐가?"

"저희도 할머니가 노망이 나셔서 얼마나 곤란했는지 몰라요. 아니, 곤란한 건 지금도 여전해요."

"어머, 그래?"

"잠시도 한눈을 팔 수가 없었어요. 몸이 오그라들어 매실 장아찌처럼 작은 분이 하루 종일 쉬지 않고 돌아다니셨죠. 혹시 언니 시아버님은 닥치는 대로 뭘 틀거나 하시진 않아요?"

"틀다니, 뭘?"

"그냥 아무거나 트는 거죠. 수도꼭지, 가스 밸브, 가리지 않고 막 틀어요. 라디오랑 텔레비전도 얼마나 크게 트셨는지 몰라요. 할머니는 귀가 먹어서 소리가 아무리 커져도 상관없었지만, 우리는 깜짝깜짝 놀랐어요. 가스레인지 같은 건 또 얼마나 위험해요? 쓰지 않을 땐 일일이 계량기 옆의 원 밸브를 잠가놓았는데, 우리가 모르는 새에 할머니가 가스 밸브를 틀어놓을 때가 있었어요. 그러면 원 밸브를 틀었을 때 엉뚱한 곳에서 가스 냄새가 나는 거예요. 그럴 때마다 간이 콩알만 해졌어요. 그래서 늘 한 명 정도는 할머니를 지키고 있어야 했죠. 그래도 노상 어딜 그렇게 쏘다니시는지 우리처럼 젊은 손주들도 할머니랑 한 시간만 지내면 녹초가 됐어요. 우리 집은 교대로 할머니를 돌봐야 했다니까요. 정말 한시도 눈을 뗄 수가 없었어요."

"연세는?"

"아흔여섯이세요. 20년 전부터 이상해지셨어요."

"어머, 20년이나?"

"처음엔 자꾸 거짓말을 하셔서 왜 저러시나 했는데, 어느 날부턴 또 아무 말씀도 안 하시는 거예요. 그리고 계속 여기저기 돌아다니시다 길도 잃어버리고 해서 집에만 계시게 했더니 하루 종일 쉬지도 않고 거실에서 방으로 돌아다니셨어요."

"지금도 그러셔?"

"아뇨, 10년 전에 쓰러지셨어요. 지금은 꼼짝도 못하세요. 하루는 까딱도 안 하셔서 돌아가셨는지 알고 깜짝 놀랐어요. 병원에 모시고 갔더니 심장은 아직 뛴다는 거예요. 그때부터 고무호스를 코에 넣고 유동식 같은 걸 드시는데 글쎄 보험 처리가 안 된다지 뭐예요. 완전 간호*니까 간호사에게 지불하는 것

---

* 간병인이나 보호자 없이 간호사가 샤워, 식사 등 간병에서부터 간호까지 통합적으로 전담하는 제도.

만도 제 월급의 몇 배가 돼요. 손주가 저까지 여섯이라 서로 나눠서 해결해요. 우리 식구는 모이기만 하면 무슨 말 하는 줄 아세요? 할머니 돌아가시는 날 잔치하자는 말만 해요. 팥밥*도 해서 맛있게 먹자고 하고요. 그 정도예요."

"그건 너무했다."

"아빠 형제가 세 분이거든요. 손주도 여섯이나 되고. 만약 손주가 저 하나였으면 결혼 같은 건 꿈도 못 꿀 뻔했어요."

"그럼 할머니가 식구들은 알아보셔?"

"눈도 못 뜨세요."

"왜?"

"근무력증인가 하는 병까지 생겨서 눈꺼풀이 올라가질 않는대요. 기저귀를 차시는데 가끔 문병 가도 냄새가 심해서 근처엔 아예 가질 않아요. 오죽하면 우리 아빠가 병원에서 왜 안 죽여주느냐고 난리를 피우셨다니까요."

"그래도 그건 아니지."

"돈이 너무 많이 들어요. 간호사의 일급은 오르기만 해요. 호스를 코에서 위까지 집어넣고 주스 좀 먹이는 것밖에 없는데도 5년이 지나도 10년이 지나도 돌아가시지 않으니까 아빠도 지치셨나 봐요. 이러다 내가 먼저 죽는 거 아니냐고 맨날 한숨

◆ 팥밥: 일본에서는 경사스러운 일이 있으면 팥밥(赤飯: 세키항)을 지어 축하하는 풍습이 있다.

만 쉬세요. 우리 손주들은 아빠라도 돌아가시면 야반도주하자고 그래요."

아키코는 더는 듣고 싶지 않았다. 그녀는 필요 이상으로 손가락 끝에 힘을 주어 타자기 자판을 세게 두드렸다. 이 법률사무소에 사람이라고 해봐야 겨우 네 명뿐인데, 그중 세 명이 망령 든 노인 때문에 고통을 겪은 경험이 있거나, 또는 현재 고통을 겪고 있거나, 앞으로 고통을 겪게 될 처지에 놓여 있다니!

아키코는 별채 현관에 쓰러져 있던 시어머니를 떠올렸다. 이렇게 차분히 시어머니를 생각하기도 오랜만이었다. 아키코는 시어머니의 인품을 좋아했다. 까다로운 남편을 50년 넘게 섬겨왔으면서도 혈색이 좋았고 얼굴에선 늘 미소가 떠나지 않았다. 시게조와 아키코가 충돌할 때마다 여러 가지로 신경 써준 사람은 그래도 시어머니밖에 없었다는 생각이 들자 새삼 그리워졌다. 입 밖으로 소리 내어 말하지 않았지만 교코와 노부토시의 말처럼 아키코 역시 시어머니가 더 오래 살 거라고 굳게 믿고 있었다. 시어머니 같은 옛날 여자들은 남편 앞에서 노예와 다를 바 없는 세월을 강요당했다. 그 오랜 세월 동안 불평 한마디 없이 참아온 시어머니는 남편이 노망난 것 같다는 말도 해주지 않고 하늘에서 눈이 내리던 날, 하늘나라로 올라가버렸다. 아키코는 한숨을 내쉬었다. 시어머니 같은 여자의 일생을 과연 뭐라고 표현하면 좋을까. 요즘 여자들이라면 절대로 참지 못하는 일생이다. 시어머니의 죽음도 마찬가지다. 당신의 죽음을 미리 예견이라도 했던 걸까. 자식들을 조금이라도 편하게 해주려고 그랬는지 미용실에서 머리를 다듬고 돌아가시다니, 누구도 흉내 낼 수 없는 죽음이다. 하지만 시게조가 그 즉시 도움을 요청했다면 시어머니를 살릴 수 있었을지도 모른다. 그 생각을 하니 또 화가 치밀었다.

'본건에 관해 검찰이 피고에게 정상 참작을 할 여지가 없다고 말한 것은 당연하나……'

타자기 자판을 두드리면서 아키코는 한숨을 내쉬었다. 시어머니의 죽음을 순수하게 애도하고 있는 것인지 아닌지 자신이 없어졌다. 그러나 남은 사람이 시어머니였더라면 하는 생각이 강하게 드는 것은 어쩔 수가 없었다.

일이 밀려 잔업을 할까 생각해봤지만, 그러면 쇼핑할 시간이 없다는 생각이 들어 제시간에 퇴근하기로 했다. 근처 백화점 지하 식품 매장에서 장을 보지 않으면 시게조와 교코처럼 갑자기 불어난 입들을 감당할 수가 없다. 이 두 사람 때문에 식생활 계획이 뒤죽박죽이 되었다. 시게조는 그렇다 쳐도 교코까지 스파게티나 기름에 볶는 간단한 음식을 싫어했다. 아키코로서는 난처한 일이 아닐 수 없었다. 자기 식성에 맞는 음식을 해 먹으면 좋을 텐데 아키코의 부엌에 들어가는 것이 조심스러워서인지, 아니면 가사에서 잠시라도 벗어나고 싶은 욕구 때문인지 교코는 도무지 움직일 생각을 하지 않았다. 칠일재가 끝나면 돌아가겠다고 말했지만, 아키코로서도 교코라는 이질적인 인물과 섞이는 것은 이쯤에서 마무리해야 한다는 생각이 들었다. 냉동식품을 기분 나쁜 눈초리로 바라보며 젓가락조차 대지 않는 교코의 행동이 내내 마음에 걸렸다. 청어나 대합만 해도 그렇다. 신선도는 냉동한 게 훨씬 양호한 편인데도 냉동식품이라면 무조건 기피하는 시골 사람의 비과학적인 상식에는 두 손 들고 말았다.

백화점 지하 식품 매장을 둘러보다가 바다참게를 잔뜩 쌓아놓은 코너에 가봤다. 냉장고에 아직 털게 한 마리가 들어 있다는 걸 떠올리며 어떻게 할지 망설였다. 결국 수컷 한 마리와 조금 작은 암컷 한 마리를 사 들고 백화점을 나섰다. 수컷은 두세 조각으로 쪼개 노부토시에게 주고 암컷은 시게조에게 요리해주면 딱 맞을 것 같았다.

점심은 사무실 근처 식당가에서 가장 싼 라면으로 대충 해결한 터라 지하철 출구의 노점에 들러 핫도그를 한 개 사 먹었다. 오늘은 자신이 하루 종일 집을 비웠으니 교코가 저녁 식사쯤은 대신 준비해줬을 거라고 섣불리 짐작했다가 정작 쌀 한 톨 씻어놓지 않은 부엌을 보고 충격에 휩싸이고 싶진 않았다. 도쿄에선 저녁 식사를 가벼운 과일이나 샐러드로 대신하는 추세이지만 교코는 매 끼니마다 시게조와 함께 무서운 속도로 밥을 퍼먹어야 직성이 풀렸다. 하다못해 반찬이 단무지뿐이라도 밥을 먹었다. 아키코가 쓰쿠다니*를 산 이유도 먹성 좋은 교코를 위해서였다. 요즘 들어 남편의 고혈압을 조심해서 짠 것을 사지 않았었다.

양손에 쇼핑백을 들고 밖으로 나오자 오우메 가도에 메마른 회색 바람이 불고 있었다. 그날은 눈이 왔었는데…… . 며칠 전 일이 떠올랐다. 식빵을 사고 싶었지만 제과점에 들를 여유가 없었다. 초겨울의 찬 바람이 오늘따라 시리다. 판탈롱을 입고 나온 자신의 선택이 오늘처럼 다행스럽게 느껴진 것도 처음이다. 젊었을 때는 그런 적이 한 번도 없었는데 요즘엔 날씨가 차가워지면 늘 복통이 생겨 설사를 하곤 한다. 이제 옷차림에 신경 쓸 나이는 지났다는 것을 깨끗하게 받아들이고 12월이 되면 털실로 짠 바지를 입는다. 같이 근무하는 직원이 며칠 전에 지독히 짧은 미니스커트를 입고 출근한 적이 있었는데, 달랑 감색 스타킹이 전부였다. 아키코도 그 나이에는 추위보다는 사람들 시선이 더 신경 쓰였다.

현관 앞에 쇼핑백을 내려놓고 핸드백에서 열쇠를 꺼내다가 오늘은 그럴 필요가 없다는 것을 깨달았다. 손잡이를 돌리자 여느 때와 달리 현관문이 삐걱거리며 열렸다. 역시 기다리는 사람이 없는 집보다는 사람이 있는 집이 더 따뜻했다. 자기도

◆ 쓰쿠다니: 어패류, 생선, 해초와 채소 등을 설탕, 간장, 미림 등으로 달고 매콤하게 조린 보존 식품.

모르게 목소리가 조금 들떴다.

"저 왔어요."

대답이 없었다. 안으로 들어갔는데 왠지 어수선했다. 부엌 싱크대에 아침에 먹었던 그릇들이 그대로 처박혀 있는 걸 보고 아키코는 충격을 받았다. 노부토시와 사토시만 있을 때도 집 안이 이토록 엉망이 된 적은 없었다. 피가 거꾸로 솟았다.

"아버님!"

목소리가 날카로웠다.

"아가씨!"

여전히 대답이 없었다.

아키코는 외투를 벗어 신경질적으로 내팽개친 뒤 설거지부터 했다. 맞벌이를 하고 있지만 아키코는 워낙 깔끔한 성격이어서 어질러놓는 꼴을 용납하지 못했다. 노부토시와 사토시는 아키코의 감화인지 시게조 부부의 유전인지 정리 정돈은 잘하는 편인데, 어째서 교코만 부모를 닮지 않은 것일까.

순간온수기의 더운물을 틀어놓고 덜거덕거리며 설거지를 마친 아키코는 그 기세로 청소기를 돌리기 시작했다. 집 안 구석구석 걸레질까지 마쳤을 때 사토시가 돌아왔다. 이 추운 날 자전거라도 탔는지 얼굴이 벌겋게 달아올랐다.

"너 지금 학교에서 오는 거야?"

"아니, 아까 왔어. 근데 할아버지하고 고모가 안 계셔서 어디 가셨는지 찾아다녔어."

"아까라니, 그게 언젠데?"

"한 시간쯤 됐을걸."

"그렇게나 오래 문도 안 잠그고 집을 비웠어?"

"……."

"어디 갔었는데?"

"병원하고 시장하고 초상날 왔던 절까지 갔다 왔거든. 근데 아무 데도 안 계셔."

"그래도 제법이네. 그런 데를 다 가보고."

"할아버지까지 돌아가실까 봐 걱정되어서 그랬지. 여든넷이시잖아."

섭섭함에서 시작된 화가 조금씩 가라앉고 걱정이 그 자리를 메우기 시작했다. 두 사람 모두 이 시간에 어딜 갔단 말인가. 아키코는 별채로 가봤다. 불단 위에 놓인 납골함을 보니 마음이 아팠다. 밤에는 이곳에서 시아버지와 교코가 함께 지낸다. 교코가 돌아가면 시아버지를 어디서 모셔야 하는지가 중대한 문제로 떠오를 것이다. 사무소 직원의 할머니는 닥치는 대로 틀어버린다고 했다. 아키코는 불단 앞에 앉아 영전에 등불을 올리고 향을 피운 다음 합장했다. 장의사가 확대해준 시어머니의 영정 사진이 커다란 액자에 들어 있었다. 아키코를 보며 뭐가 그리 좋은지 해맑게 웃고 있었다. 몇 해 전 사토시가 찍은 사진을 앨범에서 꺼내 장의사에게 건네 만든 영정이었다.

"어머님……."

아키코는 텅 빈 집에서 누가 듣는 것도 아닌데 조용히 목소리를 낮춰 불러봤다.

"어머님, 아버님이랑 아가씨는 지금 어디 계신 거예요?"

시게조를 혼자 두지 않아서 정말 다행이라는 생각과 앞으로 교코가 시골로 내려가고 나면 어떻게 해야 좋을까 하는 걱정이 뒤범벅이 되어 가슴이 답답했다. 시어머니의 영정을 보고 있을수록 마음이 침울해졌다. 후지에다 변호사와 주고받은 대화가 자꾸 떠올랐다. 등불을 끄고 아키코는 안채로 돌아왔다.

교코가 무슨 생각으로 시게조를 데리고 집을 비웠는지 아무리 기다려도 감감무소식이었다. 교코가 사는 시골과 달리 도쿄에서는 외출할 때 반드시 문을 잠가야 한다. 이렇게 몇 시간씩 외출하면서 현관문을 잠그지 않는다면 정말 곤란하다.

지금 당장 교코에게 사정을 물어볼 수도 없는 노릇이어서 아키코는 우선 저녁부터 차리기로 했다. 교코는 고등학생인 사토시 못잖은 대식가였다. 시게조도 누가 곁에서 말리지 않으면 얼마든지 먹어치울 수 있다는 태세여서 쌀을 평소보다 더 많이 씻었다. 전기밥솥에 쌀을 안치고 채소를 씻고 토막 난 생선을 간장에 조렸다. 저녁 준비가 거의 다 될 때까지 두 사람은 돌아오지 않았다. 가만히 앉아 있을 수가 없어 아키코는 목욕물도 데웠다.

"사토시, 배 안 고프니?"

2층에 있는 사토시에게 큰 소리로 물었다. 아래층으로 내려온 사토시가 장난스럽게 대답했다.

"배고파서 할아버지처럼 울고 싶어."

"징그러운 소리 마. 밥 다 됐어. 조금만 기다려."

"예, 예, 아키코 씨, 부탁드립니다."

어디까지 부모를 놀릴 셈인가, 하고 아키코는 기분이 언짢았다. 사토시는 거실 한쪽에 책상다리를 하고 앉아 석간신문을 펼쳤다.

"엄마, 할아버지하고 고모는 어디 가셨을까?"

"사토시, 생선조림 좀 보고 있어."

"엄마, 어디 가려고?"

"옆집에 다녀올게."

"기하라 씨 댁이랑 가도타니 씨 댁은 내가 벌써 가봤어."

"거기도 안 계셔?"

석간신문을 뒤적이며 사토시가 말했다.

"혹시 두 분이 따로 나가신 건 아닐까?"

"무슨 뜻이야?"

"할아버지랑 고모가 각자 다른 시간에 나가셨을지도 모르잖아. 고모가 할아버지한테 잠깐 나갔다 오겠다고 한 다음 도쿄 구경을 나가신 거야. 할아버지도 망령이 나셨으니까 그냥 아무데나 가신 거고."

"너 아까부터 자꾸 이상한 소리 할래?"

"그럴 가능성도 있다는 거지, 내가 뭐 진짜 그렇대?"

아키코는 사토시에게 저녁상을 차려줬다.

"잘 먹겠습니다."

사토시는 한마디 하고는 배가 고팠는지 허겁지겁 먹었다. 그러다 갑자기 얼굴을 들고 물었다.

"엄만 안 먹어?"

"생각 없어. 고모 오면 같이 먹을게."

"배 안 고파?"

"아직 괜찮아."

핫도그를 사 먹길 잘했다고 생각했지만 사토시에겐 이야기하지 않았다.

사토시가 거의 밥을 다 먹었을 때 부엌 창문을 힘껏 두드리는 소리가 났다.

"아키코 씨, 아키코 씨."

"어머, 아버님! 어딜 다녀오신 거예요?"

부엌문을 열어주자 시게조가 황급히 들어왔다. 사토시와 식탁을 번갈아 쳐다보던 시게조는 젓가락부터 찾았다.

"아버님, 아가씨는요?"

시게조는 들은 척도 하지 않고 먹기만 했다. 말쑥하게 차려입은 신사복과 구두를 바라보며 아키코는 무엇인가 떠오를 듯했지만 정확히 그게 뭔지는 잘 떠오르지 않았다.

"아버님, 아가씨는 어떻게 됐어요? 같이 나가신 거 아니었어요?"

식탁에 얌전히 앉아 밥알 하나 흘리지 않고 신중하게 먹고 있는 시아버지 얼굴을 보면서 아키코는 몇 번이나 어디에서 오는 길이냐고 물었다. 시게조는 음식을 먹을 때는 아무것도 보이지 않고 아무것도 들리지 않는지, 자세도 바르게 왼손으로 밥그릇을 들고 오른손으로 젓가락을 잡고 규칙적으로 계속 씹고 있었다.

"아버님, 이 시간까지 어디 계셨어요?"

아키코가 한 번 더 큰 소리로 물었다.

"엄마, 그만해."

사토시가 보다 못해 아키코를 말렸다.

한참이 지나서야 교코가 돌아왔다. 아키코와 사토시가 놀라서 벌떡 일어날 정도로 머리가 흐트러져 있었고 목 언저리 근처에서 옷자락이 희한한 모양으로 구겨져 있었다.

"아가씨, 어떻게 된 거예요?"

교코는 말할 기운도 없을 만큼 지쳤는지 시게조가 밥 먹는 걸 보곤 그 자리에 털썩 주저앉았다. 금방이라도 숨이 넘어갈 것처럼 보여 아키코는 컵에 물을 담아 건넸다. 단숨에 물을 들이켠 교코는 크게 한숨을 내쉬었다. 아직도 말이 안 나오는 기색이었다. 잠시 뭔가를 생각하더니 원망스러운 눈길로 아버지의 뒷모습을 쏘아봤다.

그때 시게조가 빈 밥그릇을 내밀며 말했다.

"아키코 씨, 밥 한 그릇 더 주세요."

벌써 세 그릇째였다. 아키코는 덜컥 겁이 났다.

"아버님, 오늘은 그만 드세요. 차 한잔 드릴게요. 배탈 나면 큰일 나요."

아키코가 차를 따라주자 시게조는 아무 말도 하지 않고 찻잔을 받아 들었다.

그제야 교코가 간신히 입을 열었다.

"아버진 언니를 좋아하는 것 같아요."

아키코는 흠칫 놀라 교코를 바라봤다. 이보다 더 기분 나쁜 말은 없을 듯했다.

"이상한 얘기하지 말고 저녁 드세요."

"아냐. 아버진 언니를 좋아해요. 오빠나 나는 알아보지도 못하고 우리가 하는 말은 들은 척도 안 하는 양반이 뭐든지 언니가 하라는 대로만 하는 걸 보면 그런 생각 안 들어요? 아버진 진심으로 언니를 좋아하시는 거야."

"농담 그만해요. 결혼한 다음 날부터 아버님한테 구박받았어요. 그동안 속으로 얼마나 많이 울었다고요."

그사이 밥을 다 먹은 사토시가 슬며시 일어나 2층으로 올라가버렸다.

"그건 나도 마찬가진데, 뭐. 하긴 엄마도 언니가 불쌍하다는 편지를 가끔 보내셨어요. 우리 집 양반도 아버지한테 싫은 소리를 하도 많이 들어서 아버지라면 질색해요. 오죽하면 우리 시부모님하고도 여러 번 싸우셨잖아요. 중간에 나만 애를 먹었죠. 언니 입장이 어떤지 나만큼 이해하는 사람도 없을걸요? 그래도 언니는 나하곤 좀 다르잖아요."

"뭐가 다른데요?"

"사랑이 지나치면 미움이 백배라는 말도 있잖아요. 아버진 실은 언니를 좋아했던 거예요."

"그만해요."

아키코가 새된 소리를 지르자 교코도 자신이 한 말이 아키코를 불쾌하게 만든 것을 깨달았는지 화제를 돌렸다.

"정말 오늘은 아주 혼났다니까요. 아버지 걸음이 그렇게 빠른지 오늘 처음 알았어요. 아버지 쫓아가다가 숨차서 죽는 줄만 알았다니까요."

아키코도 시누이와 서먹한 사이가 되고 싶지 않았고, 어떤 사정이 있었을 거라고 생각되어 대화를 이어갔다.

"어디 가셨는지 걱정했어요. 사토시가 자전거 타고 병원부터 절까지 찾아다녔대요."

"점심 때까진 아무 일 없었죠. 텔레비전 앞에서 주무셨거든요. 또 배탈이라도 날까 봐 죽을 끓여드렸어요. 그것도 다 드셨고. 부추랑 달걀을 풀어서 쑨 거라 맛있었을 거예요. 일부러 쌀은 조금만 넣어서 묽게 만들었거든요, 소화 잘되시라고. 근데 잠깐 화장실 갔다 온 사이에 아버지가 안 보이는 거예요. 그래서 별채로 갔더니 방 안에서 천천히 옷을 갈아입고 계시더라고요. 어디 가려고 옷을 갈아입으시느냐고 물으니까 할머니

보러 간다는 거예요, 글쎄."

"어머."

"엄마가 어디 있냐고 물었더니 막무가내로 도쿄에 있다는 말만 했어요. 여기가 도쿄라고 몇 번이나 말해도 못 알아들으시더라고요. 아무 말도 안 하고 옷만 갈아입으셨어요. 넥타이도 매고 구두까지 꺼내 신으셨다니까요. 그런 걸 보면 망령 든 게 아닌 것도 같고."

"……."

"그래 어떻게 하실 작정인지 가만히 보기로 했어요. 할머니 보러 간다는 걸 보면 엄마를 완전히 잊어버린 것 같진 않죠? 평생 노예 부리듯 부려먹은 엄마가 그래도 보고 싶다는 건지, 그땐 노인네가 왠지 불쌍해 보이더라고요. 한참을 그러고 있었는데 외투도 안 입고 나가시는 거예요. 나도 목도리만 대충 두르고 따라나섰는데 아버지 걸음이 어찌나 빠른지 노인네 걸음이라곤 생각되지 않았어요. 뒤에서 아버지, 아버지 하고 계속 부르는데도 그냥 막 가시더라고요. 그러니 나도 그냥 뛰었죠."

"어느 쪽으로 가셨는데요?"

"처음엔 이쓰카이치 가도로 가셨어요. 그러다가 자전거 가게를 끼고 오른쪽으로 꺾어지셨어요……."

"아, 거긴 오우메 가도예요."

"맞아. 그래가지고는 그냥 똑바로 가시더라고요. 뒤에서 내가 계속 소릴 지르는데도 들은 척도 안 하셨어요. 내가 쫓아가서

잡을 때마다 어찌나 세게 뿌리치시던지 한 번은 내가 엉덩방
아를 찧었다니까요."

"어머나, 세상에."

"그건 그렇고, 도쿄 사람들 정말 야박해요. 뒤돌아보는 사람
은 있어도 무슨 일이냐고 물어보는 사람은 한 명도 없어요. 간
신히 택시를 세워 운전사한테 사정 얘기를 하고 도와달라고 부
탁한 다음에 아버지한테 달려가 붙잡느라 실랑이를 좀 했는데,
그걸 못 기다리고 택시가 가버렸어요. 우리 동네 같았으면 사
람들이 다 도와줬을 거예요. 정말 너무하다고 생각했어요."

"······."

"난 살이 좀 쪄서 숨이 빨리 가빠지고 어지럽기까지 한 거예
요. 아버진 어디까지 갈 작정인지 모르겠고, 게다가 넓은 길을
곧장······, 그 길이 뭐라고 했죠?"

"오우메 가도요. 신주쿠 쪽으로 가셨네요."

"맞아요. 그렇게 막 걸어가시면서 신호 같은 건 보지도 않아
요. 한 번도 제자리에 서질 않더라고요. 얼마나 무서웠다고요.
빨간 신호가 들어올 때마다 아버지 조심해요, 라고 소리쳐도 그
냥 아무 데나 막 가셨다니까요. 엄마를 보러 가겠다는 게 도로
로 뛰어들어 차에 치어 죽어버리겠다는 거였나, 라는 생각이 들
정도였어요."

"······."

"하여튼 죽기 살기로 뛰어가서 간신히 아버지를 붙잡고 아키

코 씨도 걱정하니 그만 가자고 했더니 여우에 홀린 것처럼 내 얼굴을 똑바로 보시는 거예요. 그 자리에 우뚝 서서는 아키코 씨가? 아키코 씨가 어떻게 됐다고요? 하면서 몇 번이나 묻더라니까요."

"……"

"아키코 씨가 집에서 걱정하고 있단 말이에요, 그러니까 빨리 집에 가요, 했더니 그렇군요, 그럼 갑시다, 하면서 온 길을 되돌아가는데 또 뛰듯이 걷는 거예요. 차에 치일까 봐 조마조마했는데 용케도 차를 잘 피하시더라고요. 한번은 택시에 치일 뻔했는데 그래도 차가 제때 잘 멈췄어요. 운전사가 차에서 내려 얼마나 욕을 퍼붓던지 창피해 죽는 줄 알았어요. 그런데 아버진 당신한테 욕하는지도 모르시더라고요. 숨은 가빠오지, 다리는 아프지, 안 되겠다 싶어 어떻게 해서든 택시를 잡아서 아버지를 태우려고 했는데 아버지를 붙잡을 수가 있어야 말이죠. 뒤에서 아무리 불러도 돌아보지도 않으셔서 하는 수 없이 또 뒤를 쫓아갔어요. 얼마나 걸었는지 모르겠네, 밝을 때 나갔는데 돌아올 때는 날이 저물었으니."

"사토시가 학교에서 돌아와서 찾으러 나간 지 한 시간 반에서 두 시간쯤 됐어요."

"그보다 더 걸은 것 같아요. 시골에서도 이렇게 많이 걸어본 적이 없어요. 동네 근처에 다 와서야 조금 안심이 됐는데 아버지가 이쓰카이치 가도를 지나쳐서 그냥 똑바로 가시는 거예요."

"저런."

"이젠 정말 안 되겠다 싶더라고요. 죽을힘을 다해 아버지를
쫓아갔어요. 등 뒤에다 대고 아키코 씨가 기다리는 집은 그쪽
이 아니라 이쪽이에요, 라고 소리를 질렀더니 금방 또 이쓰카
이치 가도로 되돌아오는 거예요. 그땐 진짜 기운이 빠져 걷지
도 못하겠더라고요. 근처에 찻집이 보이기에 들어가서 차하고
케이크 한 조각을 시켜 먹었어요. 아버지가 집으로 가시지 않
아도 이젠 모르겠다는 생각이 들더라고요. 아무리 아버지라지
만 진짜 열불이 나더라고요. 그래도 어쩌겠어요. 걱정이 돼서
집으로 곧장 달려왔죠. 이젠 손 하나 까딱할 힘도 없어요."

교코는 힘들어 죽겠다고 하면서도 쉬지 않고 단숨에 그 많
은 말들을 쏟아냈다. 시게조는 정좌한 채 눈을 반쯤 감고 있었
다. 잠이 오는 모양이었다. 교코와 아키코는 한동안 말없이 그
모습을 지켜보기만 했다.

"그랬군요. 나도 얼마나 걱정했다고요. 아직 밥도 안 먹었어요."

"미안해요, 나 때문에."

"오는 길에 전화라도 한 통 했으면 좋았을 텐데. 그럼 사토시
를 보내 택시라도 타고 왔을 거 아녜요."

"전화?"

교코는 입을 반쯤 벌리고 아키코를 쳐다보았다. 공중전화로
진즉에 연락했으면 자신이 이렇게 고생하지 않아도 됐다는 것

을 깨닫는 데 약간의 시간이 걸렸다.

"왜 그 생각을 하지 못했을까. 도쿄는 길가에 공중전화가 있다는 걸 깜빡했어요. 그리고 집에서 나갔을 땐 언니도 없고 사토시도 없었잖아요. 집에 사람이 없다는 생각에 전화 걸 생각은 하지 못했네요."

교코가 억지로나마 젓가락을 들었다. 아키코도 함께 저녁을 먹으면서 그날도 아마 틀림없이 그랬을 거야, 라고 생각했다. 눈오는 길을 마치 돌진하듯 걸어오던 시게조였다. 만일 그때 아키코를 만나지 못했다면 오늘처럼 계속 걸었을지도 모른다. 교코의 이야기로 짐작하건대 오우메 가도를 따라 곧장 신주쿠 근처까지 갔던 모양이다. 대체 그 먼 길을 걸으면서 시아버지는 무슨 생각을 했을까.

밥을 먹다 말고 교코가 젓가락을 내려놓았다.

"엄마를 보러 간다고 분명히 말하셨는데……. 하긴 눈동자를 보니까 나사가 완전히 풀려 있더라고요. 도쿄에 엄마가 있다고 하신 걸 보면 여길 아버지가 태어난 고향이라고 생각하시는 것 같아요."

교코는 어려운 수수께끼를 풀듯 천천히 지나간 시간을 정리해보려고 애썼다.

"그런데 이쓰카이치 가도에서 집까지 혼자 오셨다면서요."

"가끔 현실로 돌아올 때도 있나 보죠."

"꿈과 현실 사이를 왔다갔다 하시는 것 아닐까요?"

"그래, 맞아. 그런 것 같아요. 좋은 팔자네요. 나도 가끔 현실을 잊고 싶을 때가 있거든요."

교코는 어머니에게서 물려받은 기질 때문인지 심각한 말을 하면서도 잘 웃는 버릇이 있었다. 아키코는 그런 교코가 부러웠다. 아키코에겐 농담으로라도 꿈과 현실 사이에서 배회하는 시게조가 좋은 팔자라고 생각되지 않았다. 자신은 앞으로 시아버지가 돌아가실 때까지 함께 살아가야 한다. 반면, 교코는 사나흘 후면 이 집을 떠나 홀가분하게 자신이 살던 세계로 돌아갈 사람이 아닌가.

찻집에서 케이크를 한 조각 먹고 왔다면서도 교코는 한참을 달려와서인지 평소보다 몇 배로 먹었다. 여자가 저녁밥을 세 그릇씩이나 먹는다는 건 도쿄에서 찾아보기 힘든 일이었다. 잠자코 밥을 먹다가도 한 번씩 고개를 들고 아버지의 동태를 살펴봤다. 그리고 또 한숨을 내쉬면서 무섭게 젓가락질을 했다.

"아키코 씨 얘기만 나오면 눈이 반짝이더라고요."

아키코는 못 들은 척했다.

교코는 설거지도 하지 않았다. 아키코는 싱크대에서 빈 그릇을 닦으며 시누이에게 목욕물을 데워놓았다고 말했지만 교코는 너무 피곤해서 목욕하고 싶은 생각도 없다고 말했다.

"아버님은 장례식 전부터 씻지 않으셨어요."

아키코는 시아버지 몸을 자기 손으로 직접 씻겨드리고 싶진 않았다. 특히 오늘은 교코의 입에서 여러 차례 아버지는 언니를 좋아한다는 말을 들어서인지 더 그랬다.

"그래요? 아버지도 오늘은 힘드실 거예요. 노인네가 오죽 많이 걸으셨어야지. 나보다는 덜 지치셨겠지만."

"지쳤을 때 목욕하면 더 힘들죠."

"그것도 그래요. 아버지 모시고 가서 눕혀드려야겠어요. 나도 좀 눕고요."

교코는 별채로 가서 이부자리를 편 다음 다시 돌아와서 물었다.

"어이구, 추워. 저 집은 아주 냉골이야. 석유난로 가져가도 괜찮아요?"

"괜찮아요. 내가 가져갈게요. 아가씨는 아버님 보고 있어요."

"아버지, 아버지."

밥을 먹어 기운이 났는지 교코가 거칠게 시게조를 흔들었다.

"저쪽으로 가서 편하게 주무세요."

시게조는 잠이 덜 깬 얼굴로 교코를 올려다보다가 맞은편에 서 있는 아키코를 보곤 아무 말도 하지 않고 일어섰다.

"거봐요. 언니만 믿는다니까."

그 말이 나올 거라고 짐작했는데, 역시나 교코는 또 같은 말을 반복했다.

아키코는 석유난로를 들고 뜰을 지나 별채로 가면서 석유난로가 위험하진 않을까, 걱정스러웠다.

교코가 시게조의 옷을 잠옷으로 갈아입히는 동안 아키코는 부엌으로 들어가 숯을 찾았다. 좁은 시멘트 바닥 한쪽 구석에 풍로와 부삽이 놓여 있었다. 아키코가 사는 안채에선 수년 전부터 이런 고전적인 난방을 하지 않았다. 하나뿐인 가스풍로에 불을 붙이고, 그 위에 숯을 얹었다. 노부부가 좋게 말하면 오붓하고 조촐하게, 나쁘게 말하면 외롭고 초라하게 살아온 것을 뼈저리게 느꼈다. 아키코는 돌아가신 시어머니에게 사죄하고 싶어 하는 자신을 발견하고 놀랐다. 핵가족이라는 말이 있다. 아키코 부부의 맞벌이와 여느 노인들보다 유별난 시게조 때문에 세간의 풍조를 따라 핵분열을 일으킨 것인데, 그것이 과연 이상적인 삶인지 아키코는 골똘히 생각에 잠겼다. 시부모가 상경한 뒤 매일처럼 반복되는 마찰을 견디다 못해 아키코는 빚을 내서라도 분가해야겠다는 일념으로 별채를 짓고 시부모와 따로 살기 시작했다. 사실 그때까지만 해도 아키코가 아직 젊어서 이런 부분까지 생각할 여유가 없었다. 이런 부분이란 그녀 자신의 노년을 말한다. 지금은 맞벌이를 하느라 분주한 날들을 보내고 있지만 나이 들어 허리가 꼬부라질 때까지 법률사무소에서 타이피스트로 일할 수는 없다. 사토시도 제 짝을 찾고 노부토시가 정년을 맞이하면, 자신도 하나뿐인 가스풍로에 불을 붙이며 쓸쓸히 죽을 날을 기다리는 삶 속에 묻혀버리게 될까? 아키코는 검은 숯이 온통 빨갛게 타오를 때까지 망연히 서 있었다.

부삽으로 숯불을 건져 시게조가 자고 있는 방 한쪽에 놓인 화로로 옮기려는데, 교코가 시게조의 머리맡에 앉아 같은 생각을 하고 있었다.

"아버지를 보고 있으면 왠지 쓸쓸하기만 해요. 엄마가 돌아가셨다는 말만 듣고 올라왔는데, 엄마가 돌아가신 것보다 아버지가 더 큰일이네요. 아버진 지금 자기가 어떤 처지인지 알고 계실까요?"

화로에 숯불을 담고 그 위에 재를 올렸다. 물이 담긴 쇠주전자를 철제 삼발이에 올려놓으면서 아키코는 연신 고개를 끄덕였다.

"어머님과 자주 얘기를 나누었는데, 아무런 푸념도 하지 않으셔서 우리는 전혀 몰랐어요."

"오늘 같은 일이 전에도 가끔 있었는지 모르겠네요."

아키코는 눈 오는 날 길에서 마주쳤던 시아버지를 떠올렸다.

"그랬는지도 모르죠."

"엄만 너무 지쳤던 것 같아요. 그래서 갑자기 돌아가신 거예요."

교코는 계속 한숨을 내쉬었다.

아키코는 불단 위의 납골함과 그 안쪽에 세워둔 시어머니의 영정을 말없이 바라보면서 교코처럼 한숨을 쉬고는 자고 있는 시아버지 얼굴을 보았다.

시게조는 편안한 숨소리를 냈다. 젊었을 때는 얼마나 잘생긴 미남이었는지 궁금해질 만큼 코가 오뚝하고 입술도 여자처럼 도톰했다. 아직도 숱이 많아 누가 봐도 일흔 전후로밖에 보지 않았다. 염색을 하지 않았는데도 검은 머리가 더 많았다. 여든이 넘은 나이에 머리가 검다는 건 놀라운 일이었다. 강인한 생명력이 느껴졌다.

"아버님 젊었을 땐 미남이셨을 것 같아요."

"위가 안 좋아서 바싹 마르셨고 심술궂은 눈매라 미남이라고 할 정도는 아니었던 것 같아요. 하긴 엄마는 첫눈에 반했다고 하시더라고요."

"역시 미남이셨군요."

"미남이었으면 뭘 해요. 지금 이 꼴인데……."

교코는 아키코의 말이 재미있다는 듯이 웃었다. 이런 상황에서 웃을 수 있는 교코의 둔감한 신경을 아키코는 이해하기 어려웠다. 그렇다고 함부로 말을 꺼냈다간 교코가 아까 말한 얘기를 또다시 되풀이할 것 같아 아무 내색도 하지 않고 자리에서 일어났다. 하나뿐인 석유난로는 가지고 가야 했다.

7

칠일재에도 이웃 사람들이 많이 와주었다. 다들 잊지 않고 있었던 것이다. 아키코는 고마운 생각이 들었다. 먼 일가보다 가까운 이웃이 낫다는 말은 오늘 같은 날을 두고 하는 말이라고 생각했다. 교코가 내일 아침 시댁으로 돌아가면 시아버지 문제로 상의할 수 있는 사람은 이웃뿐이다.

기하라 부인이 아키코를 붙잡고 말했다.

"가도타니 할머니와 이야기해보면 어떨까요? 좋은 분이니까 사토시 엄마가 부탁하면 방법이 나올 것도 같은데."

기하라 부인의 말대로 가도타니 할머니에게 사정을 털어놓자, 얼굴에 가득한 주름들을 흉하게 일그러뜨리더니 기하라 부인의 예상처럼 적극적으로 나서주었다.

"미망인회에 남자는 출입 금지이지만, 내가 우메자토 노인클럽 회원이기도 하니까 아버님을 그곳에 한번 모시고 가볼게. 이 근처니까 걱정 안 해도 될 거유. 그렇지만 이제 막 칠일재를 지냈는데 할아버지를 노인클럽에 데려가면 죽은 할머니가 샘 내지 않을까?"

할머니는 어울리지도 않게 수줍어했다. 까칠한 손등으로 입을 가리곤 목구멍으로 꺽꺽 소리를 내며 웃었다. 아키코는 조금 당황했다. 한참을 망설이다 가까스로 이야기를 꺼내본 것뿐인데, 할머니는 데이트 상대를 소개받고 약속이라도 잡은 것처럼 들뜬 모습이었다. 기하라 부인에게 가도타니 할머니의 나이를 묻자 일흔셋쯤 됐을 거라고 대답했다.

시어머니는 남겨진 가족들을 위해 세세한 부분까지 두루 신경 써서 돌아가신 것만 같은 생각이 들었다. 특별히 토요일을 택해 돌아가셨고 칠일재도 토요일에 끝났다. 덕분에 다치바나가는 평화로운 일요일을 맞이할 수 있었다. 노부토시와 아키코는 둘이서 천천히 앞으로의 일을 이야기하며 주말을 보냈다.

무엇보다 먼저 시계조를 어디서 지내도록 할 것인지 결정해야 했다. 교코가 머무는 동안엔 예전처럼 별채에서 지낼 수 있었다. 아내 대신 얼굴이 전혀 기억나지 않는 딸과 지낸다는 차이점이 있었지만 말이다. 교코는 자기가 아버지와 함께 지내면 아버지가 곧 자기를 기억해낼 거라고 장담했지만, 그런 소망은 하루가 못 돼 산산조각 났다.

여든넷이라는 고령을 생각해봐도 그렇고, 또 의심할 여지없이 망령이 들었다는 것을 생각해봐도 그렇고, 시게조 혼자 별채에서 지내게 할 수는 없었다. 그렇다면 누가 별채로 가서 정신을 놓은 시아버지와 함께 지낼 것인가. 노부토시는 평일에 늦게 퇴근해서 불가능하고, 사토시는 수험생이라 가능하면 이 문제에 개입시키고 싶지 않았다. 그리고 만약 사토시에게 당분간 할아버지와 함께 지내라고 하면 일언지하에 싫다고 말할 것이 뻔했다. 어린 그에게는 할아버지의 노쇠가 직시하기 힘든 비참한 것으로 비치는 모양이었다. 그렇다고 아키코 자신이 시아버지와 한방에 나란히 누워 잔다는 건 상상할 수도 없는 광경이었다. 교코가 그런 말만 하지 않았더라면, 아키코의 성격으로 보아 빨리 체념했을지도 모른다. 그러나 시아버지가 자신을 좋아해서 망령이 난 뒤 친자식은 몰라보면서도 며느리만 알아보는 거라면 문제는 또 달라진다. 그런 말을 들은 지금 시아버지와 단둘이 별채에서 지내고 싶은 생각이 추호도 없었다.

노부토시는 자기 생각을 똑바로 표현하지 못했다. 어떻게 해야겠다는 결정을 내리지 못했다. 그는 어찌할 바를 몰랐다. 차라리 회사에서 급한 업무에 시달리며 밤샘하는 편이 망령 난 아버지와 함께 지내는 저녁보다 훨씬 낫겠다는 생각만 하고 있었다.

"여보, 어떻게 해요?"

"뭘."

"아버님을 혼자 주무시게 할 수는 없잖아요."

"그야 그렇지."

두 사람은 막막한 심정으로 시게조를 바라보았다. 시게조는 아들 부부가 상의하는 소리도 들리지 않는 듯, 바로 곁에 앉아 멍하니 뜰을 바라보고 있었다. 생기 없는 눈을 깜빡이지도 않았다. 뭔가를 넋을 잃고 보고 있는 듯도 했고, 다른 것에 마음을 빼앗긴 듯도 했다. 또는 수면제를 너무 많이 먹은 후처럼 꿈속을 헤매고 있는 듯도 했다.

"건성으로 대답만 하지 말고 무슨 방법이든 생각해봐요. 어떻게 했으면 좋겠어요?"

"좋은 생각이 있으면 내가 이러고 있겠어?"

"정말, 생각 좀 해봐요."

"차라리 이 집에서 같이 지내면 되잖아. 그러는 편이 당신도 편할 것 같은데."

"그럼 잠은 어디서 주무시고요?"

2층에는 방이 두 개였다. 사토시 방과 부부가 쓰는 침실. 한 지붕 밑으로 시아버지를 모시고 온다면 원룸 형식으로 꾸민 아래층에서 주무시는 수밖에 없었다.

"혼자 주무셔도 괜찮을까요?"

"교코가 무슨 이상한 말 같은 거 한 거 없지?"

"그렇긴 하지만……."

"그럼 됐지, 뭐."

"그래도……."

아키코는 머뭇거리다가 지난번 법률사무소 직원에게서 들었던 이야기를 남편에게 해줬다. 틀 만한 것만 보이면 뭐든지 틀어버렸다는 노인의 증상이 시아버지에게서 발견되지 말라는 법이 없지 않은가. 아내의 말을 들으면서 수도꼭지, 가스레인지, 텔레비전, 라디오 등을 차례로 떠올린 노부토시는 얼굴을 찡그렸다.

"아버진 아직 그런 증상이 없잖아."

"하지만 사람 일을 어떻게 알아요. 만약 아버님한테 그런 증세가 나타나면 석유난로도 위험해서 못쓸 거예요. 자기 전에 가스의 원 밸브도 잠가놓아야 해요. 그리고 마루에서 혼자 주무시면 추우실 거예요."

"아까부터 왜 그렇게 이러쿵저러쿵 말이 많아? 추운 것까지 내 책임이야?"

노부토시가 갑자기 화를 냈다.

"당신이야말로 왜 갑자기 화를 내고 그래요? 그러면 아무것도 의논할 수 없잖아요."

"지금 내가 화내는 게 문제야? 아버지가 저렇게 되셨으니 이 집안이 뭐가 되겠어. 아버지만 보면 나도 늙어서 아버지처럼 될까 봐 얼마나 겁나는지 알기나 해? 아버지를 보고 있으면 내 머리까지 잘못되는 것 같단 말이야. 진짜 하루도 더는 못 참겠어."

"아버님이 듣기라도 하면 어쩌려고 그런 말을 해요."

"지금 내가 이렇게 열을 내도 아버지가 어디 쳐다보기나 하셔? 망령 났다는 건 이제 다 끝났다는 뜻이라고. 어디 망령 들 사람이 없어서 왜 하필 아버지야? 내 친아버지니까 더 견딜 수가 없어. 당신처럼 앞으로의 일을 설계할 기분이 아니라고."

"나라고 뭐 마음 편한 줄 알아요? 어차피 벌어진 일이니까 어떻게 해야 할지 계획을 세워야 하잖아요. 그게 그렇게도 귀찮아요? 내일부터 당장 누가 아버님을 지킬 건데요? 아버님이 당신 말대로 얌전히 집에 있어주신다면 나도 도시락 만들어놓고 출근할 거예요. 그래도 되겠어요?"

노부토시는 입을 굳게 다물었다. 좋다는 말도, 안 된다는 말도 하지 않았다. 남편의 그런 태도가 아키코는 못마땅했다. 남편은 지금 속으로 이런 생각을 하고 있을 것이다. 설마 당신이 병든 아버지를 놔두고 직장에 나가겠다는 말은 하지 못하겠지, 이젠 가정으로 돌아올 때가 된 거 아냐.

요즘 젊은 사람들은 다르겠지만, 노부토시 세대 남자들의 여성관에는 아직도 봉건적인 색채가 완고하게 남아 있다. 그들은 아내의 직장 생활이 가정 경제에 큰 보탬이 된다는 현실을 인정하지 않는다. 아내가 하고 싶은 일을 할 수 있게끔 배려해주는 것뿐이며, 아내로서 해야 할 일을 소홀히 하는 것에 대해 관용과 인내를 베풀어주는 걸 고맙게 여겨야 한다고 생각한다. 여자들 또한 남편의 벌이에 불만이 있어 직장에 나가는 것은 아니라는 신조를 갖고 있다. 아키코는 그러한 자신들의 상태에 때로는 화가 나기도 했지만 그렇다고 막상 어쩌지도 못한 채 20년을 살아왔다. 아키코는 어렸을 때 아버지를 여의고 어머니가 고생하는 걸 지켜보며 자랐기 때문에 이다음에 어른이 되면 무슨 수를 써서라도 취직해야겠다고 결심했다. 노부토시를 만난 곳도 직장이며, 맞벌이를 인정하지 않는 회사 규정 때문에 결혼하기 직전 퇴직한 뒤 지금의 법률사무소에 들어갔다. 작은 직장은 노조가 없는 대신 그만큼 자유로운 면도 있었다. 사토시를 출산하고 2년간 쉰 다음 복직할 수 있었던 것도 대기업에서는 상상조차 할 수 없는 일이었다. 그 뒤 아이를 시어머니께 맡기고 열심히 일했다. 집을 짓기 위해 빌린 돈을 갚는 일도 별채를 짓는 일도 노부토시의 수입만으로는 불가능했지만, 노부토시에게 한 번도 수고했다거나 고맙다는 말은 들어보지 못했다. 안채와 별채 모두 다치바나 노부토시라는 이름으로 등기되어 있다. 아마 노부토시는 아키코의 이름을 등기에 포함시켜야 한다는 생각은 아예 해본 적도 없을 것이다. 아키코는 이상한 일이라고 생각했지만 말로 표현하지는 않았다. 맞벌이를 해온 것이 엄연한 현실인데 만일 노부토시가 이쯤에서 죽는다면 노부토시의 재산을 아키코와 사토시가 상속받기 위해서는 상속세를 내야 한다. 만일 그렇게 되면, 그렇게 어처구니없는 일은 없을 거라고 아키코는 생각했다. 여권 운동은 전쟁이 끝나고 빛을 잃었는데, 그 이유가 패전과 동시에 남녀평등권을 인정하는 법률이 GHQ*에서 만들어졌기 때문이라는 말이 있다. 하지만 남편 재산은 아내와 함께 협력해서 만들어졌다는 주장은 여전히 받아들여지지 않고 있다.

가령 아키코가 지금까지 일해온 공로를 인정한다고 해도 노부토시는 이제는 이렇게 말하지 않을까. 집도 생겼고, 사토시도 내후년엔 대학에 간다, 노부토시 자신도 괜찮은 지위와 수입을 보장받는다, 이 정도면 충분하지 않은가.

이런 결론이 아키코는 못마땅했다. 그렇게 받아들이면 아키코는 단지 돈을 벌 목적으로 20년간 타자기를 쳐온 셈이 된다. 여공이 단순 작업을 반복하듯이 타자기 자판을 두들겼다는 말밖에 되지 않는다. 여자란 모두 무능한 족속들이라 커피나 타고 타자기만 칠 줄 알면 충분하고, 직장을 통한 사회 참여 따위는 꿈도 꿔선 안 된다고 말하는 것처럼 들린다. 이런 견해에 아키코는 늘 반발했고, 조그마한 법률사무소일지언정 자신이 수행한 역할이 작지만은 않다고 자신해왔다. 실제로 시어머니의 갑작스러운 죽음으로 딱 3일만 쉬었을 뿐인데, 정리되지 못한 서류들이 책상 위에 가득 쌓여 있다. 10여 년 전 산후 휴가 때도 변호사들은 아키코가 직장에 복귀하는 것을 목을 빼고 기다렸었다. 지금이라도 아키코가 그만두겠다고 하면 사무소는 어려운 지경을 맞이할 것이 틀림없다. 전문 타이피스트쯤은 언제든 구할 수 있다고 해도 손님 접대며 사무 처리에 아키코처럼 숙련되려면 1~2년으로는 충분하지 않다. 노부토시는

◆ GHQ(General Headquarters): 포츠담 선언에 기반하여 제2차 세계대전 후에 일본을 점령하고 관리하기 위해 설치한 연합국군 최고 사령관 총사령부.

이런 것도 모르고 아키코의 직장 생활을 가볍게만 생각하는 것이 아키코는 못내 서운했다.

아키코가 입을 굳게 다물고 있는 동안 노부토시는 다른 생각에 빠져 있었다.

"인간이 50년밖에 살지 못할 때는 일어나지 않았던 비극이 마구 일어나고 있어. 잘 먹으니까 그만큼 오래 살게 되나 보지? 잘 먹어봤자 결국 이렇게 된다는 건 생각하지 못했어."

"우리 법률사무소 직원이 가스레인지 이야기를 해줬어요. 변호사님도 비슷한 경험이 있대요. 그리고 밤새던 날 승려도 말했잖아요. 요즘엔 왠지 집집마다 노인들이 있는 것 같은 느낌이 들어요."

"의사는 아버지에 대해 뭐라고 해?"

"일주일쯤 지나면 대충 결과를 알 수 있대요. 화요일에 가보려고요."

"그래?"

"아가씨가 그러더군요. 의사가 노인네 망령을 고쳤다는 소린 아직 못 들어봤다는 거예요."

"그 앤 원래 그런 면이 있어. 아무렇게나 말해서 탈이야."

어쨌든 밤마다 시게조를 위해 별채에서 화로를 가져와 숯불을 담고 재로 덮어야 할 것 같다. 문제는 당장 내일부터다. 장례식에서 부의금을 받은 답례를 해야 한다. 먼 곳에서 온 사람들에겐 백화점에서 답례품을 택배를 보내고, 이웃들에겐 아키코가 직접 갖다주기로 했다. 답례품으로 예쁜 상자에 담긴 엽차를 골랐다. 그런 상담은 미쓰코가 제격이었다. 기하라 부인이나 가도타니 할머니는 신세 진 답례뿐 아니라 앞으로의 문제도 같이 상의해야 한다. 몇 시간 뒤 날이 밝으면 누군가 시아버지를 돌봐야 한다.

가도타니 할머니에게 노인클럽 이야기를 구체적으로 들어보려고 점심을 먹은 후 엽차 상자를 들고 찾아갔다.

"어머나, 여러 가지 일도 많으실 텐데 뭐 이런 것까지……."

아키코와 비슷한 연배로 보이는 가도타니 부인은 아키코가 용건을 말하자 서둘러 시어머니를 불렀다.

"어머니, 다치바나 할아버님과 클럽에 같이 가기로 약속하셨어요?"

"클럽? 응, 응, 그렇지. 월요일엔 민요를 배워. 낮부터 시작하는데 내가 할아버지를 부르러 갈게. 목요일에도 민요를 배우거든데, 이게 제일 재미나. 아, 다과회도 있어. 마쓰노키 쪽으로 가면 목욕도 할 수 있는데, 우리 며느리가 감기 걸리면 큰일이라고 해서 난 우메자토로 간다우. 회장님이 얼마 전까지 좀 아프셨어. 이젠 다 나았지만."

아무래도 할머니는 칠일재 때 자기가 더 설레며 시게조를 데리고 가주겠다고 약속한 것을 까맣게 잊은 듯했다. 그래도 가도타니 부인이 기억하고 할머니에게 일깨워준다면 데리고 가줄 수 있을 것 같았다. 하지만 아키코는 성격상 노인클럽이 어디에 있고, 어떻게 운영되는지 확실히 알아두고 싶었다. 장소를 묻고 곧바로 찾아가보았다.

걸어서 10분도 안 걸리는 어린이 유원지 근처에, 이런 데에 언제 이런 건물이 세워졌는지 어리둥절할 정도로 그럴싸한 건물이 있었다. 전에는 어떤 용도로 쓰였는지 모르겠지만 외관은 양옥이었다. 현관이 조금 열려 있어 문틈으로 안을 들여다봤다. 신발장 앞에서 천천히 신발을 벗고 있는 할머니가 보였다. 아키코는 할머니에게 다가가 말을 걸었다.

"저, 여기가 우메자토의 노인클럽인가요?"

노파는 느린 동작으로 소리가 나는 쪽으로 고개를 돌렸다. 턱이 실룩실룩 좌우로 흔들렸다. 한눈에 중풍에 걸렸다는 걸 알 수 있었다.

"무슨 클럽?"

"여기가 우메자토의 노인클럽 맞나요?"

"여기가 노인회관 우메자토 분관이 맞지. 노인클럽이 맞아. 오늘은 간사들만 모이고 다른 건 안 한다우."

보기보다 발음이 정확했다. 차라리 시게조도 수족이 좀 불편하더라도 정신만은 온전했으면 좋겠다. 서로 대화만 통할 수 있어도 살 것 같았다. 뜻밖에도 현관에서 마주친 노인에게 중요한 정보들을 듣게 되었다. 노인회관은 구청 복지과의 지도로 10년 넘게 운영되었으며 동네마다 각 지부가 있고 스기나미 구 전체만 따져도 60군데나 있다. 우메자토 분관의 회원은 150명이 넘는다. 마쓰노키, 호리노우치, 우메자토에 거주하는 65세 이상의 노인이면 누구나 무료로 회원이 될 수 있고, 회원이 되면 회관을 자유롭게 이용할 수 있다. 하지만 클럽 활동에 참여하려면 1년에 500엔 정도의 회비를 내야 한다. 클럽 활동이 없는 날에도 회관에서 텔레비전을 보거나 한가한 상대를 만나 이야기를 나누며 시간을 보낼 수 있다.

"도시락을 싸 오는 사람도 있다우."

구청 복지과에서 직원이 한 명 파견되어 있고, 아침 여덟 시부터 오후 다섯 시까지 노인들을 관리한다는 얘기도 빼놓지 않았다.

"한번 들어와 보겠수?"

출입문을 들어서자 북쪽엔 판자를 깐 넓은 방 한 칸이 있고, 남쪽엔 일본식 다다미를 깐 방 두 칸이 이어져 있었다. 방마다 책상과 방석 들이 있고, 할아버지 할머니 몇 명이 무슨 이야기인지 재미나게 하고 있었다. 아키코가 할머니에게 오늘은 간사들이 어떤 문제로 모였느냐고 묻자 장수회가 오래전부터 두 파로 분열되어 있었는데 그중 하나를 해체하고 한 군데로 합치기 위해 미리 논의하는 중이라고 설명했다. 할머니는 예전에 지방 자치단체 임원이라도 지냈는지 두 파로 분열된 장수회 대목에서는 열을 올렸다.

큰 방 벽에 커다란 종이가 붙어 있었는데, 힘찬 필체로 「노인의 노래」가사가 큼직큼직하게 적혀 있었다.

우리는 친구다 둥글게 손을 잡자
노인클럽은 우리의 광장
긴긴 인생 싸우고 헤쳐 나와
햇볕에 탄 얼굴들이 미소 짓네
우리 모두 힘차게 살아봅시다
〈중략〉
혼자 끙끙거리지 말고
서로 이야기하고 격려하며
우리 서로 밝게 살아봅시다

집에 돌아온 아키코는 남편에게 낮에 들렀던 노인회관에 대
해 이야기했다.

"스기나미 구에 60군데나 있다고?"

아까 아키코가 그랬던 것처럼 감탄했다.

"전국에 4만 군데나 있대요."

"그렇게나 많이?"

"한번 둘러보니까 좋아요. 이제 좀 안심이 되네요. 도시락을
싸서 내일부터 아버님도 가시게 해야겠어요. 내일은 오전에도
오후에도 민요를 배운다는데 구경해도 상관없대요."

"그래?"

"다행이에요. 사무를 보는 직원이 나이가 젊더라고요. 차도

공짜로 마실 수 있어요."

"그래?"

"가도타니 할머니가 안 가시는 날엔 내가 모시고 가면 될 것 같아요. 집으로 돌아올 땐 사토시가 모시고 오면 되고요. 그 정도는 사토시도 할 수 있을 거예요."

"그렇지."

"당신 아까부터 왜 그래요? 꼭 남의 말 듣는 것처럼. 지금 당신 아버지 얘기하고 있어요."

아키코의 목소리가 조금 높아지자 맥없이 얼굴을 든 노부토시는 힘없이 중얼거렸다.

"남의 일처럼 생각해서 그런 게 아냐. 나도 늙으면 노인회관 같은 데서 시간을 보내야 하나, 그런 생각하고 있었어."

"그런 소리 말아요."

아키코는 자신이 방금 전에 노인들만의 모임을 목격하고 온 길이라서 남편의 발상에 반사적으로 그렇게 외치기는 했지만, 노부토시가 말했듯이 나이를 먹는다는 건 아키코 인생의 연장선상에 엄연히 기다리고 있는 현실이었다. 그런 생각을 하면 아키코도 우울해하는 남편의 감정에 금방 감염될 것 같았다.

"지금부터 각오해야 해요."

아키코는 자기 손을 지금처럼 마음대로 움직일 수 없는 날을 상상했다. 노인회관 입구에서 만난 할머니는 신발을 벗고 마루에 올라가는 데 5분도 넘게 걸렸다. 아키코는 더는 하이힐을

신을 수 없게 되고, 지하철 계단 앞에서 머뭇거리게 되는 날을 생각해보았다. 추운 겨울날에는 짧은 스커트를 입을 수 없게 된 건 이미 아키코의 발이 노화라는 증세에 한 발 더 다가섰다는 의미가 아닐까. 정말 남의 일 같지가 않았다. 눈앞에 닥친 시게조의 문제로 골머리를 앓고 있지만, 30년 후에는 이와 똑같은 재난이 사토시에게 닥치지 말라는 보장이 없었다. 생각만으로도 소름이 돋았다.

"우메자토 같은 곳도 회원이 100명 이상이라면 전국에서 400만 명은 될 거 아냐. 그 많은 노인네들이 회관에 모여 하루 종일 빈둥거리고 있다는 뜻이군."

"이런 얘기 그만해요. 그리고 다들 아버님하곤 비교도 안 될 만큼 멀쩡한 분들이었어요. 간사라는 분들이 모였다니까 그나마 좀 괜찮은 분들이 모인 것인지도 모르지만."

시게조는 아키코가 나갈 때와 똑같이 아직도 거실 한 귀퉁이에 앉아 꾸벅꾸벅 졸고 있었다. 시게조 같은 노인네가 클럽 활동이 가능할지 의문이었으나, 아키코로서는 어떻게든 직장에 나가는 것이 중요했기에 노인클럽은 그녀의 마지막 희망이었다.

저녁 먹을 시간이 되자 어느새 시게조가 식탁에 앉아 젓가락을 들고 있었다.

"아키코 씨, 배고파요. 아직 멀었습니까?"

또다시 투정이 시작됐다.

식사가 시작되자 시게조의 투덜거림도 그쳤다. 노부토시는 정신없이 밥을 퍼먹는 아버지를 바라보다가 결국 참지 못하고 물어보았다.

"아버지, 틀니는 아직 쓸 만하세요?"

"여보, 당신이 아버지라고 부르면 못 알아들으실 거예요."

"그럼 뭐라고 불러?"

"그냥 할아버지라고 불러봐요."

할아버지라는 소리에, 밥그릇에 얼굴을 처박고 먹기에 급급하던 시게조가 고개를 들었다. 그러고는 무의식적으로 아키코 쪽으로 고개를 돌렸다.

"할아버지, 틀니 괜찮으세요?"

"틀니요? 누구 거 말씀하시는 겁니까?"

"할아버지 거요."

"이건 원래 내 이입니다."

"아니죠. 할아버지는 옛날부터 틀니를 하셨어요. 치과의사가 마음에 안 든다고 직접 틀니를 만드셨잖아요. 기억 안 나세요?"

아키코는 별채의 벽장에 오래된 틀니들이 잔뜩 쌓여 있던 광경이 떠올라 식욕이 싹 사라지고 말았다. 대체 남편은 무슨 생각으로 저녁을 먹다 말고 틀니 얘기를 꺼낸 걸까.

"이를 만드는 사람이 어디 있습니까? 이건 내 이입니다."

"하지만 끼었다 뺐다 할 수 있잖아요?"

"무슨 말인지 모르겠습니다. 어떻게 자기 이를 뺍니까."

시계조는 말도 안 된다는 시늉을 하며 한쪽 살을 다 발라 먹은 도다리를 두 손으로 뒤집어 다른 쪽 살을 공들여 발라 먹었다. 노부토시가 몇 번 더 물어봐도 대답하지 않았다.

"그만해요. 식사하시는 데 왜 자꾸 그런 걸 물어봐요."

"이가 나빠서 노화가 더 빨리 온 건 아닌가 해서 그래. 아버지가 틀니 만든다고 난리 피웠던 게 언제였지?"

"도쿄에 오신 직후였죠. 이하고 위장 얘기만 하셨던 거 기억 안 나요?"

"언제부터 틀니가 당신 이라고 믿게 됐을까?"

아키코보다 먼저 사토시가 비명을 질렀다.

"꼭 밥 먹을 때 그런 얘길 해야 돼?"

"너도 지금부터 조심해. 밥 먹고 이는 닦냐?"

"아침에만 닦아."

"학교에선 밥 먹고 이 닦으라고 가르치지도 않냐? 아빠 회사에 다니는 젊은 직원들은 점심 먹고 꼭 이를 닦더라. 좋은 습관이지. 너도 오늘부터 그렇게 해. 충치도 견디기 어렵고, 치과 치료도 힘드니까. 네 나이 때 습관을 못 들이면 나중에 후회한다. 열두 살이면 영구치야. 어떻게 관리하느냐에 따라 달라진다고."

식사 시간 내내 이런 이야기를 하다 보니 사토시와 아키코는 물론이고 처음에 말을 꺼낸 노부토시까지 무슨 맛으로 밥을 먹는지 모르게 되었다. 노부토시는 괜히 이야기를 꺼냈다고 생각했지만 다른 화제를 찾지 못해 묵묵히 밥알만 셌다. 식사가 끝나기 무섭게 사토시는 잘 먹었다는 소리도 없이 2층으로 올라가버렸다. 아키코가 한숨을 쉬며 노부토시를 보니, 그도 언짢아하고 있었다. 오직 시게조만이 도다리의 등지느러미를 핥아 먹느라 정신이 없었다. 뭐가 그리 맛있는지 쪽쪽 소리가 날 때까지 손가락을 빨았다. 토막 낸 생선조림은 그야말로 순식간이지만, 이렇게 생선을 통째로 내놓거나 게를 삶아 내놓으면 시게조가 더욱 집중한다는 것을 알게 되었다. 게는 원래 좀 비싸지만 냉동 도다리는 큰 거 세 마리에 100엔이면 충분했다. 또 시게조는 흰살생선을 유난히 좋아했다. 도다리 한 마리로 시게조는 밥을 세 그릇이나 먹었다. 그것으론 양이 안 차는지 밥그릇을 손에 들고 슬금슬금 아키코의 눈치를 살폈다. 시아버지의 마음을 알아챈 아키코가 얼른 밥그릇을 빼앗았다. 밥그릇을 빼앗긴 시게조는 아쉬워하다가 점잖게 엽차를 따라 마셨다. 그래도 여전히 미련을 못 버리고 의자에서 일어나지 못했다.

"여보, 어머님 혼자 계시면 쓸쓸해하실 테니까 불단을 이리 가져올까요?"

"어디다 놓게?"

"그러게요. 어디가 좋을까. 납골함도 가져와야 하니까……. 참, 묘지 광고를 봤는데 우리도 묘지가 필요하다는 걸 왜 생각하지 못했나 모르겠어요."

"사려면 비싸겠지?"

"그래도 필요해요. 우리도 언젠가는 죽을 거니까."

자기도 모르게 이런 말을 한 아키코는 흠칫 놀랐다. 가정에는 묘지가 필요한 것인가. 아키코는 서둘러 말을 이었다.

"아니면 시골에 있는 묘로 모시고 가면 어때요?"

"시골은 너무 멀어서 안 돼. 그리고 아버지는 분가하셔서 묘가 없어. 우리가 들어갈 곳은 도쿄가 아니면 여러모로 불편할 거야. 사토시가 성묘하러 올 것 같아?"

"얘기가 왜 이런 데로 흐르는지 모르겠네요."

"그러게."

부부는 함께 별채로 갔다. 불단 말고도 시게조의 이부자리와 당장 갈아입을 옷가지도 챙겨야 했다.

불단 문이 열려 있었다. 빈 서랍을 하나 꺼내 위패와 징, 향꽃이 등을 담았다. 시어머니 영정을 49일간 모셔두어야 한다는 말을 들은 기억이 났다. 사토시도 부를 걸 그랬다고 생각하고 있을 때 시게조가 들어왔다. 노부토시와 아키코를 지나쳐 화장실로 들어갔다.

"여보, 납골함부터 가져가요."

"알았어."

노부토시는 맥 빠진 얼굴로 아키코가 시키는 대로 움직였다.

아키코가 이부자리와 잠옷 등을 챙겨 방 한 구석에 쌓아놓으면 노부토시가 뜰을 오가며 안채로 옮겼다.

시간이 꽤 지났는데도 시게조는 화장실에서 나올 기미가 없었다.

"아버님, 배 아프세요?"

격정이 된 아기코가 화장실 문밖에서 물어보자, 안에서 부스럭거리는 소리가 나더니 시계조가 주섬주섬 바지춤을 붙잡고 나왔다.

"아버님, 괜찮으세요?"

"예, 예, 괜찮습니다."

"변 색깔 어때요?"

어린아이에게나 물어봐야 할 것 같은 질문이 아기코 앞에서 자연스럽게 튀어나왔다. 시계조는 미름 들어보며 말했다.

"오줌을 누었습니다."

소변을 보면서 그렇게 오랫동안 화장실에 있었다니…… 아기코 생각엔 아무래도 시아버지가 변기에 앉아 있었던 것만 같았다. 차가운 변기 위에 한참을 앉아 있었을 시아버지를 생각하니 자기 허리에도 냉기가 스미는 기분이었다. 점점 더 시아버지가 어린아이처럼 느껴졌다. 문을 한번 열어보고 싶어볼 걸 그랬다는 생각이 자연스럽게 떠오를 정도였다.

"아버님, 오늘부터 저희와 같이 주무세요. 불단도 옮겨놨어요. 어머님이 심심해하시면 안 되잖아요."

아기코가 하는 말을 얼마나 이해하는지 알 순 없지만, 어쨋든 설명해주는 것이 도리라고 생각했다. 시계조는 잠자코 안방으로 들어가 무릎을 꿇어앉아 미동도 하지

코는 별체 댓답들을 모두

켜 세웠다. 아버에도 시게조는 아키코가 시키는 대로 따라왔다.

점이를 뗄 때까지 시게조는 고타쓰*를 쬐며 노부시오와 함께

텔레비전을 봤다. 느긋하게 뉴스를 보면서도 시게조는 한마디도

하지 않았다. 도무지 감정이라는 것을 느끼는 사람 같지

않아 보였다. 아키코는 누군가 자신에게 명하지 않으면 시게조

이 어떤 뜻으로 움직인다면 사전을 펼칠 필요도 없이 시게조를

보여주면 되겠다고 생각했다. 노부토시는 일부러 체념을 둘러

부산스럽게 사람들을 웃기려고 노력하는 고미디 프로를 보여주

었지만, 시게조는 웃기는거냐 아무런 반응도 하지 않았다.

아키코는 부엌에서 설거지를 하고 내일부터 일주일간 먹을

음식을 준비하느라 바쁘게 들이다녔다. 더구나 시아버지가 먹

을 도시락까지 준비해야 했다. 시아버지 것만 만들기가 그래서

점심값을 아낄 겸 자기 것도 만들었다. 노부토시는 구내식당이

서 점심을 먹었고 사토시는 학교 식당에서 생값이 점심을 해결

했기 때문에 아키코는 옛날 주부들처럼 새벽마다 바쁘게 도시

락을 쌀 일이 없었다. 오랜만에 하는 일이지만 아키코는 자기

가 먹을 도시락도 만들어지인지 생각보다 귀찮게 여겨지지 않

았다.

"여보, 아버지 주무서."

◆ 고타쓰: 일본의 전통적인 난방 기구. 상 아래 화덕이나 난로를 놓고 그 위에 이불이나
담요를 덮은 것.

거실에서 노부토시가 소리쳤다. 아키코는 고타쓰 옆에 이부 자리를 펴고는 시게조의 스웨터와 바지를 벗기고 잠옷으로 갈아입혔다. 시게조는 깊이 잠든 것 같지 않았지만 눈을 감고 아키코가 하는 대로 얌전히 손발을 내밀었다. 그 모습이 유치원 입학 무렵의 사토시와 비슷했다.

시게조를 눕히고 시아버지의 옷을 정리하던 아키코는 끝까지 도와주지 않는 남편에게 한마디 하고 말았다.

"이런 건 당신이 해도 되잖아요. 그렇게 보고만 있을 거예요?"

"나도 지금 제정신이 아냐. 꼭 정신 나간 집구석 같잖아. 쓸데없이 오래 살았다간 이런 꼴밖에 더 보겠어?"

"당신하고 나도 나이 들면 아버님처럼 될 거다, 이 말이에요?"

"맞아."

그날 밤 부부는 오랜만에 잠자리를 가졌다. 남편 몸이 떨어져나가자 아키코는 어쩐지 자기 처지가 서글펐다.

"사토시가 결혼하고 당신이 죽으면 난 자살할 거예요."

"같은 생각을 하고 있었네. 나도 쭉 그런 생각을 하고 있었어. 하루라도 당신보다 먼저 죽어야 된다고 말이야. 마누라가 먼저 죽으면 남편은 그날부터 처참해져. 당신 시아버지를 보면 알 거 아냐? 당신이 먼저 가버리면 난 미련 없이 당신 뒤를 따라갈 거야."

이런 대화가 20년 전에도 있었다는 것을 아키코는 멍하니 생각하고 있었다. 그때는 둘 다 젊고 신혼 초라 대화는 곧잘 현실을 떠나 낭만적이 되곤 했다. 하지만 낭만이라곤 전혀 없이 한숨을 쉬며 똑같은 대화를 나누게 되는 날이 올 거라고는, 그때는 상상도 하지 못했다.

일주일이 어떻게 지나갔는지 모를 정도로 정신없이 흘러갔다. 교코까지 올라온 터라 아키코로서는 더욱 힘든 일주일이었다. 타인의 성격에 익숙해진다는 건 많은 시간을 요구한다. 교코가 돌아간 다음에야 가족끼리 지내는 원래 생활로 돌아왔다는 실감이 났다. 교코가 나쁜 사람이라고 생각하지는 않지만, 아키코를 지치고 힘들게 만들었던 것도 사실이었다. 오랜만에 푹 잘 수 있다는 생각만으로도 행복감이 밀려왔다. 남편의 차분한 숨소리가 오늘처럼 편안하게 느껴진 적이 없었다. 남편 호흡에 맞춰 숨을 쉬자 아키코는 곧 잠이 들었다.

한밤중에 아키코는 짐승이 신음하는 듯한 소리를 듣고 눈을 떴다. 처음엔 꿈을 꿨다고 생각했다. 하지만 아래층에서 시아버지가 비명을 지르며 문을 두드리는 소리라는 것을 알자 반사적으로 벌떡 일어나 단숨에 뛰어내려갔다.

희미한 불빛에 마당 쪽을 향해 나 있는 유리창에 거미처럼 달라붙어 떨고 있는 시게조가 보였다.

"아버님, 왜 그러세요? 무슨 일이에요?"

시게조의 등을 잡고 아키코가 소리쳤다.

"아키코 씨! 나 오줌 마려워요. 쌀 것 같아요."

"화장실 이쪽이에요. 빨리 들어가세요."

아키코가 반대편에 있는 화장실 문을 열고 전등을 켰다. 시게조는 바지를 내리며 들어가다가 멈춰 서서 신음 소리를 냈다.

"나 못 눠요. 여기선 오줌 못 눠요."

작년에 늦게나마 이 근처에도 하수도가 매설되어 안채 화장실은 올 여름에 수세식으로 개조했다. 그때 별채 화장실도 수세식으로 고칠 계획이었지만 노부부가 옛날 식이 좋다고 해서 그대로 두었다. 수세식으로 개조하는 비용이 생각보다 많이 들었기 때문에 아키코는 안채라도 수세식으로 개조한 걸 다행이라고 생각했었다. 그런데 지금은 그것이 화가 되어 시게조가 수세식에서는 소변을 볼 수 없다며 울부짖고 있는 것이다. 그러고 보니 시아버지는 안채에 머물다가도 볼일이 급하면 꼭 별채로 건너갔던 기억이 났다.

아키코가 덧문을 열고 시게조를 별채로 데려가기 위해 슬리퍼를 신겼다.

"아키코 씨, 나 힘들어요. 쌀 것 같아요. 배가 막 아파요!"

"그럼 마당에서 보세요."

"여기서요?"

"예."

아키코가 고개를 끄덕이기 무섭게 시게조가 서 있던 쪽에서 하얀 김이 모락모락 피어올랐다. 아키코는 비틀거리는 시게조를 뒤에서 감싸 안듯이 부축했다. 졸졸거리는 소리가 아무런 여과 없이 들렸다. 아키코는 속으로 큰일 났다고 생각했다. 앞으로 매일 밤 이런 일이 반복될 수도 있다. 잠옷 바람으로 튀어나온 터라 냉기가 뼛속까지 파고들었다.

볼일을 다 본 뒤에도 시게조는 여전히 바지를 내린 채 가만히 서 있었다.

"아버님."

뒤에서 아키코가 부르자 시게조는 엉뚱한 말을 했다.

"아키코 씨, 달이 참 예쁩니다."

하늘을 올려다보니 밤하늘에 달빛이 그윽했다. 맑고 깨끗한 보름달이 떠 있었다. 아키코는 시아버지와 함께 뜰에 서서 고즈넉이 달구경을 했다.

8

상중에 맞이한 설은 축하하지도 않고, 연말연시 인사도 다니지 않는 것이 예로부터 내려오는 관습이다. 이제 막 장례가 끝난 가족들에겐 무척이나 고마운 풍습이었다. 특히 시게조 같은 치매 노인이 있는 가정에서는 항상 가족들이 집에 머물 필요가 있었다. 가도타니 할머니가 매우 친절했고, 아키코가 할머니가 먹을 도시락까지 만들어주니 몹시 좋아해서 만사가 잘되어가고 있는 듯했지만, 그렇다고 직장에 머무는 시간이 편하지는 않았다. 혹시라도 무슨 일이 생길까 봐 아키코는 여간 불안한 게 아니었다. 그나마 연말연시에 일요일까지 닷새나 휴일이어서 한시름 놓았다. 시게조를 위해서도 천만다행이었다.

일부러 떡집에서 떡을 주문하진 않았지만 노부토시와 사토시가 떡을 좋아하는 편이라 백화점에 들러 팩에 담긴 떡을 몇 개 샀다. 화로에 망을 올리고 떡을 굽기 시작하자 고소한 냄새가 집 안 가득 퍼졌다.

"이렇게 먹는 것도 오랜만이네. 역시 떡은 구워 먹어야 제맛이야."

노부토시가 만족스럽다는 듯 기분 좋게 웃었다.

간장을 발라 구운 떡을 김에 말아서 건네주자 시게조도 맛있게 먹었다.

"틀니로도 이런 떡을 씹어 먹을 수 있다니."

노부토시가 또 틀니 얘기를 꺼냈다. 아무리 자기 이가 시원치 않아도 먹을 때마다 아버지의 틀니를 화제로 삼는 버릇은 고쳤으면 좋겠다고 아키코는 생각했다. 사토시는 벌써부터 질린 표정이었다.

"여보, 아버지는 틀니를 어떻게 닦으셔?"

아키코는 더는 참을 수가 없었다. 지금 당장 별채의 벽장에 있는 오래된 틀니들을 가져와 남편 앞에 쏟아놓고 싶은 충동을 느꼈다. 그때 현관에서 인기척이 들렸다.

"집에 있어요?"

문을 열어보니 가도타니 할머니가 웃음을 잔뜩 머금고 서 있었다.

"어서 오세요. 시아버지 때문에 늘 폐만 끼쳐드려서 죄송해요."

"별말을 다하네. 새해엔 하는 일도 잘 풀려야지."

할머니가 공손히 머리를 숙여 새해 인사를 전했다. 아키코는 할머니의 예상치 못한 행동에 당황했다. 시게조의 집이 상중임을 이 할머니가 모를 리 없었다. 시어머니가 돌아가셨을 때 기하라 부인과 함께 시어머니 얼굴에 씌울 흰 천을 가져오라고 닦달한 장본인이 아닌가. 그런 그녀가 상중이어서 새해 축하를 하지 않는 집에 새해 인사를 하러 오다니 이상했다.

"아버님, 가도타니 할머니 오셨어요."

아키코는 거실을 향해 소리쳤다. 시게조는 떡을 한입 가득 물고 대답만 할 뿐 나와볼 생각도 하지 않았다.

"예, 예."

"노인회관에서 신년 모임이 있는데 다치바나 씨도 가셔야죠."

"저희 아직 상중인데요."

"괜찮아요. 집에서 하는 것도 아닌데, 뭐. 그리고 우리 나이가 되면 그런 일에 연연하지 않아도 된다우. 다치바나 씨, 같이 가실 거죠?"

듣고 보니 틀린 말도 아니어서 아키코는 서둘러 시게조의 옷을 갈아입혔다. 마지막으로 외투 자락을 여며주고 가도타니 할머니에게 잘 부탁드립니다, 라고 부탁했다. 그래도 약간 걱정이 되어 골목까지 따라 나갔다. 키가 큰 시게조와 키가 작은 가도타니 할머니가 손을 꼭 잡고 나란히 걷는 모습이 신기하게 보였다.

"나이를 먹어도 남녀관계는 모르는 거야. 노인클럽 신년 모임이란 게 뭘까?"

"궁금하면 당신이 직접 가봐요."

"내가 왜?"

노인클럽 이야기만 나오면 노부토시는 금방 언짢은 표정을 지었다. 또 심사가 불편해졌는지 골프채를 들고 앞마당으로 나가 휘둘렀다. 떡을 많이 먹어 소화가 잘 안되는 모양이었다.

남편과 함께 지내는 명절이 몇 년 만인지 모르겠다. 남편은 1월 1일은 회사 사람들과 술 마시느라 집에 못 들어왔고, 2일과 3일엔 친구들과 마작을 한다는 핑계로 외박을 했다. 그리고 4일부터는 골프를 쳤다. 매년 똑같이 반복되던 노부토시의 신년 행사가 올해는 상을 당해 전부 취소되었다. 남편 건강을 생각하면 차라리 잘된 일이었다. 젊었을 때와 달리 노부토시도 요즘은 과음한 다음 날이면 숙취로 괴로워한다. 시게조가 자기 인생의 연장선상에 있는 것 같다고 한 남편의 말이 떠올랐다. 상중을 핑계로 노부토시도 오랜만에 푹 쉴 계획인 것 같았다. 아키코도 같은 생각이었다.

설을 축하하지는 않았지만 얼간 연어는 한 마리 사서 매달아 놓았고 정월에 먹을 특별 요리는 일부러 냉장고에 오래 보관하며 먹을 수 있는 것들만 골라 백화점에서 구입했다. 정월 휴일에 아키코는 무엇을 해야겠다는 계획을 아예 세우지도 않았다. 연말에 시어머니가 돌아가시고 시게조와 한 지붕 아래 살게 되었다. 지금까지와는 너무 다른 생활만으로도 충분했다. 그날 이후 시게조는 밤중에 한 번씩 일어나 소변을 봤다. 아키코가 아무리 애를 써도 수세식 화장실에는 들어가려고 하지 않았다. 하는 수 없이 거실에서 함께 자다가 기척이 들리면 덧문을 열어주곤 했다. 별채까지 가기엔 귀찮았고 시게조도 참지 못하고 개처럼 마당에서 소변을 보았다. 요즘처럼 날씨가 좋을 때는 상관없지만, 비가 오거나 바람이 드센 날은 어떻게 해야 할지 걱정이었다. 궁리 끝에 백화점에서 요강을 하나 사 왔다. 묘법사의 제야의 종소리를 신호로 요강에 앉히는 연습을 해보았지만 시게조는 끙끙 앓는 소리를 내며 안 나와요, 하고 울먹였다. 아키코는 매일 밤 자다 깨서 시게조의 아랫도리가 일으키는 하얀 김을 지켜봤다. 시게조가 밤마다 소변을 보는 곳에서 노부토시가 골프채를 휘두르고 있었다. 아키코는 그 모습을 가만히 지켜보았다. 노부토시에게 밤에 일어난 이야기를 해주면 또 잔뜩 구겨진 얼굴로 골프 연습을 집어치울 것이다. 틀니가 들어 있는 상자와 시게조가 소변보는 장소만큼은 당분간 남편에게 비밀로 해야겠다고 생각했다.

다섯 시가 넘어도 아버지가 돌아오지 않자 노부토시가 노인회관에 다녀와야겠다며 일어섰다. 아버지와 연관된 문제를 아내에게만 떠넘기는 것이 미안한 눈치였다. 아키코는 아키코대로, 시게조가 노인회관에 있으면 좋겠지만, 만에 하나 가도타니 할머니 혼자만 있다면, 얼마 전 교코가 숨을 헐떡이며 아버지를 쫓아다녔을 때보다 더 큰일이라고 걱정하면서 노부토시를 배웅했다.

"너도 이제 수험생이라 힘들겠지만 그래도 할아버지를 생각해서 조금 희생해야 되는 거 알지? 엄마도 빨리 올 테니까 너도 일찍일찍 들어와."

"알았어."

"아직 할아버지가 어떤 상태인지 다 아는 건 아니지만, 그래도 익숙해지면 곧 괜찮아질 거야. 그때까지 너도 엄마 도와줘야 해."

"걱정 마. 할아버지가 옛날처럼 까다로우셨으면 힘들었을지 몰라도 지금은 안 그러시잖아."

"엄마도 그렇게 생각해. 다시 어린아이가 되신 것 같아. 잔소리만 늘어놓거나 아프다고 투덜거리시는 것보다는 낫지."

"아이는 아닌 것 같고, 꼭 동물로 변신하신 것 같아."

"그게 무슨 말이야?"

"개나 고양이도 주인은 알아보잖아. 자기한테 가장 필요한 상대는 본능적으로 잊지 않는 법이야."

사토시는 할아버지의 상태에 대해 부모와 이야기를 나누거나 하지는 않았다. 그래도 자기 나름대로 관찰하고 판단하는 것이 있는 모양이었다.

"엄마가 할아버지 주인이란 뜻이야?"

"비슷하지. 아빠를 알아보신다고 해도 아빠는 할아버지를 위해 해줄 수 있는 게 없잖아. 본능은 살아남기 위한 지혜야. 할아버지가 살아남으려면 아빠보다 엄마가 더 필요해."

"할아버지가 너도 기억하는 건 어떻게 설명할래?"

"내가 아빠보다는 그래도 도움이 되나 보지."

"그럴까?"

"나도 가끔은 할아버지가 귀찮기는 해."

"……"

"할머니는 진심으로 잘 대해주셨어. 근데 할아버지가 날 위해 뭘 해주셨는지는 생각이 안 나. 방을 어질러놓았다고 구박하신 거랑 마당에서 오줌 싸다 걸린 기억밖에 없어. 그것도 유치원 다닐 때 일이야. 그땐 아직 어렸는데도 할아버지가 엄청 심하게 화를 내셨어. 혼자 내 앞가림 정도는 할 수 있게 된 날부터 할아버지하고 말해본 기억이 없어. 그런데도 어떻게 나를 기억하시는지 몰라. 틀림없이 생물학적인 본능이 작용했을 거야."

어린 손자가 소변을 보던 마당에서 지금은 매일 밤 시계조가 며느리의 부축을 받아가며 볼일을 해결하고 있다. 일찍이 시계조는 마당에서 함부로 소변보는 손자를 나무랄 수 있었지만, 지금의 그를 나무랄 수 있는 사람은 이 집에 없다. 아키코는 남편에게 비밀로 하듯 아들에게도 시계조가 밤마다 마당에서 볼일을 본다는 얘기를 하지 않겠다고 다짐했다. 시어머니도 생전에 지금의 아키코와 같은 마음으로 남편의 망령을 자식들에게 그저 숨기고 있었던 건 아니었을까?

그래도 주인이라는 표현은 듣기 거북했다. 요즘 고등학생들은 생물학적 본능 같은 단어를 아무렇지 않게 내뱉는다. 아키코는 사토시의 성장을 실감했다. 이제 아들은 더는 품 안의 자식이 아니다. 남편보다 더 듬직한 이 가정의 기둥처럼 느껴졌다. 교코의 관찰보다는 한 차원 높은 결론이 아들의 머릿속에서 나왔다는 게 뿌듯했다. 시게조가 아키코마저 잊어버렸다면 누구보다 시게조 자신이 불편하고 불행해질 것은 자명한 일이 아닌가.

한참 지나서야 노부토시 혼자 어슬렁거리며 돌아왔다.

"정말 놀랐어. 별별 노인네들이 다 모였더라고. 민요도 부르고 춤도 추고 재미있게 노시던데. 할머니 한 분은 아침부터 계속 춤을 췄다는 거야. 올해 연세가 어떻게 되시느냐고 물었더니, 글쎄 아버지하고 비슷한 연배야. 그런데도 망령기 같은 건 찾아볼 수도 없어. 말씀도 또박또박 잘하시고. 그 건물이 예전엔 변전소였대. 장수회라는 단체가 구청에 요구해서 노인회관으로 만들었다고 하더군. 예산이 모자라서 다다미도 직접 깔았다는 거야. 그래서 다른 곳에 회관을 새로 만들어줘도 안 가겠다고 했대. 여자들 평균 수명이 높다는 걸 오늘에야 확인했어. 역시 할머니들이 더 많더라고. 노인들만 모여 있는 곳이 그렇게 장관일 줄은 정말 몰랐어."

"아버님은 어떻게 하고 계셨어요?"

"방구석에 앉아 졸고 계셨어."

"세상에."

"아버지 그만 가요, 하고 깨웠더니 나보고 누구냐고 물으시는 거야. 가도타니 할머니가 자기가 데려가겠다고 해서 그냥 왔어. 과자도 실컷 드시고 만두도 많이 드셨대. 근데 가도타니 할머니 말이야. 자기가 무슨 아버지 새 마누라라도 된 것처럼 행세하는 것 같아."

"에이, 설마……."

"아냐. 어쩐지 분위기가 수상해. 옛날에 어머니는 아버지 간호사나 하녀 같았거든. 그런데 가도타니 할머니는 꼭 애인처럼 아버지를 챙겨주더라고."

"아버님은 어때 보였는데요?"

"뭐 똑같지. 얼굴만 봐서야 무슨 생각을 하시는지 알 수가 있나."

"그렇게 되시고도 아직 인기가 있다니, 아버님은 여복이 많으시네요."

아키코는 편한 말투로 말하면서 지난번 건강 검진 결과를 생각했다. 혈압은 아주 이상적이고 맥박도 정상이며 빈혈은 찾아볼 수도 없는 데다가 엑스레이 사진 결과까지 완벽해서 암 같은 건 걱정할 필요도 없다고 들었다. 이 연세에 이토록 건강한 분은 처음입니다, 라며 의사는 경이로운 눈빛으로 시게조를 바라봤다. 평소보다 좀 많이 드시는 게 걱정이에요, 라고 아키코가 이야기하자 의사는 그런 부분은 가족들이 배려하면 얼마든지 극복할 수 있는 문제입니다, 라고 별일 아니라는 듯이 지나갔다. 자식들 얼굴도 못 알아본다고 했더니 아무래도 고령이시니까요. 자식들 얼굴을 못 알아봐도 몸만 건강하면 문제없다는 식이었다. 의사 눈에는 오직 나이에 비해 너무 강건한 시게조의 육체가 경이로울 뿐이었다. 답답해진 아키코가 망령은 병이 아니냐고 묻자, 의사는 말끝을 흐리다가 어쨌든 내과적인 진단 결과는 완벽하다는 말로 딱 잘라 말을 맺었다. 실비만 받고 검진해줬고 건강에 아무 이상이 없다고 하니, 불평할 처지이기는커녕 정말 고맙다고 말하고 물러나야 할 처지였다.

노부토시도 방금 본 광경을 되새기며 자신의 노년에 대해 이것저것 생각해보았다. 30~40명의 노인들이 우메자토 노인회관 신년 모임에 모여 제각기 민요를 부르거나 시를 읊거나 창 한 대목을 그럴싸하게 뽑기도 하면서 재미나게 지냈다. 자신이 좋아하는 일을 마음껏 즐길 수 있는 동심으로 돌아간 것처럼 보였다. 함께 즐기는 것이 노인회관의 룰인 것 같았다. 그 화기애애한 분위기 속에서도 시게조는 예외적인 존재였다. 노부토시가 들어갔을 때 마침 할머니 몇 분이 흥겨운 레코드 리듬에 맞춰 꽃으로 꾸민 삿갓을 쓰고 춤을 추고 있었는데, 가도타니 할머니가 가운데에서 마치 무대 여주인공이라도 된 듯 삿갓을 흔들고 있었다. 한마디로 노인이라고 하지만 사실 노인에도 여러 종류가 있다는 생각을 하며 노부토시는 눈앞에 전개되는 세계를 믿어지지 않는 듯 바라보았다. 다들 원기가 왕성했다. 칠팔십대 할머니들이 애들처럼 삿갓을 들고 빙그르르 몸을 돌리기도 하고 좌우로 몸을 비틀기도 하는데 순서가 틀리는 사람이 하나도 없었다. 그래도 나이는 속일 수 없어서 손놀림이 약간 둔하기는 했지만, 젊었을 때 손춤을 배운 것 같은 사람도 섞여 있었고, 삿갓을 부채와 바꿔 들고 다음 민요로 옮겨 갈 때는 놀랄 정도로 빈틈없는 몸놀림을 보여주었다.

구경하는 노인들도 제각각이었다. 춤을 보면서 춤 동작을 익히는 사람도 있었고, 춤은 보지도 않고 자기들끼리 떠들어대는 사람들도 있었다. 대체적으로 분위기는 할머니들이 주도했다. 이런 곳을 미리 알았더라면 시게조가 정신을 잃지는 않았을 것이라는 생각이 들었다. 하지만 망령 들기 전의 아버지 성격을 생각하면 이처럼 천진한 세계에 동화될 양반이 아니었다. 오늘날 시게조의 상황은 결국 스스로 자초한 결과다. 한쪽 구석에 무릎을 끌어안고 앉아 좌우로 흔들거리는 아버지의 어깨를 두드리며 그만 가시죠, 라고 조용히 속삭이자 눈곱 낀 시게조의 눈동자가 일순 번쩍거렸다. 그것은 낯선 타인에 대한 경계심이었다. 시게조 입에서 누구냐는 말이 튀어나왔을 땐, 이미 익숙해질 만도 했건만 오늘이 새해 첫날이라는 것과 사람이 많은 곳에서 하필 이런 말을 들었다는 점이 노부토시로서는 쉽게 이겨낼 수 없는 충격이었다.

"내일부터 또 출근해야지."

아버지에 대한 생각을 떨쳐내려고 노부토시는 회사 이야기를 꺼냈다. 아키코도 덩달아 밝게 웃으며 노부토시의 기분을 맞춰줬다.

"당신도 오랜만에 푹 쉬었죠?"

"너무 잘 쉬어서 운동 부족이야. 연초에 집에서 지내는 게 얼마 만인지 모르겠어. 몇 달 더 쉬었다간 아버지처럼 되겠어."

"그런 말은 왜 또 해요."

"정년퇴직하자마자 죽어버리는 게 최고야. 노인클럽에서 삿갓춤이나 보면서 지낼 걸 생각하면 지금도 가슴이 답답해. 전쟁터에서 돌아올 때가 생각나는군."

"어땠는데요?"

"그땐 죽을 걱정은 하지 않아도 된다는 생각에 마냥 좋았지. 멋지게 한번 살아보자고 다짐했었어. 근데 아버지를 보고 있으면 아버지처럼 되기 전에 죽어버리는 게 낫다는 생각만 들어. 오래 산다고 다 좋은 건 아닌 것 같아. 사람이 죽지 않고 나이만 먹는 세상을 상상하면 너무 무서워."

갑자기 사토시가 벌떡 일어나 텔레비전을 켰다. 아키코는 노부토시에게 그런 이야기는 이제 그만하라고 눈짓했다.

"저녁은 뭘 먹을까요?"

내일부터 아키코도 출근이다. 예전처럼 간편한 인스턴트식품을 먹어야 한다. 그래서 오늘 저녁에는 일부러 가족들이 좋아하는 음식을 만들 계획이었는데, 노부토시는 배가 고프지 않다며 시큰둥했고 사토시는 "라면 먹고 싶어"라고 대답해 아키코의 들뜬 기분에 찬물을 끼얹었다.

한 시간쯤 지나 가도타니 할머니의 손에 이끌려 시게조가 돌아왔다. 아키코와 노부토시가 고맙다고 인사하자 할머니는 목젖이 보일 정도로 크게 웃었다.

"별말을 다하는구려. 그럼 내일 또 봅시다, 다치바나 씨."

노파는 시계조의 어깨를 툭 치고는 집으로 돌아갔다.

"아버님, 재미있으셨어요?"

"아키코 씨."

현관에서 신발을 벗고 들어서던 시계조가 노부토시를 수상쩍게 바라봤다. 노부토시는 아키코를 보며 어깨를 으쓱거렸다. 아키코는 웃음이 나오는 걸 억지로 참고 시계조에게 말했다.

"신년 모임은 어떠셨어요?"

"예, 예."

"재미있으셨죠?"

"예, 예."

"과자랑 만두도 나왔다면서요?"

시계조의 외투를 벗기며 아키코가 계속 묻자, 그때까지 천장만 바라보던 시계조는 딴소리를 했다.

"아키코 씨, 배고파요. 저녁 주세요."

"저녁밥은 뭘로 할까요? 좋아하시는 것을 만들어 드릴게요. 아버님은 뭐 드시고 싶으세요?"

시계조의 입술이 오므라들더니 표정이 진지해졌다. 뭐가 먹고 싶으냐는 이 간단한 질문에 잠들어 있던 시계조의 대화 능력이 깨어나기라도 하려는 걸까. 아키코와 노부토시는 서로 얼굴을 마주 보았다. 사토시도 텔레비전 화면에서 고개를 돌려 시게조가 어떤 말을 할지 기다렸다.

텔레비전에서 흘러나오는 로큰롤 음악이 거실에 울려 퍼졌다. 그 시끄러운 소리와 대조적으로 묘한 기운이 네 사람을 감쌌다. 아들과 며느리와 손자가 지켜보는 가운데 시게조는 오랫동안 입술을 오므리고 음식 이름을 기억하고자 애쓰는 것처럼 보였다. 이렇게 깊이 생각하면서 도대체 무엇을 먹겠다고 말할 작정인지 아키코는 두려운 마음이 생겼다. 뜻밖의 메뉴를 말해도 이런 상황에서는 해드릴 수밖에 없다. 그다지 친절한 마음도 없으면서 간살스러운 목소리로 무엇을 드시고 싶냐고 물어본 자신의 위선적인 태도가 후회스러웠다.

이윽고 고개를 든 시게조가 말했다.

"아키코 씨, 할머니가 죽었어요."

전혀 예상치 못했던 시게조의 반응에 모두들 깜짝 놀랐다.

"언제 돌아가셨어요?"

"언제라니, 그런 말 하면 안 돼요. 말에 차였어요. 피를 토하고 죽었어요."

"할머니가 말에 차여 피를 토하면서 돌아가셨다는 말씀이에요?"

"예."

아키코는 남편을 쳐다봤다. 무슨 말이 하고 싶은 걸까. 노부토시도 이해가 안 되는지 고개를 갸우뚱거렸다. 사토시가 일어나 불단에서 할머니 영정을 가져와 시게조에게 보여주었다.

"이 할머니 말씀하시는 거죠?"

시게조는 사토시와 죽은 아내의 영정을 찬찬히 훑어보았다.

"이 사람은 누구예요?"

"모르시겠어요? 할머니잖아요. 요전에 돌아가신 할머니요. 말에 차이지도 않았고 피를 토한 적도 없어요."

"말이라니, 무슨 말요?"

"할아버지가 방금 말씀하셨잖아요, 말에 차여 돌아가셨다고. 이 할머니가 아니면 어느 집 할머니 말씀하신 거예요?"

시게조는 당황한 기색으로 사토시를 흘끔 쳐다보더니 아키코에게 애원하듯 말했다.

"사토시가 이상한 말 해요. 아키코 씨, 난 이 사람 몰라요."

아키코는 기가 막혔다. 한숨을 쉬며 자리에서 일어나 부엌으로 들어갔다. 연말에 사둔 재료나 정리해야겠다. 고부마키*는 한꺼번에 너무 많이 산 것 같다. 어묵도 그대로 남았다. 따뜻한 밥과 된장만 끓이면 된다. 날씨가 쌀쌀해 고타쓰에 둘러앉아 식사하기로 했다. 아키코가 막 젓가락을 들려고 하는데 노부토시가 젓가락을 내려놓으며 말했다.

"아, 그 얘기 지금 생각났어. 40년 전 아니면 45년 전에 있었던 일이야. 내가 학교도 다니지 않을 때야. 우리 마을에서 어떤

◆ 고부마키: 청어, 모래무지 등의 생선을 다시마로 말아서 익힌 음식. 설날 같은 때 먹는다.

할머니가 말에 차여 돌아가셨어. 할머니는 못 봤지만 사람 죽인 말이라고 해서 친구들하고 구경도 갔었지. 돌아가신 분이 말 주인의 부인이었던 것 같아. 하여튼 그 일 때문에 마을이 꽤 시끄러웠어."

"어떻게 갑자기 그때 일이 생각날 수 있죠? 아버님이 거기 계셨었나요?"

"무엇 때문에 그 일이 생각나셨을까?"

"뭐 드시고 싶으시냐고 물었더니 할머니가 돌아가셨다는 이야기를 하셨는데……."

아들과 며느리와 손자가 시게조를 예의 주시하는 가운데 정작 본인은 밥그릇을 손에 꼭 쥐고 천천히 씹는 일에만 열중했다. 아키코가 고부마키를 접시에 올려주자 젓가락 끝으로 솜씨 좋게 박고지 띠를 푼 다음 다시마를 펴고 그 안에 들어 있는 작은 생선 조각을 먹었다. 사토시가 다시 고부마키 하나를 접시에 올려주자, 시게조는 또다시 열심히 박고지 띠를 푼 다음 다시마를 펴고 그 안에 들어 있는 작은 생선 조각을 먹었다. 또 하나. 시게조는 젓가락 끝으로만 느리지만 솜씨 있게 띠를 풀었다. 또 하나. 사토시는 계속 고부마키를 시게조의 접시에 올려놓았다. 드디어 접시에는 다시마가 산처럼 쌓였고, 찬합 속의 고부마키는 동이 났다. 다시마도 먹을 수 있다고 아키코가 한번 주의를 주었지만 시게조는 들은 척도 하지 않았다. 아깝다고 생각했지만 어차피 남으면 버려야 하고 다시마를 먹지 않은 만큼 시게조가 과식을 하지 않게 된다는 생각에 아키코는 사토시가 하는 대로 내버려두었다.

"아무래도 아버지가 돌아가신 어머니에 대해선 잊어버리셨나 봐."

"아니, 60년 가까이 함께 사셨으면서 어떻게 자기 아내를 잊을 수 있죠? 남자는 원래 그래요?"

"이봐, 어머니를 잊어버린 건 내가 아니라 아버지야. 그런 말을 하면서 왜 날 노려봐?"

"너무 박정한 일이라고 생각해요. 부부의 인연이 뭔지 모르겠네요."

"그래도 당신은 알아보시잖아."

노부토시는 별생각 없이 던진 말이었지만 아키코는 당황했다. 혹시라도 노부토시의 입에서 교코가 했던 이상한 말이 나올까 봐 조마조마했다. 아키코는 조금 전에 사토시가 이런 말을 했다면서 화제를 돌렸다.

"동물적인 본능이라……."

"동물적인 본능이 아니라 생물학적 본능요. 그렇지, 사토시?"

두 단어가 같은 뜻인지는 모르겠지만 시게조가 생물학적 본능으로 아키코를 기억하는 것이라고 말하는 편이 훨씬 듣기 편했다. 동물적이라니, 듣기만 해도 엉뚱한 상상을 하게 만드는 단어였다.

그날 밤도 시게조는 한밤중에 일어나 노부토시가 골프채를 휘두르던 곳에서 아키코의 부축을 받으며 볼일을 해결했다. 생물학적 본능인지, 동물적인 본능인지 아키코는 판단하기 어려웠다. 하품을 참아가며 시게조가 일을 끝낼 때까지 곁에 있어준 아키코는 이런 자신의 모습이 비참하기만 했다. 거실로 돌아온 아키코는 시게조를 누인 뒤 베개와 이불을 들고 2층으로 올라갔다. 시아버지 곁에서 눈을 뜨고 싶진 않았다.

이불을 뒤집어쓴 노부토시는 세상모르고 잠들어 있었다. 자기 아버지에 관한 일인데도 뒤치다꺼리는 모두 아내에게 떠맡겨버리는 남편의 이기적인 행동에 화가 치밀었다. 남자들은 가정에 번거로운 일이 생기면 우선 자기부터 피하고 보자는 주의이다. 매일 밤 시게조가 볼일을 볼 때마다 항상 아키코가 나섰다. 적막한 야밤에 쪼르륵거리는 소리를 노부토시가 듣게 된다면 무슨 생각을 할까. 시어머니가 돌아가셨을 때도 그랬다. 귀찮고 성가신 일은 죄다 아키코 몫이었다. 노부토시는 우두커니 관 앞에 앉아 있던 것을 빼면 한 일도 없다. 밤마다 늙은 아버지의 배설을 돕기 위해 자다가 깨는 아내에게 노부토시는 한 번도 고맙다거나, 미안하다고 말해주지 않았다. 이 남자도 내가 먼저 죽으면 나를 잊어버릴 게 뻔하다. 그동안 노부토시와 살아온 세월들이 억울하게 다가왔다. 아키코는 자기도 모르게 들고 있던 베개를 남편에게 던져버렸다. 잠에서 깬 노부토시는 험악한 얼굴로 자기를 노려보는 여자가 자기 아내인지, 아니면 꿈에서 만난 생판 모르는 여자인지 정신이 하나도 없는 것 같았다.

"뭐야, 왜 그래?"

"아무것도 아니니까 잠이나 자요."

아키코가 대답하자 노부토시는 하품을 하며 다시 누웠다. 몸을 몇 번 뒤척이더니 이내 잠들었다. 머리맡에 켜놓은 희미한 전등 불빛을 받은 노부토시의 귀밑머리가 은색으로 반짝였다. 앞으로 아버지처럼 될까 봐 두렵다는 남편의 말이 생각났다. 남의 일이 아닌 것이다. 아키코는 아침이 될 때까지 남편 곁에서 뒤척이며 잠을 이루지 못했다.

9

문단속이 허술하다는 생각이 들기도 했지만 별채엔 값나가는 물건이라곤 눈을 씻고 찾아봐도 없어서 아키코는 별채의 덧문을 열어두기로 했다. 창고에서 오래된 화로를 꺼내 숯을 묻어놓고 언제든 가도타니 할머니가 시게조를 데리고 노인클럽에 갈 수 있게 만반의 준비를 해두었다. 그 대신 안채는 지금까지 하던 대로 단단히 잠가놓았다. 가도타니 할머니가 시게조를 데려오지 못할 때를 대비해 사토시가 우메자토 노인회관에 들렀다가 오기로 했다. 다행히 시게조는 사토시가 노인회관에 얼굴을 내밀면 금방 알아봤다. "아, 사토시가 왔군요" 하면서 얼른 따라나섰다. 사토시도 귀찮아하지 않고 할아버지를 잘 챙겼다. 아키코가 시키지 않아도 라면 두 그릇을 끓여 시게조와 사이좋게 먹었다.

한밤중에 일어나 시게조의 볼일을 돕는 것도, 시게조의 볼일이 끝나는 대로 베개를 들고 2층으로 올라가 다시 눕는 것도 이미 일상이 되어버렸다. 노부토시는 여전히 늦게 돌아왔고, 일요일엔 여느 때와 마찬가지로 하루 종일 잠만 잤다. 급작스레 늙어버린 시아버지를 모시는 일이 일상이 되고 보니, 예상한 것보다 큰일이 아닌 것 같았다.

가도타니 할머니는 시간이 흐를수록 거리낌 없이 별채를 출입했다. 노인회관도 일주일에 고작 두서너 번밖에 얼굴을 내밀지 않았고, 아침부터 저녁까지 시게조와 함께 별채에서 지냈다. 이 사실을 맨 처음 알게 된 것은 사토시였다. 어느 토요일 오후에 사토시한테서 이야기를 들은 아키코가 별채로 건너가봤다. 화로를 사이에 두고 시게조는 이쪽을 향해 멍하니 앉아 있었고 할머니는 시게조를 향해 무슨 이야기인지를 신나게 떠들고 있었다.

"아키코 씨, 아키코 씨."

시게조가 아키코를 보고 벌떡 일어나 밖으로 나왔다.

"아키코 씨, 큰일 났습니다. 이 할머니가 들어와서 이상한 얘기만 해요. 집에도 안 가요."

시게조가 다짜고짜 이렇게 하소연하자 아키코는 할머니가 들었을까 봐 신경이 쓰였다.

"사토시 엄마, 지금 왔어? 영감님이 할머니가 돌아가셔서 외로워하시는 것 같아 위로하고 있는 중이라우."

시게조가 한 말을 듣지 못했는지 아니면 듣고도 못 들은 체하는 건지 할머니는 주름진 얼굴로 싱글벙글 웃고 있었다. 화로 옆에는 아키코가 아침에 만들어둔 도시락 두 개가 있었고, 찻잔 서너 개도 나와 있었다. 신발을 벗고 마루로 올라가 화로를 보니 숯불이 빨갛게 이글거리고 있었다. 숯은 부엌에서 멋대로 가져온 모양이었다.

"매일 이렇게 신경 써주셔서 감사합니다. 오늘은 노인회관에 안 가셨어요?"

"응, 오늘은 클럽 활동이 없어요. 영감님도 같이 얘기나 하자고 해서……."

교태를 부리며 입가를 가린 손등에까지 잔주름이 자글자글했다. 지금 시게조는 둘이 같이 얘기나 하자고 말할 수 있는 상태가 아닌데, 아키코는 할머니가 무슨 이유로 자신에게 거짓말을 하는지 궁금했다.

"아키코 씨, 배고파요. 먹을 것 좀 주세요. 사토시는 왜 안 보여요? 배고파 죽겠어요."

"영감님이 날더러 뭐 좀 먹으러 나가자고 했는데 내가 싫다고 했지. 조금 먹는 게 몸에도 좋고, 그래야 오래 살 수 있다는 말도 했다우."

할머니는 뭐가 그리 좋은지 혼자 말하고 혼자 웃었다. 할머니가 아버지를 좋아하는 것 같다는 노부토시의 말이 무슨 의미였는지 이해가 갔다. 시게조가 이상한 말만 지껄이는 할머니라고 하소연한 이유도 알 것 같았다.

"그럼 우동을 만들어드릴 테니, 할머니도 드시고 가세요."

"어이구, 나까지? 영감님은 참 복도 많으셔. 이렇게 심성 고운 며느님을 두셨으니. 아마 우리 며느리였다면 우동은커녕 그만 가라고 했을 텐데. 영감님 우동 좋아하세요? 나도 한 그릇 먹고 가라네요. 며느님이 참 착해요. 마침 잘 됐구랴. 나도 우동 좋아하는데 영감님도 좋아하시니."

할머니는 시계조를 향해 뭐라고 또 이야기를 늘어놓기 시작했다. 아키코는 우동을 만들기 위해 안채로 돌아왔다.

"엄마, 웃기지?"

사토시가 자라목을 하며 킥킥댔다.

"언제부터 두 분이 저렇게 지내셨니?"

"내가 알기로는 한 4~5일 됐을 거야. 집에 오다 노인회관에 들렀는데 오늘은 두 분 다 안 오셨다고 하더라고. 고모가 한 말이 생각나서 집으로 뛰어왔더니 할머니랑 저러고 계시잖아. '노년의 사랑'이라고 하는 걸까? 그런데 할아버진 견디기 힘드신 것 같아. 확실해. 내 얼굴을 보자마자 살았다는 듯이 밖으로 뛰쳐나오셨거든. 적극적인 할머니네. 재미있는데!"

"가도타니 씨도 알고 계신지 모르겠다."

맞벌이 가정에는 퇴근 뒤에도 업무의 연장처럼 주부가 해야 할 일이 산더미처럼 쌓여 있다. 아키코는 부엌부터 치우기로 했다. 집에 돌아와 한숨 돌릴 생각이었는데, 이렇게 된 이상 쉬기는 글렀다. 오늘은 오다가 백화점에 들러 우동사리를 샀다. 끓는 물에 면을 삶고 국물 간도 맞췄다. 사토시부터 한 그릇 끓여준 후 별채에 있는 두 노인네를 위해 다시 면을 삶았다. 냄비 속에서 끓고 있는 굵은 면발들이 오징어 다리처럼 흐느적거렸다. 아키코는 이 일을 어떻게 판단해야 할지 종잡을 수가 없었다. 노년의 사랑이니 하면서 사토시는 재미있어했지만, 웃을 일이 아니었다. 잘못하면 추문이 되어버릴 수도 있으니까. 그나저나 망령 든 시게조를 매력적으로 생각하는 여자가 있다니…….

푹 삶아진 면을 그릇에 담아 국물을 붓고 별채로 건너갔다. 마루에 들어서자 할머니는 화로에 손을 쬐고 있고, 시게조는 어디로 갔는지 안 보였다.

"아버님은요?"

아키코가 문 앞에 서서 시게조를 찾자, 할머니는 빙그레 웃기만 했다.

"화장실에 가셨다우. 조금 기다려요."

아키코는 뒤이어 벌어진 상황에 입을 다물지 못했다. 가도타니 할머니가 화장실 문을 두드리며 말했다.

"영감님, 다 끝나셨수? 우동 잡숴야죠."

그러고는 화장실 문을 열어젖혔다. 아키코는 들고 있던 쟁반을 떨어뜨릴 뻔했다. 화장실 안에서 일을 보던 시게조도 엉겁결에 엉덩방아를 찧은 것 같았다.

"다리 삐시면 어쩌려고 그래요. 우동 왔어요. 어서 일어납시다. 일어날 수 있죠? 괜찮아요?"

아키코는 자신이 직접 화장실로 달려가 시게조를 부축해야
할지 어떨지 알 수 없어서 화장실 안이 안 보이는 곳에 앉아
두 노인네가 서로 엉겨서 나올 때까지 기다렸다. 아무래도 할
머니가 시게조가 씻는 것까지 도와준 것 같았다.

"사토시 엄마, 오래 기다렸지? 영감님, 여기 앉으시구랴. 우동
이에요."

"예, 예."

"자, 젓가락 여기 있어요."

바지런히 시게조를 보살피던 할머니는 시게조가 우동을 먹
자 자기도 곧 먹기 시작했다. 우동 그릇에 코를 박은 시게조는
아키코의 존재를 잊어버린 것처럼 보였다. 아키코는 안채로 돌
아갈까 망설이다가 아들이 말한 노년의 사랑이 어떤 모습인지
조금 더 지켜보기로 했다. 적어도 아키코에겐 시게조의 보호자
로서 그래야 할 의무와 책임이 있다고 생각했다.

"며느님 솜씨가 좋네요. 우리 며느리가 끓인 것보다 훨씬 맛
있어요. 손으로 쳐서 만든 수타 우동 드셔보셨어요? 내 주특기
가 수타 우동이에요. 전쟁 때 우동집을 했거든요. 나중에 한번
해드릴게요. 아마 이것보다 더 맛있을 거예요."

할머니는 약간 들뜬 목소리로, 정신없이 우동 국물을 들이켜
는 시게조에게 계속 말을 걸었다. 할머니는 지금의 상황을 다
른 누군가에게 얘기할 때, 시게조가 자신의 수타 우동을 꼭 먹

어보고 싶다고 그랬다고 말할지도 모른다. 그런 생각을 하면서도 아키코는 냉소 같은 건 생각하지도 못했다. 노부토시는 시계조가 자기 인생의 연장선상에 있는 것 같아 불안하다고 말했다. 아키코는 자기 인생의 연장선상에 가도타니 할머니의 모습이 환영처럼 어른거려서 자기도 모르게 진저리를 쳤다. 여자는 대체 몇 살까지 색기가 있는 걸까. 일흔이 넘은 과부가 여든이 넘어 망령 든 노인에게, 노인의 배우자가 죽기만을 기다렸다는 듯이 접근해도 괜찮은 걸까. 아키코는 자신이 그 방면에는 담백한 편이라고 생각하고 있었지만, 할머니의 젊어진 몸짓과 밝고 흥겨운 목소리를 듣고 있자니 나이가 들면 어떻게 될지 짐작이 가지 않았다. 예전의 시계조라면 감히 상상조차 하지 못했을 노인이 지금 아키코 앞에 버젓이 앉아 있다. 그러니 30년 혹은 40년 후의 아키코가 가도타니 할머니의 자리에 앉아 있지 않으리라고 누가 단언할 수 있단 말인가. 사람이 죽는다는 것은 알고 있었지만, 자신의 인생 끝에 이런 악마의 함정 같은 것이 기다리고 있을 것이라고는 젊었을 때에는 생각조차 하지 못했다. 나도 역시 나이를 먹는구나. 나는 어떤 할머니가 될까? 노부토시는 시계조를 보고 있으면 자신이 거울 앞의 두꺼비 같은 기분이 든다고 말했는데, 아키코도 가도타니 할머니를 보고 있자니 진땀이 줄줄 흐르는 기분이 들었다. 30년 후 노부토시는 시계조처럼 되고 아키코는 이 할머니처럼 되어서 서로 느릿느릿 화장실 출입까지 도와가면서 너무 익혀 흐물흐

물한 우동을 후루룩거리며 먹을 거라고 생각하니 온몸에 소름이 돋았다.

"할머니."

목구멍이 옥죄어진 듯 쉰 목소리가 나왔다. 아키코는 다시 한 번 목청을 가다듬고 할머니를 불렀다.

"할머니, 시간이 꽤 늦었는데 그만 가보셔야 하는 거 아니에요? 댁에서 걱정하시겠어요."

할머니는 시계조에게서 눈을 떼지 않고 별걸 다 걱정한다는 얼굴로 대답했다.

"괜찮아. 늙은이는 애물단지니까 걱정해주는 사람도 없어. 다들 내가 죽기만 기다리는데, 뭐. 이 말은 진짜라우. 나도 식구들이 귀찮아하는 것 뻔히 알면서 끝까지 살아 있을 생각은 눈곱만큼도 없지만, 죽는 건 내 맘대로 할 수 있는 게 아니잖수. 자살이라도 했다간 손주 혼사에 방해가 될 것 아니우. 영감님이랑 나는 이런 얘기를 서로 많이 했다우. 그렇죠, 영감님? 늙은이는 늙은이끼리 지내야지, 젊은이들한테 폐를 끼치면 안 돼. 노인클럽에서 하는 얘기도 이런 거야. 몸을 움직이지 않으면 금방 약해지고 머리를 쓰지 않으면 바보가 돼요. 늘 조심해야지. 영감님과 옛날 얘기를 하다 보면 마음이 상쾌해져. 젊어서 겪은 이야기들이 좀 많아야지. 젊은 사람들은 옛날 얘기만 하면 무조건 싫어하는데 우린 요즘 사람들 이야기는 알아듣질 못해. 오늘 아침엔 영감님께 지진 이야기를 했지. 그때 피복 공장에 불이 났거든. 거기 나도 있었다우. 12층 건물이었어. 위에서 타 내려오다가 4층에서 뚝 부러지더라고. 사흘 넘게 불길을 못 잡아 난리였어. 전쟁 때도 툭하면 집들이 불탔지만 역시 무서운 건 지진이야. 그렇죠, 영감님?"

"저희 아버님은 도호쿠 분이세요. 관동대지진은 잘 모르실 거예요."

"아, 도호쿠 출신이셨구먼. 그러니까 내 얘기가 재미나셨을 거야. 얘기를 많이 해달라고 그러셨어. 영감님, 지옥은 딴 데 있는 게 아녜요. 사람이 불에 타서 막과자처럼 굳어버렸다고요. 그게 지옥이지. 남자들은 죽창을 들고 자경단이란 걸 만들었어요. 영감님도 죽창이 뭔지 아시죠? 폭동이 일어날 거라는 소문 때문에 다들 걱정이 이만저만이 아니었어. 얼마나 불안했다고. 수제비 한 그릇에 10전이나 받았어요. 그것도 못 먹어서 안달이었지. 그 땡볕에 줄을 서서 수제비를 사 먹었으니, 말 다 했죠. 비계가 조금 떠다니는 게 전부였는데 10전씩이나 받아먹었어요. 비싸다고 투덜대면서도 줄을 섰어요. 먹어야 사는 거니까요. 우리 같은 늙은이들은 불하고 먹을 게 얼마나 무서운지 잘 알고말고. 우리 며느리는 음식을 함부로 버리는 습관이 있어요. 그래, 내가 늘 마땅찮은 소리를 하죠. 전쟁 때를 생각하면 버릴 게 어디 있어요. 그렇지만 이런 말을 며느리에게 했다간 노망났다는 말밖에 더 듣겠수? 들어줄 사람은 영감님밖에 없다니까."

시게조는 고개를 수그린 채 졸고 있었다. 할머니는 못 본 척하며 하고 싶은 말을 모조리 쏟아냈다.

아키코는 조용히 별채에서 나왔다. 가도타니 씨에게 알려야 할지 말아야 할지 망설이다가 일단 안채로 돌아왔다. 남편과 먼저 상의를 해보기로 했다.

토요일마다 반복되는 일과를 끝내고 저녁을 준비했다. 아키코는 별채로 건너가 이별의 시간이 왔음을 알리고 덧문을 탁탁 닫았다. 밥 먹으라는 소리에 시게조가 느릿느릿 일어나 마당으로 나와버렸기 때문에 할머니는 집으로 돌아갈 수밖에 없었다.

토요일은 일주일 치 세탁과 일주일 치 청소를 한꺼번에 해치우는 날이었다. 가뜩이나 토요일은 집안일로 정신이 없는데 시게조 때문에 한 가지 일이 더 늘어났다. 저녁 식사 후 시게조를 목욕시키는 일이었다. 옷을 벗거나 입히는 것은 그럭저럭 힘들이지 않고 할 수 있었다. 문제는 욕조에 몸을 담그면 언제까지고 나올 생각을 하지 않는다는 것이었다. 비누를 건네주면 비누가 다 닳아 없어질 때까지 손바닥으로 비벼댔다. 어쩔 수 없이 어린 사토시를 목욕시킬 때처럼 아키코가 직접 씻겨줘야만 했다. 시게조는 아키코가 하는 대로 얌전히 있었다. 손을 들라면 들고 일어서라면 일어섰다. 사토시를 씻겨줄 때와 거의 비슷했는데, 한 가지 다른 것은 시게조의 하반신에 손을 대고 싶지 않다는 점이었다. 차라리 항문은 괜찮았다. 비누칠한 수건으로 아무렇게나 쓱쓱 문지르면 그만이었기 때문이다. 하지만 앞쪽은 여간 거북한 게 아니었다.

"수건 드릴 테니까 소변보시는 곳을 빡빡 문지르세요."

아키코는 비누칠한 수건을 건네줬다.

"예, 예."

시게조는 건성으로 대답만 할 뿐 닦을 생각은 하지 않고 수건만 멍하니 내려다보고 있었다.

"아버님, 고추를 문지르라고요."

아키코가 꽥 소리를 질렀다.

"예, 예."

시게조는 자신의 가랑이를 들여다보며 또 한동안 그대로 있었다. 세 번, 네 번 소리를 지르며 재촉하다가 사토시가 밖에서 이 소리를 들으면 어떤 기분이 들까를 생각하니 걱정이 되었다. 그래도 직접 씻겨줄 생각은 전혀 없었다. 결국 아키코 쪽이 지쳐서 물통으로 좍좍 물을 끼얹어주는 것으로 끝내버렸다. 한번은 노부토시에게 이 일을 시켜보려고 했지만 그는 농담하지 말라며 고개를 설레설레 흔들었다. 시게조의 가랑이에 힘없이 처져 있는 쪼글쪼글한 살덩어리를 그는 상상만 해도 견딜 수가 없는 모양이었다.

노부토시가 집에 왔을 때 시게조는 이미 잠든 뒤였다. 아키코는 그 옆에서 일주일 치 다림질을 한꺼번에 해치우는 중이었다. 속옷들은 건조기에서 꺼내 개어놓으면 그만이었지만 와이

셔츠는 대부분 무명이라 다림질하기가 까다로웠다.

"당신 왔어요?"

"어."

아키코는 다림질을 하면서 몇 시간 전에 목격한 광경을 남편에게 이야기했다. 노부토시는 약간 놀란 듯이 조용히 듣고 있었다. 이윽고 목욕을 하고 나와 잠옷 위에 가운을 걸치고 고타쓰 앞으로 다가가 천천히 담배를 피워 물며 말했다.

"사토시 녀석, 노년의 사랑이란 말을 다 알고 있었네."

노부토시가 혼잣말처럼 중얼거렸다.

"가도타니 씨에게 말해두는 편이 좋지 않을까요?"

"우리로선 잘된 일 아냐? 화장실까지 따라 들어갈 정도면 이쪽에서 용돈이라도 드려야겠는걸."

"두 분이 드실 도시락은 매일 만들고 있어요. 그나저나 아까는 얼마나 놀랐다고요. 당신이 그랬잖아요, 어쩐지 교태가 있다고. 그 말이 진짜였어요. 가도타니 할머니가 아버님보고 영감님, 영감님, 하면서 찰싹 달라붙는데……. 보고 있자니 소름 돋는 기분이었어요. 나도 늙으면 저렇게 되는 건 아닐까, 그런 생각이 들어서요."

"그게 뭐 어때서. 죽기 전까진 엄연한 사람이라고. 느낀 대로 행동하면 좋은 거지. 아버지처럼 정신 나가는 것보다 백배 낫지."

"아버님께 별 얘길 다 하시더라고요. 관동대지진 이야기를 다 꺼내셨어요. 한 그릇에 10전이나 받는 수제비를 줄 서서 먹었다는 둥, 그 옛날 얘기를 다 하시더라고요."

"그때도 수제비를 팔았나? 내 기억엔 전쟁 끝난 다음에 생긴 걸로 아는데……. 재미있었겠네."

"당신은 전쟁터에 있었을 거 아녜요. 전쟁 중에도 수제비는 전국적으로 유행이었어요."

마지막 손수건 한 장까지 정성껏 다림질을 마친 아키코는 남편을 돌아보며 말했다.

"나도 저 할머니 나이가 되면 전쟁 때 겪은 힘겨운 일들을 되뇌게 될까요? 사토시가 음식 타박을 하면 내가 식량난 때 이야기를 하는 것과 똑같네요. 사토시는 내가 전쟁 때 이야기를 하면 무척 싫어해요."

"우리 회사 젊은 것들도 전쟁 때 고생한 얘길 하면 질색을 하더라고."

"그럼 우리도 벌써 시작된 건가요?"

우리도 벌써 시작된 건가요? 이 물음에 부부는 가슴이 서늘해졌다. 노부토시는 대답이 없었고 아키코도 자기의 말에 흠칫 놀라 한동안 귀에서 이명이 그치지 않았다. 무엇이 시작된 걸까? 푸념인가, 노화 현상인가?

"아키코 씨, 오줌 마려워요."

그날 밤도 어김없이, 여느 때처럼 눈을 반쯤 뜬 아키코가 시게조를 데리고 마당으로 나왔다. 부르르 떠는 시게조의 뒷모습을 보면서 아키코는 이 짓도 지긋지긋하다며 입술을 깨물었다. 병든 시아버지를 보살피는 것도 짜증났지만, 30년 혹은 40년 뒤에 자신의 처지가 이렇게 될 수도 있다는 생각에 더 힘들었다.

밤중에 일어날 때마다 아키코는 가운을 걸쳤고, 시게조에게도 잠옷을 두 벌씩 껴입혔다. 가끔은 잠옷을 껴입힐 시간이 부족할 때도 있었다. 그런 날은 소변으로 체내의 열기가 방출되어서인지 평소보다 더 심하게 몸을 떨었다. 신기한 건 한참을 추위에 떨면서도 감기에 걸리지 않는다는 점이었다. 가운을 입은 아키코가 더 추위를 탔다. 겨울밤의 한기가 쉽게 사라지지 않았다. 이불을 머리까지 푹 뒤집어써도 주체할 수 없을 만큼 턱이 떨리곤 했다. 개와 어리석은 자는 감기에 걸리지 않는다는 속담이 있는데, 망령이 들면 진짜로 감기에 걸리지 않는 것인지 멀쩡한 시게조가 신기했다. 위장이 남보다 배는 더 약한 시아버지가 지금은 무엇을 먹어도 설사하는 법이 없다. 어쩌면 위장의 신경도 풀어져 바보가 되었기 때문인지도 모른다.

이런저런 생각으로 머리가 복잡해진 아키코는 베개를 들고 2층으로 올라갔다. 노부토시를 옆으로 밀어내고 자리를 만들어 누운 아키코는 눈을 감았다. 몇 시간이나 잤는지 모르겠다. 아래층에서 시게조가 외치는 목소리가 희미하게 들렸다.

"여보, 아버지가 당신 부르는 거 아냐?"

"당신이 내려가요. 당신 아버지잖아요. 당신도 가끔은 아버지

뒤치다꺼리도 좀 해드려요. 어차피 내일은 일요일이니 실컷 잘수 있잖아요."

아키코는 자기에게만 모든 의무를 떠맡기는 남편이 야속해 등을 돌리고 누웠다. 노부토시는 화가 나서였는지, 아니면 아내의 말에 딱히 할 말이 없어서였는지 부스럭부스럭 양말을 챙겨 신고 아래층으로 내려갔다.

그러나 시게조의 비명은 노부토시가 내려간 직후 더 커졌다. 둔탁한 발소리와 함께 노부토시가 방문을 거칠게 열며 아키코를 흔들었다.

"여보, 난 안 되겠어. 당신이 내려가봐."

"무슨 일인데요?"

"아버지가 날 못 알아보셔. 당신이 없어졌다면서 당신 이불 위를 기어 다니면서 찾고 계셔."

아래층으로 내려간 아키코는 실내등 스위치부터 찾았다.

"아키코 씨!"

방금 전까지 자신이 덮고 잤던 이불 위에서 시게조가 한 마리 거미처럼 길게 엎드려 있었다.

"아버님, 저 여기 있어요. 왜 그러세요?"

"도둑이 들어왔어요. 빨리 경찰에 신고해요."

"도둑이요?"

"예. 저기요, 저기 있어요."

시게조는 손가락으로 노부토시를 가리켰다. 노부토시는 기가 막혀서 말했다.

"아버지, 무슨 말씀 하시는 거예요. 저예요, 노부토시예요."

"아키코 씨, 저 사람 도둑이에요. 빨리 경찰 불러요."

"아버님, 이 사람은 도둑이 아니에요. 제 남편이에요. 또 소변 마려우세요?"

아키코는 남편에게 2층으로 올라가라고 손짓했다. 노부토시는 쓴웃음을 지으며 침실로 올라갔다. 경계하는 눈빛으로 노부토시의 뒷모습을 지켜보던 시게조가 아키코의 귓가에 대고 속삭였다.

"아키코 씨, 지금 도둑이 2층으로 올라가고 있습니다. 빨리 경찰을 부르세요."

"예, 알았으니까 그만 주무세요. 제가 알아서 처리할게요. 소변 마렵지 않으세요?"

"괜찮습니다."

"이제 그만 주무세요."

"예, 예."

"아직 한밤중이에요."

"예, 예. 알겠습니다."

시게조가 다시 온순해지자, 아키코는 시게조를 자리에 눕히고 살금살금 2층으로 올라갔다. 노부토시는 자지 않고 자리에 앉아 있었다. 꽤나 충격을 받은 모습이었다.

"이게 말이 돼? 아버지가 날 경찰에 신고하겠다니."

"도둑이 2층으로 올라갔대요. 꿈을 꾸셨나 봐요."

"내가 내려갔을 때, 아키코 씨가 없어, 아키코 씨가 없어, 그러시더라고. 당신 이불을 들추면서 당신을 찾고 계셨어."

"그 얘기 그만해요."

"당신이 나타나자마자 나는 도둑이 된 거야. 남자들끼리의 반발이란 것은 인간의 최후까지 남는 걸까?"

밤중에 두 번씩이나 잠이 깨면 다음 날이 힘들다. 일요일 아침엔 실컷 늦잠을 자는 것이 이 집의 습관이었다. 점심이 가까워서 눈을 떴는데도 아키코는 잠을 푹 잔 것 같지 않았고 머리가 무지근했다. 그러나 아무리 더 자고 싶어도 가족들 식사를 차려야 하는 의무가 있고, 누워 있어도 잠이 올 것 같지 않아서 아키코는 느릿느릿 아래층으로 내려갔다. 시게조가 눈을 뜨고 있었다.

"아키코 씨."

아키코를 발견한 시게조가 반가운 듯 아는 체를 했다.

아키코는 말없이 덧문을 열었다. 날씨가 맑았다. 환기도 시킬 겸 창문을 열고 세수부터 했다. 양치질을 하면서 문득 시게조가 양치질을 제때에 하고나 있는지 궁금해졌다. 옛날부터 틀니를 한 시게조가 틀니를 빼서 닦거나 씻는 것을 한 번도 보지 못했다. 저번에 틀니가 편하냐고 묻자 시게조는 이건 내 이입니다, 라고 대답했다. 만일 틀니를 낀 채 아직 한 번도 닦지 않았다면 시게조의 입속은……, 상상도 하기 싫었다. 그건 그렇고 아침부터 왜 하필 이런 생각이나 하고 있는지 자신이 못마땅했다.

"아키코 씨, 배고파요. 제발 먹을 것 좀 주세요."

유치원 보모처럼 언제나 시아버지의 기분을 맞춰줄 생각은 눈곱만큼도 없었다. 이부자리를 아무렇게나 개면서 아키코는 부루퉁하게 대답했다.

"기다리셔야 돼요. 먼저 옷부터 갈아입으세요."

시게조의 멍한 눈동자가 아키코의 동선을 따라 움직였다. 몸에 비해 더 길게 느껴지는 팔을 들어 올려 얼굴을 감싸더니 이내 소리 내어 울기 시작했다.

"배고파 죽겠어요. 제발 먹을 것 좀 주세요."

시게조가 계속 엉엉 우는 바람에 아키코는 할 수 없이 부엌에서 식빵 두 쪽을 가져와 시게조의 손에 쥐어줬다. 시게조는 울음을 딱 그치고 버터나 잼을 바르지 않아 뻑뻑한 식빵을 먹기 시작했다. 아키코는 잔뜩 화가 난 표정으로 청소기를 휘둘렀다. 거실에 이부자리 두 채를 깔기 시작하면서 아침에 해야 할 일이 더 늘었다.

일요일에는 아침 겸 점심으로 바삭하게 구운 냉동 와플과 토스트, 우유, 달걀 프라이와 삶은 소시지, 커피 등 서양식으로 아침 식사를 했다. 노부토시와 사토시가 식탁에 앉았을 때 아키코는 이미 커피를 여러 잔 마신 상태였다. 노부토시와 사토시는 아키코의 심상치 않은 표정을 살펴보며 아무 말도 하지 않았다. 시계조가 운 것을 알고나 있는지 노부토시는 신문을 펼쳐 얼굴을 가렸고, 사토시는 토스트를 들고 텔레비전 앞에 앉았다.

거실에서 빵을 먹던 시계조가 느릿느릿 일어나 마당으로 나갔다. 볼일이 급해진 모양이었다.

"사토시, 가서 별채 문 열어드려."

사토시는 대답도 하지 않고 잽싸게 마당으로 뛰어나가 별채 덧문을 열고 다시 뛰어들어와서 와플을 집어 들고 와작와작 씹으며 말했다.

"엄마, 가도타니 할머니가 또 오셨어."

"어머, 어디 계셔?"

"툇마루에 앉아 계셔. 할아버지를 보고 되게 반가워하셨어."

"할아버진?"

"아는 척도 안 하고 화장실로 들어가셨어."

가도타니 할머니가 왔다면 빨리 숯을 피워 화로에 담아놓아야 한다. 오늘따라 그 일이 귀찮았지만, 아키코는 결국 남은 빵 조각을 커피에 찍어 후루룩 삼킨 뒤 별채로 가보았다.

할머니 혼자 그새 불을 피웠다. 화로 위에서 찻물이 끓고 있었다. 시계조도 화장실에서 나와 화로 앞에 앉아 있었다.

안채로 돌아온 아키코가 노부토시에게 방금 본 광경을 이야기했다.

"재혼한 거나 다름없네. 당신이 그만큼 편해지니 잘됐지, 뭐."

"뭐가 편해진다는 거예요. 어젯밤 일이 계속 반복될 수도 있는데 그게 편해진 거예요?"

"그러니까 할머니가 밤에도 별채에서 지내시면 되잖아. 원래 별채는 아버지를 위해 지은 거니까."

노부토시는 자기 편한 대로 말했다.

아키코는 남편의 해석이 너무 이기적이라고 생각했다. 가도타니 씨가 이런 상황을 알고 있는지 궁금했다. 알면서도 내버려 뒀다면 대체 무슨 생각일까. 아키코는 이 문제를 가도타니 가와 상의해야겠다고 마음먹었다. 우메자토 노인회관 사무원에게 선물로 주려고 산 케이크 상자를 들고 가도타니 가로 향했다. 가도타니 씨는 아침 일찍 낚시를 갔고, 아키코와 나이가 비슷한 부인이 문을 열어주었다. 가도타니 부인은 뜻밖의 케이크를 받고 정말 고맙다며 감사 인사를 했다. 놀랍게도 그녀는 아직 자신의 시어머니가 시게조가 있는 별채에서 살다시피 한다는 사실을 모르고 있었다. 가도타니 부인은 아키코와 달리 전업주부여서 늘 집에 있는데도 말이다. 아키코가 매일 두 사람이 먹을 도시락까지 준비하고 있다는 것도 처음 듣는 표정이었다. 이런 무신경에 아키코는 약간 어이가 없었다.

"정말 너무 폐를 끼쳐 죄송해요. 어머님 성격이 워낙 별나셔서 저희도 종종 애를 먹어요."

"폐라뇨? 오히려 저희가 고맙죠. 덕분에 저희만 편해진 것 같아서 죄송스럽네요."

185

"어머님이 말씀이 많으신 편이에요. 댁에서도 귀찮으실 거예요. 정말 죄송해요."

"아니에요. 도움을 받으면 받았지 저희가 불편할 건 없어요. 정말이에요. 별채도 시부모님 내외가 쓰시던 거였어요. 이 댁에서 상관없다면 지금처럼 두 분이 같이 지내셨으면 좋겠네요."

"그렇게 말씀해주시니 감사해요. 저희야 뭐 불편할 거 있나요. 사실 어머님이랑 하루 종일 같이 지내면 답답하기도 하고, 잔소리 때문에 지칠 때도 많아요. 노인클럽에서도 어찌나 제 험담을 많이 하시는지 동네에 안 좋은 소문이 퍼졌을 정도예요. 그러니 어머님이 그 댁 할아버님과 친하게 지내신다면 저희가 더 고맙죠. 말씀 끝에 항상 지진 얘기를 하시는데, 그 댁에선 어떠신지 모르겠네요."

"저도 어제 그 얘기 들었어요. 재미있었어요. 자세히 알고 계시더군요."

"어쩌다 듣는 사람은 재미있지만, 저희처럼 매일 들으면 고문이에요. 전쟁 때 피복 공장이 불탄 얘기 아니면 수제비 얘기뿐이라 듣기만 해도 정신이 어질어질해요. 얼마 전엔 텔레비전에서 학생들이 데모하는 뉴스를 보시곤 쌀 소동*이 났다고 어찌나 소란을 피우시던지……. 저희 식구들은 전쟁의 '전' 자만 나와도 다들 귀를 막아버리고 싶어 해요. 먹을 것이 없어 고생한

◆ 쌀 소동: 제1차 세계대전 중인 1918년 쌀값이 폭등하여 일어난 봉기.

이야기라면 저도 할 말이 많거든요."

"그래도 이 댁 할머니는 아직 정정하셔서 참 부러워요. 노인
회관에도 혼자 가실 수 있잖아요. 저희 시아버지는 당신 혼자
서는 아무것도 못하세요."

"우리 어머님은 다치바나 할아버지가 건강한 분이 아니어서
매력을 느끼시는 것 같아요."

"어머, 그래요?"

"다치바나 할머니 돌아가신 후부터 그 댁 할아버지 얘기를
하루도 빼놓지 않고 하셨어요. 잘생기셨다느니, 영주처럼 대범
해 보인다느니, 칭찬이 대단하셨죠. 저희 어머님에게 놀러 오라
고 하셨다면서 할아버지가 자기를 좋아하는 것 같다는 말씀까
지 하신걸요."

"세상에, 그러셨어요?"

"푹 빠지셨나 봐요. 저도 나이 드신 분이 좀 징그럽다고 생각
되지 않는 건 아니지만, 노인회관에서 여럿이 지내시니 상관없
다고 생각했어요. 요즘에 아침마다 서두르시고 또 한번 나가시
면 저녁때가 다 되어서야 돌아오시니까 노인회관에서 뭘 배우
시나 보다 했죠. 어쨌든 제가 편해서 그런지 집에 계시는 것보
다 늦게 돌아오시는 게 저로선 차라리 좋더라고요. 그래도 설
마하니 댁에서 지내시는 줄은 몰랐어요. 정말 죄송해요. 그이
하고 전부터 시어머니를 양로원으로 보내자는 얘기를 몇 번 했
었어요. 근데 이렇게 가까운 곳에 양로원을 대신할 만한 곳이

있는 줄은 몰랐네요."

"……."

"할아버지 연세가 여든일곱이신가요?"

"여든넷이세요. 곧 여든다섯이 되시죠."

"육체적인 사랑은 힘들지 않겠어요? 노인분들이니 젊은 사람들 연애하곤 다르겠죠. 연애라고 해봤자 차나 마시는 정도일 테니 저희들만 알고 지내면 될 것 같은데……."

"제가 직장을 다니거든요. 그래서 낮엔 아버님을 돌봐드릴 수가 없어요. 그 대신 두 분이 드실 도시락은 만들어놓을게요. 식사는 그걸로 해결하면 될 거고, 나이 드신 분들이니까 무슨 일이 생길지 모르잖아요. 그런 부분만 이쪽에서 신경 써주셨으면 좋겠어요."

"그럼요. 걱정 마세요. 저희 어머님은 돌아가시려면 아직 멀었어요. 노인클럽에서 장수 체조라는 걸 배우는데 어찌나 잘하시던지. 그걸 보고 돌아가시려면 아직도 까마득하다는 생각이 들어서 겁이 다 났다니까요."

아키코와 가도타니 부인은 서로 잘 부탁드린다고 몇 번이나 인사를 나눴다. 집으로 돌아오는 아키코의 발걸음이 가벼웠다. 아무래도 그 집 며느리는 자기 시어머니의 변화에 대해 어느 정도 알고 있었던 것 같았다. 가도타니 할머니가 늙은이는 애물단지밖에 될 수 없다, 식구라고 해봤자 내가 죽기만 기다린다고 했던 말이 생각났다. 가도타니 부인은 머잖아 자기도 시어머니의 나이가 된다는 사실을 깨닫지 못하는 걸까. 어쩐지 할머니가 측은하게 느껴졌다. 아키코는 시게조와 가도타니 할머니가 즐겨 드실 만한 간식거리를 만들어 별채로 가져갔다. 할머니는 눈물이라도 흘릴 것처럼 좋아했다. 며느리 또래인 아키코에게 절까지 하려고 했다.

"영감님은 복도 많으셔. 이렇게 착한 며느님을 두셨으니 나보다 훨씬 오래 사시겠어요. 나는 여태껏 살면서도 며느리가 만들어준 간식을 먹어본 적이 없다우. 차도 내가 끓여 먹어요. 식사 때마다 어찌나 듣기 싫은 소리를 하는지 집에 있을 땐 살아 있는 것 같지가 않다우."

그렇게 말하면서 마음속에 쌓이고 쌓인 감정을 아키코에게 풀기라도 하려는 듯 며느리에 대한 험담을 퍼붓기 시작했다. 아키코는 시어머니나 며느리나 피차일반이라며 어이없어했다. 시게조가 제정신이었을 때는 할머니 이상으로 아키코에게 험담을 했다. 그 생각이 떠오르자, 아키코는 더는 듣고 있을 수가 없었다. 시게조가 어린아이처럼 변한 바람에 예전의 원망은 잊고 있었지만, 그 생각이 떠오르자 그때 느꼈던 울분이 새록새록 되살아났다. 시게조가 더 심술궂었고, 더 음험하고 불쾌했다. 지금은 그저 먹는 것과 배설에 대한 욕구만 남아 있고, 멍하니 물기 머금은 눈으로 허공을 바라보거나 꿈과 현실 사이에서 방황하고 있을 뿐이지만, 예전에는 대단한 시아버지였다.

그렇다면 이 할머니도 앞으로 10년 뒤 시게조처럼 넋이 나가서 며느리를 험담할 기력도 없어지는 것이 아닐까. 아키코는 수 많은 벌레들이 살갗을 기어 다니는 느낌이 들어, 한기에 몸을 움츠리고 안채로 달리듯이 돌아왔다.

그날 밤 시게조는 역시나 자다가 볼일을 보고 자리에 누웠다. 새벽이 되려면 아직도 멀었다. 그런데 어쩐 일인지 시게조가 또다시 눈을 뜨고 자리에서 일어났다.

"아키코 씨, 어디 갔어요?"

시게조가 애타는 목소리로 아키코를 찾았다.

아래층으로 내려간 아키코는 서둘러 실내등부터 켰다. 시게조는 아키코가 덮고 자던 이불을 들추며 아키코를 찾고 있었다. 시아버지는 아키코가 이불 밑에 숨었다고 생각한 모양이었다. 그 모습을 본 아키코의 가슴이 쇠망치로 얻어맞은 것처럼 뻐근해졌다.

"아버님."

"아키코 씨! 없어진 줄 알았어요."

"전 2층에 있으니까. 걱정 말고 주무세요."

"예, 예."

시아버지를 다시 자리에 눕히고 등을 토닥거려주던 아키코는 10년 전 한밤중에 깨어난 사토시가 잠결에 엄마를 찾던 모습이 생각났다. 그때는 자기 이불 속으로 데려와 꼭 끌어안고 잠을 재웠다. 그런데 이번에는 여든이 넘은 시아버지에게 같은 일이 일어난 것이다. 아키코는 더는 아무것도 생각하지 않기로 했다. 차라리 시아버지와 함께 거실에서 자는 편이 낫겠다 싶어 옆에 누웠다. 일일이 2층을 올라갔다 내려왔다 하는 것보다 그 편이 편할지도 모른다. 이불을 펴고 막 누우려는데 가도타니 부인이 했던 말이 기억났다. 시게조의 나이를 물으면서 어차피 그 나이에 육체적인 사랑은 힘들지 않겠냐고 했다. 왜 하필 그런 말이 지금 생각나는지 모르겠다. 새벽녘이 다 되도록 잠이 안 왔다.

10

신주쿠까지 오면 몸을 움직이기가 조금 수월해졌지만, 퇴근 시간 지하철은 만원이어서 사람들의 열기로 후덥지근했기 때문에 신코엔지 역에서 내려 지상으로 나오니 밖의 한기가 상쾌하게 느껴졌다. 아키코는 잔무를 처리하느라 여느 때보다 퇴근이 늦어졌다. 자꾸 시계를 들여다보며 발걸음을 재촉했다. 거리는 한산했고, 가루눈이 흩날렸다. 눈이 오네, 아키코가 중얼거리며 걸음을 멈추고 하늘을 올려다봤다. 뒤에서 따라오던 젊은이들이 아키코를 밀치며 지나갔다. 아키코는 다시 서둘러 걸음을 재촉했다. 시어머니가 돌아가신 지도 두 달이 지났다. 그날도 눈이 내렸다. 아키코는 날짜를 세어보았다. 눈이 올 때마다 시어머니의 죽음을 기억하게 될 것만 같다. 눈발이 꽤 거세졌다.

집에 도착하니 창문이 환했다. 사람이 없는 집에 돌아오는 것보다 얼마나 마음이 푸근해지는지 모른다.

"아들, 엄마 왔어. 조금 늦었지?"

현관문을 열고 사토시부터 찾았다. 거실 한가운데를 차지하고 있는 석유난로가 켜져 있어서 집 안이 약간 따뜻했다. 텔레비전이 켜져 있고, 그 앞 고타쓰에 시게조가 혼자 앉아 있었다.

"어머, 아버님."

"아키코 씨, 어서 와요."

싱크대에 그릇 두 개가 겹쳐져 있었다. 사토시가 시게조와 함께 라면을 끓여 먹은 흔적이었다. 지난 며칠 동안 시게조는 아키코가 돌아올 때까지 별채에서 가도타니 할머니와 단둘이 지내는 시간이 많았다. 사토시와 라면을 먹을 일도 거의 없었다. 부엌 창문을 열고 별채를 바라보았다. 캄캄했다. 왠지 이상한 기분이 들어 별채로 가봤다. 문이 열려 있고 화로 테두리가 얼음처럼 차가웠다.

"아버님, 할머니 어디 가셨어요?"

아키코는 눈을 반쯤 뜨고 꾸벅꾸벅 졸고 있는 시아버지의 어깨를 흔들며 물었다.

"할머니요?"

"예, 할머니가 안 보이시네요?"

"할머닌 죽었어요."

"네? 정말이에요? 가도타니 할머니가 돌아가셨다고요?"

"예, 예."

예상치 못한 시게조의 대답에 아키코가 어리둥절해하고 있을 때 사토시가 2층에서 내려와서 말했다.

"가도타니 할머니가 할아버지를 찬 것 같아."

시게조의 말과 사토시의 말이 아키코의 머릿속에서 혼란스럽게 뒤섞였다.

"무슨 뜻이야? 자세히 말해봐."

"그게 말이지……."

사토시가 학교에서 막 돌아왔을 때 전화벨이 울렸다. 우메자토 노인회관에서 온 전화였다. 노인회관 직원은 문을 닫을 시간인데도 시게조 혼자 남아 있다면서 데려가라고 했다. 어떻게 노인회관 직원이 우리 집 전화번호를 알았을까, 하고 아키코는 이상한 생각이 들었다. 사토시는 가도타니 씨 댁에 전화를 걸어 알아냈을 거라고 말했다. 전화를 끊고 사토시는 곧장 노인회관으로 달려가 시게조를 데려왔다. 아직 고등학생인 사토시는 그 나이 또래 남자아이들이 그렇듯이 숫기가 부족했다. 무슨 사정으로 할아버지 혼자 이 시간까지 남아 있었는지 노인회관 직원에게 물어볼 엄두가 나지 않았던 것 같았다.

"할아버지는 자꾸 가도타니 할머니가 돌아가셨다고 하시는데."

"거짓말일 거야. 그 할머니가 왜 돌아가시겠어."

"네가 어떻게 알아? 할머니도 돌아가시기 전까지 건강하셨어."

시어머니가 눈 내리는 날 돌아가셨다는 기억 때문인지 아키코는 가도타니 할머니도 혹시나 눈이 내리는 오늘 불길한 일을 당한 게 아닐까, 라는 생각이 지워지지 않았다. 가만히 앉아 있을 수가 없어서 가도타니 가로 향했다.

가도타니 부인이 현관문을 열어줬다. 아키코의 얼굴을 보자마자 입을 가리고 웃으면서 목소리를 잔뜩 죽인 채로 속삭였다.

"사랑이 끝났다, 그거 같아요."

가도타니 부인은 뭐가 그리 재미있는지 입을 가리고 한참을 웃었다.

"아, 예."

아키코는 영문을 몰라 가도타니 부인만 멀뚱히 바라봤다. 아는 건, '사랑이 끝났다'는 말이 어느 스타의 이혼 발표 기자 회견 이후 갑자기 유행어가 된 말이라는 것뿐이었다.

"무슨 일이라도 있으셨나 보죠?"

"글쎄요. 저도 자세한 내막은 모르겠어요. 추운데 안으로 잠깐 들어오세요. 저도 방금 들은 얘기라 정확히는 몰라요. 어머님에게 직접 물어보세요. 아마 무슨 일이 있었는지 얘기해주실 거예요."

가도타니 부인은 정말 재미있어 죽겠다는 어조로 말하고는 아키코에게 들어오라고 권했다. 아키코는 홀린 듯이 가도타니 부인을 따라 집 안으로 들어갔다. 노파는 아키코를 보자마자 기다렸다는 듯이 떠들어대기 시작했다.

"사토시 엄마, 내 말 좀 들어보우. 사람도 저 지경이 되면 끝이야. 나는 어떻게든 참아보려고 했는데 노인클럽 사람들이 어찌나 영감님을 싫어하는지……. 저런 식으로 망령이 들면 고치지도 못해요. 차라리 죽는 게 낫지. 이건 내 얘기가 아니라우. 노인클럽 사람들이 한 말이지. 무슨 얘기를 시켜도 예, 예, 라는 말밖에 못하니 답답해서 견딜 수가 있어야지. 허구한 날 잠이 덜 깬 얼굴이라니. 어쩌다 말을 꺼내도 배고파 죽겠다는 말밖에 안 해요. 나도 더는 같이 못 다니겠수. 이러다가 나까지 망령 드는 게 아닌가 걱정이구랴. 망령 든 노인네와 함께 다닌다고 나를 흉보는 사람도 있어요. 돌아가신 우리 양반한테 미안할 지경이야. 댁의 시어머니가 갑자기 돌아가신 것도 영감님에게 정나미가 떨어져서 그런 거예요. 나 같아도 저런 영감님하고 같이 살 생각을 하면 소름이 돋는데 그분이야 오죽했겠수. 다치바나 할머니가 잘 돌아가신 거야. 저런 꼴은 하루라도 덜 보는 게 상책이지. 망령이 나도 단단히 나셨어. 나 같아도 돌아가신 양반이 저렇게 망령이 났다면 창피해서라도 내가 먼저 죽었을 거요. 저렇게 망가져서는 감당할 수 없어요."

아키코는 혼이 나간 얼굴로 입을 반쯤 벌린 채 폭포수처럼 쏟아지는 노파의 역정을 모두 들었다. 귀가 따가웠다. 하지만 시게조의 며느리로서 해야 할 말은 분명히 하고 넘어가는 것이 도리라고 생각되었다. 죽은 남편에게 미안하다는 말을 이제 와서 떠드는 심사가 고약했다. 노인클럽에 함께 가달라고 부탁한 쪽은 분명 아키코였지만, 시아버지에게 특별한 감정을 품고 달라붙은 쪽은 누가 뭐래도 잔뜩 뿔이 난 몰골로 앉아 있는 할머니 본인이었다. 정작 시아버지야말로 이 할머니에게 질려버리지 않았던가. 매일 아침 시아버지를 찾아와서는 하루 종일 함께 지냈던 일을 어떻게 잊어버릴 수 있단 말인가. 할머니만 해도 시아버지 나이까지 살게 되면 이보다 더 심한 망령에 시달릴지 알 수 없는 일이다. 그런데 시계조 때문에 웃음거리가 되었다느니, 망령이 나도 제대로 났다느니, 같이 늙어가는 처지에 모욕적인 말을 함부로 뱉는 건 지나친 행동이다. 노인회관 벽에 붙어 있던 「노인의 노래」에도 똑똑히 쓰여 있지 않은가. 우리는 친구다, 함께 잘 지내보자. 노래를 허투루 배운 게 틀림없다.

"저희 아버님 때문에 불편하셨다니 정말 죄송해요. 아버님 연세가 되면 정신을 온전히 보존하기가 힘들다는 거 잘 아시잖아요. 조금만 이해해주세요."

"그건 말도 안 되는 소리야, 사토시 엄마. 영감님이 여든넷밖에 더 되셨나. 노인클럽에 한번 와 보라고. 아흔둘에도 정정하신 양반들이 많아. 사토시 엄마가 아직 잘 모르나 본데 망령은 나이하곤 상관없는 거예요. 그 사람 천성하고 관련이 있는 거지. 노인클럽 사람들이 영감님더러 그러더라고. 이 양반은 멀쩡했을 때 머리하고 몸을 너무 아껴서 저리된 거라고. 분명히 멀쩡했을 때 게으르고 성격도 아주 모났을 거야. 내 말이 틀리

197

우? 머리와 몸을 부지런히 움직이면 망령 같은 건 어림도 없어요. 다치바나 영감님은 돌아가신 부인만 부려먹었지, 자기 힘으로 직접 뭘 하실 양반이 아니겠더라고. 남자는 일찍 상하고, 여자는 일찍 망령 든다는 말이 있다우. 그게 무슨 뜻인지 알아요? 남자가 집 안에 틀어박혀 있으면 몸을 안 움직여 빨리 상하고, 여자는 남자보다 머리를 덜 써서 손발은 건강해도 빨리 멍청해진다는 뜻이라우. 근데 이것도 원래는 잘못된 말이야. 여자는 바느질이나 빨래를 할 때도 머리를 쓰면서 일하기 때문에 멍청해질 수가 없어. 나도 우리 며느리한테 매일 이야기한다우. 세탁기가 편한 줄만 알았지, 세탁기 때문에 망령 든다는 건 왜 생각하지 못하느냐 이거야. 며느리는 내가 구박하는 줄로 아는데, 다 이유가 있어요. 머리를 쓰고 손발을 부지런히 움직이면 망령 들 겨를도 없다니까."

이 훌륭한 노년 철학 앞에 아키코는 반박할 말이 있기는커녕, 오히려 배울 점이 많았다. 긴 인생을 걸어온 사람의 지혜의 축적을 거기서 보는 것 같았다. 머리를 쓰고 손발을 바쁘게 움직이면 망령 들 겨를이 없다는 노파의 결론은 이제부터 노년을 향하는 사람들에게 지고至高의 교시가 아닐 수 없다.

그러나 아키코가 당면한 문제는 노인클럽 노인들이 지적한 대로 늙은 아내를 마소 부리듯 부려먹다가 결국에는 노망이 난 시게조를 돌보는 문제였다. 가도타니 할머니마저 시아버지를 상대해주지 않는다면 내일부터 당장 시게조는 누가 돌봐야 하는가. 아키코에겐 아주 심각한 문제였다. 아키코는 맥이 풀려 소복하게 쌓인 눈을 밟으며 집으로 왔다.

그 시간 노부토시는 동료들과 신바시 역 지하상가의 조그만 술집들을 순례 중이었다. 한창나이 때는 취기가 오르면 고성방가를 서슴지 않았다. 그때 멤버들이 오랜만에 다시 뭉쳤다. 세월이 흘러서인지 대화의 화제는 젊은 시절과 딴판이었다.

메이지 태생이 인구의 3퍼센트로 줄어든 상황이다, 그런데 우리 회사는 아직도 이 3퍼센트에게 끌려다닌다, 라고 한 명이 탄식을 쏟아내자 세상의 추세인 고령화가 우리 회사처럼 심각한 곳은 아마 없을 거라며 옆에 있던 동료가 맞장구를 쳤다. 모두 곧 50대가 될 사람들이었다. 아직도 윗자리가 비켜주지 않아서 승진을 하지 못하고 있다는 욕구 불만이 가득했다. 이야기는 자연스레 회사 임원진에 대한 불만에서 말이 많았던 인사 문제로 이어졌다. 동료 중 한 명이 먼저 말문을 열었다.

"사카키바라 상무 얘기 다들 들었지?"

사카키바라 상무라면 3년 전에 지금의 사장과 대판 싸우고는 회사를 박차고 나간 인물이었다. 평사원 시절부터 해외 지점만 돌아다닌 엘리트였고, 능력도 명성에 걸맞게 뛰어났다. 상사 맨의 이상적인 코스를 전력으로 달려가던 사람이었다.

"사카키바라 상무가 왜?"

"다시 한 번 재기를 노리고 있나 봐."

"능력이 있는 양반이니까 파묻혀 있을 리가 없지. 우리 회사가 아니더라도 다른 곳에서 놔두지 않을 거야. 국제 경제가 지금처럼 복잡할 땐 미래를 전망할 수 있는 사카키바라 씨 같은 인재가 필요해."

"정계에서 눈독 들인다는 소문도 있어. 벌써 누구 밑에서 브레인을 맡았다는 얘기가 들려."

"소문은 많지만 다 뜬소문이라고. 사카키바라 상무라면 나보다 더 잘 아는 사람 없다는 거 알지? 아, 왜 그분이 내 중매를 섰잖아. 이번 설에 신년 인사를 갔었거든. 그때 난 정말이지 가슴 한구석이 무너지는 줄만 알았다고."

"왜, 중풍이라도 걸렸어?"

"중풍이면 차라리 다행이게. 그 나이에 망령이 들었어. 내 이름도 여간해선 생각이 안 나는지 자꾸 다른 사람으로 착각하시는 거야. 간신히 이름을 대긴 하는데 그때마다 다른 사람 이름을 말하는 거야. 상무님, 저 사사키입니다, 라고 했더니 맞아, 맞아, 사사키 군이었어, 라고 한 말씀하시고는 또 이보게 가토, 이렇게 부르시는 거야. 인사부의 그 가토 말이야. 가토랑 나는 닮은 데라곤 한 군데도 없는데 왜 날 가토로 착각하셨는지 모르겠어. 이름만 헷갈리신 게 아니야. 미국하고 중국 얘기를 많이 하셨는데 지금의 중국, 미국 얘기가 아니라 1930년대 얘기를 하시는 거야."

"진짜야? 아직 나이가 젊은데 벌써 그렇게 되시다니."

"자네도 안 믿어지지? 나도 믿을 수가 없었어. 본인만 자기 상태를 모르고 회사에서 곧 연락이 올 거라며 기다리고 있다는 말씀도 하셨어. 그 말씀을 하실 땐 부인이 눈물을 훔치시더라고. 부인이 그러는데 아무래도 망령이 난 것 같대."

"왜 그리되셨을까?"

"술을 너무 많이 드셔서 그런 거 아냐?"

어느새 술자리가 깊어졌다. 다들 취기가 올랐다. 하지만 사카키바라 상무 얘기가 나오면서 술기운이 확 달아난 기분이었다. 사카키바라 상무가 어떤 인물인지 아는 사람들에겐 그의 현재 모습이 청천벽력이나 다름없었다. 그토록 단단하고 야무졌던 사람이 회사를 그만둔 지 3년이 채 안 돼 무너졌다는 것이 믿어지지 않았다. 술 때문에 몸이 망가지는 건 아니겠지, 하고 한 동료가 말하자 모두들 고개를 끄덕였다. 격무에서 벗어나 갑자기 은둔 생활을 해서 급격히 노화가 진행된 걸까, 하고 다른 동료가 곰곰이 생각에 잠긴 목소리로 말했다. 그 말이 끝나기 무섭게 너도나도 정년퇴직한 선배들의 소문을 이야기했다. 퇴직하자마자 자회사 중역으로 스카우트되었다는 이야기, 퇴직금으로 아파트를 샀다는 이야기, 자녀가 많아 무슨 일이든 해야겠다면서 경비원으로 취직했다는 이야기도 있었다. 하지만 대부분은 경제적으로 안정을 잃고 곧 망령 들 것이라는 결론으로 이어졌다.

"그렇다면 인간의 육체란 중소기업의 자전거 조업이나 마찬가지로군. 일을 하고 있을 때에는 정신없이 페달을 밟다가 편해지면 노망이 난다면, 이거 큰일인데!"

"평균 수명 연장 이면의 비극인가?"

"인구 고령화의 실태로군."

스탠드 저쪽에서 여주인이 과격하게 소리쳤다.

"대체 아까부터 무슨 말을 하고 있는 거예요? 재수 없게. 여기에 늙은이는 한 명도 없다고요. 루미야, 저 양반들한테 젊어지는 냉수 한 잔씩 갖다드려라. 나도 한 잔 가져다주고."

여주인의 재치 있는 입담에 모두 키득거리며 술잔을 들었다. 그러나 가슴을 훑고 지나간 찬바람은 쉽사리 가시지 않았다. 연거푸 술을 들이켜도 마음은 삭막하기만 했다. 우울할 땐 술이나 여자보다 마작이 최고라고 누가 중얼거렸다. 노부토시는 그 말에 고개를 끄덕였다. 마작은 넷이서 한 상에 둘러앉아 몇 시간씩 얼굴을 맞대고 패를 주고받는다. 짧게는 몇 시간씩, 어떤 날은 하루 온종일 패를 주고받으면서도 남의 소문 따위는 입에 담지 않는다. 오늘 밤 이 자리처럼 기분 나쁜 화제가 등장할 틈이 없다는 얘기다. 그저 입 꾹 다물고 앉아 상대방 패가 무엇인지를 생각하기만 하면 된다.

"마작을 발명한 민족이 세상에서 제일 위대한 사람들이야. 난 같은 동네 살던 화교에게서 마작을 배웠거든. 성이 장 씨였지. 그 사람 말이 마작을 배우면 늙지 않는다고 했어. 머리를 써야 해서 그런가 봐. 자동적으로 뇌가 단련되는 거지. 마작을 배울 땐 내 나이가 젊어서 그랬는지 미처 생각하지 못했는데 확실히 두뇌 운동에는 마작이 최고야."

"장기나 바둑은 어때? 마작과 비슷하잖아?"

"그렇지. 장기나 바둑도 승부가 나니까. 승부를 좋아하는 사람이 망령 들지 않는 것 같아. 우리 할아버지가 바둑을 좋아하셨거든. 신분이 지주라 평생 아무 일도 하지 않으셨는데도 아흔 넘게 사시면서 노망기라곤 찾아볼 수도 없었어."

"사카키바라 상무는 골프도 싫어하고 일밖에 몰랐지."

"또 사카키바라 상무 얘기군."

모두들 씁쓸히 웃으며 헤어질 때가 됐다고 생각했다. 누군가 그만 일어나자고 말했다. 택시를 잡기 위해 지상으로 올라와보니 함박눈이 쏟아지고 있었다. 꽤 마신 것 같은데 취기가 느껴지지 않는 묘한 기분이었다. 시간이 벌써 이렇게 됐나, 라고 생각하면서 심각한 노인 문제 따위는 다 잊어버리고 택시 잡는 데 열중했다. 지하철은 이미 오래전에 끊겼다. 무뚝뚝한 택시 운전사에게 사정해서 겨우 올라탈 수 있었다. 운전사는 평소의 몇 배나 되는 요금을 청구했다. 그래도 별수 없었다. 늘 겪는 일이라고 위로하며 뒷좌석에서 눈을 붙였다. 운전사는 눈이 많이 와서 좁은 골목길로 들어가지 못한다고 딱 잘라 말했다. 노부토시는 같은 방면으로 가는 동료를 불러 앞좌석에 태웠다. 시계를 보니 새벽 두 시였다. 우리가 이렇게 오래 마셨나, 라고 앞에 앉은 동료에게 말했다. 사카키바라 상무가 망령 들 거라곤 생각도 하지 못했어. 엉뚱한 대답이 돌아왔다. 그 양반 틀림없이 사업을 시작할 거라고 생각했는데 사람 일은 정말 알 수가 없어……. 동료는 집에 가는 내내 사카키바라 상무에 대해 이야기했다. 계속 듣고 있기가 거북해 노부토시는 우리 아버지도 올해 여든넷이야, 불쑥 말을 꺼냈다. 동료는 알고 있었다는 듯이 푸념을 늘어놓았다.

"우리 집은 어머니가 누워 계셔. 아버지가 돌아가신 지 얼마 안 되어 망령이 나셨어. 휴지를 둘둘 말아 100엔이라면서 우리 집 애한테 주시더군. 그런 건 애교라고 생각할 수도 있어. 그러다가 얼마 전에 자리에 누우셨지. 의사가 그러는데 허리 디스크인데 못 고친다는 거야. 하루 종일 심심하실 것 같아서 텔레비전을 머리맡에 놓아드렸지. 그랬더니 이번에는 드라마와 현실을 착각하시는 거야. 처음 보는 녀석이 화면에 나타나면 도둑놈이다, 살인마다, 고래고래 소리를 지르는 바람에 마누라가 아주 죽겠다고 야단이야. 미치광이 한 명 데리고 사는 것 같다면서 나만 들들 볶는다니까. 움직이지 못하는 게 본인도 괴로우신지 어머닌 화를 잘 내서. 정말 마음이 아프지만, 같이 사는 아내가 더 걱정이야. 그런 생각만 하면 일이 손에 안 잡혀. 가정 파탄 직전이라고. 부부 싸움도 점점 심해지는 기분이야. 이러다간 어머니가 돌아가시기 전에 우리가 먼저 이혼할지도 모르겠어. 양로원에서도 거동을 하지 못하는 분이라 못 받겠다고 그래."

"진짜?"

"양로원도 건강해야 갈 수 있다니까. 우리 어머니는 건강하곤 거리가 멀잖아. 마누라는 자기도 늙어서 자리에 눕지 않으려면 미리 몸을 단련해야 한다면서 일요일만 되면 볼링장에 가. 그렇게라도 나가서 돌아다녀야 스트레스가 좀 풀리겠지."

이런 이야기를 하는 사이에 택시는 오우메 가도를 지나 이쓰카이치 가도 모퉁이에 멈췄다. 운전사는 더는 못 간다며 통명스레 통보했다. 노부토시가 먼저 내렸다. 택시비는 각자 내기로 했다.

눈이 많이 쌓여 있었다. 그 덕에 집까지 가는 골목길이 훤하게 밝았다. 구두 밑창에 눈이 달라붙어 한 발짝 옮길 때마다 미끄러질 뻔했다. 노부토시는 사카키바라 상무 얘기로 술이 깬데다 택시에서 동료에게 들은 말이 자꾸 생각나 한기가 옷 속 깊은 곳까지 파고드는 기분이었다. 눈. 어머니가 돌아가신 날도 눈이 왔었지, 하는 생각도 들었다.

그럭저럭 무사히 집에 도착했다. 현관 벨을 눌렀으나 인기척이 없었다. 성난 아키코가 일부러 문을 안 열어주는 게 분명했다. 몸져누운 어머니 때문에 가정 파탄 직전이라고 하소연하던 동료의 초라한 뒷모습이 어른거렸다. 노부토시는 주머니에서 더듬더듬 열쇠를 찾아 문을 열었다.

희미한 형광등 아래 이부자리 두 채가 나란히 깔려 있을 뿐 사람은 어디로 갔는지 보이지 않았다. 마당으로 난 덧문이 열려 있었다. 노부토시는 차갑게 식은 두 손을 비비며 무심코 그쪽으로 걸어갔다. 마당 한쪽에서 아버지와 아내가 서로 껴안고 있는 것을 보고 우뚝 섰다. 그런데 껴안고 있는 게 아니었다. 아내가 시아버지의 등 뒤에서 껴안고 다른 방향을 보고 있었다. 키가 큰 시게조를 몸집이 작은 아키코가 뒤에서 받쳐주는 모양새였다. 두 사람은 말이 없었다. 잠시 후 주르륵 소리와 함께 시게조의 발밑에 쌓인 흰 눈이 둥그런 원을 그리며 사라지기 시작했다. 바쇼*의 시구 중 여행지에서 말 오줌 소리를 듣는다는 내용의 시구가 있다는 것이 떠올랐다. 끊임없이 내리는 눈 속에서 노인의 양다리 사이에서 질금질금 오줌 줄기가 떨어졌다. 오줌이 떨어지는 곳에 눈이 녹아 검푸른 흙더미가 드러났다. 노부토시 눈엔 그것이 깊고 깊은 지옥 입구처럼 보였다.

볼일을 다 마쳤는지 시게조가 안채 쪽으로 몸을 돌렸다. 노부토시는 황급히 계단을 올라갔다. 매일 밤 이렇게 아내가 겪었을 일들을 생각하니 아내 얼굴을 마주 볼 용기가 없었다. 노망난 아버지 얼굴은 더더욱 보고 싶지 않았다. 자칫 아버지 눈에 띄었다간 또 경찰에 신고하라며 한바탕 난리를 피울지도 모른다. 양복을 벗고 잠옷으로 갈아입으면서 바쇼의 그 시구가

◆ 바쇼(1644~1694): 일본 에도 시대의 시인. 일본의 단시(短詩)인 하이쿠를 참다운 예술의 경지로 높였다는 평가를 받는다. 교토와 에도 등지를 방랑하면서 시를 썼고, 기행문과 일기 따위를 많이 남겼다. 『오쿠로 가는 작은 길』은 바쇼의 대표적인 문집으로 유명하다.

뭔지 생각해보았지만 아무리 생각해도 떠오르지 않았다. 분명히 『오쿠로 가는 작은 길』에 실린 시구라는 것은 생각났는데, 시구는 생각나지 않았다. 그 대신 "참혹하구나, 투구 아래 들리는 귀뚜리 소리"라거나 "고마우셔라, 눈에 훈풍이 부는 미나미다니" 등 다른 시구가 떠오를 뿐이었다. 둘 다 바쇼의 시구이다. 하지만 사네모리라는 무사가 백발을 까맣게 물들이고 분전하다 전사한 것을 읊은 앞의 시구는 그렇다 치더라도, 뒤의 시구는 지금 목격한 정경과는 무관했다. 뒤의 시구의 눈은 '눈을 머리에 인 먼 산'의 만년설로 계절은 초여름이므로 훈풍이라는 말이 이어진다. 지금 본 눈과 오줌의 연상으로 이 시구가 생각났다면 청년 시절 하이쿠의 길에 정진했던 것도 말짱 헛일이었다는 생각이 들었다. 젊었을 때는 바쇼의 시를 막힘없이 줄줄 암송하곤 했건만 왜 그 유명한 시구가 생각나지 않는 걸까.

잠자리에 들기 전에 노부토시는 아키코에게 무슨 말이든 해야 할 것 같았다. 아내가 저토록 수고해온 것에 대해 고맙다든가, 나 때문에 미안하다는 말 정도는 해야 할 것 같았다. 하지만, 정작 그의 입에서 튀어나온 말은 평소와 같은 무뚝뚝한 목소리였다.

"여보, 나 왔어."

아내는 뜻밖에도 밝은 목소리로 대답했다.

"어머, 발자국 소리도 못 들었는데……."

"미안해, 늘."

"당신……, 봤군요?"

노부토시는 대답 대신 이불 속으로 파고들었다. 그 순간, "벼룩과 이, 말이 오줌 누는 방랑길 숙소"라는 시구가 떠올랐다. 『오쿠로 가는 작은 길』에 실린 시구로 산속 숙소의 쓸쓸함을 읊은 것이다. 생각이 나서 안도하는 순간, 노부토시는 가슴이 덜컥 내려앉았다. 요즘 들어 건망증이 심해진 것이다. 생각해내는 데 시간이 걸렸다. 젊을 때는 결코 이런 일이 없었다. 기억력에는 자신이 있었다. 이렇게 사소한 일을 계기로 문득 어떤 생각이 떠오른다는 것, 이것은 시계조가 갑자기 옛날 일을 떠올려 할머니가 말에 차여 죽었다고 말하는 것과 같은 노화 현상이 아닐까? 노부토시는 무심결에 상반신을 일으켰다. 뭔가 환청을 들은 것처럼 불안이 엄습했다. 그럼 우리도 벌써 시작된 건가요, 라고 말한 아내의 말이 떠올랐다. 건망증이라고 말하지만, 이건 이미 노화의 전구 증상이 아닐까? 아니, 노화 현상 바로 그것일지도 모른다.

아래층에서 아키코는 "미안해, 늘"이라는 남편의 말을 되새기고 있었다. 그 말 한마디가 그날 낮의 일로 느꼈던 초조함을 씻어내주었다. 지난 2개월 동안 그 말을 기다리고 또 기다리고 있었던 듯한 느낌이 들었다. 남편은 알고 있었다. 눈 내리는 속에서 시아버지의 볼일을 돕는 광경을 남편이 본 것임에 틀림없었다. "미안해, 늘"이라는 무뚝뚝한 말 속에는 겸연쩍음과 안쓰러움과 고마움이 뒤섞여 있었다. 베개에 얼굴을 묻은 아키코는 잠의 요정이 연주하는 자장가처럼 남편이 한 말을 계속 떠올리다가 이윽고 편안히 잠들었다.

부부는 그날 서로 나누고 싶은 말들이 산처럼 많았지만 그대로 잠들어버렸다.

새벽녘 아키코는 가슴이 짓눌리는 고통으로 눈이 떠졌다. 놀랍게도 시게조가 아키코의 몸에 올라타 신음하고 있었다. 아키코는 재빨리 시아버지를 밀어뜨리고 일어났다.

"뭐 하시는 거예요!"

"아키코 씨가 없어졌어요, 아키코 씨가 없어졌어요."

시게조는 개처럼 기어 다니며 아키코의 이불을 눌러보기도 하고 들춰보기도 했다. 놀란 아키코가 뒤로 물러나 시게조가 하는 짓을 지켜봤다. 시게조는 아키코의 베개를 들어 올려 흔들어보기도 하고 요를 들춰보기도 했다. 마치 바퀴벌레라도 찾는 것처럼 보였다.

아키코는 이단식 형광등을 밝게 하고 소리쳤다.

"아버님!"

시게조는 그제야 아키코를 알아봤다. 그러곤 안도감에 온몸의 관절이 빠져나간 것처럼, 줄 끊어진 인형처럼 이불 위로 풀썩 쓰러졌다.

"아버님, 저 계속 여기 있었어요. 안심하세요."

"예, 예."

"왜 그러시는데요?"

"예, 예."

"소변보고 싶으세요?"

"예, 예."

"또 소변 마려우세요?"

"아닙니다."

"그럼 주무세요."

아키코의 목소리가 날카로워졌다. 난폭하게 시게조의 몸을 요 위에 눕힌 뒤 두꺼운 이불을 덮어주었다. 노인은 아키코가 하는 대로 얌전히 누워서 움직이지 않았다. 아키코는 한숨이 나왔다. 낮에는 가도타니 할머니의 말에 의분을 느꼈지만, 지금은 언제까지 이런 생활을 계속해야 하는지 절망감으로 가득 찼다. 시게조가 죽어준다면 얼마나 편할까, 이런 생각이 들어도 이제는 죄악감도 꺼림칙함도 없다. "미안해, 늘"이라는 남편의 말조차 생각하면 화가 났다. 진심으로 미안하다면 아내와 교대해주어야 할 것이 아닌가. 자신이 싫은 일은 모두 아내에게 떠맡기는 남편이 정말 밉다. 아키코는 부글거리는 가슴을 억제하면서 가도타니 할머니가 말한 '망가진 남자'를 물끄러미 바라보았다. 노인은 곧 잠이 들었다. 그녀는 가슴 깊숙한 곳에서 나오는 한숨을 쉬고는 잠시 망설이다가 전등을 그대로 켜둔 채 자기로 했다. 베개에 귀를 대고 몸을 펴자 한밤중에 자신의 몸 위로 올라온 시아버지의 일이 새삼 생각나 온몸에 소름이 끼쳤다. 수면제라도 있으면 좋겠다. 요즘에는 밤에 두 번 잠을 깨는 것이 습관이 되었다는 생각을 하니, 앞날이 막막해졌다.

아키코가 막 잠들려는데, 멀리서 시게조가 부르는 소리가 들렸다.

"아키코 씨, 아키코 씨."

아키코는 벌떡 일어났다. 재빨리 시게조의 이부자리를 더듬거렸다. 아무것도 잡히지 않았다.

"아버님, 어디 계세요?"

"여기예요, 아키코 씨. 나 여기 있어요."

시게조의 목소리는 현관 앞 신발장 뒤편 구석에서 들렸다. 아키코는 웅크리고 앉은 시게조를 찾았다.

"어디 불편하세요?"

"아키코 씨, 경찰에 신고해요. 도둑놈이 들어왔어요."

"꿈꾸셨나 봐요. 도둑 같은 건 없어요."

시게조를 안심시키던 아키코는 사토시나 노부토시가 아래층으로 내려왔을 거라고 추측했다.

"아버님, 도둑이 어디로 들어왔어요?"

시게조의 손가락이 가리킨 곳은 부엌 창문이었다. 아키코는 잠금장치를 단단히 채웠기 때문에 밖에서 들어올 수 없다고 시게조를 안심시켰다. 시게조는 여전히 겁에 질린 얼굴로 신발장 구석에서 나오려고 하지 않았다. 아키코는 시게조의 손을 붙들고 억지로 일으켰다.

"도둑이 어디로 갔어요?"

아키코는 시계조가 2층을 가리킬 거라고 생각했는데, 뜻밖에도 시계조는 흠칫거리며 벽장을 가리켰다. 어이도 없고 화가 난 아키코는 벽장문을 확 열어젖히고 안을 보여주었다. 내친김에 화장실 문도 열어 안을 보여주었다.

"보세요, 아무도 없잖아요. 제발 좀 주무세요. 걱정하실 거 없어요."

아키코는 신발장 뒤로 숨으려는 시계조를 다시 붙잡아 이불 속으로 힘껏 밀어 넣었다. 전등을 끄자, 눈이 내려서인지 밖이 벌써 훤했다. 시계조의 상태가 점점 더 심해지는 것 같았다. 앞으로 더 어려운 일을 겪게 될 것 같은 예감이 들었다.

아키코의 불길한 예감은 적중했다. 그날 밤부터 시계조는 툭하면 잠에서 깨어 도둑이 들었다고 소란을 피웠고, 아키코의 수면 부족은 견딜 수 없는 지경에 이르렀다.

11

다음 날 아침, 아키코는 머리가 빙빙 도는 느낌이어서 그대로
자리에 누워 있었다. 평소에 몸이 건강하고 쉽게 지치지 않는
다고 자신했는데 자리에서 일어날 수가 없었다. 눈이 그쳤다.
큰 눈이 하룻밤 사이에 도쿄를 은세계로 만들어놓았지만, 집
안에서 바라보는 세계는 너무 작아서 비정하고 차갑게만 느껴
졌다. 원래 좁은 땅이었는데 그곳에 별채를 세웠기 때문에, 뜰
이라고 하는 곳이 말하자면 이웃집과의 경계에 세워진 블록
담과 집 사이의 작은 틈에 지나지 않았다. 밤중에 시계조가 검
게 구멍을 파놓은 곳도 이미 하얗게 메꾸어졌다.

　술을 잔뜩 먹고 들어온 노부토시는 출근 시간에 빠듯하게
일어났기 때문에, 잠을 못 자 푸석푸석한 아내의 얼굴도 보는
둥 마는 둥, 시계조가 가도타니 할머니에게 버림받았다는 얘기

도 지난밤에 세 번이나 깼었다는 이야기도 듣는 둥 마는 둥 뛰쳐나갔다. 사토시도 허둥지둥 학교에 갔다. 아키코는 사토시의 뒤통수에 대고 학교가 끝나자마자 집으로 오라고 소리쳤으나, 사토시는 들었는지 못 들었는지 대답도 없이 뛰쳐나갔다.

"아키코 씨, 일어나요. 배고파요. 먹을 것 좀 주세요."

울면 곤란하다는 생각에 아키코는 식빵 한 쪽과 우유 한 잔을 시게조에게 주었다. 더는 이렇게 지낼 수만은 없다고 생각했다. 2층으로 올라가 남편의 이불 속으로 쓰러지듯 파묻혔다.

눈을 떴을 땐 방 안 가득 햇살이 비쳤고, 어지러웠던 머리도 개운해졌다. 무단으로 결근해선 안 되겠다는 생각에 전화기가 있는 아래층으로 내려갔다. 시게조가 보이지 않았다. 이불 두 채가 널브러져 있었다. 아키코는 이런 칠칠치 못한 모습은 참을 수가 없어서 곧바로 자신의 이불을 개었지만, 지금은 사라진 시게조부터 찾아야 한다는 생각이 들었다. 마당으로 통하는 작은 쪽문이 열려 있었다. 시게조의 것으로 보이는 발자국이 별채로 이어져 있었다. 별채 덧문을 열어둔 기억은 없었다. 소변이 급한 시게조가 별채로 가도 문이 잠겨 있으면 안으로 들어가지는 못한다. 늦잠을 자는 바람에 아직까지 옷도 갈아입히지 못했다. 이 추운 겨울날에 잠옷 바람으로 눈 속을 헤매고 있을지도 모른다. 아키코는 눈앞이 캄캄해졌다. 눈 속에 파묻혀 있는 슬리퍼를 찾아 신을 겨를도 없이 맨발로 눈 위를 달렸다.

별채까지 한달음으로 달려간 아키코는 덧문 한 짝이 집 안쪽으로 쓰러져 있는 것을 보았다. 시게조가 필사적으로 몸을 부딪쳐 부서뜨린 것 같았다.

"아버님!"

집 안은 어두컴컴하고, 인기척도 없었다.

"아버님, 어디 계세요?"

서둘러 화장실 문을 열자 시게조가 남자용 소변기 앞에서 무릎을 껴안고 앉아 있었다.

"아버님!"

"아키코 씨."

"아버님, 언제부터 여기 계셨어요? 춥지 않으세요? 빨리 이쪽으로 나오세요."

"예, 예."

잠옷 아래로 추위에 시퍼레진 맨발이 보였다. 안채로 돌아오려는데 신발이 없어서 아키코는 맨발로 시게조를 업고 돌아왔다. 눈이 차갑다 못해 발바닥이 아렸지만 아키코는 후회로 가슴이 메어 그런 것에 신경 쓸 계제가 아니었다. 물을 끓이고 즉석 수프 가루에 마늘을 갈아 섞은 다음 끓는 물을 부어 시게조에게 주었다. 시아버지는 꿀떡꿀떡 소리를 내며 삽시간에 한 그릇을 말끔히 비웠다. 이렇게 해서 우선 속을 따뜻하게 한 다음, 옷을 갈아입혔다. 그런 다음 즉석 라면 2인분을 끓였다. 시게조 몫은 면발이 무르도록 푹 끓였고, 자신의 몫에는 마늘을 같아 넣었다. 아키코의 친정에선 감기 기운이 있을 때마다 마늘을 먹었다.

"안 추우세요?"

"예, 예."

"죄송해요, 혼자 계시게 해서. 어젯밤 잠을 잘 못 잤거든요. 2층에서 잠깐 눈 좀 붙인다는 게 너무 오래 잤나 봐요. 아버님, 머리 안 아프세요?"

"예, 예."

아키코는 체온계를 가져와 시게조의 겨드랑이에 끼웠다. 만일 오늘 일로 감기라도 걸리면 어쩌나 벌써부터 걱정이었다. 시게조의 체온은 35.9도였다. 정상 체온인지 아닌지 확실치 않았다.

오후가 되어서야 겨우 사무소에 전화를 걸었다. 아무도 받지 않았다. 눈이 많이 와서 일찌감치 퇴근한 모양이었다.

라면을 먹고 마당에 쌓인 눈을 쓸었다. 안채에서 별채까지 길을 만들었다. 별채 덧문도 모두 열어뒀다. 시게조가 떼어낸 덧문은 얇은 판자가 부서지고 문살도 여기저기 부러져 있는 등 크게 파손된 상태여서 이것도 응급 처치를 해놓아야만 했다. 한 짝만 부서진 것이 그나마 다행이었다. 시게조가 무슨 힘이 있어서 이 정도로 부수어놓았을까?

안채에 석유난로를 켜놓고 청소를 한 다음 전기 고타쓰를 켜고 시게조를 거기에 앉게 했다. 평소에는 옷을 갈아입힌 뒤 별채에 혼자 있게 하고 출근했었는데, 오늘은 좀 늦은 감이 있지만 가능한 한 시게조의 몸을 따뜻하게 해주어야겠다고 생각했다. 잠도 충분히 잤고 토요일이었기 때문에 아키코는 밀린 집안일을 시작했다. 별채도 꼼꼼히 청소했다. 화장실이 유난히 더러워 악취를 참아가면서 열심히 닦았다. 화장실이 이 정도라면 시게조가 입고 있는 옷에도 묻어 있지 않았을 리가 없다. 청소가 끝난 뒤 시게조의 옷을 살펴보고는 놀랐다. 속옷은 매일 밤 갈아입혀서 세탁기에 넣어놓았는데, 이런 상태라면 자기들 것과는 별도로 세탁을 해야 했는지도 모른다. 매일 아침 서둘러 갈아입힌 카디건류는 자세히 보니 음식물 국물이 말라붙었는지 가슴께가 끈적끈적했다. 바지는 더 심해서 노숙자의 옷도 이보다는 나을 것 같았다. 이런 옷들을 입혀 노인클럽에 보냈다고 생각하니 부끄러웠다. 시게조의 옷을 전부 갈아입히고 나서 앞치마라도 입힐까 생각했다가 그만두고 체온을 한 번 더 쟀다. 이번에도 35.9도였다. 아마 이것이 시게조의 정상 체온인가 보다. 늙으면 피가 끓지 않으므로 체온이 내려가는 것이 틀림없다. 내친김에 자신의 체온도 재보았더니 36.5도였다. 문득 내가 뭘 하고 있는 거지, 하는 생각이 들었다.

3시가 조금 넘어 사토시가 돌아왔다. 아키코는 아들을 보자마자 간밤에 겪었던 일들을 모두 털어놓았다.

"엄마 요새 너무 힘들어. 이대로 계속된다면 못 버틸 것 같아. 일도 할 수가 없고 너무 졸려서 2층에서 한숨 자고 내려왔더니 할아버지가 안 계시는 거야. 별채 화장실에 혼자 쭈그리고 앉아 계시더라. 요즘 같아선 한시도 눈을 뗄 수가 없어. 가도타니 할머니도 할아버지랑 못 지내겠다는데 어쩌면 좋으니."

사토시는 흥분한 아키코의 말이 끝날 때까지 가만히 듣고만 있었다. 아키코가 이 문제에 대해 어떻게 생각하느냐고 물었다.

"차라리 할아버지를 양로원으로 보내지 그래?"

사토시는 망설이지 않고 대답했다. 아키코는 귓속에서 커다란 징이 울리는 기분이었다. 아키코는 사토시의 당돌함에 놀라 더듬거렸다.

"그래도 될까? 네가 아빠한테 말해봐. 엄마가 말하긴 곤란하니까. 네가 옆에서 엄마 보기 너무 안쓰럽다고 아빠한테 말해줘."

"왜 내가 말해?"

"할아버지는 엄마의 시아버지잖아. 정확히 말하면 엄마는 할아버지와 남남이야. 엄마가 그런 말을 직접 하면 아무리 아빠하고 엄마 사이라고 해도 보기 안 좋아. 그러니까 네가 아빠한테 말해줘."

"알았어."

"정말 그렇게 해줄 거지?"

"알았다니까."

아키코는 마음이 좀 텅 빈 것 같았다. 급히 장바구니를 집어들고, 어떤 일이 있어도 할아버지에게서 눈을 떼면 안 된다고 사토시에게 단단히 주의를 주고 밖으로 나왔다. 토요일은 일주일 치 장을 한꺼번에 보는 날이다. 백화점에 가볼까 하다가 너무 멀어서 근처 슈퍼마켓이나 둘러보기로 했다. 백화점만큼 냉동식품 코너가 크진 않아도 제법 갖추어져 있었다. 아키코는 점심때부터 사토시가 돌아오기만 기다렸다. 시계조를 부탁하고 백화점이나 슈퍼마켓에 가려고 그랬던 건 아니었다. 우메자토 노인회관을 찾아갈 생각이었다. 가도타니 할머니와 시계조 사이에 무슨 일이 있었는지 노인회관 직원에게 물어보고 싶었다. 양로원에 보내면 된다고 사토시가 딱 잘라 말하기 전부터 아키코도 그 생각을 했었다. 다만 자기 입으로 양로원 얘기를 먼저 꺼내고 싶진 않았을 뿐이었다. 노인회관 직원이라면 노인 문제에 전문적인 지식이 있을 것이고, 운이 좋으면 괜찮은 양로원을 소개받을 수도 있을 것이다. 아키코에겐 시계조의 핏줄인 노부토시나 사토시보다 제3자의 입장에서 아키코의 어려움을 이해해줄 수 있는 사람이 필요했다. 양로원 이야기가 나온 것도 어린 사토시의 생각이 아니라 아키코의 본심을 아들의 입을 통해 확인받은 기분이었다. 아키코가 순간적으로 말을 더듬은 건 그래서였다.

동네 제과점에서 케이크 한 상자를 사 들고 우메자토 노인회관을 찾았다. 옛날에는 변전소였다는 건물의 현관에 들어서자 파출소처럼 생긴 사무실이 보였고, 젊은 여성이 아키코 쪽을 보고 앉아 있었다. 그녀는 아키코를 보자 자리에서 벌떡 일어났다. 아직 노인회관을 출입할 나이가 아닌 것 같은데 왜 왔는지 모르겠다는 표정이었다.

"다치바나 할아버지 댁에서 왔어요. 그동안 돌봐주셔서 감사합니다."

"아, 다치바나 할아버님요?"

"어젠 너무 죄송했어요."

"아니에요. 댁이 어딘지 알았다면 제가 직접 모셔다드렸을 텐데 할아버님이 집을 모르겠다고 하셔서 전화드렸어요."

"이거 받으세요."

케이크 상자를 내밀자 직원은 당황한 표정을 지으며 고맙다는 말도 하지 않고 받았다. 공공시설은 이런 성의도 주고받으면 안 되는 건지, 아니면 그간 돌봐준 성의가 있는데 고작 케이크한 상자라고 생각해 섭섭하다는 건지 모르겠다. 선물을 건네고도 아키코는 기분이 찜찜했다.

"저, 물어보고 싶은 게 있어요."

직원은 아키코에게 어서 올라오시지요, 하고는 다다미방 한쪽에 방석을 깔아주었다. 오늘도 노인클럽 회원들이 모여 민요와 무용 연습을 하고 있었다. 20명이 넘는 노인들이 노래에 맞춰 춤을 추고 있었다. 잘하는 노인도 있고 동작이 서툰 노인도 있었다. 할아버지도 몇 명 있었는데, 그중 한 명은 목소리가 아주 좋았다.

"오늘 가도타니 할머니가 안 오셨네요."

"예, 방금 전화가 왔어요. 오고 싶지만 집을 봐야 해서 못 오

다 어떻게 된 일이냐고 걱정이었어요. 그러니 여간해선 쉬지도 못해요."

"보람은 있겠어요."

"그럼요. 처음 노인회관에 왔을 땐 노인들 시중드는 일이라 어렵겠다고 생각했는데, 조금 완고하셔서 그렇지 다들 좋은 분들이에요."

처음 본 아키코에게 묻지도 않은 말을 친근하게 이야기하는 것을 보니 노인들만 상대하다가 아키코 같은 중년 여자만 봐도 반가운 듯싶었다. 대화를 나눌수록 발랄하고 심성도 고왔다. 자기보다 한참 어린 나이임에도 인생을 연륜 있게 지켜볼 줄 아는 것 같아 함부로 말을 꺼내지도 못했다. 이러다간 궁금한 걸 물어보지도 못하겠다고 조바심이 났다.

"가도타니 할머니하고 다치바나 할아버지는 사이가 참 좋으셨어요. 가도타니 할머니가 다치바나 할아버지를 잘 챙겨드렸죠. 노인클럽 회원분들이 잘 어울린다고 농담이라도 건네면 가도타니 할머니는 기분이 좋아져서 할아버지에게 먹을 걸 갖다 주곤 했어요. 어제는 무슨 일이 있으셨는지 할머니 혼자 일찌감치 돌아가셔서 집에 전화를 걸었어요. 며느님이 전화를 받았는데 할머니가 노인회관에 안 가겠다고 하셨다는 거예요. 영문을 몰라 더 묻지도 못하고 끊었지요."

"저희 시아버지가 폐를 끼치진 않았나요?"

"아뇨, 그런 일은 없었어요. 할아버지는 아주 조용히 지내셨거든요. 아마 할아버지에겐 이곳보다 마쓰노키에 있는 노인회관이 더 편하실 것 같아요. 거긴 건물도 새로 지었고, 목욕탕도 있고, 할아버지들이 여기보다 많거든요. 가도타니 할머니와 사이가 나빠지셨다면 여기 나오는 게 불편하지 않으실까요? 노인들 싸움은 생각보다 골이 깊어요. 두 분 사이가 안 좋아지면 꼭 두 분 중 한 분은 안 나오시더라고요. 어쩌다 나와도 서로 말씀을 안 하세요. 가도타니 할머니는 회관 창립 때부터 나온 분이라 이곳엔 아는 분들도 많아요."

아키코는 시게조가 좋은 말로 쫓겨난 거라고 짐작했다. 그래서 케이크 상자를 건네도 고맙다는 말을 하지 않았던 것 같았다. 한편으로는 시게조의 지금 상태라면 거절당하는 게 당연하다는 생각도 들었다. 아키코는 체념했다. 여기까지 온 김에 아키코는 궁금한 사항을 몇 가지 더 질문했다. 직원은 친절하게 대답해주었다. 노인병을 전문으로 다루는 곳이 없느냐고 묻자 보건소에 알아보라고 짧게 대답했다. 노인클럽은 스기나미 구에 거주하는 65세 이상 노인은 누구든지 가입할 수 있지만 두 개 이상 클럽에 동시에 가입할 수는 없다, 노인 한 명이 클럽 한 곳만 가입해야 하는 이유는 구청 예산이 노인 한 사람당 얼마씩 액수가 편성되기 때문이라는 말도 했다. 각 지구의 노인회관은 구청 복지과가 관리하며, 노인회관에서 근무하는 사무원 역시 구청 복지과 소속이라는 것이다.

"양로원도 구청에서 관할하나요?"

"아니에요. 그건 복지거든요."

"복지요?"

"후생성 사회국에 물어보시면 돼요. 거기서 각 지구의 복지 사무소를 관리하거든요. 이 근처 사신다면 와다혼마치에 있는 스기나미 구 복지사무소에 물어보시는 게 제일 빠를 거예요. 하지만 늙은 부모님을 양로원에 보내는 건 안타까운 일이에요. 누구나 자식과 손주와 함께 지내는 것이 제일 행복한 일이니까요. 그래서 전 노인회관에 오시는 노인들이 가장 행복하다고 생각해요. 여기 오면 재미있게 노실 수 있고, 댁에 돌아가면 자식과 손주에게 둘러싸여 지내실 수 있으니까요."

"……"

"솔직히 자기 부모를 양로원에 넣어버리는 자식의 마음을 이해하지 못하겠어요. 누구나 나이를 먹기 마련이니 자신이 늙었을 때를 생각해보면 좋을 텐데, 너무 잔인해요."

"양로원 소개해달라는 분들이 많아요?"

"예, 점점 많아져요. 노인을 보살펴드려야 한다는 걸 가정이나 학교에서 제대로 가르치지 않잖아요. 여기 노인회관에 오시는 노인들만 해도 자식이나 손주가 모셔 오고 모셔 가는 경우는 다치바나 할아버지뿐이에요. 여기서 근무한 지 5년째인데 며느님이 고맙다며 케이크 선물을 주신 것도 이번이 처음이에요. 아깐 정말 놀랐어요. 다치바나 할아버지는 행복하시겠어요. 며느님도, 손자도 다들 착하셔서."

"……."

"한번은 저쪽 복도에서 넘어져서 무릎뼈가 부러진 할아버님을 제가 업고 집까지 모셔다드린 적이 있어요. 근데 그 집 며느리가 진짜 대단했어요. 저는 거들떠보지도 않고 자기 시아버지에게 막 뭐라고 그러는 거예요. 자기 말을 안 듣고 노인회관에 갔다고 다그치는데 어찌나 민망하던지……. 시아버지가 다쳤으면 의사를 부르거나 눕게 해드리는 게 먼저 아닌가요? 다친 시아버지를 두고 할 말 안 할 말 다 퍼붓는데 제가 다 열이 받더라고요. 속으로 화를 참느라 진땀이 다 났어요. 그냥 나올 수 없어 한마디 했죠. 아주머니도 곧 할머니가 돼요, 라고 했더니 다음 날 구청에서 전화가 왔어요. 제가 불친절하게 굴었다고 민원이 들어왔다는 거예요. 그 정도면 참겠는데 저 때문에 할아버지가 다쳤다는 식으로 얘길 했더라고요. 그렇게 지독한 며느리는 처음 봤어요. 노인들도 제각각이지만 며느리들도 별별 희한한 여자들이 다 있어요. 며느리 중에 시아버지가 어떻게 지내는지 궁금해서 찾아온 분은 다치바나 댁이 처음이에요. 방금 들어오셨을 때도 저한테 뭔가 따지러 오신 줄 알았어요."

아키코는 젊은 직원이 노인 복지에 대한 열성이 대단하다고 생각했다. 사명감이 있었다. 따뜻한 마음이 느껴져서인지 수수한 옷을 입고 있어도 화사해 보였다. 아직 세상 때가 묻지 않은 젊은 직원이 여동생처럼 정답게 느껴졌다. 그녀의 젊음이 아키코는 그저 부럽기만 했다. 생각해보면 마쓰노키 노인회관을 추천한 것도 시게조를 내쫓으려는 게 아니라 그녀 말처럼 설비가 더 좋은 곳이어서 권했을 것이다. 가도타니 할머니와의 마찰은 피하는 게 상책이라는 의견도 그녀의 경험에서 우러나온 지극히 당연한 권고였을 것이다. 아키코가 직원의 말에 양심의 가책을 받은 이유는 직원이 노인을 양로원에 보내고 싶어 하는 세상의 풍조에 비판적이기 때문이었다. 게다가 직원은 아키코가 내심 시아버지를 양로원에 보내고 싶어서 여기까지 왔다고는 생각도 하지 못한 채 여러 가지 이야기를 털어놓지 않았던가. 누구나 자식과 손주와 함께 지내는 것이 제일 행복한 일이니까요, 그래서 전 노인회관에 오시는 노인들이 가장 행복하다고 생각해요, 여기 오면 재미있게 노실 수 있고 댁에 돌아가면 자식과 손주에게 둘러싸여 지내실 수 있으니까요, 솔직히 자기 부모를 양로원에 넣어버리는 자식의 마음을 이해하지 못하겠어요, 누구나 나이를 먹기 마련이니 자신이 늙었을 때를 생각해보면 좋을 텐데, 다치바나 할아버지는 행복하시겠어요, 며느님도 손자도 다들 착하셔서, 라고 말이다.

직원이 칭찬한 사토시가 아주 당연한 듯이 시게조를 양로원 보내자는 말을 꺼내고 아키코도 내심 옳다구나 하고 그 제안에 찬성하여 양로원에 대해 알아보려고 온 것을 직원이 알면 어떤 표정을 지을까?

기특한 며느리라는 오해를 받아 당황하면서도 아키코는 직원이 말해준 것 중 중요한 내용을 하나도 빼놓지 않고 기억하고 있었다. 양로원은 후생성 사회국 관할이며 와다혼마치에 있는 스기나미 구 복지사무소에 물어보면 자세히 설명해줄 거라는 말을.

그렇지만 아키코도 아직 고민 중이어서, 곧바로 복지사무소로 가는 것은 망설여졌다. 결국 직원이 추천한 마쓰노키 노인회관 쪽으로 걸어갔다. 스기나미 구청의 출장소가 마쓰노키에 있고 그 건물 2층에 노인회관이 있다고 했다. 2층이라……. 시아버지가 2층까지 계단을 올라갈 수 있을까? 한밤중에 소변을 보려고 마당으로 오르내리는 것도 아키코가 도와주어야 할 만큼 힘든 일이다. 물론 혼자서 오르내릴 수 있지만 동작이 너무 느려서, 옆에서 보고 있으면 불안해서 도와주지 않고는 못 배길 정도인 것이다. 그런 시아버지가 2층에 있는 노인회관에 올라갈 수 있을까?

그러나 스기나미 구청의 출장소 앞에 도착한 아키코는 자신의 염려가 기우임을 알게 되었다. 건물은 몇 년 전에 완공된 현대식 철근 블록 건물이었고, 미쓰노키 노인회관이라는 간판이 있는 바로 눈앞에는 미끄럼틀 같은, 물론 기울기는 미끄럼틀보다 훨씬 완만한 경사로가 있었다. 그 경사로를 따라 올라가자 길이 한 번 꺾였고, 계단은 하나도 오르지 않고서 2층 입구 앞에 서게 되었다. 과연 우메자토 노인회관 직원이 이곳 시설이 훨씬 좋다고 말할 만했다. 건물 양식부터 모든 것이 노인을 염두에 두고 설계된 듯했다. 아키코는 감탄하면서 한동안 주위를 둘러보았다. 그녀의 집에서도 그다지 먼 거리가 아니었지만, 오우메 가도에서 상당히 들어가 있어 차들의 소음도 들리지 않았고 나무가 많은 한적한 주택가였다. 전쟁 전에는 직업 군인들이 모여 살던 곳으로 지금도 호리노우치, 우메자토 등 주변 동네와는 주민의 수준이 다르다는 소문을 들은 적이 있었다. 노인회관을 이처럼 잘 지은 것 자체가 그 증거라고 할 수 있을 것이다.

유리로 된 출입문이 가볍게 열렸다. 로비 우측에 아담한 사무실이 보였다. 어디선가 부르는 낭랑한 노랫소리가 복도에 은은하게 울려 퍼졌다. 아키코가 문을 열고 들어서자 짙은 초록색 유니폼을 입은 직원이 사무실에서 나왔다. 한눈에도 이곳 사무원임을 알 수 있었다. 소녀처럼 살결이 희고 깨끗한 아가씨였다. 아키코를 보고 살짝 고개를 숙였다. 아키코도 정중히 인사하고 여기 온 이유를 이야기했다.

"이 근처 사는데 저희 시아버님이 올해 여든넷이세요. 여기 노인클럽이 좋다고 해서 한번 와봤어요."

"아, 그러셨어요. 이리 올라오세요."

"예, 감사합니다. 분위기도 활기차네요."

"세 군데 모임이 오늘 한꺼번에 몰렸어요. 모임이 다섯 개예요. 저희 노인회관에 오는 분들은 다들 인품이 좋으세요. 다른 곳보다 편하실 거예요. 대단한 분들도 많아요. 조금 늙었다고 우습게 생각했다간 큰일 나요. 대학 나온 할머니들도 많아요."

"저희 시아버님이 어느 클럽에 가입할 수 있을까요? 특별한 취미도 없으신데."

"적당히 지내시다 보면 친구분들도 생기고 그렇죠. 언제든 한 번 모시고 오세요. 여긴 목욕탕도 있어요. 저쪽이에요. 구경해 보시겠어요? 지금은 할머니들만 계시니까 상관없어요. 2시부터 4시까지 목욕 시간이에요. 목욕탕이 아주 넓고 좋아요."

아키코는 직원을 따라 노인회관 목욕탕을 살펴보았다. 옷을 다 벗고 탕에 몸을 담근 할머니들은 나이보다 건강해 보였다. 서로 등도 밀어주고 한담도 나누며 시끌벅적했다. 온천에라도 놀러 온 것처럼 보였다.

다다미방도 우메자토 회관과는 비교가 안 될 정도로 깨끗하고 널찍했다. 두 패로 나뉜 노인들이 바둑에 열중하고 있었다. 바둑돌 놓는 소리가 경쾌했다. 팔짱을 끼고 심각하게 바둑판을 들여다보는 노인이 아키코의 눈길을 사로잡았다.

"저 할아버지는 올해 아흔이세요. 하루도 안 빠지고 오시는데, 바둑을 무척 좋아하는 분이에요. 여기 오셔서 바둑만 두세요. 말씀도 잘하시고 예의가 아주 바른 분이에요. 젊었을 때 많이 배우셨나 봐요."

올해 아흔이라는 노인의 머리에는 머리카락이 한 올도 남아 있지 않았다. 낙지처럼 생긴 얼굴이 귀엽기까지 했다. 흰 돌을 잡았는데 한참을 생각하다가 빙그레 웃으며 들고 있던 돌을 바둑판에 내려놓았다. 맞은편에 앉아 있는 노인은 그보다 훨씬 젊어 보이는데 어이쿠, 하며 무릎을 탁 쳤다. 그 한 수로 승부가 정해진 모양이었다.

아키코는 노인회관 명부에 주소와 이름을 적었다. 직장에 출근해서 아침에는 자신이 모셔 오고, 저녁에는 고등학생인 아들이 모셔 갈 것이라고 알려줬다. 월요일부터 오기로 했다. 아키코는 잘 부탁한다는 말도 잊지 않았다. 아키코의 설명에 직원이 의외라는 표정을 지었다. 예, 편하신 대로 하세요, 라고 말하면서 우메자토 노인회관 사무원과 비슷한 이야기를 했다.

"며느님이 노인회관을 둘러보러 오신 건 처음이에요. 무슨 일이 생겨서 전화를 해도 고맙다는 말씀도 안 하시는 경우가 대부분이거든요."

"그분들과는 제 경우가 좀 달라서 그럴 거예요. 직장을 다녀서 낮에 아버님 혼자 집에 계셔야 하거든요. 빈집에 혼자 계시는 것보다 이런 데서 시간을 보내는 게 훨씬 좋죠. 이런 곳이 있어서 얼마나 감사한지 몰라요."

"별말씀을 다 하세요. 일요일에도 문을 열거든요. 필요하실 때는 언제든 이용하세요. 일요일에는 노인들 대부분이 집을 지키느라 못 오세요. 자식들이 빈집에 부모만 남겨놓고 놀러 가는 거죠. 부려먹을 수 있을 때까지 부려먹겠다는 생각인가 봐요. 노인회관이 어떻게 생겼는지, 자기 부모님이 여기서 뭘 하고 지내는지 궁금해서 찾아오는 가족은 한 명도 없었어요."

"아가씨야말로 아직 젊은데 정말 좋은 일하는 거예요."

아키코는 진심이었는데, 상대는 귀엽게 생긴 덧니를 드러내며 쑥스러운 듯 웃었다. 그러더니 진지한 표정으로 말했다.

"여기서 일하면 정말 배울 게 많아요. 여기 오기 전에 다른 노인회관에서도 일했거든요. 근데 여기만 못했어요. 여기는 좋은 분들이 정말 많아요. 그분들 이야기를 듣고 있으면 많은 걸 생각하게 돼요. 처음 여기 왔을 때만 해도 얼굴에 여드름이 많았어요. 하루는 어떤 할머니가 율무죽을 먹어보라고 하시더라고요. 그분한테 율무죽 쑤는 법을 배워서 아침마다 먹었더니 진짜로 피부가 깨끗해졌어요."

"어머, 신기하네. 율무죽이 피부에 좋다는 건 오늘 처음 알았어요. 어린애 피부처럼 곱다고 생각했는데 율무죽 덕분이었군요."

"그런 말 많이 들어요. 지금은 우리 식구 모두 아침마다 율무죽을 먹어요. 여기선 율무죽 말고도 도움을 많이 받아요. 전에 심하게 감기 걸린 적이 있거든요……."

그때 방금 전까지 바둑에 열중하고 있던 낙지 머리 노인이 갑자기 멈칫하더니 바둑판 위로 푹 쓰러졌다. 아키코와 사무원은 꽤 한참 동안 복도에 서서 이야기를 주고받고 있었다. 아키코가 노인의 이상을 알아차렸을 때, 직원은 이미 민첩하게 방안으로 뛰어들고 있었다.

"스즈키 할아버지!"

고꾸라진 노인을 일으켜 다다미에 눕혔다. 노인의 사지가 축 늘어져 꼼짝도 하지 않았다. 아키코도 놀랐지만 함께 있던 노인들은 더 놀란 것 같았다. 직원이 사무실로 달려가 구급차를 불렀다. 아키코의 존재는 완전히 잊어버리고 노인의 가족에게 전화를 걸어 상황을 설명했다. 잘 훈련받은 전문가답게 흥분하거나 놀라지도 않았다. 노래 연습을 하던 노인들이 무슨 일인가 싶어 아키코가 있는 다다미방으로 건너왔다. 다들 심각한 표정으로 귀엣말을 주고받았다.

같이 바둑을 두던 노인의 충격이 제일 컸는지, 직원이 돌아와 맥을 짚는 모습을 지켜보며 더듬더듬 말했다.

"놀랐네. 오늘따라 이상하셨어. 보통 한 수 두신 다음엔 강평하셨는데 오늘은 이상하게 말씀이 없으셨어. 몸이 불편하셨나 봐. 정말 놀랐어. 미리 얘기 하셨으면 중간에 쉬었을 텐데. 이거 어떡하나. 스즈키 형님, 어디가 아파요? 맥은 좀 있수?"

노인은 직원의 얼굴 표정을 살피면서 말을 이었다.

"사실 만큼 사셨지. 바둑에서 이기고 돌아가셨으니 극락에 가실 거야. 나도 저렇게 죽고 싶군."

나직나직 말하는 품이, 놀랐다고 하면서도 전혀 놀란 기색이 아니었다.

구급차 사이렌 소리가 요란하게 울렸다. 흰 가운을 입은 젊은 의사가 방 안으로 뛰어들어왔다. 청진기를 꺼내 가슴에 대보고 동공을 살펴보더니 자세를 바로 하고 고개를 숙였다.

"임종하셨습니다."

의사의 말이 끝나기 무섭게 둘러앉은 노인들이 무릎을 꿇고 합장했다. 복도에 서 있던 아키코도 그 자리에 무릎을 꿇고 두 손을 모았다. 몇 분 전까지 이름도 얼굴도 모르는 노인이었지만 노인이 임종하는 자리에 있었다는 것도 인연인 듯싶었다. 곧이어 가족들이 도착했다. 들것에 실린 스즈키 영감의 시신은 조용히 회관 밖으로 운반되었다. 노인들이 뒤따라 나왔지만 아무도 울지 않았다.

"아흔까지 잔병도 없이 저승 가셨으면 복 받은 거지."

"좋아하는 일 하다가, 한창 바둑을 두다가 말이에요."

"게다가 이겼지. 이기고 죽었으니 여한이 없으실 거야."

"부러워요, 부러워."

"나도 저 양반처럼 죽어야 할 텐데."

"어머, 무슨 그런 말씀을……. 할머니는 앞으로 20년은 더 살아야 저분 연세가 되시잖수."

"아니에요. 사람이 나이순으로 죽나요. 내일 죽을지 이따 저녁에 죽을지 어떻게 알겠수."

아키코는 노인들의 대화를 묵묵히 들었다. 죽음에 대한 탄식도, 슬픔도, 두려움도 없었다. 담담하게 한 영혼의 승천을 이야기하면서 조용히 부러워할 뿐이었다. 목욕을 끝내고 나온 할머니가 어리둥절해하며 물었다.

"무슨 일 있었수?"

그런 모습이 인상적이었다.

"스즈키 영감님이 돌아가셨다우."

"그래요? 아까까지만 해도 바둑 두시던데."

"맞아요. 바둑을 두다 가셨어요. 구급차가 오긴 했는데, 이미 돌아가셨어요."

"그 양반 올해 몇이시더라?"

"아흔이죠, 아마."

"아흔이면 살 만큼 사셨네. 미련 없이 잘 가셨지, 뭐. 아픈 데도 없이 건강하게 살다 가셨으니 부럽구먼."

아키코는 그만 가봐야겠다고 생각했다. 이곳은 아직 젊은 아키코가 머물기엔 너무 낯선 곳이었다. 지금 이 노인회관에서 죽음을 두려워하는 사람은 아키코와 젊은 여직원뿐이었다. 아무런 도움도 줄 수 없는 자신이 부끄러웠다. 노인회관마다 특별한 규칙이나 입회 절차가 없어 다행이라고 여기며 신발을 신었다. 신발을 다 신고 막 일어서려는데 무심코 맞은편 벽에 시선이 닿았다. 노인클럽의 규칙으로 보이는 구절들이 붓글씨로 쓰여 있었다. 우메자토 회관에서 봤던 「노인의 노래」와는 비교도 안 되는 달필이었다. 그 구절들을 훑어보던 아키코의 시선이 한 대목에서 멈췄다.

1. 이 노인회관은 모두 심신이 건강한 노인들이 사용하는 시설입니다. 남에게 피해가 되지 않도록 서로 조심합시다.

완만한 콘크리트 경사로를 내려가면서 '심신이 건강한' 노인에 대해 생각해봤다. 아흔 살을 일기로 죽은 노인은 혼자 노인회관에 오고 바둑을 즐길 만큼 머리와 몸이 건강했다. 이런 노인은 심신이 건강하다고 할 수 있다. 시게조는 어떤가. 육체만놓고 보면 의사가 혀를 내두를 만큼 건강하다. 아니, 건강하다못해 강인하다. 하지만 머리, 즉 '마음'은 이 노인회관에 출입할자격이 없다. 아키코는 가슴 한구석이 쓸쓸해지는 것을 느꼈다. 아흔 살에도 바둑을 두고 새로운 친구를 만나 즐겁게 지내다가 세상을 떠나는 노인들이 존재한다는 것을 눈으로 직접확인했기 때문인지 전보다 더 괴롭고 심란했다. 시게조는 젊었을 때부터 잔소리가 많았고, 몸을 지나치게 아꼈다. 평생토록정신을 집중시키는 취미도 없이 너무 오래 살았다. 대체 무슨낙으로 오늘까지 살았을까. 자식을 향한 마음이나, 아내에 대한 사랑이 남달랐던 것도 아니었다. 며느리에겐 처음 만난 날부터 심통을 부렸고, 손주도 애지중지 하지 않고 오로지 자기위장만 신경 쓰다가 결국엔 망령이 나고 말았다. 한밤중에 도둑이 들었다고 난리를 피우고, 혼자서는 소변도 보지 못해 개처럼 마당 한쪽에서 며느리의 부축을 받아가며 볼일을 해결한다. 지금까지 시게조에게 남아 있는 습관들은 그의 인생에서무엇을 상징하는 것일까.

어젯밤에 내린 눈은 모두 녹아 있었다. 녹은 눈과 진흙이 뒤섞여 거리가 질퍽했다. 집을 나설 땐 한낮이어서 기온이 부쩍 올라가 있었는데, 마쓰노키 노인회관에 오래 머문 탓에 시간이 늦어져 바람이 찼다. 일주일 치 식료품을 살 예정으로 집을 나왔지만, 동네 슈퍼마켓에서 오늘 저녁과 내일 먹을 재료들만 대충 사서 집으로 돌아왔다. 사토시에게 오늘 겪은 일들을 이야기해주면 뭐라고 할까. 아흔 살 노인이 아키코의 눈앞에서 죽었다. 노인회관에서 목격한 사건을 아들에게 솔직히 이야기해 줘도 될지 자신이 없었다. 아키코는 이런저런 생각을 하며 천천히 걸었다. 시게조가 나이 아흔이 되려면 아직도 5년은 더 있어야 한다. 5년이라는 시간이 아키코에겐 영원보다 더 길게 느껴졌다. 그 5년 동안 어젯밤 같은 일이 반복된다면 5년은 고사하고 몇 달 못 가 아키코가 먼저 수면 부족으로 죽어버릴 것 같다. 수면에 관한 실험 결과가 떠올랐다. 흰 쥐 한 마리는 먹이는 주되 잠을 재우지 않았고, 다른 한 마리는 잠은 재우되 먹이는 주지 않았다. 그랬더니 잠을 못 잔 쥐가 아무것도 먹지 못한 쥐보다 먼저 죽었다는 것이다. 자기 처지가 죽은 쥐와 다를 게 없어 보였다. 이대로 가면 시아버지보다 자신이 먼저 죽게 될 거라고 아키코는 확신했다.

대문이 열려 있었다. 성격이 깔끔한 아키코는 누가 또 칠칠치 못하게 대문을 열어놨는지 화가 나서 쾅 소리가 나도록 대문을 힘껏 닫으며 큰 소리로 외쳤다.

"사토시! 네가 또 문 열어놨니!"

그러나 집 안엔 인기척이 없었다. 사토시도, 시게조도 보이지 않았다. 불길한 예감에 아키코의 등줄기가 쭈뼛해졌다. 시아버지와 아들을 교대로 부르면서 2층에도 올라가보고 화장실도 살펴보고 별채까지 둘러봤다. 그러나 어디에도 사람 그림자라곤 없었다.

무슨 일이라도 생긴 걸까.

쇼핑백을 내려놓은 아키코는 어찌할 바를 몰라 거실만 빙글빙글 맴돌았다. 안채와 별채 주위를 몇 번이나 둘러보고 마루 밑까지 샅샅이 살펴보았다. 혹시나 하는 생각에 또다시 별채로 달려가 화장실 문을 열어봤다. 역시 아무도 없었다. 황급히 안채로 달려와 이번에는 욕실 문을 열었다. 방금 전과 똑같이 욕실은 휑하니 찬바람만 감돌았다. 대문이 열려 있는 걸 보면 밖으로 나갔다는 뜻이다. 아키코가 없는 동안에 또 무슨 일이 벌어졌음이 틀림없다.

혹시 시게조가 그 노인처럼 쓰러진 걸까……?

그래서 놀란 사토시가 구급차를 부르러 나간 걸까……?

그럴듯한 시나리오였다. 시게조가 갑자기 쓰러져 사토시가 구급차를 불렀다고 가정해봤다. 시게조는 들것에 실려 병원으로 갔을 것이다. 바둑을 두던 노인은 죽어서 집으로 돌아갔다. 아직까지 집에 돌아오지 않은 걸 보면 시게조는 아직 살아 있을지도 모른다. 지난번에 의사도 난생처음 보는 강인한 체질이라고 했다. 지금도 맥박이 벌떡거리며 뛰고 있을 것이다. 구급차 사이렌은 요란하니까, 구급차가 왔었다면 이웃집에서 듣지 못했을 리가 없다. 기하라 씨 댁에 가서 어떻게 된 영문인지 물어봐야겠다. 신발을 신고 막 나가려는데 전화벨이 울리기 시작했다.

"여보세요?"

"엄마, 나야. 계속 전화했는데 왜 이제 받아?"

"너 지금 어디야? 할아버진 어디 가셨어?"

"한 시간째 걷고 있어. 여기 오우메 가도 근처에 있는 오기쿠보 육교 밑이야. 진행 방향 쪽 인도로 가고 있어. 택시 타고 빨리 와."

"뭐라고?"

"할아버지가 너무 빨리 걸으셔. 내가 아무리 말려도 말을 안 들어. 택시 타고 빨리 와. 할아버진 벌써 오기쿠보 육교를 지나서 저쪽으로 가셨다고. 빨리 와. 이러다간 할아버지 잃어버리겠어."

"알았어. 넌 얼른 할아버지나 쫓아가."

"엄마, 나 여기서 못 기다려. 택시 타고 알아서 우릴 찾아야 해. 할아버지가 경보 선수처럼 걷는단 말이야. 일단 끊을게. 빨리 와야 해, 응? 알았지? 빨리 와. 택시 운전사한테 오기쿠보 육교를 지났다고 꼭 말해. 할아버지가 어디로 갈지 모르니까 육교 근처에 없어도 계속 찾아봐."

사토시가 먼저 전화를 끊었다. 아키코는 정신이 아득해졌다. 이러고 있을 때가 아니다. 시게조가 저번처럼 집을 뛰쳐나간 것이 분명하다. 이번에는 교코가 쫓아갔을 때와 반대 방향으로 가고 있다. 사토시는 할아버지를 쫓아가면서 공중전화가 보일 때마다 집에 전화를 했을 것이다. 그러다가 이제야 서로 통화하게 된 것이다. 오우메 가도를 훨씬 지나간 모양이다. 사토시는 택시를 타고 오라는 말을 여러 번 했다. 아키코는 지갑을 챙겨 밖으로 나와 오우메 가도까지 단숨에 달렸다. 마침 퇴근 시간이라 도로는 차들로 북적였다. 빈 택시를 잡기 힘들었다. 마음이 급해 오기쿠보 육교 쪽으로 걸어가면서 택시를 잡기로 했다. 몇 걸음 가다가 뒤를 돌아보고 또 몇 걸음 걷다 뒤를 돌아보는 식으로 한참을 걸었다. 시계조가 오우메 가도에서 골목길로 접어들면 끝장이라는 생각에 마음이 다급해졌다. 택시가 보일 때마다 아키코는 창피한 줄도 모르고 두 팔을 휘저으며 차를 세우려 했지만 손님들이 타고 있어 그대로 지나치기 일쑤였다. 이럴 때 경찰차라도 만나면 좋겠는데 평소에는 잘도 돌아다니던 경찰차마저 보이지 않았다. 얼굴이 하얗게 질린 아키코가 도로까지 내려와 택시를 잡으려고 손을 휘저었지만 누구 한 사람 무슨 일이냐며 차를 세우는 사람도 없었다. 아키코는 달리기 시작했다. 달리면서도 계속 뒤를 돌아보며 빈 택시가 지나가기만을 기다렸다. 반대편 도로로는 빈 택시가 벌써 여러 대 지나갔다. 차들이 달리는 도로를 무단으로 횡단해 지나가는 택시를 잡을 수도 없는 노릇이었다. 반대편 인도로 가서 택시를 잡고 싶었지만 하필 이곳은 횡단보도도 없었다. 간신히 빈 택시를 잡아 타고 한숨 돌린 아키코는 창밖을 내다봤다. 스기나미 구청 건물이 보였다.

"어디로 모실까요?"

운전사가 아키코의 헝클어진 옷매무새를 수상쩍은 눈초리로 곁눈질하며 무뚝뚝하게 물었다.

"일단 직진해주세요. 오우메 가도 왼쪽 인도에서 집 나간 할아버지를 찾아야 해요. 오기쿠보 육교를 지나갔다고 하거든요. 그쪽으로 쭉 가주세요. 제정신이 아니라서 어디로 가실지 몰라요."

운전사는 알았다는 대답도 없이 자동식 문을 소리 내어 닫고는 달리기 시작했다. 아키코의 설명을 알아듣기나 했는지 모르겠다. 제정신이 아닌 노인을 찾고 있다는 말까지 했는데도 그거 큰일이라는 위로의 말 한마디 없었다. 운전사의 무신경에 괜히 서운한 마음이 들었다.

육교를 지나 오기쿠보의 번화가로 접어들었을 때 아키코가 소리쳤다.

"속도 좀 낮춰주세요."

그러나 운전사는 아키코의 말을 못 들었는지, 아니면 듣고도 못 들은 척하는 건지 대답이 없었다. 아키코는 운전사의 두툼한 어깨를 노려봤다. 당장 차에서 내리고 싶은 마음이 굴뚝같았지만, 시게조를 찾는 일이 더 급했다. 시게조와 사토시를 찾아야만 한다. 아키코는 뒷좌석 왼편에 바싹 기대고 앉아 창밖을 내다봤다. 세상에 얼마나 많은 사람이 살고 있는지 거리가 사람들로 북적였다. 저 속에서 미친 노인네 한 사람을 찾아내기란 불가능한 일이다. 아키코는 운전사에게 다시 한 번 사정했다.

"저, 죄송하지만 인도 쪽으로 더 붙어주시면 안 될까요? 저희 시아버지를 찾아야 되거든요. 여기 어디쯤 계실 텐데 잘 안 보여서 그래요. 인도 쪽으로 더 붙어주세요."

운전사는 이번에도 대답하지 않았다. 아키코는 속이 부글부글 끓어올랐다. 하지만 지금은 불친절한 운전사와 실랑이할 때가 아니다. 아키코는 마음이 타들어가는 것만 같았다.

상점가를 빠져나온 택시는 사람 왕래가 드문 외곽 지역으로 접어들었다. 아키코의 불안감은 폭발 직전이었다. 시게조와 사토시는 어디에 있을까. 사토시가 오우메 가도를 쭉 따라오면 된다고 분명히 그랬는데, 그리고 택시도 오우메 가도를 쭉 따라왔는데 시게조와 사토시의 모습은 어디서도 보이지 않았다. 여기가 어디쯤인지도 모르겠다. 이 근처에 와본 기억이 없다. 어차피 운전사에게 물어봤자 대답하지 않을 것이고 그러면 불쾌해질 테니 묻지 않았다. 불안감은 걷잡을 수 없이 커져만 갔다. 미터기 숫자가 420으로 바뀌었다. 우메자토에서 신주쿠까지 택시를 타도 420엔은 안 나온다. 그 거리보다 더 먼 거리를 달려온 것이다.

"아, 저기 있네요! 저쪽에 세워주세요! 저분이 저희 시아버지예요."

한 노인이 앞만 보고 미친 듯이 걷고 있었다. 그 뒤를 사토시가 거의 달려가듯 쫓아가고 있었다. 아키코는 너무 기뻐서 소리지르듯 말했다. 운전사는 시게조를 앞질러 차를 세웠고, 아키코는 문이 열리기가 무섭게 차에서 뛰어내렸다.

"아버님!"

아키코가 부르면 그 자리에 설 줄 알았는데, 시게조는 두 팔을 벌리고 길을 막아선 아키코를 한쪽으로 밀어젖혔다. 그 힘이 얼마나 센지 아키코는 뒤로 자빠지고 말았다. 엉덩이가 깨질 듯 아팠다. 보통 심각한 일이 아니었다.

"아버님, 저예요! 아키코예요."

시게조 등에 대고 아키코가 소리쳤다. 어느새 사토시가 달려와 시게조를 붙잡았다. 시게조는 사토시에게 붙잡힌 팔을 빼내려고 온몸을 뒤틀었다. 아키코가 달려가 시게조에게 자신의 얼굴을 확인시켜주자, 시게조는 완전히 풀려버린 눈을 껌벅이며 아키코와 사토시를 번갈아 보았다.

"아버님, 이제 집에 가요."

대기하고 있던 택시에 시게조를 태우고 아키코는 놀란 가슴을 쓸어내렸다. 우메자토로 가달라고 부탁하자 운전사는 여전히 대답도 하지 않고 차를 몰았다. 손님과는 끝까지 말을 안 하기로 작정한 사람 같았다. 나중에는 입을 굳게 다문 운전사가 바보처럼 보일 정도였다. 아무리 운전만 해주면 끝이라고 해도 눈앞에서 이런 광경을 보게 되면 한마디쯤 사정을 묻기 마련인데 작심한 듯 입도 벙긋하지 않았다. 말을 하지 않기로 아주 결심하고 나온 듯싶었다. 뒷좌석 가운데에 시게조가 앉았고, 양편에 사토시와 아키코가 앉아 한쪽 팔을 단단히 붙들고 있었다. 시게조보다 사토시의 숨소리가 더 거칠었다.

"너무 많이 걸었지? 육교를 지났다고 해서 오기쿠보부터 살피면서 왔잖니. 어디 다른 데로 갔나 해서 얼마나 놀랐다고."

"무지하게 걸었어. 엄마가 전화를 받았을 때는 어딘지도 몰랐어. 도쿄를 벗어난 게 아닌가 하고 생각했는데, 아까 우리가 차 탄 데는 네리마 구였어. 세키마치라고 써 있었어. 그렇죠, 아저씨?"

운전사가 대답하지 않아서 아키코가 서둘러 말했다.

"네리마 구였구나. 난 다마 쪽이라고 생각했는데. 도쿄는 정말 넓기도 하구나. 그래도 찾아서 다행이다. 할아버지가 무슨 생각으로 집을 나가셨을까?"

"가만히 앉아 계시다가 도둑이 들었다고 난리를 피우셨어. 그러다가 현관에 웅크리고 앉으시는 거야. 아무도 없다고 말씀드렸는데 자꾸 겁을 내셔서 혼자 계시게 놔뒀거든. 한참 있다 바스락거리는 소리가 나서 내다봤더니 신발을 신고 계시잖아. 왜 그러시는지 몰라서 보고 있었는데, 말릴 새도 없이 문을 열고 나가버리셨어. 주머니에 30엔이 있었거든. 급해서 대문도 못 닫고 뛰어나왔지. 고모 얘기가 생각났어. 엄마가 안 오면 110°에

◆ 110: 범죄, 사고 등 긴급할 때 경찰을 부르는 전화번호.

전화하려고 그랬어. 집에는 열 번도 넘게 걸었다고."

"그랬구나. 노인회관에서 할아버지 한 분이 돌아가셨어. 그래서 좀 늦었어."

"공중전화는 합리적이야. 상대방이 전화를 안 받으면 돈이 도로 나오잖아."

아직 어리기만 한 사토시에게 죽음은 아주 먼 이야기처럼 들릴 것이다. 아키코가 노인회관에서 노인이 죽었다고 해도 사토시는 공중전화에서 돈이 도로 나온 것만 감탄하고 있는 것이다.

오우메 가도에서 우회전하자 집 근처 골목이 보였다. 여기서부터는 아키코가 운전사에게 일일이 길을 가르쳐줘야 했다. 요금은 1,000엔이 넘어갔다. 아키코가 지갑에서 돈을 꺼내주자, 운전사는 고맙다는 인사도 없이 휭하니 떠나버렸다.

"저 아저씨, 정말 기분 나빠."

택시에서 내린 사토시가 분개했다. 아키코도 운전사의 태도에 질려버리긴 마찬가지였다. 저 남자는 늙어서 운전대를 놓는 순간, 시계조처럼 무너져버릴 것이다, 라고 생각했다. 이것이 지금 아키코가 할 수 있는 최소한의 분풀이였다. 아직 젊어 보이지만 그래서는 심신이 건강하다고 할 수 없다. 지금부터 벌써 노인회관에 갈 자격이 없는 것이다.

아키코는 현관문을 열면서 지친 기색이 역력한 아들을 위로할 생각으로 물었다.

"배고프지?"

그때까지 가만있던 시게조가 대답했다.

"예, 아키코 씨. 나 배고파요. 아무거나 먹을 것 좀 주세요."

사토시가 걷기에도 벅찬 거리를 여든이 넘은 시게조가 내달
렸다. 가뜩이나 늘 허전한 위장이 밥 달라고 아우성치는 것이
당연했다. 피곤할 만도 한데 거실에 올라서자 곧장 반듯한 자
세로 가부좌를 틀고 앉았다. 그나마 다행인 건 저렇게 많이 걸
었으니 오늘 밤은 피곤해서라도 자다가 깨지 않을 것 같다는
것이다. 아키코는 냉동해둔 가자미를 꺼내 냄비에 넣고 끓이면
서 제발 오늘 밤엔 푹 잘 수 있게 해달라고 기도했다. 아키코도
지쳤다. 온몸이 쑤셨다. 남편은 아직 돌아오지 않았지만 기다
리지 않고 사토시와 함께 소고기를 구워 먹기로 했다. 다치바
나 가에선 또 무슨 일이 벌어질까. 다음엔 어느 거리에서 시게
조를 찾아야 할까. 그런 생각을 하면 밟고 서 있는 마룻바닥이
밑으로 쑥 가라앉는 기분이었다. 아키코는 선반 위에서 강력
비타민을 꺼냈다. 한 알로는 부족할 것 같았다. 아키코는 컵에
냉수를 담고 비타민 세 알을 한꺼번에 삼켰다.

12

화창한 일요일 아침, 일가가 단란하게 보내야 할 시간이지만
이날은 처음부터 집 안을 떠도는 공기가 심상치 않았다. 무겁
게 내려앉은 분위기가 집 안 구석구석을 짓눌렀다. 노부토시는
벌써 오래전에 조간신문을 다 읽었지만 텔레비전 앞에 앉아 마
음 편히 텔레비전을 볼 수 있는 분위기가 아니었다. 햇볕이 잘
드는 창가에 누워 낮잠을 청할 면목도 없었다. 아키코는 눈을
뜨자마자 같은 말만 되풀이하고 있었다. 평소의 노부토시라면
아내의 푸념에 역정을 낼 만도 했지만 오늘은 입을 한일자로
다문 채 눈동자만 좌우로 굴렸다. 어제저녁 같은 일이 다시 반
복되지 않는다는 보장이 없었다. 대책을 세워야 했다. 그런데
뾰족한 수가 생각나지 않았다. 사토시도 같은 심경인지 옷장에
등을 대고 앉아 두 다리를 쭉 뻗은 채 말없이 앉아 있었다. 사

토시는 아버지보다 키가 더 컸다. 다리도 요즘 아이들답게 긴 편이었다. 옷장 위에 얹어놓은 불단이 희미하게 흔들리고 있는 것을 보니, 사토시가 살짝 다리를 떨고 있는 것이 틀림없었다. 조그만 불단에 놓인 납골함은 흰 천에 금실로 수를 놓은 네모난 상자처럼 생긴 납골함 덮개로 덮여 있었는데, 그 덮개가 너무 커서 불단에서 비어져 나와 있었다. 아버지가 계속 이런 식으로 상태가 나빠지신다면 어머니도 성불하시기 힘들지 않을까, 하고 노부토시는 생각했다.

시게조는 툇마루 끝에 무릎을 껴안고 조용히 앉아 있었다. 시아버지의 그런 모습을 보면 오우메 가도를 질주할 때의 기운이 어디서 나왔는지 모르겠다. 아키코는 오래된 도쿄 지도를 펼쳐놓고, 시게조와 사토시가 걸어간 길에 빨간색 형광펜으로 줄을 그었다. 자신이 택시를 잡아탄 지점에도 동그라미 표시를 했다. 지도에선 겨우 15~16센티미터에 불과한 거리였지만, 24,000분의 1이라는 축도를 환산해보면 그 거리가 얼마나 먼 거리인지 알 수 있었다.

"아가씨도 그런 말을 했지만 도쿄 사람들이 얼마나 매정한지 이번에야 알았어요. 내가 얼굴이 하얗게 질려 허둥거려도 누구 한 사람 붙잡고 물어보는 사람이 없고, 택시 운전사는 한술 더 떠서 아예 내가 하는 말에 대꾸도 않더라고요. 내가 사정 이야기를 했거든요. 그런데도 아무 말이 없는 거예요. 가도타니 할머니의 며느리만 해도 사랑은 끝났다느니 하면서 키득키득 웃기만 하고, 앞으로의 아버님 일은 조금도 걱정을 하지 않더라고요. 당신도 알다시피 난 이제 지쳤어요. 사토시도 어제 너무 지쳐서 집에 올 때까지 차 안에서 헉헉거렸다고요. 아버님은 아버님대로 힘드실 것 같아서 목욕시켜드리고 일찌감치 자리를 깔아드렸어요. 그런데 어젯밤에 네 번이나 깨셨어요. 깨실 때마다 도둑이 들었다는 거예요. 무시하고 잘 수도 없고 당신에게 말해봤자 귀찮아할 게 뻔하고, 나 혼자 일어나서 도둑이 안 들었다고 아버님을 안심시켜야 했어요. 화장실까지 보여드려야 주무신단 말이에요. 매일 밤 이런 식이면 난 죽을지도 몰라요. 당신, 내 얘기 듣고 있어요?"

아키코가 오늘 새벽부터 해온 이야기를 또다시 끄집어내는 진짜 이유는 사토시가 이쯤에서 시계조를 양로원에 보내자고 아빠에게 제안하기를 바라기 때문이었다. 하지만 어제 그렇게 부탁했음에도 사토시는 벌써 다 잊어버렸는지 말할 기색이 아니었다.

"너 오늘 엄마 대신 아래층에서 자."

홧김에 사토시를 채근하자 사토시가 깜짝 놀라며 눈살을 찌푸렸다.

"얼마 안 있으면 시험이야."

"그럼 시험 끝난 다음 날부터 할아버지랑 자겠단 말이지?"

"몰라."

대학 입시가 전쟁 전과 달리 남자의 일생을 결정짓는 관문처

럼 여겨지는 시대이므로 아키코도 이 중요한 시기에 사토시를
쓸데없이 자극하고 싶진 않았다. 그렇다면 남은 사람은 노부토
시뿐이었다.

"당신, 오늘부터 아버님이랑 거실에서 자요. 나 지금 제정신
아니에요. 어젠 한숨도 못 잤다고요. 계속 이렇게 살아야 한다
면 당장이라도 사라져버릴 테니 그런 줄 알아요. 양심이 있으
면 하룻밤이라도 자식 노릇 좀 해봐요. 그럼 내가 왜 이러는지
알게 될 테니까."

노부토시는 얼굴을 잔뜩 찡그리며 기어들어가는 목소리로
대답했다.

"내가 대신할 수 없다는 거 알잖아."

"왜요?"

"아버진 내가 누군지 모르시잖아. 밤중에 나보고 도둑놈이라
고 했던 거 기억 안 나?"

"그럼 나만 계속 이렇게 지내라고요?"

"······."

"아버님이 집을 뛰쳐나간 게 이번이 세 번째예요. 처음엔 어
머님이 돌아가시던 날인데, 다행히 이쓰카이치 가도에서 날 만
났죠. 그때 날 못 만났다면 어머님은 돌아가시고, 아버님은 행
방불명됐을 거라고요. 두 번째는 아가씨가 있을 때 그랬고, 세
번째가 어제예요. 집에 사람이 없을 때 또 밖으로 나가기라도
하면 당신이 책임질 거예요?"

"……."

노부토시는 끝까지 침묵을 지켰다. 사토시에게 아무리 눈짓을 해도 양로원 이야기를 꺼내지 않았다. 아키코는 마침내 참고 참았던 분노가 폭발해버렸다.

"당신은 내가 직장 그만두고 집에 들어앉길 바라는 거죠? 속으론 분명 그렇게 생각하고 있죠? 법률사무소에서 차나 끓일 바에는 하루 종일 집에서 병든 시아버지나 지키고 있으라는 표정이군요. 나도 엄연히 직장이 있어요. 내가 해야 할 일이 있다고요. 갑자기 그만두면 같이 일하던 사람들이 뭐라고 생각하겠어요. 내가 없으면 안 되는 일들도 있단 말이에요. 그 사람들한테 피해를 주면서 그만두고 싶진 않아요. 그리고 왜 꼭 내가 그만둬야 해요? 당신이 직장 때려치우고 아버님을 돌보면 되잖아요!"

아내가 소리를 지를 때마다 노부토시의 고개는 아래로, 더 아래로 가라앉았다. 이것이 가정을 가진 남자의 지혜로운 처신이다, 라고 노부토시는 생각했다. 함부로 맞섰다간 사태가 더 악화되고, 논리적으로 설득해본들 흥분한 아내의 귀에 들어갈 리 없다. 아키코의 마음이 진정될 때까지 하고 싶은 말을 쏟아내게 내버려두자. 노부토시는 작은 목소리로 말했다.

"의사와 상의해볼게."

"건강하다 못해 강인하대요. 요즘엔 설사도 안 하고 맨발로 눈밭을 돌아다녀도 감기 한번 안 걸려요."

"진정제 같은 걸 놔드리면 어떨까?"

"수면제 말하는 거예요? 아버님한테 효과 있을 것 같아요?"

"바로 그걸 의사와 상의해보려는 거야."

"오늘은 일요일이라 휴진이에요."

"내일 회사 근처 병원에 들러볼게."

그때 진흙으로 빚은 도자기처럼 꿈쩍도 하지 않던 시계조가 꾸무럭꾸무럭 움직이기 시작하더니 불안정한 자세로 일어섰다. 아들 부부와 손자는 불안한 눈빛을 교환하며 시계조가 또 왜 저러는지 지켜봤다. 시계조는 천천히 허리를 폈다. 이어서 발을 어깨 넓이로 벌리더니 오른팔을 앞으로 쭉 내밀었다. 그 바람에 몸의 중심이 한쪽으로 기울어졌다.

"히야! 후야! 히야! 후야!"

선사 시대만 해도 지구 곳곳에 퍼져 있었다는 괴조怪鳥의 울음소리가 저랬을까 싶었다.

"히야! 후야! 히야! 후야!"

세 사람은 정신이 아찔했다. 그 자리에 얼어붙은 것처럼 아무도 움직이려 하지 않았다. 시계조는 발을 올리기도 하고, 천천히 두 손을 휘두르기도 했다. 누군가를 덮치려는 건지, 아니면 누가 자기를 덮치려고 해서 막으려는 건지, 좀처럼 이해할 수 없는 동작이었다. 움직임도 소리도 오싹했다.

사토시가 아키코 쪽으로 돌아서며 말했다.

"동물 흉내 내시는 거 아냐?"

"한 번도 이러신 적이 없었는데⋯⋯."

보다 못한 노부토시가 고개를 떨구었다. 노부토시는 아들의 말처럼 시게조가 착각을 일으켜 자신을 동물로 여기는 중이라고 생각했다.

그렇다고 해서 언제까지나 내버려둘 수도 없어 아키코가 시게조를 꽉 붙들며 물었다.

"아버님, 왜 또 이러세요?"

노인은 잿빛의 젖은 눈으로 아키코를 물끄러미 바라보더니 말했다.

"체조입니다, 아키코 씨."

"체조라고요?"

"예, 운동을 하고 있어요."

말을 마치곤 크게 숨을 들이마시더니 또 괴상한 소리를 질러 댔다. 비명에 맞춰 양손과 양발도 함께 움직였다. 아키코는 운동이라고 주장하는 노인의 말에 할 말을 잃었다. 노부토시도 넋 나간 표정을 지었다. 언제 배운 체조를 기억해낸 걸까. 저런 체조는 한 번도 본 적이 없었다. 운동이 필요하다는 지식은 어디서 끌어 올린 기억일까. 그러나 시게조가 체조라고 우기는 몸짓은 원시인들이 축제 때 추던 춤보다 추악해 보였다. 거기에는 익살스러움조차 없었다.

"이젠 지긋지긋해. 저러면서까지 살고 싶으신 건가."

사토시가 못 참겠다는 듯 성을 내며 벌떡 일어났다.

"엄마 아빠는 저렇게 오래 살지 마!"

그렇게 말하고 사토시는 2층으로 올라가버렸다. 노부토시와 아키코는 서로의 얼굴을 볼 수조차 없었다. 사토시의 말이 귀로 흘러들어와 부부의 가슴을 납덩이처럼 무겁게 짓눌렀다. 시게조는 "히야! 후야! 히야! 후야!" 소리를 지르며 체조라는 것을 계속했다.

13

다음 날 노부토시는 점심을 먹고 회사 근처에 있는 내과를 찾아가 형편 이야기를 했다. 의사는 수면제와 효과가 비슷한 진정제를 권했다. 망령도 병이냐고 의사에게 물었다.

"노인성 치매입니다."

"치매요? 환각 증상도 치매의 일종입니까?"

"그건 일종의 노인성 우울증이라고 보시면 됩니다. 난폭한 행동만 하지 않는다면 병이라고 부르지 않는 편이 좋겠지요. 충치와 마찬가지로 문명병이니까요."

간단한 설명이었다. 심장에 약간의 부담이 될 수도 있으므로 한꺼번에 많은 양을 투여해서는 절대 안 되며, 어느 정도 진정된 뒤에는 2~3일간 복용을 중단해야 한다고 의사는 주의 사항을 재차 확인시켰다.

그날 노부토시는 오랜만에 일찍 퇴근했다. 의사가 가르쳐준 대로 잠들기 전에 약을 먹여야 했다. 시게조는 순순히 입을 벌려 약을 삼켰다. 아내가 시게조에게 약을 먹이는 걸 돕고 있던 노부토시는 시게조가 입을 벌리는 순간, 정화조 근처에서나 맡을 수 있는 악취를 맡았다. 문득 군대 시절이 떠올랐다. 오래도록 청소하지 않은 화장실에서 볼일을 보던 때가 생각났다. 그 이야기를 해주자 아키코는 오래전부터 알고 있었다고 말했다.

"틀니 때문인 것 같아요. 한 번도 닦으시는 걸 못 봤어요. 당신이 싫어할까 봐 일부러 말하지 않았는데, 무슨 수를 써야겠어요."

노부토시의 눈앞에서 그렇게 하는 것에 일종의 쾌감을 느끼는 게 아닌가 싶을 정도로, 아키코는 기를 쓰고 시게조의 입에 손을 넣어 위아래 틀니를 모두 빼냈다.

그 순간 아키코와 노부토시는 으악 하고 비명을 질렀다. 쓰레기 하치장 같은 악취가 났다. 배설물보다 강렬하고 썩은 냄새라고밖에 할 수 없는 악취가 방 안에 진동했다. 아키코는 구토감을 억누르며 싱크대에 틀니를 던져 넣고 물을 틀었다. 수세미에 물비누를 잔뜩 묻혀 뽀드득 소리가 날 때까지 마구 닦았다. 벽장에 모아둔 틀니를 봤을 때도 기분 나빴는데, 거기에 몇 개월 치 음식 찌꺼기가 달라붙어 있는 것이다.

틀니가 빠지자 양 볼이 홀쭉해졌다. 자기도 신기했던지 뭐라고 우물거리는데 틀니가 빠져 발음이 부정확했다.

"아버님, 양치질하세요. 자, 이렇게요."

아키코는 머리카락이 곤두서는 것을 애써 참으며 입을 벌리고 양치질하는 시늉을 해보였다. 노부토시는 뭘 보고 놀랐는지 한쪽 구석에 서서 어찌할 바를 모르고 있었다. 아키코는 시아버지에게 차가운 냉수를 한 모금 머금게 한 후 입안에서 우물거리게 했다. 텔레비전 광고에서 봤던 구강 살균제를 사 와야겠다고 생각했다.

한참을 매달려서야 시게조의 양치질이 끝났다. 틀니를 다시 끼어 넣는 것은 빼낼 때보다 훨씬 힘들었다. 시게조가 순순히 말을 듣지 않아 시간이 오래 걸렸다. 부부가 시게조를 눕혀놓고 입을 벌려 위아래를 맞춰 끼웠다. 발음이 다시 정확해졌다.

"지독한 사람이군요, 아키코 씨. 내 이를 빼다니, 지독한 사람이에요."

"아버님, 틀니를 닦지 않으면 불결해요. 냄새가 나서 저희들이 참을 수가 없어요. 저희가 빼서 닦는 것이 싫으시면 아버님이 직접 하세요."

"이거 틀니 아니에요. 내 이예요."

"아버님 이라면 빼었다 끼었다 할 수 없어요."

"맞아요. 빼었다 끼었다 할 수 없어요."

시게조와 대화를 하고 있으면 어디까지가 제정신인지 분간할 수가 없었다. 어떤 때는 말을 시키는 아키코 자신이 제정신이 아닌 것 같다는 착각이 들기도 했다. 그 옆에서 노부토시가 시게조의 이부자리를 폈다.

"의학적으로 표현하면 노인성 치매래."

아버지를 눕히던 노부토시가 낮에 의사에게서 들은 이야기를 전했다.

"노인성 치매요? 한마디로 늙어서 병이 생겼다는 거네요."

"의사 말로는 충치하고 비슷하대."

"뭐가요?"

"노인성 치매도 충치처럼 문명병이래."

"충치도요? 왜요?"

"원시 시대엔 충치라는 게 없었다는 말을 들었어."

"말도 안 돼요. 어떻게 충치가 없어요."

"내가 하는 말이 아니라, 전문가들이 하는 말이야. 불로 익혀 먹기 전까지는 충치가 없었대. 나도 그 말이 맞는 것 같아."

"충치가 생길 때까지 살지도 못했겠죠. 옛날엔 일찍 죽었잖아요."

"사토시는 유치원 때부터 충치가 있었어."

"그건 또 그러네요. 난 여학교에 입학할 때까지 충치 같은 건 하나도 없었는데. 사토시는 당신이나 당신 아버지를 닮아서 그래요."

아내가 논점에서 벗어나는 바람에 노부토시는 할 말을 잃었다. 아키코는 한동안 남편과의 대화를 반추해보기라도 한 듯 갑자기 놀란 얼굴로 물었다.

"노망이 문명병이라고 했다고요?"

"응, 노인성 우울증이라고도 한다는데, 특별히 병이라고 할 것까지도 없다고 그러더군."

"왜 문명병이라고 할까? 문명이 발달해서 평균 수명이 늘어난 것과 관련이 있을까요?"

"글쎄, 나야 모르지."

"그러고 보니 옛날이야기 중에 망령 든 노인이 주인공으로 등장하는 얘기가 없는 것 같아요. 할아버지는 맨날 산에 나무하러 가고, 할머니는 냇가에서 빨래했다는 얘기뿐이죠."

"그 할아버지와 할머니가 지금의 당신과 내 나이였을지도 몰라."

"설마요……. 하긴 그럴 수도 있겠네요. 마흔이 넘어서 낳은 아이라고 말하는 것이 부끄러워서 복숭아에서 태어났다고 했는지도 모르겠네요."

아키코는 복숭아 동자가 나오는 옛날이야기에 대한 노년학적 고찰을 하고는 가볍게 웃어넘겼지만, 노부토시는 아버지의 틀니를 목격한 충격에서 벗어나기가 쉽지 않았다. 치과의사가 이를 빼선 안 된다고 했던 이유를 알겠다. 그러나 치과의사와 노부토시의 이런 노력도 세월 앞에 속절없이 무너지고 말 것이다. 그때는 어떻게 해야 할까. 도쿄에서 제일 유명한 치과의사라고 해도 썩은 충치를 긁어내는 것이 전부다. 낡은 이를 다시 원래대로 복구하지는 못한다. 언젠가는 잇몸에 묻혀 있던 치근까지

신대요. 노인클럽에 오면 아무래도 재미있으니까 한 번 오신 분들은 거의 매일 오세요. 그래도 여기 오실 수 있는 분들은 행복하신 거죠. 오고 싶어도 집에서 보내지 않는 경우가 많거든요. 노인클럽을 양로원으로 착각하는 자제분들이 많아요. 그런 집에선 자식 눈치 보느라 못 오세요. 이런 데서 며느리 흉이나 보는 줄 알고 집이나 보게 하는 거죠. 그래서 못 오시는 분들이 의외로 많아요."

"그래요?"

"집에서 손주를 돌봐야 하는 분들도 있어요. 근데 노인회관엔 아이들을 데려올 수 없거든요. 그런 분들은 여기 못 오시죠."

"여기서 근무하시면 스트레스 많이 받겠어요."

"그럴 때도 있지만 자주 오시는 분들과는 재미있게 잘 지내고 있어요. 젊은 사람이 저 하나라 할아버지, 할머니 들이 저를 더 챙겨주세요. 감기에 걸려 결근이라도 하는 날엔 걱정이 이만저만 아니에요. 어떤 분은 집까지 찾아오세요. 저번엔 한 할머니가 우엉을 가져오셨어요."

"우엉요?"

"예, 우엉을 갈아서 된장에 푹 재놓은 거래요. 그걸 뜨거운 물에 풀어 마시면 몸에 좋다고 하셨어요. 근데 진짜 효과가 있어요. 여든다섯 되신 할머니인데 정정하세요."

"우엉이 그렇게 좋은지 미처 몰랐네요."

"저도 몰랐어요. 하루 쉬고 다음 날 출근했더니 오시는 분마

썩어버려 틀니를 해 넣어야 할 때가 올 것이다. 노부토시는 이 다음에 나이가 들어 며느리 손에 자신의 틀니를 맡기는 상상을 해보았다. 온몸에 소름이 돋았다. "엄마 아빠는 저렇게 될 때까지 오래 살지 마"라는 아들 목소리가 귓속에서 메아리쳤다. 사토시가 그렇게 말하지 않아도 노부토시는 아버지처럼 될 때까지 살고 싶은 마음은 없었다. 그래도 아들의 입에서 그런 말을 듣고 보니 아직도 놀란 마음이 진정되지 않았고, 그 때문에 새롭게 각오를 다지게 되는 느낌이 들었다.

노부토시는 출근길에 가끔 주간지를 사 본다. 예전에는 노인 관련 기사가 보이면 그냥 지나쳤는데 이제는 아무리 별것 아닌 내용이더라도 꼼꼼히 읽어보게 되었다. 지난번에는 뉴기니 섬을 방문한 특파원이 쓴 기사가 노부토시의 눈길을 사로잡았다. 그곳에선 부모가 늙으면 나무에 매달아놓고 "열매가 열렸다, 열매가 열렸다" 하면서 막대기로 두들겨 팬다는 것이었다. 또 호텐토트족*은 거동을 못하는 노인을 불에 태워 죽인다고 했다. 요즘 들어 일본의 인구 고령화가 급속히 진행되고 있다는 기사가 자주 보인다. 전에 같았으면 한 번 읽고 흘려버렸을 내용들이었지만, 이제는 활자가 노부토시의 동공으로 뛰어드는 기분이다. 노부토시가 정말 참을 수 없었던 건 주간지에 실린 노인이라는 단어가 집에 계신 아버지만 가리키는 것이 아니라는

◆ 호텐토트족: 아프리카 남부 칼라하리 사막 주변에서 사는 유목민.

점이다. 머잖아 자신도 이 노인이라는 단어에 포함될 것을 생각하면 인생이 다 끝나버린 것 같은 절망감이 밀려왔다. 엊그제 전쟁터에서 살아 돌아온 것 같은데 20년이 훌쩍 지나버렸다. 다가올 20년은 이보다 더 빨리 지나갈 것이다. 그리고 20년 후의 노부토시는 기사에 등장하는 노인이 되어 있을 것이다.

노인!

단지 늙는 것뿐이라면 괜찮다. 늙는 것은 살아 있는 모든 것들의 숙명이니까. 초록이 무성하고 꽃이 피는 시기가 있다. 노부토시 자신에게는 사토시를 낳아 기르고 사회적으로 어느 정도의 위치까지 이른 것이 거기에 해당할 것이다. 열매를 맺은 다음에는 시들고 썩는다. 시드는 것도 괜찮다. 고담枯淡의 경지라면 바라는 바이다. 그리고 썩는 것이 죽는 것을 의미한다면, 그것도 자연이니 감수하겠다. 그러나 병든 잎이 나목裸木의 가지 끝에 홀로 매달려 있는 것처럼, 또는 빨갛게 농익은 감이 사람 손에 닿지 않는 높은 나뭇가지에 매달려 쪼글쪼글 말라비틀어져가는 것처럼, 시들지도 못하고 썩지도 못한 추한 존재가 되고 싶지는 않다. 시게조는 병든 잎인가? 농익은 감인가? 시게조는 노부토시가 생각하는 어떤 비유에도 해당하지 않아서 노부토시는 당혹스러웠다. 문명병인가? 바라건대 자신의 문명병은 충치뿐이었으면 좋겠다. 노부토시는 한숨을 쉬며 이불 속에서 여러 번 뒤척였다. 이런 생각만 하는 것은 정신 건강에 매우 좋지 않다. 그런데 이렇게 같은 생각을 되풀이하는 것도 노인성 우울증의 일종이 아닐까? 이런 생각까지 하다니, 노부토시는 그런 자신에게 어이가 없었다. 자신이 먹을 수면제도 조제해달라고 할 걸 하는 생각이 들었다.

한편, 아키코는 요 며칠 동안 잠을 제대로 못 자서 피곤했기 때문에 노부토시처럼 철학적이고 관념적인 고민을 할 여유가 없었다. 그녀는 어찌나 피곤했던지 꿈도 꾸지 않고 달게 잤다. 팔다리를 쭉 뻗고 베개에 머리를 푹 파묻은 채 정신없이 자고 일어나니 오랜만에 온몸이 가뿐했다. 거실이 환했다. 형광등이 켜진 채로 있었지만, 날이 샌 것 같았다. 손목시계를 보았으나 시곗바늘이 보이지 않았다. 일어나서 찻장 위의 시계를 보니 오전 6시였다.

형광등을 끄고 시계조가 누운 쪽을 살폈다. 시계조는 반듯하게 누워 눈을 끔벅끔벅하고 있었다. 아키코는 기분 좋게 아침 인사를 했다.

"아버님, 오늘은 일찍 일어나셨네요. 잘 주무셨어요?"

"예, 예."

"자다가 한 번도 안 일어나셨죠?"

"예, 예."

확실히 효과가 있다! 아키코는 골목으로 뛰어나가 만세라도 부르고 싶은 심정이었다. 진정제가 약효를 발휘해 시계조는 밤중에 한 번도 깨지 않았다. 왜 진작 이 생각을 하지 못했을까. 시계조가 약에 반응한다. 더는 시계조의 노인성 환각에 시달리지 않아도 된다. 드디어 해방된 것이다. 세상에 존재하는 모든 과학자들에게 일일이 전화라도 걸어 고맙다고 말하고 싶다. 문명 때문에 생긴 병은 겁내지 않아도 된다. 왜냐하면 문명이 알아서 고쳐줄 것이기 때문이다.

"아버님, 그만 일어나셔야죠."

"아키코 씨."

"예?"

"엉덩이가 차가워요."

"뭐라고요?"

밤중에 한 번도 깨지 않은 시게조는 자면서 볼일을 해결해버린 모양이었다. 당황한 아키코가 이불을 젖혔다. 시게조를 일으켜 속옷을 갈아입히고 누렇게 물든 이불을 한쪽 구석으로 밀었다. 그러는 동안 사토시가 2층에서 내려왔다. 곧장 부엌으로 들어가 토스트기에 빵을 집어넣고 세수를 하러 화장실로 들어갔다. 몇 분 후 잠이 덜 깬 얼굴로 화장실에서 나온 사토시는 잘 구워진 토스트와 우유를 한 컵 마시더니 다녀오겠다는 인사도 하지 않고 밖으로 나가버렸다.

조금 뒤에 노부토시가 내려와서 물었다.

"아버진 잘 주무셨어?"

아키코가 한 번도 깨지 않았다고 대답했다.

"그거 잘됐군."

노부토시는 이렇게 말하고는, 아키코가 여전히 뾰로통하게서 있는 걸 보고도 왜 그러느냐고 묻지도 않고 부리나케 출근해버렸다.

아키코는 시게조가 오줌을 쌌다는 이야기를 남편이나 아들에게 털어놓지 못할 만큼 충격을 받았다. 생리적 욕구에도 눈이 떠지지 않을 정도로 진정제가 강했던 건지, 아니면 그 정도로 시게조의 노화가 진전된 건지 쉽게 판단을 내릴 수 없었다. 아키코는 약에는 반드시 부작용이 따른다는 과학적 지식을 가지고 있었다. 그녀 역시 수면제를 먹어본 경험이 있었지만, 몽롱한 상태에서 화장실을 갔거나, 아니면 아침까지 화장실에 가고 싶은 생각이 들지 않거나 했었다. 시아버지의 실금이 약의 부작용으로 인한 노화의 진전이 아닌가 하는 생각이 들어, 자신이 잘 수 있었던 것을 기뻐할 수만은 없었다.

마쓰노키 노인회관에 시게조를 데려다주고 사무소로 출근했다. 서둘렀는데도 한 시간이나 늦었다. 아키코는 사정을 이야기하고 자리에 앉았다. 베테랑인 아키코가 결근하면 사무소 업무가 제대로 처리되지 않는다. 진정제를 먹였더니 도중에 일어나지 않고 아침까지 잘 주무셨다고 말하자 후배 직원까지 자기 일처럼 좋아하며 말했다.

"어머, 잘됐어요, 언니."

아키코는 서둘러 서류를 정리하고 타자기 앞에 앉아 자판을 두드리기 시작했다. 오늘까지 법원에 제출해야 할 간단한 서류를 작성해야 했다. 그런데 타자기 앞에 앉자마자 글자가 희미하게 보이거나 두 개로 겹쳐 보였다. 아키코는 손등으로 눈을 힘껏 비비기도 하고 서류에 얼굴을 바싹 붙여보기도 했다. 하도 눈을 찡그려서 그랬는지 서류를 완성하자 눈 밑이 바르르 떨렸다. 오타가 없는지 서류를 살펴보는데 서류 한가운데에 하얀 직선이 그어져 있는 것처럼 보여 깜짝 놀랐다. 매일같이 다루는 서류였기에 눈 감고도 완성할 수 있는 양식이었다. 하지만 오늘은 평소와 달리 낯설기만 했다.

마침 변호사들이 법원에 나간 터라 사무소에는 아키코와 젊은 직원 둘뿐이었다. 아키코는 자리에서 일어나 변호사 책상에 놓인 신문을 들었다. 작은 글씨들은 거의 안 보였고, 큰 활자로 새겨진 제목들만 그럭저럭 읽을 수 있었다. 총리의 얼굴 사진 아래 중간 크기로 기사가 쓰여 있는데, 아무리 눈에 힘을 주고 눈을 찌푸려도 뭐라고 쓰여 있는지 보이지 않았다.

"어머, 나 왜 이러지? 글자가 잘 안 보여. 아침부터 손목시계가 잘 안 보이더니. 눈이 갑자기 왜 이러지?"

맞은편에 앉아 있던 후배 직원이 눈을 동그랗게 뜨고 아키코를 바라보다가 말했다.

"별일 아닐 거예요, 언니. 요새 피곤해서 그런 걸 거예요."

"어젯밤엔 잠도 잘 잤는데……. 어제까지만 해도 아무렇지 않았거든. 갑자기 왜 이럴까? 양쪽 모두 시력이 1.2였는데."

아키코는 갑작스러운 변고에 당황했다. 정신이 아득해졌다. 멀쩡하던 두 눈이 하루아침에 글자를 제대로 보지 못하게 되다니. 타이피스트가 글자를 못 본다는 건 심각한 문제였다.

한동안 전화벨이 계속 울려 아키코는 전화를 받느라 정신이 없었다. 머릿속은 온통 눈에 대한 생각으로 가득했다. 전화를 받으면서도 무슨 말을 했는지 기억이 안 났다.

점심때가 가까워오자 가만히 있을 수 없어 주섬주섬 핸드백을 챙겼다. 원인이 무엇이고, 다시 괜찮아질 수 있는지 알아봐야겠다고 생각했다.

"안과에 가볼까? 아, 안경점에서 시력 검사를 하면 알 수 있겠네. 벌써 노안인가? 나, 잠깐 다녀올게."

건물 밖으로 나오긴 했지만, 어느 안경점을 가야 할지 막막했다. 가족 중 안경을 쓴 사람이 없기 때문이었다. 백화점에도 안경 매장이 있다. 그곳에서도 시력 검사를 할 수 있을 것이다. 아키코의 발걸음이 빨라졌다. 거리에 찬 바람이 휘몰아치고 있었다. 3년 전에 산 두툼한 겨울 외투에 판탈롱까지 갖춰 입고 나왔어도 차가운 바람은 옷을 비집고 들어올 만큼 매서웠다. 얼굴이 찢어지는 느낌이었다. 서둘러 백화점 안으로 들어갔다. 정문 앞에 '봄맞이 세일'이라고 적힌 커다란 입간판이 세워져 있었다. 여성 잡지와 백화점은 항상 계절을 두 달씩 앞서나간다. 밖은 봄과 거리가 먼 찬 바람이 기승을 부리고 있는데 백화점은 봄맞이 세일을 하겠다고 난리다. 아키코는 시게조를 떠올렸다. 우리 집은 봄이 되려면 멀었어. 설사 계절상 봄이 찾아온다고 해도 우리 집은 당분간 삭막한 겨울로 지낼 수밖에 없어. 아키코는 안내대로 가서 물어보았다.

"혹시 노인용 기저귀도 판매하나요?"

"오른쪽 계단으로 올라가시면 유아용품 코너가 있습니다. 그쪽에 가서 문의하세요."

백화점 유니폼을 입은 안내원이 짧게 대답했다. 아키코는 안내원이 가르쳐준 방향으로 천천히 걸어가면서 저 안내원은 코성형을 받은 게 틀림없다고 생각했다.

유아용품 코너는 달콤한 우유 냄새로 향긋했다. 아키코는 잠시 머뭇거렸다. 이런 데서 노인용 기저귀를 살 수 있을까. 늙으면 어린애가 된다지만 그건 어디까지나 정신 상태에 관한 얘기일 뿐, 다 커버린 시계조의 몸뚱이가 밤마다 배설하는 그 많은 양의 오줌을 우윳빛이 감도는 손바닥만 한 기저귀가 감당할 수 있을지 의문이었다. 파스텔톤의 꿈 같은 유아복을 둘러보면서 아키코는 조금씩 불안해졌다. 저 앞에 기저귀를 파는 곳이 보였다. 아무리 둘러봐도 노인용 기저귀 같은 건 없었다. 로비에 앉아 있던 안내원이 분명 이곳에 가보라고 말했는데, '노인용'이라는 단어를 못 알아들었는지 유아용품 코너를 가르쳐줬다. 아키코는 말을 잘못 알아들은 안내원 때문에 괜히 헛걸음만 한 것 같아 기분이 상했다. 안내원의 코는 절대로 자연산이 아닐 거라고 다시 한 번 확신했다.

"저, 노인용 기저귀는 어디서 팔죠?"

"여긴 유아용품 코너인데요."

"그건 나도 알아요. 그래서 물어보는 거잖아요. 이 백화점엔 노인용 기저귀 같은 건 없냐고요. 1층 로비에서 여기로 가보라고 했단 말이에요."

아키코는 시비조로 종업원을 다그쳤다. 아직 나이가 어려 보이는 종업원이 아키코의 기세에 눌렸는지 당혹스러운 표정이 역력했다. 자신의 잘못이 아닌데도 계속 죄송하다는 말만 되풀이했다. 그러고는 매장 저편에 앉아 있던 담당자를 불러왔다. 담당자는 아키코 같은 고객을 다뤄본 경험이 많았는지 아키코의 말을 끝까지 듣고는 공손하게 대답했다.

"환자용 기저귀라면 저쪽 의료용품 코너에서 판매 중입니다."

아닌 게 아니라 모든 노인이 기저귀를 차는 것은 아니므로 노인용 기저귀를 따로 만들어 팔 리가 없다. 아키코는 담당자의 공손한 태도에 조금 미안함을 느끼며 각종 비타민이 진열된 약국 코너로 향했다. 거기에는 한 종류뿐이었지만 비닐로 된 커버가 있었고, 기저귀는 종이 제품과 천 제품 두 종류가 있었다. 의외로 비싸서 종이 제품을 살 때에는 잠시 망설였지만, 시게조가 만일 소변 이외의 것도 스스로 처리하지 못할 때를 생각하면 사지 않을 수 없었다. 그리고 사는 김에 이동식 변기도 샀다. 큼지막한 꾸러미를 들고 백화점 복도를 걷던 아키코는 우울한 생각이 들었다. 앞으로 매일 밤 시아버지는 기저귀를 찰 것이고, 아침마다 아키코는 축축하게 젖은 기저귀를 버려야 할 것이다. 혹시나 노인회관에서도 아무 데나 볼일을 보고 있는 건 아닌지 모르겠다. 만약 그렇다면 아침에도 기저 귀를 채워 노인회관에 보내야 하는 게 아닐까. 따지고 보면 심신이 건강한 노인들이 서로 사귐을 갖는 노인회관에 시계조처럼 반쯤 넋이 나간 노인을 맡겼다는 것부터가 잘못이다. 법이라도 어긴 것처럼 아키코는 가슴이 두근거렸다.

횡단보도 신호등이 녹색으로 바뀌었다. 무거운 짐을 들고 마주 오는 사람들을 피해 천천히 길을 건너던 아키코는 그 자리에 우뚝 서버렸다. 백화점을 간 건 시아버지 기저귀 때문이 아니었다. 그런데 지금 두 손 가득 들고 있는 건 기저귀와 이동식 변기뿐이다. 기저귀를 산 게 잘못이라는 게 아니다. 아키코가 점심도 먹지 않고 백화점에 간 이유는 시력 검사를 하기 위해서였다. 제일 중요한 일을 잊었다니, 내 머리도 잘못되어가는 건 아닐까. 그때 경적이 요란하게 울렸다. 신호등이 어느새 빨간색으로 바뀌었다. 아키코는 긴자 한복판의 횡단보도에 홀로 서 있는 자신을 발견했다. 자동차들이 무서운 속도로 아키코의 앞뒤를 스쳐 지나갔다. 아무리 생각해도 기저귀만 샀다는 것이 믿어지지 않았다.

다시 백화점으로 발길을 돌린 아키코는 성형 수술을 한 것이 분명한 안내원에게 안경 매장이 어디냐고 물었다. 6층입니다, 엘리베이터를 이용해주십시오. 안내원은 고객 응대 훈련을 잘 받았는지 억양에 한 치의 흔들림도 없었다. 30분 전에 기저귀 매장을 물어봤던 손님이라는 걸 기억하지 못하는 표정이었다. 마치 지금 처음 봤다는 듯이 생글거렸다. 아키코는 내심 기분이 나빠졌다. 엘리베이터에 올라탄 아키코는 기저귀와 이동식 변기가 들어 있는 꾸러미를 끌어안고 6층 버튼을 눌렀다. 안경 매장에 들어가 시력 검사를 부탁했다. 그러자 곧바로 검안 기사라고 하는 중년의 담당자가 와서 아키코를 매장 뒤편의 작은 방으로 안내했다. 방 안에는 치과에서 봤던 것과 같은 의자가 놓여 있었다. 아키코는 갑자기 글자가 안 보이게 된 경위를 열심히 설명하면서 의자에 앉았다. 키가 작아서인지 의자에 앉자 두 다리가 허공으로 붕 떠올랐다.

시력 검사는 태평양전쟁*이 발발하기 직전에 한 번 받아보고 이번이 두 번째였다. 그때는 오른쪽 눈과 왼쪽 눈을 숟가락으로 번갈아 가리고 근시나 원시가 있는지 확인하는 수준에 불과했다. 아키코가 모르는 사이에 시력과 관련된 분야도 많이 발전했다. 무엇에 쓰는 용도인지 실험실에나 있을 법한 현미경처럼 생긴 기계가 두 대나 있었다. 기사는 아키코의 눈에 망원경처럼 생긴 기계를 갖다 댔다. 기사가 시키는 대로 렌즈를 들여다본 아키코는 화들짝 놀랐다. 렌즈 속에서 기사의 눈동자가 반짝였다. 그동안 참 많이도 변했구나, 라는 생각을 하고 있을 때 반가운 것이 눈에 띄었다. 한쪽 벽에 붙은 시력 검

◆ 태평양전쟁: 1941년부터 1945년까지 일본과 연합국 사이에 벌어진 전쟁. 제2차 세계대전의 일부로서, 일본의 진주만 기습으로 시작되어 일본의 무조건 항복으로 끝났다.

사용 표였다. 기사는 아키코에게 익숙한 숟가락을 가져와 한쪽 눈을 가리라고 한 뒤 시력 검사용 표의 글자들을 가리켰다. 큰 글씨는 두 개로 겹쳐 보였고, 작은 글씨들은 흐릿해서 보이지 않았다. 기사는 실내조명을 어둡게 하고 특수 기계에서 반사되는 빛이 녹색으로 보이는지, 아니면 빨간색으로 보이는지 물었다.

"설마 노안은 아니겠죠?"

"잠깐만 기다리세요."

기사는 아키코에게 철제 안경테를 씌웠다. 신중하게 렌즈를 고르더니 철제 안경테에 끼웠다. 갑자기 아키코 눈앞에 안개가 자욱하게 피어올랐다.

"앞이 희미해졌어요."

"아, 그래요? 그럼 이건 어떠세요?"

"예, 아까보다 훨씬 잘 보여요. 맨 밑에 있는 글자가 K 맞죠?"

"너무 잘 보이는 것 같네요."

"너무 잘 보여도 안 되나요?"

"그렇죠. 눈이 금방 피로해지니까요."

20분 넘게 렌즈를 갈아 끼웠다.

"도수는 안 넣는 게 좋겠어요."

기사가 말했다. 찰칵, 찰칵 하고 렌즈 두 개를 안경테에 새로 끼웠다. 기사는 아키코에게 신문을 건네며 말했다.

"이 신문을 15분 정도 읽어보세요."

아키코는 손목시계를 흘끔거리면서 어제 날짜의 신문 사회 면을 대강 훑어보기 시작했다. 경찰관이 저지른 범죄, 정신이상 자의 방화 사건 등 여전히 잔혹한 범죄들이 기사화되어 있었 다. 1면을 샅샅이 읽은 아키코가 페이지를 막 넘기려고 할 때 하단 모퉁이에 「한 노인의 자살」이라는 제목의 2단짜리 기사 가 눈에 들어왔다. 아키코도 노부토시와 마찬가지로 노인에 관 한 기사라면 빼놓지 않고 읽는 습관이 생겼다. 기사는 생활보 호 대상자인 한 노인이 인생을 비관한 나머지 스스로 목을 맸 다는 내용이었다. 이보다 더 충격적인 것은 죽은 지 3일이 지 나서야 케이스워커*에 의해 발견되었다는 점이었다. 나이는 78세였다. 하반신 불구였다고 한다. 자살한 노인도 기저귀를 차고 있었을까. 아키코는 신문을 읽다가 문득 죽은 노인이 기 저귀를 차고 있었는지가 궁금해졌다. 자기 손으로 목을 맬 정 도라면 망령이 들거나 하진 않았던 모양이다. 늙어 쇠잔해진 몸뚱이가 몹시도 견디기 힘들었을 것이다. 자살한 노인과 시계 조 중에 누가 더 행복할까. 아키코는 무의식적으로 시계조를 떠올렸다. 시계조는 고독을 느끼지도 못하고, 자신의 처지가 비 참하다는 생각도 하지 못한다. 그래서 자살은 감히 계획하지도 못한다. 계속해서 먹을 것을 찾고, 밤마다 오줌을 쌀 뿐이다.

◆ 케이스워커(caseworker): 사회 복지 활동의 전문가. 정신적·육체적·사회적 문제를 안 고 있는 개인이나 가족을 대상으로 문제의 해결을 위한 지도 활동을 한다.

"어떠세요?"

기사가 아키코에게 다가와 말을 건네기 전까지 아키코는 자살한 노인과 시계조의 처지를 연관 지어 생각하고 있었다. 기사의 말에 신문을 들고 다시 천천히 읽어보았다. 얼마 전부터 글자가 조금씩 흐릿하게 보였던 것이 기억났다. 왜 이제야 그걸 알아차렸는지 이해할 수가 없었다. 손목시계를 보니 정확히 15분이 지났다. 오늘 아침만 해도 시곗바늘이 잘 보이지 않던 시계였다.

"신문 잘 봤어요. 눈도 아프지 않고 딱 맞아요."

"그럼 이걸로 결정하시죠."

드디어 나도 안경을 쓰는구나, 아키코는 속으로 자신의 처지가 처량하다고 생각했다. 인생이 뜻하지 않은 방향으로 치닫는 기분이었다.

"그러니까 노안이죠?"

"그렇진 않아요. 사위斜位 증세가 좀 심해진 것뿐이에요."

"사위라뇨? 그게 뭔데요?"

"양쪽 눈이 약간씩 바깥쪽으로 치우치는 걸 뜻하는 말이에요. 렌즈에 프리즘을 넣으면 얼마든지 조정할 수 있습니다."

"제가 사시였단 말인가요? 한 번도 못 느꼈는데……."

"아니에요. 사시라고 할 정도는 아니에요. 눈을 혹사해서 그래요. 글자를 읽으려면 아무래도 눈동자가 안쪽으로 모이거든요. 누구든지 책을 읽을 땐 눈 근육으로 눈동자를 안쪽으로 몰아

쥐야 해요."

"지금까지는 눈 근육으로 가능했는데, 이젠 못한다는 뜻인가요?"

"눈 근육 대신 프리즘으로 얼마든지 보완할 수 있어요. 눈도 전처럼 피로해지지 않을 겁니다."

"이것도 일종의 노화라고 할 수 있나요?"

아키코의 목소리가 갑자기 커졌다. 기사는 친절하게 웃으며 공손한 말투로 아니에요, 노화하곤 상관없어요, 라고 대답했다.

안경이 완성될 때까지 일주일은 걸린다고 했다. 아키코는 안경값을 선불로 지불했다. 어깨에서 힘이 빠져나가는 느낌이었다. 여자가 안경을 쓴다는 건 중요한 일이다. 여학교 때 심한 근시 때문에 친구들의 얼굴도 분간하지 못하는 친구가 있었는데, 결혼할 때까지 안경을 쓰지 않고 버티던 것이 기억났다. 안경을 쓰지 않으면 안 된다는 것을 잘 알면서도 10년, 20년이 지나도록 맨눈으로 지낸 것이다. 아키코는 갑자기 글자를 보지 못하게 되어 그 원인을 확인하려고 시력 검사를 했다가 뜻하지 않게 안경을 쓰는 신세가 되고 말았다. 멀쩡히 길을 걷다가 큰 지진을 만난 기분이었다. 노안은 아니라고 했지만 지금까지 눈 근육만으로도 충분했던 시력이 이제 와서 갑작스레 프리즘의 도움을 받아야 한다는 건 그 자체로 노화의 증거가 아니고 뭐란 말인가.

간밤엔 시계조가 한 번도 깨지 않은 덕택에 아키코는 실로 오랜만에 푹 잘 수 있었다. 불면의 피로가 숙면 뒤에 나타나다니, 얄궂은 일이 아닐 수 없다. 갈수록 태산이다. 시게조가 진정제를 먹고 잠들 수 있다는 기쁨도 잠시, 이번에는 아키코 자신이 안경의 도움 없이는 글자를 읽지 못하는 처지가 되어버렸다. 노화 증상이 나타난 것 같아 아키코는 속이 상했다. 속이 상해도 인정할 수밖에 없었다. 안경을 쓸 것이냐, 말 것이냐가 용모에 대한 고민이라면 이렇게 속이 쓰리진 않을 것이다. 시게조의 망령 체조를 지켜보던 사토시가 "엄마 아빠는 저렇게 오래 살지 마"라고 소리치던 모습이 자꾸만 아른거렸다.

엘리베이터가 1층에 도착했을 때 누군가 피로한 눈에는 간유가 최고라고 했던 말이 떠올랐다. 약국에 들러 비타민 A, D를 한 통 주문했다. 약국에는 아키코 말고도 환자용 기저귀 커버를 펼쳐서 꼼꼼히 살펴보는 중년 여성이 한 명 더 있었다. 아키코는 저 집에도 노인이 있나 보네, 하는 생각을 하며 중년 여성을 물끄러미 바라보았다. 친부모일까, 아니면 시부모일까. 꽤나 고생이 심하겠어, 하고 생각하는데 남의 일 같지가 않아 눈시울이 뜨거워졌다. 아키코는 약통을 집어 들고 서둘러 약국을 빠져나왔다.

긴자 뒷골목에서 카레라이스를 사 먹고 사무실에 돌아와보니, 재판을 끝낸 변호사 두 명이 책상에 앉아 있었다. 아키코는 점심시간이 지나도록 자리를 비우게 된 사정을 설명한 뒤 "죄송합니다" 하고 양해를 구했다. 둘 다 안경을 쓴 변호사들은 아키코에게 동질감을 느낀 것처럼 이야기했다.

"그거 잠복성 사시 아냐?"

"영어로 '월 아이(walleye)'라고 해. 안과에서 그러더군."

"그것도 노화 현상인가?"

"그럴 수도 있지. 나도 가끔씩 밤에 눈이 따가울 때가 있어. 신문이나 책을 보면 더해. 그런 날은 술을 마시고 자버리는 게 최곤데. 그것도 노화일 수 있겠군. 언제 한번 검사해봐야겠어."

"스모그도 눈에 나쁠 거야."

"좋을 리가 없지."

"두 눈이 안으로 몰리는 건가? 왜 근무력증이라는 게 있다고 하잖아."

"아, 그거요?"

조용히 듣고 있던 후배 직원이 변호사들의 대화에 참여했다.

"근무력증은 눈꺼풀이 처져서 올라가지 않는 걸 말해요. 저희 할머니가 근무력증이시거든요. 하여간 나이 먹는 건 정말 싫어요."

젊음을 주체하지 못하겠다는 듯이 후배 직원이 깔깔거리고 웃었다. 초로가 눈앞인 두 명의 변호사와 한 명의 타이피스트는 젊은 직원의 방정맞은 웃음소리를 들으며 할 말을 잃었다.

자리에 앉은 아키코는 시력 검사를 받기 위해 백화점에 들르고도 환자용 기저귀만 잔뜩 사 들고 나온 것과, 복잡하기로 유명한 긴자 한복판에서 시력 검사를 미처 안 받고 나왔다는 사실을 깨닫고 어쩔 줄 몰라 하던 자신의 모습에 대해 가만히 생각해봤다. 나이 먹는 건 정말 싫어요. 젊은 후배의 웃음소리가 당당하고 잔혹하게 들렸다. 젊은 후배는 지금까지 살아오면서 아키코처럼 긴자의 횡단보도에 꼼짝없이 갇히는 일은 겪어보지 못했을 것이다. 아무리 피곤해도 하룻밤 자고 일어나면 언제 힘들었냐는 듯이 팔팔한 기운을 자랑할 것이다. 나도 젊었을 땐 그랬다. 그리고 네 나이 때는 나 역시 너처럼 늙는 게 죽기보다 싫었다. 아키코는 뭐가 그리 재미있는지 아직도 웃고 있는 후배를 곁눈질로 쏘아보았다. 20년 전에는 아키코도 후배처럼 시도 때도 없이 웃고 다녔다. 세상일이 그렇게 재미날 수가 없었다. 홀어머니 밑에서 자란 아가씨라고는 생각되지 않을 만큼 명랑한 아가씨였다. 하지만 지금의 아키코는 젊은 날의 명랑함을 잊은 지 오래다. 어디를 둘러봐도 웃고 싶은 일은커녕 울고 싶은 일만 잔뜩 쌓여 있다. 황혼 무렵의 인생처럼 쓸쓸한 시간은 없다고들 하는데, 그 말이 정답이다.

어두컴컴해서야 집으로 돌아온 아키코는 다른 날보다 더 피곤했다. 여느 때처럼 방과 후 사토시가 시게조를 데리고 왔다.

"오늘은 할아버지 정신이 온전한 것 같아. 잘 주무셔서 그런가?"

현관문을 열어준 사토시가 쇼핑백을 받아 들며 말했다.

"아키코 씨, 어서 와요."

시게조는 여전히 표정이 없었지만 오늘은 웬일인지 그런 인사말까지 했다. 아키코는 오늘 아침 겪었던 일을 떠올리며 시계조의 가랑이 사이에 손부터 집어넣었다. 보송보송했다. 다행스럽게도 노인회관에선 오줌을 싸지 않았던 것 같다.

"아키코 씨, 이상한 짓 하지 말아요."

시계조가 전에 없이 투덜대는 바람에 아키코는 얼굴을 붉혔다. 만약 자신이 젊었다면 지금쯤 큰 소리로 웃고 있을 거라고 생각했다.

_14_

눈이 내리던 날, 시어머니는 갑자기 돌아가셨다. 그 후로 안 좋
은 일들이 연달아 일어났지만, 손바닥만 한 뜰에 심은 서향瑞香
가지 끝에 꽃봉오리가 맺히기 시작할 무렵 뜻밖에도 기쁜 소식
이 다치바나 가에 전해졌다. 매년 전국적으로 실시하는 대학입
시 모의고사에서 사토시가 최상위권 성적을 받은 것이다. 아키
코는 다치바나 가에 다시 한 번 봄이 찾아오고 있음을 느꼈다.
사토시는 진학 목표를 분명하게 정해놓고 한 번쯤의 재수는 각
오하고 있었는데, 이제는 어느 대학이든 마음만 먹으면 얼마든
지 합격할 수 있음을 알게 된 것이다. 두 모자는 정말 오랜만에
함께 기뻐했다. 비록 진짜 입시는 아직 1년 뒤였지만 그래도 대
학에서 합격 통지서라도 날아온 것처럼 흥분했다. 그동안 사토
시는 학교가 끝나면 곧장 노인회관에 들러 시게조를 데리고

왔다. 독서실에도 가고 싶고 학교에서 좀 더 공부하다 오고도 싶었지만 시게조가 저 모양이라 그러지 못했다. 혹시라도 이번 모의고사 성적이 안 좋았다면 아키코의 마음은 한없이 무거웠을 것이다. 사토시가 외아들이면서도 독립심이 강한 젊은이로 성장하고 있는 것은 그녀가 직업을 갖고 있기 때문인지도 모른다. 아들의 일로 기뻐하던 아키코는 문득 시어머니 생각이 났다. 사토시가 갓난아기였을 때 아키코를 대신해 시어머니가 돌봐주셨던 것이 떠올랐다. 시어머니가 살아 계셨다면 얼마나 기뻐하셨을까. 아키코는 시어머니의 빈자리가 쓸쓸하게 느껴졌다. 시게조는 기쁨을 함께 나누려 해도 이해가 가지 않는 듯했다. 사토시가 모의고사에서 높은 점수를 받았다고, 내년에 너끈히 대학에 갈 수 있다고, 시게조의 귀에 대고 아무리 큰 소리로 외쳐도 그저 예, 예, 하고 명한 표정만 지을 뿐이어서 아키코는 맥이 풀렸다.

진정제를 먹기 시작한 뒤 시게조는 더는 밤중에 깨어나지 않았다. 그래서인지 낮에도 정신이 또렷한 편이었다. 밤중에 한 번씩 시게조가 난리를 피우면 아키코뿐 아니라 시게조 본인도 쉽게 잠들지 못했다. 그런 상황에서 진정제는 최상의 선택이었다. 다만 한 가지 아쉬운 점은 잠에서 깨지 않는 대신 세 번에 한 번꼴로 실수를 한다는 것이다. 시게조가 잠들기 전에 환자용 기저귀를 입히는 것이 아키코에게 주어진 새로운 임무가 되었다. 틀니를 빼서 닦는 것도 매일 밤 반복되는 일과가 되었다.

잠만 제때 자준다면, 밤중에 도둑이 들었다고 소리만 지르지 않는다면 아키코로서는 그저 고마울 뿐이다. 심장에 부담이 된다는 의사 말에 토요일 밤에는 진정제를 먹이지 않았는데, 타성이 남아서인지 시게조는 토요일 밤에도 금방 잠이 들었다. 하지만 일요일엔 확실히 상태가 좋지 않았다. 안절부절못했고 거실 구석에 웅크리고 앉아 있거나 계단 밑으로 기어들어가는 등 노인성 우울증의 증세가 나타났다. 일요일 밤에 다시 진정제를 먹이고 잠을 재우면 또 언제 그랬냐는 듯 상태가 호전되었다.

노인회관 근처에 꽃나무를 잔뜩 심은 저택이 있었다. 그중에서도 왕벚나무가 제일 아름다웠다. 어느 날인가 시게조를 노인회관에 데려다주고 나오는데 왕벚나무에 꽃이 흐드러지게 피어 있었다. 그날부터 왕벚나무는 아키코의 아침을 위로하는 작은 즐거움이 되었다. 이윽고 눈보라가 휘몰아치듯 꽃잎이 흩날리기 시작했다. 빨갛게 싹튼 잎이 초록으로 자라날 즈음, 초여름의 훈풍이 불었다. 노인회관 일대는 도쿄에서도 나무가 많기로 유명했지만, 광화학 스모그가 지독한 곳이기도 했다. 아키코는 자신이 안경을 쓰게 된 이유가 노화 때문이라고 생각하고 싶지 않았기에 스모그를 범인으로 지목했다. 광화학 스모그는 그 정체가 베일에 가려진 현대 과학의 부산물이며 온갖 문명병을 상징한다고 생각하면서.

그러나 문명 발달에 의한 시게조의 노인성 우울증이 문명이 만들어낸 진정제의 도움을 받아 누그러졌듯이 광화학 스모그가 촉발시킨 아키코의 잠복성 사시도 프리즘이라는 과학의 도움을 받아 조정되었다. 처음에는 안경이 거북해 타자기를 칠 때만 사용했지만 자연스레 안경을 쓰는 시간이 늘어났다. 안경을 벗고 있을 때보다 안경을 쓰고 있을 때가 세상이 선명했다. 안경을 쓰고 있으면 빨간 구두를 신은 발레리나가 된 기분이었다. 어린 시절 읽은 동화책의 주인공은 아무리 힘들어도 빨간 구두만 신으면 정신없이 춤을 췄다. 동화 속 발레리나처럼, 안경을 쓰기 시작한 다음부터 아키코는 한번 소설책을 들었다 하면 끝까지 다 읽어야 직성이 풀렸다. 아키코 본인은 깨닫지 못했지만, 예전에는 눈이 쉽게 피로해져서 좋아하는 책도 마음껏 읽을 수 없었던 것이다. 그 때문인지 요즘에는 좀 더 일찍 안경을 쓸 걸 그랬다는 생각을 자주 했다. 무지근한 두통도 불면 탓인가 했는데 안경을 쓴 뒤로는 말끔히 사라졌다. 그녀는 다시 원기를 회복했다. 두터운 외투를 벗어버리고 가벼운 옷차림으로 지하철을 타고 우메자토의 집에서 도심의 빌딩가로 출근하고 있었다.

예전에는 골든 위크*가 되면 세 식구가 가까운 곳으로 여행을 다녀오곤 했는데, 지난 2~3년 동안은 수험생인 사토시 때문에 한 번도 다녀오지 못했다. 합격하면 내년에는 홋카이도에 갈 생각이었으나, 시계조가 저렇게 되었으니 아무도 그 얘기를

◆ 골든 위크(golden week): 4월 말부터 5월 초까지의 휴일이 많은 일주일.

꺼내지 않았다. 노부토시는 외출도 하지 않고 집에서 빈둥거렸는데도, 어쩌다 코감기에 걸려버렸다.

"내가 감기에 잘 듣는 약을 만들어줄게요."

아키코는 싱크대에서 우엉을 깨끗이 씻어 강판에 갈아 즙을 만들었다. 우엉 냄새가 온 집 안에 퍼졌다. 우엉즙에 된장을 넣고 갠 다음 뜨거운 물을 부어 수프처럼 걸쭉하게 만들었다.

"이게 뭐야?"

"감기에 특효약이에요. 먹어봐요."

즙을 짜내 된장과 섞으니 우엉 특유의 약초 같은 냄새가 사라졌다. 노부토시는 반신반의하며 간간이 아내의 얼굴을 보면서 마시고는 고개를 갸웃했다.

"우엉을 생으로 갈아 넣었어요. 된장도 끓이지 않았으니까 몸에 좋을 거예요."

생 우엉이라는 말에 노부토시는 어이가 없다는 투로 말했다.

"참 효과가 좋겠어."

"어머, 알고 있었어요? 여승들은 부추하고 마늘하고 우엉은 안 먹는대요, 정력제라서."

"대단한 걸 알고 있네. 여성 잡지에서 본 거야?"

"아니에요. 하지만 꼭 효과가 있을 거예요."

노인회관 직원에게서 들었다는 말까지 털어놓기가 뭐해서 대충 얼버무렸다. 문득 손끝을 보니 우엉물이 들어서 손톱이 새까맣게 물들어 있었다. 우엉을 가는 동안 강판이 까매졌으니 손톱이 까매진 것은 당연했다. 하지만 어쩌면 이토록 진한 색깔일까 싶어 그녀는 서둘러 비누로 씻어내고 핸드크림을 발랐다. 피부가 건조해지는 것도 노화의 징후일까? 젊었을 때는 아무리 심한 물일을 한 뒤라도 수건으로 물기를 닦아내면 금세 원래의 부드러움을 되찾았건만……. 그러자 문득 시아버지의 손톱은 어떨까 하는 생각이 들었다. 시어머니가 돌아가시고 나서 이미 반년 가까이 되었건만 시아버지가 손톱을 깎는 것을 본 적이 없었다. 그 손톱 발톱은 어떤 상태일까.

남편이 보고 있는 앞에서 시아버지를 보살펴드리는 것도 한결 보람 있는 일 같아 아키코는 손톱깎이를 들고 시아버지 곁으로 갔다.

"아버님, 손톱 깎아드릴게요."

연휴에 충분히 휴식을 취해서 자기가 듣기에도 목소리가 밝고 경쾌했다. 시게조는 별다른 반응 없이 아키코에게 손을 맡겼다.

병든 시아버지의 손톱을 깎아주는 곱살궂은 며느리라는 로맨틱한 환상은 시게조의 손톱을 보는 순간 여지없이 깨지고 말았다.

"여보, 이리 와서 이것 좀 봐요."

손톱 열 개가 하나같이 가늘게 끝이 갈라진 대솔처럼 세로로 균열이 나 있었다. 손톱이 생각만큼 길지는 않았다. 손톱뿐 아니라 손가락 끝마디의 살도 단단하게 굳어 꺼칠했다. 시험

삼아 손톱깎이로 손톱을 깎아봤지만 날이 들어가지도 않았다. 목욕이라도 해서 불려놓지 않으면 깎지도 못하겠다. 아키코는 나이트 크림을 가져와 시게조의 손가락 끝마디에 듬뿍 발랐다. 그녀는 전쟁 중에 사용하던 나무로 된 설거지통이 떠올랐다. 요새는 부엌용품이 모두 플라스틱제로 바뀌어 그런 것은 볼 수 없지만, 옛날에는 나무로 된 것을 사용했다. 그건 오래 사용하면 테가 늘어나거나 색이 검어지고 가장자리가 딱 이런 모양이 되었다. 인간의 육체도 세월이 흘러 늙으면 이렇게 끝에서부터 상하는 걸까. 아키코가 시게조의 손에 크림을 잔뜩 바르고 마사지하는 동안 노부토시는 슬그머니 2층으로 올라가버렸다. 아버지의 늙고 추한 모습을 차마 보고 있을 수 없나 보다. 시게조는 아키코가 자기 손을 붙잡고 무슨 일을 하는지 모르는 듯했다. 흐리멍덩한 눈을 반쯤 감고 꿈과 현실의 경계에 있는 황홀한 세계를 헤매고 있는 것 같았다.

그날 밤 아키코는 오랜만에 꿈을 꾸었다. 생 우엉을 부지런히 강판에 갈아서 만든 수프를 남편과 나란히 앉아 떠먹는 꿈이었다. 어쩐지 야한 꿈을 꾸고 있다는 느낌이 들었는데, 그때 온몸이 묵직하게 짓눌리는 기분이 들었다. 우엉이 정력에 좋다고 하더니 노부토시가 몸 위로 올라왔다고 생각하며 눈을 떴다. 시아버지였다.

"아키코 씨, 아키코 씨."

시게조가 말을 타듯 아키코 위에 올라가 있었다. 정신이 든 아키코는 몸을 옆으로 돌려 빠져나왔다.

"아버님 뭐 하시는 거예요? 왜 그러세요?"

홧김에 소리를 질렀더니 목구멍이 따가웠다. 시게조는 벌벌
떨면서 말했다.

"도둑이 들었어요, 아키코 씨! 도둑이 들었어요! 우리 빨리 도
망가요!"

"지금 무슨 말씀을 하시는 거예요. 도둑이라뇨. 도둑은 우리
집처럼 작은 집엔 안 들어요. 아버님, 꿈꾸셨어요?"

"꿈 아니에요. 진짜 도둑이에요. 나한테 물까지 끼얹었어요."

"물을 끼얹어요?"

아키코는 시게조를 한쪽으로 앉히고는 얼굴을 살펴봤다. 물
은커녕 땀도 안 났다. 혹시나 하는 마음에 기저귀를 만져봤다.
축축했다.

"아버님, 소변 마려우면 저를 깨우셔야죠. 어머, 흠뻑 젖었
네. 그러게 주무시기 전에 물 마시지 말라고 제가 그렇게 말
씀드렸잖아요."

아키코는 시게조를 나무라며 기저귀를 갈았다. 잠이 확 깼
다. 분명히 간밤에 진정제를 먹였는데, 또 밤중에 자다가 일어
났다. 더는 약효를 보지 못한다는 신호였다. 두 달밖에 안 지났
는데 벌써 약효가 떨어지다니. 수면제는 계속 먹어 버릇하면
양을 계속 늘려야 해서 일부러 진정제를 택했다. 진정제도 효
험을 보지 못한다면 다음에는 무슨 약을 먹여야 할까. 시게조

는 아무리 설명해줘도 여전히 도둑이 들었다며 아키코의 손목을 붙들고 빨리 도망쳐야 한다는 말만 반복했다. 아직 한밤중이었다. 아키코는 이 참담한 상황에 또다시 질려버렸다. 시게조에게 소리를 꽥 지르며 이부자리에 억지로 눕혔다. 다른 날 같았으면 시게조는 이쯤에서 잠이 들었는데, 오늘은 눈이 말똥말똥하다. 아키코가 소리를 질러 놀랐는지 눈치를 슬금슬금 보더니 이번에는 배가 고프다며 보채기 시작했다. 아키코가 식빵을 봉지째 쥐어주자, 앉은자리에서 쩝쩝거리며 다 먹어치웠다. 아키코는 2층으로 올라가 곤하게 잠든 남편을 흔들어 깨웠다.

"여보, 아버님 일어나셨어요. 약이 안 듣나 봐요. 어쩌죠?"

"왜 또 귀찮게 그래."

노부토시는 몸을 뒤척이며 베개에 얼굴을 파묻었다. 아키코가 계속 어깨를 흔들며 일어나보라고 하자, 볼멘소리로 중얼거렸다.

"그럼 죽이든가."

"그게 무슨 말이에요. 당신 미쳤어요? 아래층에 계신 분은 당신 아버지라고요. 그건 존속살인이에요."

법률사무소에서 오랫동안 근무해서인지 자기도 모르게 법률 용어가 튀어나왔다. 노부토시는 더는 대꾸도 하지 않고 반대편으로 돌아누웠다. 아키코는 무엇이든 아내에게 떠맡기는 남편이 꼴도 보기 싫었다. 머리끝까지 화가 치밀었다. 노망난 시아버지보다 남편의 이런 모습이 더 싫었다.

"죽이고 싶으면 어디 한번 해봐요! 아래층에 계시니까 지금 당장이라도 해보라고요. 법정에서 아무 말도 안 할 테니까 안심하고 내려가요. 떠들지만 말고 가서 한번 해보라고요!"

단잠을 누려도 모자랄 시간에 이게 무슨 짓인가, 하고 아키코는 억장이 무너졌다. 이젠 별일을 다 겪어본다며 아키코는 그 자리에 털썩 주저앉았다. 남편은 여전히 아키코에게 등을 돌리고 누워 숨소리도 내지 않았다.

"약을 좀 늘려볼까요? 한 절반만 늘리면 상관없을 것 같은데…… 의사한테 물어봐요. 치사량이 어느 정돈지. 예전엔 지리는 정도였는데 요즘은 아예 싸버리세요. 지금도 기저귀가 완전히 흥건해졌어요. 배가 고프다고 해서 빵을 드렸더니 말릴 새도 없이 한 봉지를 다 드셨어요. 내일 아침에 먹을 빵까지 다 드셨다고요."

아키코의 잔소리도 잦아들기 시작했다. 노부토시는 자장가를 듣는 소년처럼 쌔근쌔근 숨을 내쉬었다. 단념한 아키코는 다시 아래층으로 내려갔다. 공복을 해결한 시게조는 마음이 가라앉았는지 그새 잠이 들었다.

이튿날 밤, 머리맡에서 바스락거리는 소리가 들렸다. 이건 또 무슨 소린가 싶어 잠에서 깬 아키코는 죽은 아내의 납골함 뚜껑을 열고 항아리 속에 들어 있는 뼛조각을 꺼내 입으로 가져가는 시게조와 눈이 마주쳤다. 기절할 듯 비명을 지르며 아키코는 시게조에게 달려가 시어머니의 유골을 빼앗았다.

"여보, 큰일 났어요! 빨리 일어나봐요!"

노부토시는 다급한 아내 목소리에 눈을 떴다가 아키코가 어머니의 납골함을 끌어안고 있는 모습을 보고는 놀랐다.

"무슨 일이야?"

놀란 아키코는 말도 하지 못하고 부들부들 떨기만 했다. 아키코는 방금 본 광경이 믿어지지 않았다. 아내의 뼛가루를 들고 서 있는 시게조의 모습이 지옥도처럼 보였다. 결코 아래층에 내려가고 싶지 않았다.

"더는 못 견디겠어요. 어젯밤엔 날 깔아뭉개더니, 또 시작됐어요. 약도 다 소용없어요. 병원에 물어보긴 했어요?"

"오늘 회의가 많았어. 치과도 못 갔다고."

"나도 이젠 몰라요. 이제 더는 아래층에서 안 잘 거예요. 어머님이 너무 불쌍해요. 백골이 되어서도 들볶이시다니."

"무슨 생각으로 납골함을 내리셨을까?"

"먹고 있었던 것 같아요."

"……정말이야?"

"……예."

노부토시의 안색이 싹 변했다. 한동안 말이 없다가 이윽고 입을 열었다.

"묘지를 사야겠어."

아키코는 지금 이 판국에 무슨 소리를 하는가 싶어 낙담했지만, 계속 이렇게 지낼 수는 없다. 어젯밤에는 빵을 주어 먹고 잠들었지만 이제는 그렇게 노인을 달래는 것도 정말 지긋지긋하다. 아키코는 노부토시에게 아무것이나 먹을 것을 드리라고 말했다. 난 절대 내려가지 않겠다고 단호하게 말하자 남편도 상황을 파악한 듯 아래층으로 내려갔다. 그러나 곧 큰 소리로 아키코를 불렀다.

"여보, 빨리 내려와. 아버지가 아무 데도 안 보여, 현관문도 열려 있어."

남편의 다급한 목소리를 듣고 아키코는 아래층으로 내려갔다. 남편의 말대로 시게조 모습이 보이지 않았다. 별채로 달려갔다. 덧문은 닫힌 채 그대로이고, 집 안에도 시게조가 다녀간 흔적은 없었다. 또 오우메 가도를 헤매고 있는 건 아닐까……. 노부토시도 같은 생각이었는지 파자마 바람으로 슬리퍼만 신은 채 밖으로 뛰어나갔다.

"얘, 사토시! 빨리 일어나! 할아버지가 또 없어졌어!"

아키코는 아들 방으로 올라가 사토시를 흔들어 깨우고 자기도 옷을 갈아입었다. 이제 대학은 합격이 보장된 것이나 다름없었으므로 아키코는 망설이지 않고 아들을 깨웠다.

"또 나가셨어? 내가 전에 갔던 방향으로 가볼게. 찾으면 전화할 테니까 엄만 집에 있어."

사토시는 믿음직스럽게, 아키코에게 이렇게 말하고는 자전거를 타고 나갔다.

30분쯤 지나 노부토시가 숨을 헐떡이며 집으로 돌아왔다.

동네를 몇 바퀴씩 돌았는데 그림자도 안 보인다는 것이었다. 사토시가 자전거를 끌고 나갔다고 이야기하자 노부토시가 감탄했다.

"그래? 흐음."

"아무 일 없어야 할 텐데……. 아버님 혼자 집을 나간 건 이번이 처음이에요."

"여든 넘은 노인네 걸음이니 멀리는 못 가셨을 거야."

아키코는 남편의 무신경에 또 한 번 화가 났다. 시게조는 집에서야 동작이 느리지만, 현관문을 나섰다 하면 멧돼지처럼 거리를 내달린다. 시누이도 그런 얘기를 한 적이 있고 아키코와 사토시도 네리마 구까지 쫓아갔던 일을 그렇게 상세하게 얘기했건만 노부토시는 귓등으로 흘려들었단 말인가.

"게다가 사토시가 자전거를 타고 쫓아갔다며."

노부토시가 하품을 하며 2층으로 올라가려고 했다. 아키코는 더는 참지 못하고 남편에게 소리쳤다.

"당신은 이런 상황에서 잠이 와요!"

"오늘 회사에서 할 일이 많아서 그래."

회사 일이 바쁘다는 남편의 핑계에 아키코는 할 말을 잃었다. 노부토시는 2층으로 올라가 곧 잠들어버렸다. 아키코는 속이 부글부글 끓어오르는 걸 억지로 참았다. 공연히 부부 싸움을 해봐야 남편의 태도가 하루아침에 바뀌는 것도 아닐 테니까. 남편의 무신경을 하루 이틀 겪어본 게 아니었지만 망령 든

자기 친아버지가 없어졌는데도 피곤해서 자야겠다는 남편에겐 두 손 들었다. 역시 그 아버지의 그 아들이다. 남편이 시아버지의 핏줄인 건 확실하다. 나이가 들수록 노부토시는 시아버지처럼 이기적으로 변해간다. 만약에 남편이 늙으면 제일 먼저 아키코의 얼굴을 머릿속에서 지워버릴 것이다. 그도 망령이 들 것이다, 틀림없이. 아키코는 마음속으로 남편에게 갖은 독설을 퍼부었다. 그러나 그러는 동안에도 불안이 가시지 않았다. 날씨가 따뜻해서 잠옷만 입고 돌아다녀도 감기 걸릴 걱정은 없지만, 사토시의 연락이 너무 늦다. 혹시 잔돈이 없는 걸까.

한참을 전화기 앞에서 기다리고 있을 때 마침내 전화벨이 울렸다. 사토시였다. 밖은 희미하게 밝아오기 시작했다.

"할아버지 집에 오셨어?"

"아니, 지금 어디야?"

"조금만 더 가면 네리마 구야."

"벌써?"

"반대쪽으로 가셨나? 아님 아예 다른 곳으로 가셨는지도 모르겠네. 엄마, 110에 전화해."

"알았어. 넌 이제 그만 돌아와. 차 조심하고."

"차는 별로 안 다녀. 이쪽은 공기도 좋아. 운동 잘했지, 뭐."

"너도 아빠 닮았니? 말도 안 되는 소리 하지 말고 얼른 와."

전화를 끊자마자 110번을 돌렸다. 태어나서 처음으로 경찰에 거는 전화였다. 노부토시를 깨울 걸 그랬다는 후회가 밀려왔다.

"예, 무엇을 도와드릴까요? 110입니다."

밝고 힘찬 목소리가 수화기 저편에서 들려왔다.

"저, 우리 집 할아버지가 갑자기 집을 나가셨거든요. 어디로 가셨는지 도저히 못 찾겠어요. 좀 도와주실 수 있을까요?"

"아, 예. 할아버지가 가출하셨다고요? 댁은 위치가 어디죠?…… 몇 시쯤에 집을 나가셨나요?…… 연세는요?…… 특징 같은 게 있나요?…… 성함은요?…… 다치바나 시게조 씨요? 전화번호랑 주소 알려주시겠어요?"

110 안내원은 자기가 묻는 말에 아키코가 대답하면 침착한 목소리로 천천히 복창했다. 반면, 아키코는 처음부터 침착성을 잃고, 가족들이 모두 찾아봤지만 어디에도 안 계시다는 말만 되풀이했다. 안내원이 특징 같은 건 없느냐고 물어보자 건성으로 잘 모르겠다고 대답했다가 황급히 시아버지가 잠옷 바람에 기저귀를 차고 있다고 했다가 기저귀 얘기는 괜히 꺼냈다고 후회했다. 전화를 끊었을 땐 맥이 쭉 빠졌다.

"여보, 빨리 일어나요. 사토시가 아버님을 못 찾았다고 전화가 왔어요. 지금 110에 신고했어요. 경찰이 올 거예요. 당신이 자는 걸 보면 그 사람들이 뭐라고 생각하겠어요?"

노부토시는 아내의 성화에 못 이겨 억지로 일어났다.

"매일 이렇게 지내다간 제명에 못 죽을 거야."

혼자 투덜거리며 화장실로 들어가 면도를 하기 시작했다.

"옷부터 갈아입어요. 잠옷 바람으로 경찰하고 이야기할 거예요?"

"그럼 넥타이라도 매고 만날까?"

"무슨 말이 그래요. 집 나간 노인을 찾아주겠다는 사람들이라고요. 그렇게 말하면 어떡해요?"

"아버지가 누구 때문에 집을 나가셨는데, 왜 나한테 난리야!"

"뭐라고요? 지금 나 때문에 아버님이 집을 나갔다는 거예요? 당신도 그 소리를 들었어야 해요. 아버님이 내 머리맡에서 어머님 뼈를 씹었다고요. 당신 아버지라고요."

"툭하면 당신 아버지, 당신 아버지 그러는데, 꼭 그렇게 말해야겠어?"

몇 달 만에 한바탕 싸우려는 찰나에 경찰차의 사이렌 소리가 들렸다. 현관문을 열자 앞가슴을 풀어 헤친 시게조가 경찰관에게 삿대질을 하고 있었다.

"정말 죄송합니다……. 아버님, 어디 가셨었어요?"

"아키코 씨, 난 아무 잘못도 안 했어요. 근데 경찰이 날 붙잡았어요. 나 도둑 아니라고 얘기해줘요. 도둑이 아니라고 말해도 안 믿어요."

시게조는 눈물이 그렁그렁했다. 젊은 경찰관이 잽싸게 노인을 집 안으로 들여보냈다. 경찰관은 이상한 차림으로 거리를 돌아다니는 시게조를 발견한 신주쿠 파출소 경찰관들이 지금까지 보호하고 있었다고 설명했다. 평상복으로 갈아입은 노부토시가 나왔다.

"이거 정말 죄송하게 됐습니다."

꾸벅 인사를 했다.

"아닙니다. 무사하셔서 다행입니다."

"나중에 신주쿠 파출소로 한번 찾아뵙겠습니다."

"안 그러셔도 됩니다. 저희가 해야 할 일을 한 건데요. 안녕히 계십시오."

젊은 경찰관은 노부토시 부부에게 거수경례를 하고 경찰차에 올라탄 다음 차를 몰고 골목을 빠져나갔다. 자전거를 타고 돌아온 사토시가 한동안 그 모습을 넋을 잃고 바라보고 있었다.

"신주쿠까지 가셨던 것 같아."

"그럼 저번에 고모가 따라갔던 그 길이네. 그러니 내가 못 찾았지."

아키코는 시게조를 구석구석 살펴봤다. 기저귀는 커버와 함께 도중에 떨어뜨린 모양이었다. 아랫도리에는 아무것도 걸친 것이 없는 상태였다.

"내 이름이 다치바나 시게조라고 했는데도 경찰이 도둑이라고 붙잡았어요. 나빠요."

"할아버지 이름이 다치바나 시게조인 건 안 잊어버리셨네요. 잘하셨어요."

"그게 무슨 소리야. 아키코 씨, 사토시가 요새 건방진 말을 해요. 기분 나빠요."

경을 쓰고 다니는 것이 훨씬 편하다. 일할 때만 쓸 작정이었는데 책을 읽을 때도 안경을 쓰고, 바쁠 때는 안경을 벗는 것도 잊고 하루 종일 사무소에서 쓰고 있는 경우도 있다. 확실히 두 사람은 노화의 길에 들어섰다.

사토시가 학교에 간 뒤 사무소에 전화를 걸어 시아버지 때문에 결근해야 될 것 같다고 알렸다. 마침 그녀와 비슷한 처지의 변호사가 전화를 받았다. 아키코는 누군가에게 오늘 겪은 일을 속 시원하게 털어놓지 않고서는 견딜 수 없을 것 같아 수화기를 붙잡고 신세 한탄을 했다.

"아키코 씨도 정말 큰일이네."

"남편은 양로원에 보낼 생각이 없어 보여요. 저도 달리 방법이 없네요."

"양로원도 여러 가지야. 옛날 양로원을 생각하면 오산이야. 체면 같은 거 따질 필요 없어. 뭐, 내 입장에서 이래라저래라 할 수는 없지만."

"누가 돌봐주지 않으면 한시도 마음을 놓지 못해요. 진정제도 효과가 없고요. 당분간은 집을 못 비울 것 같아요. 새벽에 경찰이 시아버지를 데려왔어요."

"정말 큰일이네. 후생성에 내 친구가 한 명 있는데, 무슨 좋은 방법이 있는지 한번 알아봐줄까?"

"그렇게 해주시면 너무 감사하죠."

아키코는 한결 편해진 마음으로 전화를 끊었다. 후생성 같은 국가 기관에서 다치바나 가의 사연에 귀를 기울여줄지는 의문이었다.

점심을 먹고 커피를 한잔 마시고 있는데 변호사에게서 전화가 왔다. 후생성 사회국 노인복지과에 알아봤더니 각 지역 복지사무소에 노인복지 지도주사라는 사람이 근무한다는 것이었다. 노인복지 지도주사와 상담해보는 게 제일 확실하다는 대답이었다. 변호사는 담당 사무소 주소와 전화번호까지 알려줬다. 변호사는 전화를 끊기 전에 노인병 전문의에게 한번 모시고 가는 것이 어떻겠느냐고 권했다.

아키코는 진심으로 고맙다고 인사했다. 전화를 끊고 바로 가르쳐준 번호로 다이얼을 돌렸다. 젊은 직원이 전화를 받았다. 노인복지 지도주사와 통화하고 싶다고 했더니 우렁찬 목소리의 중년 여성이 전화를 받았다.

"예, 노인복지 지도주사입니다."

그녀는 시원시원한 목소리로 그 어렵고 기다란 직함을 단숨에 말했다. 아키코는 우메자토에 사는 주민인데 노인 문제로 후생성에 문의했더니 이 번호를 가르쳐주었다고 말했다. 작년 말에 시어머니가 뜻하지 않게 돌아가신 후에야 시아버지가 망령이 났다는 것을 알게 되었다는 것과 그간의 사정을 설명했다. 상대방은 아키코가 하는 말에 일일이 맞장구를 치며, 솔직하게 물었다.

"저희가 어떻게 도와드리면 될까요?"

"지금 말씀드린 것처럼 저희는 뭘 어떻게 해야 좋을지 몰라서 상담을 받고 싶어요."

아키코가 더듬거렸다.

"알겠습니다. 제가 한번 가봐야 되겠군요. 댁이 정확히 어디쯤이죠?"

지극히 사무적이라고 할까 적극적이라고 할까, 전화 한 통 해서 몇 가지 물었을 뿐인데 상대가 와줄 줄은 생각도 못했던 아키코는 적지 아니 당황했다. 서둘러 집 안을 정리하고, 별채도 청소하고, 시아버지 옷도 깨끗한 것으로 갈아입히는 등, 분주한 속에서도 시아버지를 양로원에 보내는 상담은 자신의 생각이 아니라 변호사의 생각이며 갑자기 관청에 의해 후다닥 진행되고 있는 거라고 생각했다. 자신의 의지로, 더구나 남편과 의논도 없이 이런 일을 하고 있다는 것은 왠지 꺼림칙했기 때문이었다. 그저 전문가를 만나 정확한 정보를 얻으려는 것뿐이라고 자신을 납득시켰다. 그 증거로 그녀는 노인복지 지도주사에게 양로원의 '양' 자도 입 밖에 낸 적이 없었다. 아키코는 자기가 직장에 다닌다는 점을 강조하고 싶었지만 뜻밖에도 전화를 받은 상대가 여성이었기 때문에 오히려 그런 면에선 특별히 양해를 구하지 않아도 될 것 같아 다행이라는 생각까지 들었다. 직장에 다니는 주부라면 아키코의 고민에 누구보다 공감해줄 것이다.

그때 초인종이 울렸다. 문을 열자 아키코와 동년배로 보이는 중년 여성이 얼굴 가득 미소를 머금고 서 있었다. 그녀는 아키코를 보자마자 반갑게 인사를 건넸다.

"다치바나 부인이신가요?"

지극히 평범한 옷차림이었다. 장바구니를 들고 있었다면 마트에서 장을 보고 오는 길이라고 해도 믿었을 것이다. 아키코 같은 직장 여성으로 보이진 않았다. 아키코는 튀지 않는 수수한 복장이 마음에 들었다. 노인회관 사무원과 비슷한 분위기가 노인복지 지도주사라는 긴 직함을 가진 눈앞의 여성에게서도 자연스레 풍겼다.

아키코가 거실로 들어오라고 권하자 주사는 한쪽 구석에 앉아 있는 시게조를 향해, 전부터 잘 아는 사이라도 되는 것처럼 큰 소리로 인사했다.

"할아버지, 안녕하세요?"

시게조는 흐릿한 회색 눈으로 낯선 손님을 멀거니 바라보기만 할 뿐 그 이상의 반응은 하지 않았다. 괜히 민망해진 아키코가 서둘러 시게조를 재촉했다.

"아버님, 손님 오셨잖아요. 어서 오세요, 라고 인사하셔야죠."

"예, 예."

아키코가 하는 말에 대꾸는 하면서도 끝내 주사에게 인사말을 건네지는 않았다.

"늘 이런 상태예요."

아키코는 자신의 처지를 한탄하기라도 하듯 주사에게 말했다. 주사는 아키코의 말에 빙그레 웃으며 자리에 앉아 시계조의 동태를 찬찬히 살펴봤다. 그리고 이것저것 아키코에게 질문하기 시작했다. 주로 노부토시의 직업과 수입, 시계조의 일상에 대한 질문들이었다. 아키코는 솔직하게 말해야 한다고 생각했다. 시어머니가 돌아가신 날부터 상태가 이상했던 것과 엄청난 식욕, 한밤중의 소동 등 전화로 이미 이야기한 내용도 있었지만, 되도록 상세하게 모두 털어놓았다.

"저희 아버님 같은 경우를 노인성 치매라고 한다면서요?"

주사는 아키코의 질문에는 대답하지 않고, 전에 찾아갔던 동네 의원의 의사와 똑같은 말을 했다.

"워낙 고령이시잖아요."

"노인회관에 가보면 아버님보다 연세가 많은 분들도 많아요. 그분들은 다 정정하신데 왜 저희 아버님은 이렇게 되셨는지 모르겠어요."

"하지만 난폭한 행동은 안 하시는 것 같네요."

"예, 아직 그런 적은 없어요. 밤에 주무시다가 도둑이 들었다며 난리를 피우실 때는 약간 겁이 나기도 해요."

"용변은 본인이 잘 해결하시나요?"

"진정제를 드시고 주무신 뒤부터 밤에 가끔 소변을 못 가리세요."

"낮에는 본인이 해결할 수 있으시군요."

"예. 근데 자꾸 비틀거리셔서 보고 있으면 도와드리고 싶어져요. 화장실에서 나오는 걸 잊어버리실 때도 있고요."

"그 정도면 아직 괜찮은 편이네요. 그리고 먼저, 환경이 좋아요. 몸도 건강하시고, 경제적으로도 양호한 편이고, 자식과 손자까지 함께 지내시니 이만한 환경도 드물죠."

주사의 말에 아키코는 당황했다. 집안이 쑥대밭이 되고 아키코는 밤마다 잠을 제대로 못 자고 있다는 말을 수도 없이 반복했는데 고작 한다는 말이 이만한 환경도 드물단다.

"지금 말씀하신 대로 다른 집과 비교하면 좀 나을 수도 있겠죠. 몇 번 말씀드렸지만 저는 직장이 있어요. 아버님 때문에 자다가도 몇 번이나 깨곤 해요. 이런 상태로는 직장에 다닐 수도 없어요. 아버님 연세를 생각하면 언제 무슨 일이 벌어질지 모르잖아요. 직장에서도 집 생각을 하면 일이 손에 안 잡혀요. 이럴 바에야 시설이 좋은 곳에 아버님을 모시는 게 저희도 편하고 아버님도 편하실 것 같아요."

"양로원 말씀하시는 거죠?"

"예. 제가 일을 하니까 비용은 얼마가 되든 상관없어요. 아버님이 지내시기 편한 곳으로 보내드렸으면 해요."

"예, 있기는 있지요. 하지만 할아버지 같은 경우는 집에 계시는 편이 낫겠는데요. 참고로 이런 걸 가져오긴 했습니다만."

주사는 핸드백에서 노란색 팸플릿을 꺼냈다. '도쿄도 민생국 발행'과 '양로원 이용 안내'라는 글자가 인쇄되어 있었다. 차례를 보니 '저소득층을 위한 양로원', '특별 양로원', '저低비용 양로원', 개인이 운영하는 '유료 양로원' 등 네 종류로 구분되어 있었다.

'특별 양로원'이 어떤 곳인지 궁금했다. 차례에 적힌 페이지를 펼쳤다. '1. 이용자 연령은 원칙적으로 60세 이상. 2. 신체적 또는 정신적으로 현저한 결함이 있어 식사와 용변 등 일상생활 전반에 걸쳐 상시 도움을 받아야 하는 노인. 단, 투약 및 치료를 필요로 하는 노인은 입소 불가'라는 설명이 보였다. 시게조의 경우는 이 조건에 적합할까? 시아버지는 '정신적으로 현저한 결함이 있어'에 해당되지만 진정제를 복용하고 있어 '투약 및 치료를 필요로 하는 노인'에 해당되니 이용 자격이 없는 것일까?

주사는 시게조에게 다가가 무슨 말인지를 열심히 건넸다. 시게조는 원숭이처럼 무릎을 껴안고 앉아 간혹 그녀의 얼굴을 바라보기는 했지만 표정은 마치 얼빠진 것 같았다.

아키코는 팸플릿을 계속 읽어보았다. 도쿄도 민생국에서 인정하는 특별 양로원은 모두 스물한 곳이었다. 이용료는 세대의 과세에 따라 부담하는 액수가 달랐다. 연간 소득이 15만 6,001엔 이상인 경우에서는 전액 부담이었다. 연간 소득은 당사자의 소득을 말하는 걸까? 또 하나 궁금한 건 전액이 얼마냐는 점이었다.

'저비용 양로원'은 한 달 이용료가 2만 5,000엔에서 2만 6,000엔이었다. 이용자는 '(가) 친척이 없는 노인, (나) 가정 사정

등으로 가족과 동거할 수 없는 노인'으로 한정되어 있었다. 시계조는 (나)에 해당된다고 생각했다. 한 달 이용료가 이 정도 수준이라면 아키코 수입만으로도 충분히 감당할 수 있었다. 자다가 일어나거나 시계조의 육중한 몸무게에 짓눌리는 걸 생각하면 싼 편이었다.

페이지를 넘겨 '유료 양로원' 이용 자격을 살펴보던 아키코는 낙담하고 말았다. '(가) 이용자의 연령은 60세 이상. (나) 건강하고 자기 몸을 스스로 돌볼 수 있고 공동생활을 견딜 수 있는 노인. (다) 보증인이 1~2명 있는 노인'이라고 적혀 있었다. 월 이용료 2만 엔 내외, 이 밖에 보증금이나 일시금을 필요로 하는 곳이 많았다. 시설은 총 일곱 군데에 불과했다. 그중 '여성 전용'이 세 곳이나 되었다. 아키코는 그 숫자에 적잖은 충격을 받았다. 여자의 평균 수명이 남자보다 높다는 말은 시어머니 장례식 때도 귀가 따갑게 들었다. 그 얘기가 사실이어서 여성 전용 양로원까지 생겼다니, 믿고 싶지 않은 현실이었다. '건강하고 자기 몸을 스스로 돌볼 수 있고 공동생활을 견딜 수 있는 노인'이 무슨 이유로 양로원을 찾는다고 이런 규정까지 만들었는지 이해가 안 되었다. 아키코는 멀쩡한 노인들을 위한 양로원이 존재하는 이유가 궁금했다.

"아키코 씨."

시계조의 목소리였다. 팸플릿에서 얼굴을 떼고 시계조를 바라보았다. 어느새 주사와 함께 자리에서 일어나 두 손을 들고 체조로 보이는 동작을 따라 하려던 참이었다. 시게조는 주사가 시키는 대로 몸을 움직이다 말고 이 낯선 여인에게서 불안을 느꼈는지 아키코를 부른 것이었다.

"아키코 씨, 이 여자 누구예요?"

"집에 오신 손님이에요."

"그런데 왜 이상한 말을 해요?"

주사는 예의 그 넉살 좋은 웃음을 입가에 잔뜩 머금고는 아키코에게 다가왔다.

"정신은 온전하시네요."

"가끔은 그러세요. 하지만 대부분은 상대방이 말하는 걸 절반도 못 알아들으세요."

"할아버지 상태면 양로원에 안 보내셔도 집에서 충분히 보살펴드릴 수 있어요. 저도 이게 직업이라 하루도 빼놓지 않고 노인분들을 만나거든요. 다치바나 할아버지는 양호한 편이에요. 정말 불쌍한 노인들이 얼마나 많은데요."

나야말로 불쌍한 처지라는 말이 목젖까지 올라왔지만, 아키코는 꾹 참았다. 노란색 팸플릿을 주사에게 건네며 아키코가 물었다.

"특별 양로원은 어떤 곳이죠?"

"몸이 많이 안 좋아 누워만 있는 분들이나 정신을 놓은 분들만 전문적으로 보살피는 기관이에요."

몸이 안 좋다는 것이 어떤 경우인지는 아키코도 대강 알 것 같았다. 그런데 정신을 놓은 경우가 정확히 어떤 경우인지 궁금했다. 특히 시게조가 '정신을 놓은 분'들에 해당되는지 알고 싶었다. 주사는 아키코의 질문을 듣고 잠시 생각하다가 말했다.

"대소변을 못 가리거나, 자기가 싼 배설물을 먹거나 아니면 몸에 바르는 경우죠."

아키코는 그 말을 듣고 깜짝 놀랐다.

"어머, 그런 분들이 진짜 있나요?"

"예. 많아요."

"먹어버린다고요, 정말로?"

"그건 노인심리학에서도 잘 모르는 모양이에요."

주사가 시게조의 상태가 양호하다고 말한 까닭을 알겠다. 하지만 시게조는 야뇨증이 있고, 한밤중에 자다 깨어 아내의 유골을 먹으려고 했다. 아키코는 잠시 망설이다가 그날 밤 있었던 일을 사실대로 털어놓았다.

"직장에 다녀야 하는데 밤중에 몇 번이나 깨고 나면 제대로 일하기가 힘들어요. 아직 여자가 일한다고 하면 우습게 생각하는 사람들이 많잖아요. 주사님도 같은 여자니까 제 말뜻 이해하시겠죠?"

"무슨 뜻인지 잘 알죠. 하지만 할아버지 입장에서 생각해보면 가정에서 젊은 사람들과 함께 사는 말년이 가장 행복하지 않을까요? 여자가 직장에 다니는 건 쉬운 일이 아니죠. 그렇지만 노인이 계시면 가족 중 누군가 희생해야 하는 것도 어쩔 수 없는 현실이에요. 우리도 머잖아 노인이 될 테니까요."

이런 식으로 대화가 이어졌다간 자신이 원하는 결론을 이끌어낼 수 없다고 생각한 아키코가 실무적인 질문을 던졌다.

"저비용 양로원은 가정 사정 등으로 가족과 함께 살 수 없는 분들만 해당된다고 하는데 저희는 여기 해당되지 않나요?"

"해당되느냐 안 되느냐를 떠나서······. 솔직히 말씀드리면 어느 양로원이나 빈자리가 거의 없어요. 어떤 양로원으로 보낼지 결정해도 짧게는 6개월, 보통은 1년 넘게 기다리셔야 해요."

"빈자리라면 누가 돌아가셔야 한다는 뜻인가요?"

"그렇죠."

표에 기록된 정원 수를 계산해봤다. 저비용 양로원은 어림잡아 700명 정도밖에 안 된다. 유료 양로원은 200명이 안 된다. 아키코는 가슴이 답답했다. 노인복지과, 노인복지 지도주사 등 관청에 훌륭한 부서나 직급, 직원이 있어도 정작 시설이 이토록 부족하다면 실제로는 아무런 해결책도 될 수 없었다. 노인이 계시면 가족 중 누군가 희생해야 하는 것도 어쩔 수 없는 현실이에요, 방금 전에 주사가 한 말이 생각났다.

"그럼 돌볼 사람이 없는 노인이 망령이 들면 어떻게 되나요?"

"그런 분부터 우선적으로 양로원을 배당해요. 그래도 기다려야 하는 건 마찬가지예요. 만약 혼자 사는 분인데 자리에 누워 꼼짝도 못하신다면 케이스워커가 일주일에 두 번 방문해서 반나절 동안 돌봐드리는 게 고작이에요. 아직도 많은 것이 부족

해요."

　하루 온종일 혼자 골방에 누워 있는 노인을 일주일에 두 번 밖에 방문하지 못한다면 나머지 5일 동안 그 노인은 식사와 배설을 어떻게 해결할까? 백화점 안경 매장에서 읽었던 노인의 자살 기사가 불현듯 머릿속에 떠올랐다. 특별 양로원도 만원일까? 특별 양로원 정원은 1,800명 정도이다. 만약 특별 양로원에도 빈자리가 없다면 자리에 누워 운신할 수 없는 노인과 정신적으로 현저한 결함이 있어 보살핌이 필요한 노인 수가 도쿄에만 2,000명이 넘는다는 계산이 나온다. 정신적으로 현저한 결함이 있는 경우라면 다른 누구를 생각할 필요도 없이 바로 옆에 앉아 있는 시아버지가 아닌가. 아키코는 곁눈질로 시계조를 훔쳐보며 말했다.

　"저희는 상담을 받아도 별 소용이 없겠군요. 이렇게 가만히 계시다가도 잠시만 한눈을 팔면 밖으로 나가시거든요. 전화로 이미 말씀드렸지만 어제도 밤중에 사라지셨어요. 110에 연락해서 경찰분들이 데려다주시긴 했지만."

　"아, 배회증이 있으시군요."

　"예?"

　"배회증이 있는 분은 양로원에서 받아주지 않아요. 일일이 따라다닐 수가 없거든요."

　"그럼 어떻게 해야 하나요? 양로원에서도 받아주지 못하는 아버님을 저 혼자 돌봐야 하는 건가요?"

자기도 모르게 버럭 소리를 지른 아키코는 자기 가족도 아닌 주사에게 신경질을 부린 것 같아 미안했다. 주사는 이런 일을 다반사로 겪었는지 평온하게 말했다.

"노인 문제가 점점 심각해지고 있어요. 지금으로선 뾰족한 해결책이 없어요. 노인 문제 때문에 가정이 붕괴되는 경우도 심심찮게 봤고요. 우리 같은 주부들이 마음을 단단히 먹는 수밖에 없어요."

아키코는 가능한 한 자신을 억제했다. 마주 보고 앉은 주사에게 화를 내본들 소용없고, 그럴 마음도 없었다. 시게조를 받아줄 양로원이 없다는 것을 알게 된 지금, 유일한 희망은 진정제 같은 약과 노인 전문 병원을 소개받는 일뿐이었다.

"진정제도 복용해봤는데, 처음엔 효과가 있었지만 두 달쯤 지나니까 약효가 없더라고요. 의사 말로는 심장에 부담을 줄 수 있다고 하던데, 양을 좀 늘려도 괜찮을까요?"

"그 문제라면 보건소와 상담하세요. 노인병 전문의를 소개해줄 거예요."

"배회증이라는 건……."

아키코는 배회증이라는 말이 떠올라서 물었다.

"노인병인가요?"

"비슷해요."

"망령은 노인성 치매라고 한다죠? 환각 때문에 도둑이 들었다고 소란을 피우는 건 노인성 우울증이라는 말을 들었어요.

배회도 환각 때문에 그러는 거니까 같은 거겠죠?"

주사는 조금 놀란 표정으로 아키코를 잠시 바라보았다. 아키코가 이 정도 전문 지식을 가지고 있다면 자신의 말도 알아들을 수 있겠다고 판단했는지 천천히 입을 열었다.

"노인성 치매도 그렇지만 노인성 우울증도 노인성 정신병이에요. 그러니까 꼭 시설로 보내고 싶으시다면 일반 정신 병원밖에 방법이 없어요."

아키코는 하마터면 비명을 지를 뻔했다. 의사가 말끝을 흐린 이유를 이제야 알겠다.

"정신 병원요?"

"예. 정신 병원에 입원시켜도 진정제밖에 투여하지 않아요. 의사 말처럼 심장에 큰 부담이 되죠. 그럴 바에야 자택에서 요양하시는 편이 낫다고 말씀드린 거예요. 난폭하게 행동하지 않는다면 젊은 사람들도 정신 병원보다는 자택에서 요양하는 경우가 일반적이에요. 이 댁에서는 이해하실 것 같아서 말씀드리는 건데, 요즘 젊은 사람들은 효도라는 걸 몰라요. 억지로라도 따로 살려고 하죠. 이게 제일 큰 문제예요."

주사는 전후 교육이 일본인의 경로사상을 완전히 말살했다고 개탄했다. 아키코의 귓속에선 지금 알게 된 새로운 사실이 메아리처럼 울려 퍼지고 있었다.

'망령도 정신병이다.'

'치매, 환각, 배회증, 인격 장애, 자리보전.'

시게조는 거실 구석에 등을 동그랗게 말고 앉아 멍하니 허공을 바라보고 있었다. 인생의 앞길에는 이런 절망이 기다리고 있는 것인가. 그녀는 망연자실, 섬뜩한 기분이 들어 새삼 시아버지를 바라보았다. 그는 정신병이었더란 말인가. 노인이 밤중에 몇 번씩 잠을 깨고, 그래서 수면 부족으로 머릿속이 정돈되지 않는 것으로만 생각했다.

요컨대 노인복지 지도주사가 금방 와주기는 했지만 이렇다 할 희망적인, 아니 건설적인 방안을 제시해주지는 못했다. 다만 분명해진 것은 이 나라가 노인 복지 면에서는 대단히 뒤떨어져 있으며 인구 고령화의 대응책은 아직 아무것도 마련되어 있지 않다는 것뿐이었다.

원래가 노인이란, 희망이나 건설 같은 것과는 인연이 좀 먼 존재인지도 모른다. 그러나 오랜 인생을 땀 흘려 걸어온 끝에 망령이 기다리고 있다면 대체 인간은 무엇 때문에 사는 것일까. 어쩌면 그들의 인생은 이미 끝난 것인지도 모른다. 부지런히 일하고, 자손을 만들고, 그러고 나서 모든 기관이 낡고 망가졌을 때, 거기 이런 노인병이 기다리고 있는 것이다. 암, 신경통, 통풍, 고혈압 등을 운 좋게도 지나쳐 오늘까지 살아온 시아버지와 같은 노인에게는 정신병이 기다리고 있는 것인가.

주사가 돌아간 뒤, 그녀는 매우 피곤했다. 점심을 먹고 한숨 자고 싶었다. 그러기 위해서는 현관문이 안에서 열리지 않게 잠가야 했다. 밖에서 침입하지 못하게 문을 잠그기는 했어도 안에서 밖으로 나가지 못하게 문을 잠그기는 이번이 처음이었다. 시게조가 혼자서는 절대로 문을 열지 못하게끔 단속해야 했다.

식욕이 달아난 아키코가 뜨는 둥 마는 둥 젓가락질을 하는 동안에도 시게조는 무서운 속도로 먹어치웠다. 반찬이든 밥이든 국이든 시게조는 가리지 않고 잘 먹었다. 그 모습을 보고 있자니 그나마 한술 떠야겠다는 생각마저 말끔히 사라졌다. 식욕도 정신병일까. 난폭하게 행동하지 않는다면 젊은 사람들도 정신 병원보다는 집에서 요양한다고 주사가 말했지만, 24시간 시게조와 지냈다간 조만간 자신이 진짜 정신병자가 되어버릴 것 같은 공포심이 일었다.

날이 아직 환했지만 아키코는 덧문을 모두 닫고 이부자리 두 채를 깔았다. 시게조부터 눕혔다. 시게조는 밥을 먹곤 으레 꾸벅꾸벅 졸기 때문에 곧 잠이 들 것이다. 아키코도 베개를 베고 옆으로 누웠다. 수면 부족으로 아침부터 온몸이 나른했는데 막상 누우니 잠이 잘 안 왔다. 자리보전, 배회증, 인격 장애, 노인성 정신병 같은 단어들이 주문처럼 그녀의 귓속을 돌아다녔다. 이제부터 어떤 생활이 시작될까? 덧문을 닫지 않아도, 눈을 감지 않아도, 어둠이 온 집 안을 감돌고 있다.

그런 생각을 하다가 잠이 들었던 것 같다. 시게조가 소리 지르기 시작했을 때, 아키코는 순간적으로 무슨 일이 일어났는지 이해하지 못했다.

시게조가 비명을 지르고 있었다. 어디 있는 걸까? 주위를 둘러보니 양손을 벌리고 덧문에 달라붙어 있는 시아버지가 보였다.

"아버님, 왜 그러세요?"

"아키코 씨."

"밖에 나가고 싶으세요?"

"예, 예."

"대체 어딜 그렇게 가고 싶으세요?"

"예, 예."

"밤에 얼마 못 주무셨으니까 그냥 누우세요. 저도 오늘은 너무 피곤해요."

"예, 예."

무엇을 하고 있었는지 모르겠지만, 아키코가 억지로 요 위에 눕힌 뒤 이불을 덮어주니 시게조는 다시 얌전히 잠들어버렸다. 아키코도 그 옆에 누웠다. 정말 자고 싶은데 눈이 말똥말똥했다. 나방처럼 덧문에 달라붙어 시게조는 무엇을 하고 있었던 걸까. 정신착란이 원인이라고 생각하면 간단했다.

시게조가 또다시 느릿느릿 자리에서 일어났다. 그러곤 뭐라고 중얼거리며 거실 바닥을 기어 다니기 시작했다. 그러다가 아키코와 부딪혔는데 저번과 같이 말을 타듯 아키코의 배 위로 올라탔다. 아키코가 늘 궁금해했던 수수께끼가 풀렸다. 시게조는 일부러 아키코의 배에 올라탄 게 아니었다. 네 발로 거실을 기어 다니다가 누워 있는 아키코와 부딪히곤, 그것이 자기 며느리라고는 생각지도 못한 채 그저 저쪽으로 넘어가려고 올라탔던 것이다.

"아버님."

"아, 아키코 씨, 무슨 일이에요?"

이게 무슨 일인지 모르겠다고 아키코는 생각했다. 이렇게 매일 밤 기어 다닌다면 아키코도 견딜 수 없으려니와 시게조의 체력도 걱정이 됐다. 진정제를 먹일까? 어쨌든 재우는 편이 좋겠다. 진정제를 가지러 부엌으로 가다가 주사가 했던 말이 떠올랐다. 진정제가 노인의 심장에 부담을 줄 수 있다는 얘기였다. 내과에서 진정제를 타 온 노부토시도 의사에게서 같은 주의를 들었다고 했다.

약도 독이라는 말을 아키코도 잘 안다. 모든 약에는 효과뿐만 아니라 부작용도 있다. 주목적인 질병 치료에는 효험이 있지만 예상치 못한 질환을 유발하는 경우가 종종 있다. 특히 최근에 개발된 신약들은 약효가 뛰어난 만큼 부작용도 무섭다. 진정제를 먹으면 밤새 푹 자지만, 심장에 부담을 주는 것이 한 예이다. 아키코는 시게조에게 약을 먹여 재우는 것과 가쁜 숨을 몰아쉬며 네 발로 기어 다니게 놔두는 것 중 어느 쪽이 심장에 더 부담이 될지 생각해봤다. 전자가 정당하다는 근거는 어디에도 없었다. 아키코는 약봉지에 내밀었던 손을 거두어들이고 고민고민했다. 어떻게 하면 좋을까? 시아버지를 어떻게 하면 좋을까? 나는 어떻게 하면 좋을까? 차라리 시아버지와 함께 진정제를 먹고 확 자버릴까, 자포자기하는 심정도 들었다. 하지만 남편이 타 온 진정제는 노인용으로 특수하게 조제했을지도 모르므로 아키코 몸에 맞지 않을 수도 있다. 그리고 진정제가 효과를 발휘해 이런 시간에 잠들어버리면, 시게조가 한밤중에 일어나 소란을 피울 것이고 아키코의 시간 감각도 엉망이 될 것이다.

이런저런 고민으로 꽤 오랜 시간 거실에 앉아 있었다. 시게조가 공복을 호소해서 간식을 만들어주어야 했다. 그 참에 아키코는 밤이 될 때까지 자지 않기로 결심하고 덧문을 열었다. 덧문을 열기 무섭게 시게조는 한 마리 애완견처럼 뜰로 튀어나가 별채 쪽으로 갔다. 아키코는 급히 헌 신문지를 몇 장 들고 쫓아갔다. 그리고 시게조보다 먼저 별채 화장실로 들어가 바닥에 신문지를 펼쳤다. 시게조가 볼일을 보는 동안에도 밖에서 상황을 지켜봤다. 시게조는 슬로모션처럼 느릿느릿 휴지를 뜯어 뒤처리를 했다. 누가 보면 중요한 제사를 지내는 것으로 착각할 만큼 엄숙했다. 시게조가 화장실 문을 열고 나오자 이번에는 아키코가 들어갔다. 설사라도 하지 않았는지 걱정이 되어서였다. 시게조의 똥은 여든다섯 나이가 믿어지지 않을 정도로 당당했다. 지난 10여 년 동안 한방에서 지어준 위장약을 차 대신 달여 마신 덕분인지 젊은 시절부터 그를 괴롭혔던 위장병과 설사가 사라진 것 같았다. 교코가 되풀이하던 말이 생각났다. 불로장수라는 말이 있다지만, 아버지는 장수만 챙기신 것 같아요.

아키코는 장바구니를 챙겨 시게조와 함께 밖으로 나왔다. 잠깐이라도 혼자 놔뒀다간 무슨 일을 저지를지 모른다. 아예 데리고 다니는 편이 속은 편했다. 왕성해진 시게조의 식욕 탓에 사다 놓은 라면까지 바닥났다. 슈퍼마켓에 도착한 아키코는 수산물 코너부터 들렀다. 생물 생선을 살펴보던 아키코는 깜짝 놀랐다. 냉동보다 생물이 두 배 이상 비쌌다. 시게조의 표정이 집에 있을 때보다 한결 밝아 보였다. 수산물 코너 앞에 진열되어 있는 것을 보는 것이 재미있는 모양이었다. 사토시가 세 살쯤 되었을 때 아키코와 시장 둘러보는 걸 무척이나 좋아했는데, 그때 기억이 났다. 조금 비싸다고 생각하면서도 결국 된장에 절인 생선을 조금 샀다.

"어머, 다치바나 부인 아니세요? 오랜만이에요. 시아버님도 함께 나오셨네요. 저희 시어머닌 요새 야단났어요."

호들갑을 떨며 아키코에게 다가온 사람은 가도타니 부인이었다.

"할머니가 어디 편찮으세요?"

"허리를 다치셨어요."

"저런, 어쩌다가요?"

가도타니 부인은 요란스레 웃으며 며칠 전 자기 시어머니가 현관에서 넘어지는 바람에 허리를 다쳐 하반신을 완전히 못 쓰는 처지가 되었다고 말했다. 아키코는 눈썹을 찡그리며 그토록 정정하던 양반이 하루아침에 반신불수가 되었으니 얼마나 괴로울까, 안쓰러운 마음이 들었다. 하지만 가도타니 부인은 신이 난 표정이었다.

"시어머니는 시집와서 감기 한 번 걸린 적이 없고 해산 때 이외에는 아파서 자리에 누운 적이 없다고 자랑하셨는데, 이 일로 깨달은 바가 있으실 거예요. 남편과 결혼하고 얼마 안 됐을 때 전 신우염에 걸렸었어요. 열이 펄펄 끓어 자리에 누워 있기도 힘들었죠. 그때 어머님이 저를 얼마나 구박하시던지, 매일 밤 엉엉 울었어요. 솔직히 이러면 안 되는 걸 알면서도 자꾸 웃음이 나네요. 툭하면 너희들 신세는 죽어도 안 진다고 큰소리 치셨는데 저렇게 꼼짝도 못하시는 처지가 되었으니 재미있어 죽겠어요."

"하지만 부인이 너무 힘드시겠어요."

"그야 그렇죠. 기저귀를 채워드려요. 기저귀를 갈 때마다 면목이 없다면서 빨리 죽어버려야겠다는 말씀만 하세요. 원체 돌아다니길 좋아하셨는데 답답하긴 답답하실 거예요. 하루에도 몇 번씩 노인회관에 전화를 거시지만, 병문안 오는 분이 단 한 분도 없어요. 그동안 친구분들에게도 인심을 잃으셨나 봐요."

"회복은 어렵겠죠?"

"돌아가실 때까지 누워 계셔야 한대요."

"저런……."

"가만히 계시다가도 우시곤 해요. 우는 모습이 보기 싫어서인지 남편도 그렇고 저희 애도 그렇고 어머님께 말도 안 걸어요. 딱하다고 해야 할지, 우습다고 해야 할지 모르겠어요."

"우리도 지금부터 조심해야죠. 곧 늙잖아요."

아키코의 말에 의기양양하게 커져 있던 가도타니 부인의 눈코 입이 원래 상태로 돌아오고, 독기가 빠진 듯했다.

"그런 말씀 마세요."

"저희 아버님이나 그 댁 할머니를 보면 안타까워요. 저도 늙고 싶진 않지만 나이는 어쩔 수 없이 먹게 되고……. 허리도 다치고 싶어서 다치는 건 아니니까요."

"다치바나 부인은 지성인이시네요."

"저도 이제 나이가 드니까 별생각을 다 하게 되네요."

"그래도 전 골치 아픈 생각은 하고 싶지 않아요. 지금부터 그런 생각을 하면 우울해지기만 하는걸요. 남들처럼 아파도 봤고 남들처럼 어리석고 평범한 일생이니까, 어머님이 아무리 불쌍해 보여도 전 하고 싶은 말은 다 해요. 기저귀 갈아드릴 때마다 일부러 거길 때려요. 날 괴롭힌 세월들을 생각하면 이 정도는 약과예요. 나한테 지은 죄가 많아서 이렇게 된 거라고 소리 지를 때도 있어요. 그렇게 퍼붓고 나면 속이 좀 풀리거든요. 앞으로 시어머니가 얼마나 오래 사실지 모르는데, 나 자신의 일까지 생각할 여력이 없어요."

시어머니를 닮아서 그런가, 가도타니 부인은 언변이 좋았다. 하고 싶은 말이 끝나자마자 먼저 가겠다는 인사도 없이 다른 코너로 횡하니 가버렸다. 아키코는 그녀의 뒷모습을 멍하니 바라봤다. 아이 넷을 낳아 기른 커다란 엉덩이가 아키코의 시선에서 멀어져갔다. 아키코는 속으로 보통내기가 아니라고 감탄했다. 확실히 그 생각에는 배울 점이 많았다.

그날 저녁 노부토시는 평소보다 일찍 퇴근했다.

"밥 있어?"

"제철은 아니지만 된장에 절인 고등어가 있어요. 먹을 만해요."

"조림이 더 좋은데."

밥상을 차려주자 남편은 밥을 먹기 시작했다. 아키코는 오후에 있었던 일을 남편에게 들려줬다. 시게조가 몇 번이나 먹을 것을 찾았다는 이야기와 오늘따라 잠도 자지 않아 힘들었지만 진정제를 드리지 않았다는 이야기도 했다. 그리고 복지사무소의 노인복지 지도주사가 집에 왔었다는 것, 그리고 그 결론은 지금 일본에는 시게조를 받아줄 만한 양로원이 없다는 것임을 이야기했다.

"배회증이래요. 아버님처럼 집을 나가 이리저리 돌아다니는 버릇이 있는 노인을 말하는 거래요. 양로원에서도 아버님같이 배회증이 있는 노인은 받아주지 않는다고 그러더군요."

"응."

"유료 양로원에는 정신이나 몸이 온전한 분만 갈 수 있대요."

"응."

"노인성 치매가 일종의 정신병이라는 말도 했어요. 우리가 정

못 견디겠으면 정신 병원을 알아보래요."

"응."

"난폭하게 행동하지 않는다면 노인이 아니더라도 대부분 집
에서 요양하는 경우가 많다는 거예요."

"응."

아키코가 새롭게 알아낸 여러 가지 정보를 듣고도 노부토시는
별로 놀라지 않았다. 아키코는 이상한 생각이 들었다.

"혹시 당신 이미 알고 있었어요?"

"응."

노부토시는 최근 두세 달 동안 노인이 있는 가정의 문제를
귀가 아프도록 들었다. 회사 안팎의 많은 선배들이 이미 그런
일을 겪고 있다는 것도 알게 되었다. 노부토시는 그들과 대화
를 나누면서 노인 문제에 관한 지식을 자기 나름대로 쌓아왔
다. 일본의 인구 고령화가 몇 년 만에 급속하게 빨라졌다는 점
과 다른 선진국들에 비하면 노인 복지가 아직도 걸음마 수준
이라는 현실 등등. 조사하면 조사할수록 국가적·사회적으로도
개인적·인간적으로도 의학적으로도 매우 심각했다.

아키코가 원망스러운 눈으로 노부토시를 쏘아보며 말했다.

"알고 있었으면서 왜 이제 말해요?"

"알아도 어쩔 수 없는 일이잖아."

아키코는 할 말을 잃었다. 노부토시는 천천히 음식을 씹다가
입속에서 이물감을 느꼈다. 혀끝으로 골라내어 손가락으로 집

어보니 겨가 제대로 벗겨지지 않은 쌀알인 뉘였다. 요즘에는 매우 드문 일이었다. 그것을 보자니 그리운 옛일이 떠올랐다. 어릴 때 밥 속에서 뉘가 나오면 할머니가 좋은 일이 있을 거라면서 소중하게 불단에 올리곤 하던 일이 생각난 것이다. 그것이 한 홉쯤 모였을 때, 할머니는 징집된 군인들에게 줄 천인침* 안에 넣어 꿰매면 좋다고 그런 집을 찾아다니며 나누어 주곤 했다. 할머니의 지론에 따르면 쌀이 밥상에 오를 때까지는 88번의 관문을 통과해야만 하며, 말리고, 타작하고, 찧는 동안 겨는 쌀에서 떨어져 나가 재가 되기도 하고 가축의 먹이가 되기 마련인데 끈질기게 쌀에 붙어 밥그릇에 담길 때까지 사람 눈에 뜨이지 않았다는 것은, 그것만으로도 장수의 부적이 될 수 있다는 것이었다. 그가 징집되었을 때는 할머니가 이미 돌아가신 뒤라 그의 천인침에 뉘가 들어 있었는지는 알 수 없었지만.

밥상 위에 뉘를 올려놓고 가만히 바라보고 있던 노부토시는 어느 결에 그 반대의 생각을 하고 있었다. 이 뉘는 아버지와 비슷하다. 오랜 인생길에서 큰 병이나 사고, 재난을 만났지만 무사히 빠져나와 오늘에 이르렀고, 암이나 당뇨병에도 걸리지 않고 생명이라는 쌀에 필사적으로 매달려 떨어지지 않은 것이다. 그 결과는 불에 익혀졌는데도 사람에게 먹히지 못하고 입에

◆ 천인침(千人針, 센닌바리): 출정 병사의 무운 장구(武運長久)를 빌기 위해 천 명의 여자가 흰 천에 붉은 실로 한 땀씩 매듭을 지어 만들어준 것. 천인침을 받은 군인은 배에 두르거나 모자에 꿰매어 항상 몸에 지녔다.

들어갔다가 다시 끄집어내어져 이렇게 밥상 위에 놓여 있는 것이다. 여기까지 살아온 이 뉘는 확실히 장수 그 자체이지만 묵은 콩처럼 땅에 묻어도 영원히 싹이 트지 않을 것이다.

아키코는 문득 떠올라 한마디 했다.

"가도타니 할머니가 허리를 다치셨대요."

그러면서 아키코는 노인이 계시면 가족 중 누군가 희생할 수밖에 없다는 노인복지 지도주사의 말을 떠올렸다. 만약 이 집에서 시게조를 위해 희생해야 한다면 나밖에 없지 않은가. 가도타니 부인의 목소리가 머릿속을 맴돈다. 다치바나 부인은 지성인이시네요, 전 골치 아픈 생각은 하고 싶지 않아요, 지금부터 그런 생각을 하면 우울해지기만 하는걸요.

노부토시 역시 젓가락을 내려놓고 생각에 잠겼다. 점심시간에 앞도 못 보고, 귀도 들리지 않고, 음식도 씹지 못하게 된 노인 이야기를 들었다. 콧구멍에 플라스틱 튜브를 삽입해 액상화된 음식물을 펌프로 보내는 기계 덕분에 간신히 살고 있다는 얘기였다. 그 지경이 되어서도 펌프질하는 기계가 멈추지만 않는다면 20년은 살아남는 데 지장이 없다고 했다. 아마도 노인은 아버지보다 정신이 흐릴 것이다. 그런 정신으로 그 노인은 대체 무슨 생각을 하며 하루하루를 보내고 있을까. 몸이 오싹해지는 얘기였다. 그 얘기를 들려주던 직장 동료는 노부토시의 표정을 보더니 더는 말하면 안 되겠네, 라고 했다. 노부토시도 더는 듣고 싶지 않았다. 의학의 진보도 잔인한 일이야, 죽지도 살지도 못하니까, 라면서 동료는 '더욱 놀라운 사실은' 하고 잠시 망설이다 계속했다. 플라스틱 튜브 때문에 콧구멍 언저리가 점점 헐기 시작하고, 어쩌다 잠시 주의를 기울이지 못하면 파리가 상처 주위에 알을 까서 구더기가 생길 때도 있다는 것이었다. 그 생각이 떠오를 때마다 노부토시는 온몸이 오싹해졌다.

노부토시는 이전부터 잘 알고 지내던 선배에게 들은 이야기가 생각났다. 선배는 지금 일본이 얼마나 빠른 속도로 인구 고령화에 접어들고 있는지를 정확한 데이터까지 제시하며 노부토시에게 설명해주었다. 그가 말하는 미래는 암울 그 자체였다. 그 말이 진짜인지 꾸며낸 말인지는 모르겠으나, 대충 요약해보면 앞으로 몇십 년 안에 60세 이상의 노인이 전 인구의 80퍼센트를 차지하게 된다는 주장이었다. 즉, 젊은이 한 명이 노인 네 명을 먹여 살려야 하는 세상이 곧 도래한다는 뜻이었다. 생활력을 상실한 노인 네 명을 젊은이 한 명이 부양해야 하는 힘든 시대가 오고 있다. 어쩌다 이 지경이 되었느냐고 묻자, 선배는 프랑스를 예로 들었다. 프랑스에서처럼 일본에서도 어떤 시점부터 출생률이 급격히 감소하기 시작했는데, 의학이 날로 발달해 노인 사망률이 계속 낮아졌다. 그 결과 고령 인구가 급증했다는 것이다.

이것을 현실적으로 생각해보면, 몇십 년 후에는 노부토시와 아키코도 노인이 될 것이고, 사토시가 사회인으로서 늙은 부모를 비롯해 생판 남인 노인 두 사람을 더 책임져야 한다는 것이다. 또 다른 친구로부터는 다른 수치를 들었다. 2005년에는 60세 이상 인구가 3,000만 명을 돌파하여 일본이 초超노인국이 된다는 것이다. 노부토시는 그렇게 되기 전에 가능하면 죽고 싶다고 생각했으나 그런 얘기를 아내에게 할 용기는 없었다. 그것이 아니더라도 노부토시의 머리에는 언젠가 아들이 한 말이 생생하게 남아 있었다. 엄마 아빠는 저렇게 될 때까지 오래 살지 마.

.

15

의사는 진정제를 4배 이상 투여하면 치사량이 될 수 있다고 노부토시에게 단단히 주의를 줬다. 아키코는 아주 적은 양을 늘려 시게조가 잠들기 전에 먹였다. 4~5일은 그럭저럭 효과가 있었지만 일주일쯤 되면 도로 아미타불이 되었다. 약을 늘리면 그만큼 시게조의 생명이 단축된다는 생각을 하니 약을 자꾸 늘리는 것도 부담이 되었다. 그럴 때마다 아키코는 딜레마에 빠져 고민했다.

진정제 덕분에 시게조가 잠을 충분히 잔 다음 날 아침에는 일찍 노인회관으로 시게조를 데려다주었다. 혹시나 하는 마음에 직원에게 시게조가 어떻게 지내느냐고 묻자, 아키코와 안면이 있는 직원은 여러 가지 이야기를 자세히 들려주었다.

"이 노인회관만 그런 건 아닌데요, 대체로 나이 드신 분이라고 해도 할머니들이 더 활발해요. 다치바나 할아버지만큼은 아니더라도 멍하니 앉아 있다가 돌아가시는 할아버지들도 많아요. 가끔 할머니들이 다치바나 할아버지와 다른 할아버지들을 가리키며 살았는지 죽었는지 모르겠다고 농담을 하시는데, 그런 말을 듣고도 화를 내는 분들이 없어요. 양로원에서도 마찬가지죠. 할아버지들은 주로 벽만 보고 앉아 있는 경우가 대부분이에요. 왜 그런지는 저도 잘 모르겠어요. 집안일을 하지 않아서 그렇다고 하는 사람들도 있는데 그건 아닌 것 같고, 밖에서 일하는 게 익숙해서 집 안에만 있으면 멍해지시는 것 같아요. 다치바나 할아버지만 그런 것도 아니니까 너무 염려 마세요. 할머니들은 말씀도 잘하시고 놀 때도 열심이신데, 할아버지들은 장기나 바둑을 두지 않으면 등을 구부리고 하루 종일 앉아만 계시니까요."

　시게조 같은 노인을 맡게 되어 귀찮아하지는 않을까 은근히 걱정했던 아키코는 직원의 말에 적잖이 안심했다. 그러나 며칠 뒤 문제가 발생했다. 학교가 끝나자마자 노인회관으로 달려간 사토시가 시게조를 찾았지만 건물 어디에도 시게조 모습은 보이지 않았다. 그 후로도 여러 번 누가 말릴 새도 없이 노인회관을 뛰쳐나가 길을 잃거나 무턱대고 아무 데나 들어가곤 해서 110에 도움을 요청하는 일이 다반사였다. 이런 일이 노인회관에서까지 자주 벌어지는 바람에 아키코의 신경은 극도로 예민해졌다. 시게조가 사라졌다는 전화가 걸려 오면 아키코는 정신

없이 노인회관으로 달려갔다.

"요새 살이 더 빠지신 것 같아요."

법률사무소의 후배 직원이 아키코에게 말했다. 수면 부족과 불안에서 벗어나지 못하는 날이 계속되자 원래부터 약간 마른 편이었던 아키코는 어깨와 팔꿈치가 앙상하게 드러나고 몸무게도 눈에 띄게 줄었다. 잠을 제대로 못 자서 눈꺼풀이 물에 불린 것처럼 부어오르고 눈알도 자주 쑤셨다. 간혹 신경 안정제를 먹는 습관까지 생겼다. 법률사무소도 툭하면 결근이었다. 변호사들은 사정을 아니까 별말이 없었고, 아키코가 도맡아 처리했던 업무를 요즘은 후배 직원이 맡아서 하고 있었다. 타이핑도 제법 능숙해졌다. 아키코가 법률사무소를 그만두게 된다면 젊은 후배가 그 빈자리를 차지하게 될 것이다. 얼마 전까지 간단한 심부름과 커피 끓이는 일 말고는 아무것도 할 줄 몰랐던 후배 직원이었다. 믿음직한 면도 없지 않았으나, 한편으로는 어쩐지 씁쓸한 기분이 들었다. 자신이 도태되는 것 같았다. 시게조를 보고 있으면 조만간 더 무너진 그를 위해 꼼짝도 할 수 없게 된 자신이 눈에 보이는 듯했다. 아키코가 사무실에 나오지 못할 때쯤 되면 사무실에서도 아키코를 필요로 하지 않게 될지도 모른다. 이것이 자연 도태라는 것이리라. 게다가 집에는 시게조라고 하는 도태에 반항하는 커다란 존재가 있다.

매주 토요일마다 연례행사처럼 백화점 지하 식품 매장을 들르는 아키코는 그날도 냉동식품 코너에서 이것저것 고르고 있었다. 머릿속으로는 언제까지 이렇게 살아야 하나, 그녀 자신에게 묻고 있었다. 눈이 내리던 날, 시어머니가 돌아가셨다. 벌써 반년 전 일이었다. 그새 반년이라는 시간이 흘러버렸다.

지하철 계단을 올라와 밖으로 나오자 빗줄기가 부슬거리고 있었다. 어느새 장마철이었다. 아키코는 양손에 짐을 잔뜩 들고 있어서 챙겨 온 우산을 쓸 여력이 없었다. 머플러를 머리에 붕대처럼 감고 천천히 걸었다. 그나마 레인코트를 입고 나온 게 천만다행이었다. 축축하게 내리는 비를 맞으며 걷다 보니 묘하게 눈이 흐려졌다. 생각해보니 안경을 쓰고 있었다. 길가의 전봇대에 물건을 기대어놓고 안경을 벗었다. 편리한 것이 때론 불편하다는 말이 실감 났다.

집에 도착하자마자 세탁기 타이머를 맞추고 냉장고를 정리했다. 세탁이 끝난 속옷을 다시 건조기에 집어넣고, 서둘러 노인회관으로 향했다. 낯익은 직원에게 고마운 마음을 전하고 싶어 책을 한 권 샀다. 공무원인 그녀에게 값나가는 물건은 부담이 될 것 같아 책을 산 것이다. 아키코처럼 착한 며느리는 드물다는 직원의 말에 쑥스러워하면서 아키코는 공손히 머리 숙여 인사하고 시게조와 함께 노인회관을 나왔다.

"아버님, 오늘은 아주 의젓하게 지내셨다면서요? 잘하셨어요."

노인회관을 탈출하지 않은 것만 해도 아키코로서는 고마운 일이어서 어린아이에게 하듯 칭찬했다.

"아키코 씨."

시게조는 가던 걸음을 멈추고 애원하듯이 말했다.

"여기 이제 싫어요. 늙은이들만 있어요."

"아버님 혼자 집에 계실 수 없어서 그래요. 노인회관에서는 친구들도 사귈 수 있으시잖아요."

"여긴 영감탱이하고 할망구밖에 없어요. 내 친구 없어요."

자신을 뭐라고 생각하는 걸까. 아키코는 기가 막혀 말이 나오지 않았다. 우산을 두 개 준비해 왔는데 시게조는 아무리 말려도 우산을 쓰지 않고 비를 맞으며 걸어갔다. 억지로 우산을 쥐어줬더니 길바닥에 내팽개치고는 저만치 혼자 걸어갔다. 시게조가 버린 우산이 바람에 날려 도리질을 해댔다. 아키코는 급히 돌아가 우산을 주워 와서는 자기가 들고 있던 우산을 접어 한쪽 겨드랑이에 끼우고 시게조가 버린 검고 낡은 박쥐우산 속에서 시게조를 안듯이 하고 걸었다.

"아키코 씨, 나 싫어요. 안 갈래요. 젊은 사람이 한 명도 없어요."

시게조가 전에 없이 계속 투정을 부렸다. 노인회관이 싫다고 불평하는 건 이번이 처음이어서 아키코는 조금 당황했다.

"젊은 사람 한 명 있잖아요. 아버님을 매일 도와주는 사람 있잖아요."

"예, 예."

시게조는 대답하기 무섭게 빠른 속도로 치고 나갔다.

"아버님, 아버님!"

아키코는 또다시 큰 소리로 부르며 뒤따라가 등을 두드렸다.

시게조는 고개를 돌려 며느리의 얼굴을 바라보며 말했다.

"아키코 씨군요. 무슨 일이에요?"

시게조의 시간은 조각조각 분절되어 있다고 아키코는 확신했다. 노인회관을 나왔을 때의 시게조와, 지금 아키코와 어깨를 나란히 하고 골목길을 걷고 있는 시게조는 전혀 다른 시간대에 있다. 시게조의 걸음이 갑자기 빨라졌던 건 뭔가 중요한 일을 떠올렸기 때문이었는지도 모른다. 하지만 등을 두드리는 아키코를 뒤돌아본 순간 방금 전에 떠올렸던 일을 까맣게 잊어버린 듯했다.

집을 코앞에 두고 시게조가 그 자리에 우뚝 멈춰 섰다. 뒤따라오던 소형 트럭이 경적을 울리며 휙 지나갔다. 요즘에는 조금 넓은 골목길도 일방통행로가 되었는데, 마주 오는 차에 대한 걱정이 사라져서인지 차들이 전보다 빨리 달리는 바람에 보행자의 위험이 가중되었다.

"아버님, 왜 그러세요?"

아키코의 시선이 시게조의 시선을 천천히 따라갔다. 길가 저편 담장 너머에 잎이 무성한 키 큰 나무가 있었다. 그 초록빛 향연 속에 비를 흠뻑 맞은 양옥란꽃이 눈이 시리도록 하얗게 피어 있었다.

비가 오면 우산을 쓰고 땅만 보고 걷게 되니 진흙탕이 된 길만 보게 되는 법인데, 시게조는 비에 젖는 것도 아랑곳하지 않고 위를 보며 걷다가 빗속에서 화려하게 피어 있는 꽃을 발견한 것이리라. 그 순간 아키코는 감동했다. 양옥란꽃은 아름다웠다. 탐스러운 꽃이 두려움 없이 비를 맞으며 피어 있었다. 차가 지나다니는 좁은 골목길 위에서 그 흰빛은 당당했다. 그녀 역시 한동안 비에 젖은 꽃을 바라보았다. 그리고 꽃과 시게조를 번갈아 보았다. 발길을 멈추고 아름다운 꽃을 바라보고 있는 시게조의 모습을 보니 시게조가 아름다움과 추함의 감각을 잃어버리지 않았다는 생각이 들었다. 노인회관은 노인들뿐이어서 싫다는 것도 그것과 관련이 있는 것이 아닐까. 어쨌든 양옥란꽃에 마음을 빼앗겼다면 그는 확실히 살아 있다고 말할 수 있을 것이다.

토요일은 시게조가 일주일에 한 번 목욕하는 날이었다. 비가와서 춥지 않을까, 고민하다가 오늘 씻기지 않으면 결국 일주일을 더 지저분하게 지내야 한다는 생각에, 밥을 먹고 거실에 웅크린 채 졸고 있는 시게조를 깨워 옷을 벗기고 욕조에 들여보냈다. 맨몸이 된 시게조는 반년 전에 의사의 진찰을 받았을 때와 체격은 변하지 않았지만 조금 여윈 듯했고 주름이 깊어진 듯했다. 척추뼈도 전보다 도드라졌다. 이젠 아키코도 시아버지의 벗은 몸에 익숙해졌다. 개나 말을 씻기듯 스펀지에 비누 거품을 묻혀 시게조의 몸을 골고루 문질렀다. 아무리 익숙해진 시아버지의 몸이라도 가랑이 사이를 씻길 때는 여전히 망설여졌다. 될 수 있으면 시게조의 손으로 직접 씻게 하려고 애를 썼지만, 비누를 쥐어주면 장난만 치고 억지로 손을 잡아 양 다리 사이에 밀어 넣으면 자신의 음낭에 깊게 팬 주름이 신기한지 잡아당기거나 주물럭거리며 한없이 놀기만 했다. 힘들어도 시계조를 목욕시키는 가장 큰 이유는 때를 씻어내기 위해서보다 항문과 그 주변의 청결을 유지하기 위해서이기에 결국 보다 못한 아키코가 씻어줄 수밖에 없었다. 그러나 어쨌든 시아버지의 그 부분을 손으로 만지는 것은 정말 싫었다. 가장 싫은 일이라 가장 마지막에 했다. 그 일이 끝나면 정말 홀가분해져서 기운차게 온몸에 더운물을 끼얹어주었다.

그때 전화벨이 울렸다.

사토시는 오늘 좀 늦을 거라고 아침에 미리 말했으니 사토시는 아닐 것이다. 노부토시일까? 오늘밤도 늦을 거라고 말하려는 걸까?

"아버님, 욕조에 들어가 계세요. 전화가 왔네요. 들어가실 수 있죠?"

넘어지지 않도록 조심스럽게 시계조를 욕조에 들어가게 하고, 여전히 울리고 있는 전화기를 향해 달려갔다. 토요일은 정말 바쁘다.

"아키코, 나야. 별일 없어?"

올케인 미쓰코의 목소리였다.

"별일이 왜 없겠어. 오늘 날씨가 딱 내 기분이야. 겨우겨우 숨 쉬며 살아가는 기분이야. 근데 무슨 일이야?"

"나쁜 소식이 있어."

"누가 아파?"

"응, 시즈코가 많이 아파."

"시즈코? 그 시즈코 말하는 거야?"

"그래, 그 시즈코. 암인데 가망이 없대. 일주일도 못 산다는 연락을 받았어. 한번 가봐야지. 그애 남편한테서 연락이 왔어. 어떡할까?"

"뭘 어떡해? 당연히 가봐야지. 근데 갑자기 무슨 암이래?"

"갑자기는 아냐. 1년 전에 수술을 받았잖아. 근종이라고 했는데 열어보니 이미 때가 늦어서 아주 피상적으로만 수술을 했대. 남편만 1년 남았다는 걸 알고 있었다나 봐."

"저런……, 때를 놓쳤구나. 암은 일찍 발견하면 100퍼센트는 아니더라도 고칠 수 있다고 하던데……. 어떡하니?"

"시즈코가 원래 그렇잖아. 근시가 그렇게 심해도 끝까지 안경을 안 쓴 애였어. 원래 고집이 있어."

"맞아. 별스럽게 고집을 부렸지, 그래도 암인데……. 애는 몇 살이지? 가망은 아주 없대? 시즈코도 알아?"

갑작스러운 소식에 아키코는 충격을 받았다. 어린 시절부터 친하게 지낸 여학교 동창이 죽음을 코앞에 두고 있다니……. 아키코는 남의 일처럼 생각되지 않았다. 어쩌다가 그런 병을 얻게 되었는지 궁금하기도 했고, 병문안을 가려면 이런저런 의논도 해야 했다. 두서없이 말을 주고받으면서도 제정신이 아니었다. 그건 그렇고 이게 무슨 일이람. 이게 무슨 일이람. 자신과 동갑인 친구가 암에 걸려 죽음을 기다리고 있다니…….

미쓰코가 말을 이었다.

"마흔이 넘으면 암 연령이라고 하잖아. 우리도 조심해야겠어. 내가 아는 어떤 사람은 1년에 한 번씩 암 센터에서 검진을 받는대. 시즈코도 정기 검진을 받았다면 이렇게 되진 않았을 텐데……."

마흔부터가 암 연령이라는 말은 아키코도 들어봤다. 하지만 가까이에서 이런 일이 일어나니 정말 실감이 났다. 내일은 마침 일요일이다. 시아버지는 남편에게 맡기고 미쓰코와 함께 병문안을 가기로 약속했다. 전화를 끊은 뒤 아키코는 한동안 멍하니 앉아 있었다. 오후에 보았던 한 떨기 양옥란꽃과 시즈코의 얼굴이 겹쳐졌다. 시즈코는 살결이 희고 몸집이 컸다. 또래 여학생보다 목 하나는 더 컸다. 몸도 건강해서 한겨울에 코를 훌쩍이거나 아파서 학교를 결석하는 일도 없었다. 그랬던 친구가 1년 전에 이미 때를 놓쳤다고 한다. 근시 때문에 코앞까지 얼굴을 내밀어도 상대방이 누군지 몰라봤던 아이였다. 눈을 아무리 가느다랗게 떠도 칠판 글씨가 안 보여 수업을 못 받을 정도였는데도 안경만은 쓸 수 없다며 고집을 부리던 친구였다. 몇 달 전에 안경을 맞추면서 시즈코 생각을 했었는데, 그 친구가 지상에서의 삶이 일주일도 안 남았다고 한다. 암 연령이 되자마자 암에 걸려버린 것이다.

아키코의 눈가가 촉촉해졌다. 죽음에는 정해진 순서가 없다는 노소부정老少不定이라는 말이 새삼스럽게 다가왔다. 요즘 들어 이제는 늙었나 봐 어쩌고 하면서 자신의 노화 현상을 입에 올리기는 했지만, 머릿속으로는 아직 젊다는 생각을 가지고 있었던 것이 사실이다. 왜냐하면 이 집에는 암 연령에 들어선 지 45년이 지난 지금까지 암을 피해 살아온 사람이 있기 때문이다.

아키코는 한숨을 쉬며 일어섰다. 천천히 욕실 문을 열고 들어간 아키코는 그 자리에서 기절할 뻔했다. 시게조가 얼굴을 위로 한 채 이마까지 물에 잠겨 있는 것이 아닌가. 아니, 정확하게 말하면 시게조의 커다란 몸뚱이가 작은 욕조 안에 빠져 있었다.

"아버님, 아버님! 정신 차리세요!"

욕조에 한 발 집어넣은 아키코가 시게조를 끌어 올렸다. 시게조의 목구멍에서 그르렁 소리가 나더니 이내 물을 토하기 시작했다. 아키코는 무슨 일이 일어났는지, 자신이 지금 뭘 하고 있는지도 몰랐다. 시아버지의 몸뚱이는 아키코가 생각했던 것보다 훨씬 크고 무거웠다. 시게조는 욕실 바닥에 맥없이 쓰러져 움직이지 않았다. 아키코는 순간 시게조가 죽은 것이 아닌가 싶어 식은땀이 났다.

"아버님! 아버님! 아버님!"

아키코가 큰 소리로 부르며 몸을 마구 흔들어대자 시게조는 게슴츠레 눈을 뜨고 물고기의 아가미처럼 입을 뻥긋거렸다.

"아버님!"

아직 살아 있다, 그런 생각이 든 순간 아키코는 곧바로 다음과 같은 행동을 취했다. 일단 시게조를 똑바로 눕힌 다음, 시게조의 배 위로 말을 타듯 올라타 양쪽 손바닥을 포개어 가슴에 대고 힘껏 눌렀다. 전쟁이 한창일 때 여학교에서 인공호흡을 배웠다. 시게조의 입에서 끄윽 하는 소리가 났다. 욕실 바닥에 누운 시게조가 계속 물을 토했다. 전화 한 통 받는 사이에 욕조 물을 엄청나게 마신 모양이다. 아키코는 머리가 혼란스러워지는 것을 필사적으로 억제하며 인공호흡을 계속했다. 일정한 간격을 두고 가슴을 누르고 손을 떼는 동작을 계속하는 동안 아키코는 평정심을 되찾았고 침착하게 다음 행동을 취할 수 있었다.

시게조의 가슴에 귀를 대고 심장의 고동 소리를 들었을 때에야 비로소 안도감이 밀려왔다. 시아버지는 죽지 않았다! 욕실 문을 박차고 나와 근처 의사에게 전화를 걸었다. 의사가 부재중이라면 곧바로 119에 전화해서 구급차를 부를 작정이었는데 다행히 의사가 받았다. 의사는 곧바로 출발하겠다며 전화를 끊었다. 의사를 기다리던 아키코는 시게조의 육중한 몸을 거실로 끌고 나와 몸을 닦아주고 잠옷을 입힌 뒤 이불에 눕혔다.

"아버님, 곧 의사가 올 거예요. 조금만 참으세요. 이렇게 돌아가시면 안 돼요. 곧 의사가 올 거예요. 조금만 참으세요!"

시아버지의 팔다리를 주무르면서 아키코는 쉬지 않고 같은 말을 되풀이했다.

의사는 도착하자마자 시계조의 가슴에 청진기를 대며 물었다.

"욕실에서 넘어지신 겁니까?"

"아니에요, 잠드셨던 게 아닌가 싶은데……. 아, 그런데 눈은 뜨고 계셨어요. 물속에서 꼼짝도 않고요. 친구한테 전화가 왔었거든요. 제 친구가 암이래요. 일주일도 못 산다는 거예요. 그래서 어떻게 하느냐고, 안됐다고 이야기를 했어요. 그리고 욕실로 가봤더니 이마까지 물에 잠겨 있었어요. 어찌나 놀랐던지……. 얼른 끌어 올렸더니 물을 막 토하셨어요."

"그러니까 물에 빠지셨던 거군요."

"저희 아버님 괜찮으신 거죠? 선생님, 살려주세요."

아키코의 목에서 쇳소리가 나왔다. 의사에게 상황을 설명하던 아키코는 과실치사라는 죄명이 생각나 자기도 모르게 몸을 부르르 떨었다. 자신의 행동이 과실치사에 해당될지도 모른다는 법의학적 견해가 그녀를 괴롭히기 시작했다. 오랫동안 법률 사무소에서 근무한 아키코는 생활 속에서 일어나는 시시콜콜한 문제에도 법률 용어를 떠올리는 버릇이 있었다. 아키코는 이처럼 위급한 상황에 고작 한다는 생각이 과실치사라는 것이 부끄러웠다.

의사는 간호사에게 주사를 준비하라고 지시했다. 시계조의 눈꺼풀을 열어 안구를 확인하고 청진기를 여기저기 대보기도 했다. 시계조의 팔뚝에 주사를 한 대 놓은 뒤 침착한 어조로 말했다.

"괜찮으십니다. 심장이 튼튼한 분이니까요."

"그런데 왜 말씀을 하지 못하실까요?"

"그야 물에 빠졌던 사람이 구조되자마자 금방 말을 하지는 않지요."

의사의 가벼운 말투에 아키코는 겨우 진정이 되었다. 간호사가 시게조의 잠옷 바지를 내리자 의사는 늘어진 엉덩이에 굵은 주사를 두 대 놓았다.

혈압 측정기를 팔에 감고 혈압을 재는 동안 시게조는 눈을 한 번 떴다 감았다.

"아버님!"

"괜찮습니다."

의사가 대신 대답했다.

"급한 중에도 인공호흡을 하셨나 봐요. 어디서 배우셨어요?"

"전쟁 때 여학교에 다녔거든요. 거기서 배웠어요. 붕대 감는 법도 배우고 지혈하는 법도 배웠어요. 그래도 이 나이까지 살면서 실제로 해본 건 오늘이 처음이에요. 그냥 정신없이……. 아버님 입에서 물이 나왔을 땐 이젠 글렀나 싶었는데 심장에 귀를 대보니까 뛰고 있어서……."

"잘하셨습니다. 게다가 물을 마신 지 얼마 되지 않아서 걱정할 일은 없을 거라고 생각합니다."

"그런데 선생님, 궁금한 게 있어요. 저희 아버님은 멀쩡히 걸

어 다니고 화장실도 혼자 다니는 분인데 왜 욕조에 빠지셨을
까요? 저렇게 얕은 욕조에 빠져서 이 모양이 되셨다는 게 믿을
수가 없어요. 이것도 노인성 치매 때문인가요?"

"그렇진 않습니다. 고령이시라 정신을 깜빡 잃으셨던 것 같아
요. 해수욕장 같은 데서 어린애 무릎도 안 되는 물에 빠지는
노인들도 꽤 있어요. 졸았던 건지도 모르죠."

"하지만 분명히 눈을 뜨고 계셨어요. 넋을 잃고 물속에 계셨
던 것 같아요. 물에 빠질 듯했을 때 손으로 짚거나 발을 디디
기만 했어도 가라앉지는 않았을 거예요. 특히 욕조 가장자리
를 손으로 잡기만 했어도 물에 빠지진 않았을 텐데……."

아키코로서는 이해가 안 되는 의문들이기도 하고, 과실치사,
미수 등 불쾌한 생각을 떨쳐버리고 싶기도 해서 넋두리 같은 푸
념을 한없이 늘어놓았다. 의사는 이제 맞장구도 쳐주지 않았다.

"아키코 씨."

그때 시게조가 눈을 뜨고 아키코를 불렀다.

"아버님! 저예요, 저 알아보시겠어요?"

"아키코 씨, 이 사람 누구예요? 간호사 같은 사람이 있는데
누구예요."

"의사 선생님하고 간호사님이에요. 이제 정신이 좀 드세요?"

"의사요? 나 의사 싫어요. 간호사는 좋지만, 의사는 싫어요."

"아, 그러세요? 그럼 저는 이만 가보겠습니다."

의사가 웃으면서 농담조로 말했다. 의사가 기분 나빠 할까 봐

걱정했던 아키코는 안심이 되었지만, 무슨 인사를 저렇게 하는지 어이가 없었다. 아키코는 의사에게 몇 가지 더 물어볼 게 있어서 황급히 말했다.

"아버님이 주무시기 전에 진정제를 드시거든요. 사실, 밤중에 환각이 일어나 도둑이 들었다고 소란을 자주 피우셔서요."

의사는 아키코의 말을 듣고 잠시 생각하더니 진정제 주사를 한 대 놔드리죠, 라고 말했다. 주사기를 보자 시게조가 괴성을 지르기 시작했다.

"주사는 싫어요, 아키코 씨. 의사는 싫어요. 아키코씨, 도와줘요."

소리 지르고 난폭하게 굴어도 모든 동작이 매우 느렸기 때문에 의사와 간호사가 시게조의 팔다리를 붙잡고 주사를 놓는 데는 문제가 없었다. 의사는 아키코를 보며 이 정도로 쇼크를 받으셨는데도 아직 기운이 남아 있다니 정말 대단하십니다, 걱정하지 않으셔도 되겠습니다, 라며 웃었다. 아키코는 겨우 안심을 하고 머리 숙여 그들을 전송했다. 욕조에서 시게조를 끌어올렸을 때는 시게조의 몸에 힘이 하나도 없이 축 늘어져서 정말 놀랐으나 이제 겨우 마음을 진정할 수 있었다.

거칠었던 시게조의 숨소리가 잦아들기 시작하자, 아키코는 미쓰코에게서 온 전화를 생각했다. 정말 이게 무슨 일인가. 아키코와 동갑인 여학교 동창은 빈사 상태가 되었고, 85년간 목숨을 부지해온 시아버지는 무위無爲한 나날을 보내다가 얕은 욕조에 빠져 죽을 뻔했다. 아키코는 시즈코와 함께했던 추억들을 떠올렸는데 추억의 장면마다 욕조에 가라앉은 시계조의 모습이 끼어들어 아연했다. 미쓰코로부터 걸려 온 전화도 뜻밖이었지만, 전화를 끊자마자 겪은 사건은 그보다 더 실제적이고 강렬했다. 우리도 암 연령이라고 미쓰코가 말했지만 아키코는 그런 건 전혀 두렵지 않다는 생각이 들었다. 왜 그럴까? 아키코는 죽는다는 것이 그다지 두렵지 않았다. 시즈코가 죽는단다, 자식들을 남겨두고. 친구의 죽음이 임박했다고 하는데도 아키코는 도무지 친구 생각에 전념할 수가 없다. 방금 벌어진 사건이 생각보다 심하게 아키코에게 충격을 안겨주었다. 적어도 시즈코의 죽음에는 아키코가 책임질 입장이 아니다. 그래서일까? 만에 하나 시계조가 욕조 안에서 익사했다면 과실치사가 적용되지 않더라도 아키코는 평생 죄책감에 시달렸을 것이다.

미쓰코와 통화할 때만 해도 친구를 잃는다는 사실이 놀랍고 슬펐지만 지금은 그때만큼 슬프지 않다. 아키코는 시계조가 욕조에 빠지기 전과 빠진 후의 자기 마음이 달라진 것이 당혹스러웠다. 너무 놀라서 그런 모양이다. 내일 오후 미쓰코와 약속한 대로 병문안을 가서 죽음을 눈앞에 둔 시즈코가 눈을 가늘게 뜨고 자신을 바라보는 모습을 보게 되면, 순식간에 그 현실에 사로잡힐 것이다. 지금 그 슬픔이 다가오지 않는다고 해서 당황할 필요는 없으리라.

사토시가 돌아왔을 때, 그리고 노부토시가 돌아왔을 때, 아키코는 오늘의 대사건을 말하지 않을 수 없었다. 자신의 과실인 것 같아 꺼림칙한 만큼 말을 해야 그 기분에서 해방될 것 같았다. 아니, 아키코의 흥분이 아직도 계속되고 있었다.

"이렇게 얕은 욕조에 빠지셨다고? 믿어지지 않아."

노부토시는 술기운이 다 달아났는지 꽤 늦은 시간에 목욕을 했다. 욕실에 들어갈 때 했던 말을 나오면서 똑같이 반복했다. 노부토시와 사토시가 아키코가 부주의해서 벌어진 일이라고 책망하지 않아서 아키코는 적이 마음이 놓였다.

"물이 허리에도 못 미쳤어요."

"어떻게 해야 욕조에 빠질 수 있는지 실험해봤는데 도저히 이해가 안 돼."

"얼굴을 위로 한 채 가라앉아 있었고 눈을 뜨고 계셨어요. 허우적거리지도 않고요."

"어떻게 된 거지?"

"잠드셨던 게 아닌가 하는 생각도 들었지만, 눈을 뜨고 계셨어요."

"물속에 막 가라앉으셨을 때 당신이 발견한 게 아닐까?"

"아니에요. 끌어 올렸을 때 물을 켁 하고 토하셨거든요. 그러고는 축 늘어지셨고요. 큰일 났구나 싶었어요. 얼마나 무서웠다고요. 지금 생각해도 소름이 돋아요."

이야기를 몇 번이나 되풀이해도 눈을 뜨고 조용히 욕조에 빠져 있던 시게조의 모습이 머리에서 떠나지 않았다. 노부토시도 잠들고 사토시도 잠들고 나서 아키코는 자리에 누워 눈을 감았다. 시게조와 겹쳐서 옛 친구 시즈코의 하얀 피부와 통통한 눈꺼풀이 떠올랐다. 놀란 가슴이 조금 진정되고 시아버지에게 별일이 없을 거라는 생각이 들자, 차츰 오랫동안 만나지 못한 친구의 죽음이 무겁게 다가왔다. 암이라니! 시즈코는 말랐을까. 통통할 때의 모습만 알고 있어서 병든 친구의 모습을 상상하기 힘들었다. 미쓰코가 한 말이 떠올랐다. 우리도 이제 암 연령이야. 그렇다면 암 역시 노인병의 일종인가. 물론 소아암이라는 무서운 예외가 있기는 하지만.

내일 미쓰코와 함께 병문안을 가기로 한 것이 생각났다. 시게조가 물에 빠지는 바람에 하마터면 잊어버릴 뻔했다. 엄청난 일을 겪어서 잠이 오지 않을 것 같았으나 너무 지쳐서 그런지 수렁에 빨려 들어가듯 곧 잠에 빠져들었다. 비는 계속 오고 있었고 아키코는 꿈조차 꾸지 않았다.

한밤중에 아키코는 무언가가 덮치는 듯한 기분이 들어 잠에서 깨어났다. 곧장 시게조 쪽을 바라보았으나 그는 반듯이 누워 잠들어 있었다. 그런데 그 모습이 이상했다. 숨소리가 거칠었다. 이마에 손을 얹었더니 열이 펄펄 끓었다. 아키코는 용수철처럼 튀어 일어났다. 체온계를 꺼내 시게조의 겨드랑이에 끼웠다. 시게조의 정상 체온이 35.9도라는 것을 상기하며 지금이 상황이 꿈은 아닐까, 의심했다. 시게조는 가슴이 답답한 듯 계속 거친 숨을 내뱉었다. 체온계를 빼서 보니 39도가 넘었다.

아키코는 2층으로 뛰어올라가 노부토시를 깨우고, 병원에 전화를 걸었다. 맥박을 재어보니 무서울 정도로 빨랐다.

"여보, 아버님 괜찮으실까요?"

"진정해. 감기 걸리신 걸 거야."

"오늘 괜히 목욕시켰나 봐. 의사가 아무 일 없을 거라고 했는데……."

빗속을 달려온 의사의 얼굴이 까칠했다. 이번에는 간호사는 대동하지 않았다. 한밤중의 왕진까지 같이 다니자고 하면 간호사가 오래 붙어 있지 못하겠지. 시게조가 간호사는 좋고 의사는 싫다고 한 말이 떠올랐다. 이런 절박한 순간에 왜 그 말이 떠올랐는지 자기가 생각해도 이해가 안 되었다.

의사는 청진기로 시게조의 가슴 부위를 진찰한 후 간단하게 말했다.

"급성 폐렴이군요."

"역시 목욕을 괜히 시킨 걸까요?"

"목욕 때문에 이렇게 되셨다고는 생각하지 않지만, 아무래도 연세가 많으시고, 요즘 날씨도 좋지 않아서 몸이 약해지신 것 같습니다."

"폐렴이라면…… 페니실린으로 고칠 수 있겠군요?"

노부토시가 한가롭게 물었다.

의사의 안경이 번득였다. 의사는 잠시 뜸을 들이더니 말했다.

"아무래도 연세가 많으시니까 이렇게 고열이 지속되면 아마도 3일을 못 버티실 겁니다."

아키코와 노부토시는 한동안 아무 말도 하지 못했다. 의사의 말이 귓가에 맴돌았다. 아마도 3일, 3일.

의사는 시게조의 가느다란 팔뚝에 주사 두 대를 차례로 놓고, 쭈글쭈글한 엉덩이에도 굵은 주사를 놓았다. 꽤 아플 텐데 시게조는 신음 소리조차 내지 못할 만큼 기력이 쇠약해져 있었다.

말이 안 나오기는 노부토시와 아키코도 마찬가지였다. 드디어 그날이 오고 있는가, 의외로 어이없이 다가오는가, 싶었다. 얕은 욕조에 빠질 만큼 노쇠해 있었던 것이다. 사람이 죽는다는 건 이상한 일이 아니다. 그래도 낳아주고 길러주신 친아버지의 죽음을 선고하는 의사의 말을 듣고도 마음이 평온한 것은 무슨 까닭일까. 노부토시는 오히려 그것이 신경이 쓰였다.

그때 아키코는 비에 흠뻑 젖은 양옥란꽃을 생각하고 있었다. 낮에 내리던 비가 아직도 그치지 않았다. 아무래도 밤새 내릴 작정인 듯싶다. 시게조는 빗속에서 발길을 멈추고 그 흰 꽃을 바라보았다. 어쩌면 자신의 죽음을 예감했기에 아름다운 것에 마음이 끌렸던 것일지도 모른다. 틀림없이 그랬을 것이다.

아키코는 부엌에서 오랫동안 사용하지 않았던 얼음주머니 두 개를 찾아내, 하나는 베개처럼 머리 아래 깔고 다른 하나는 시게조의 이마에 올려놓았다. 의사의 지시가 따로 있었던 건 아니지만, 고열의 병자를 약에만 의존하여 내버려둘 수는 없었기 때문이다. 머리 아래 깐 얼음주머니는 멀쩡했는데, 이마에 올려놓은 얼음주머니에는 바늘만 한 구멍이 뚫려 있었다. 그 작은 구멍으로 물이 새어 나왔다. 아키코는 고무줄로 구멍을 꽉 묶었다.

노부토시가 의사를 따라가 약을 받아가지고 돌아왔다.

"지독하게 쏟아지는군. 장마라던데, 아무래도 보통 장마 같지 않아. 또 산사태가 나겠어."

아키코는 문득 생각나서 말을 꺼냈다.

"여보, 아가씨한테 알려야 되는 거 아니에요?"

"맞아, 깜빡했어."

시간에 개의치 않고 노부토시는 다이얼을 돌렸다. 그리고 누이동생에게 간단히 상황을 알린 다음 전화를 끊었다.

"쿄코는 놀라지도 않네. 아버지가 위독하시다고 했더니, 언제 돌아가시느냐고 묻더군. 나 참 어이가 없어서……."

아키코는 역시 쿄코답다고 생각했다. 그렇다고 남편의 여동생에 대해 비판적으로 말하는 것은 삼갔다.

의사는 매시간 약을 먹여야 하는데 만약 환자가 스스로 삼키지 못하면 먹이지 않아도 된다고 했다. 억지로 먹이다간 기도가 막힐 수 있어 위험하다고 했다. 노부토시는 의사가 당부했던 말들을 생각하며 시게조의 몸을 반쯤 일으켜 세웠다. 시게조는 눈을 뜨지는 못했지만 설탕물에 녹인 약은 삼켰다. 노부토시는 다시 아버지를 자리에 눕혔고 아키코는 얼음주머니를 바지런히 챙겼다. 노부토시는 그런 아내의 모습을 말없이 지켜보다가 이윽고 내일을 대비해서 자야겠다고 마음먹은 듯 2층으로 올라갔다.

아키코도 잠을 자고 싶었지만 잠이 오지 않았다. 의사는 3일이 고비라고 했다. 하지만 그 3일 동안 시게조의 간병은 고스란히 아키코의 몫이다. 노부토시는 월요일이 되면 출근하겠지만 아키코는 결근할 수밖에 없다. 교코는 언제 상경할까. 아키코도 묻지 않았지만 남편도 말없이 2층으로 가버렸다. 어쨌든 오늘이 토요일이라 다행이다. 내일은 일요일이지만 설마 남편이 골프를 치러 가지는 않겠지.

시게조의 이마에 올려놓은 얼음주머니가 금방 녹아버렸다. 얼음이 생각보다 많이 필요할 것 같았다. 찬장에서 사발을 몇 개 더 꺼내 물을 가득 부어 냉동실에 넣었다. 이렇게 고열이 지속되면……, 의사의 목소리가 아키코를 따라다녔다. 고열의 원인은 내부적인 것으로, 밖에서 식히는 것은 일시적인 위안일 뿐이라는 지식은 아키코에게도 있었지만 죽어가는 시아버지를 두 손 놓고 보고만 있을 수는 없었다. 의사는 3일이 고비라고 했다. 단 3일만 더 고생하면 반년 넘게 지속된 고생에서 해방된다, 문득 그런 생각을 하던 아키코는 부끄러워졌다. 마음이 복잡하게 뒤엉켰다. 무엇이 진심인지 모르겠다.

"엄마, 왜 안 자? 무슨 일 있어?"

돌아보니 사토시가 화장실 문 앞에서 파자마 앞을 누르고

서 있었다.

"할아버지가 많이 아프셔. 열이 펄펄 끓어. 의사 선생님이 왔다 가셨어. 급성 폐렴이래. 앞으로 3일이 고비래."

사토시는 화장실로 급히 뛰어들어갔다. 부엌에 웅크리고 앉아 있던 아키코는 양변기 속으로 떨어지는 아들의 소변 소리를 가만히 듣고 있었다. 한밤중에 잠이 깬 시아버지가 마당에서 볼일을 보던 때가 떠올랐다. 나이는 속일 수 없다는 말이 실감났다. 졸졸거리던 시아버지의 소리에 비하면 아들의 소리는 폭포수처럼 들렸다. 아키코는 사토시의 소변 소리를 오히려 기분 좋게 들었다. 젊다는 것이 이런 것인가 싶었다.

볼일을 마친 사토시는 시게조의 상태를 살피며 조심스럽게 옆으로 다가와, 시게조의 머리맡에 아무 말 없이 책상다리를 하고 앉았다.

"얼음이 금방 녹아버리네. 해열제 주사를 놓은 것 같은데 15분 정도밖에 효과가 없었어."

아키코는 얼음주머니에 얼음을 다시 넣어 시게조의 이마에 올려놓았다.

"할아버지가 돌아가시는 건가."

사토시가 무슨 생각에서인지 이렇게 말하고는 2층으로 휙 올라가버렸다. 시게조는 눈을 감은 채 꼼짝도 하지 않았다. 호흡은 약간 거칠었지만 숙면을 취하고 있는 것 같아 보였다. 할아버지가 돌아가시는 건가. 아키코의 마음도 결국 말하자면 그런 것이었다. 죽음은 인간에게 중대한 사건이라고 어릴 때부터 교육받아왔으나, 실제로 죽음이란 사는 것보다 훨씬 간단한 것처럼 느껴졌다.

무거운 추를 달아놓은 것처럼 눈꺼풀이 묵직했다. 좀 자둬야겠다. 앞으로 3일 동안 얼음주머니를 쉴 새 없이 갈아야 한다. 틈이 생길 때마다 잠깐씩 휴식을 취하면서 시아버지를 돌봐야 한다. 무턱대고 간호했다간 아키코가 먼저 나가떨어질 것이다. 그러나 잠들기 전에 아키코는 해야 할 일이 있었다. 장맛비가 하루 종일 내렸지만 건조기 덕분에 시게조의 기저귀가 보송보송하게 잘 말랐다. 아키코는 시게조의 이불을 젖혔다. 잠옷 바지를 내려 차고 있던 기저귀 커버를 벗겼다. 예상했던 대로 푹 젖어 있었다. 갓난아기의 기저귀와 달리 냄새가 지독했다. 아키코는 익숙한 손놀림으로 기저귀를 간 뒤 아마도 20년 동안은 시든 채로 있었을 것 같은 성기를 한 손으로 들어 올렸다가 편안하게 자리 잡도록 내려놓았다. 할아버지가 돌아가시는 건가. 사토시가 기저귀를 차고 있을 때 그의 고추는 귀엽고 예뻤다. 아키코는 커버를 씌운 뒤, 그 위를 톡톡 두드렸다. 아들이 어렸을 때 늘상 했던 버릇이 무의식적으로 튀어나와 아키코는 어리둥절했다. 얼마 안 가 돌아가실 시아버지에게 너무 버릇없는 짓이 아니었나 싶었다.

아키코는 젖은 기저귀의 뒤처리를 하고 나서 이불을 덮고 누웠다. 눈을 감으니 욕실 광경이 떠올랐다. 아무리 떨쳐버리려

해도 물을 토해내고 욕조 바닥에 죽은 듯이 널브러져 있던 시아버지의 모습이 지워지지가 않았다. 마치 줄 끊어진 인형 같았다. 아키코는 시게조가 죽은 줄 알고 기겁을 했다. 지금 생각해보면 시아버지가 돌아가셨을지도 모른다는 생각 때문에 당황한 게 아니라, 자신의 잘못으로 시아버지가 돌아가실 수도 있다는 게 두려웠던 것이다. 의사가 괜찮다고 말해서 안심은 되었지만, 하룻밤을 못 넘기고 급성 폐렴이 찾아왔다면 원인은 욕조에 빠졌던 것이 아닌가 싶다. 그렇다면 결국 자신의 과실이 되고 만다. 아키코가 견딜 수 없는 것은 바로 그것이었다. 만일 시누이가 그 원인을 묻고서 아키코의 책임을 추궁한다면……. 아니, 어쩌면 남편도 그렇게 생각하고 있을지도 모른다. 그런 생각을 하자 아키코는 미칠 것만 같았다. 노인 시중은 들 것이 아니라는 생각이 들었다. 이 마당에 그런 생각까지 하는 자신이 정말 한심했다. 이 반년 동안의 악전고투가 결과적으로 전혀 무의미한 것이 되고 마는 것이 아닌가.

눈을 감으면 욕실에 있던 시게조가 어른거리고, 눈을 뜨면 시게조의 이마에 얹은 얼음주머니가 흐느적거리는 게 보였다. 얼음을 더 집어넣자 낡은 얼음주머니가 무게를 견디지 못하고 찢어졌다. 어쩔 수 없이 대야에 얼음물을 담아 수건을 적셔 시게조의 이마를 식혔다. 체온을 재어보니 39.6도였다.

잠 한숨 못 자고 아침을 맞았다. 노부토시와 사토시는 일요일이라서 그런지 좀처럼 일어나지 않았다. 비가 잠시 주춤한

틈을 타 아키코는 얼음주머니를 사러 약국으로 갔다. 저 정도 고열이라면 물도 자주 마시게 해줘야 할 것 같아 기다란 빨대가 달린 컵을 하나 샀다. 동네 슈퍼마켓은 일요일에 문을 닫아서 집에서 멀리 떨어진 야채가게에 가서 오렌지를 몇 개 샀다.

아키코가 집에 돌아와 보니, 시게조는 정신이 들었는지 눈을 뜨고 있었다.

"아버님, 정신이 좀 드세요. 오렌지 사 왔어요. 얼른 짜서 드릴게요."

말을 걸어도 시게조는 대답하지 않고 곧 눈을 감았다. 아키코는 시게조가 아직 죽지 않을 것 같아 안심이 되고 기운이 났다. 오렌지를 둘로 갈라 짰다. 빨대가 달린 컵에 옮겨 담아 입에 물려주니 시게조는 눈을 감은 채 입을 오므리고 맛있다는 듯 빨아 먹었다. 주름투성이 목이 씰룩씰룩 움직였다. 시아버지는 아직 분명히 살아 있다, 아키코는 그것을 멍하니 바라보며 생각하고 있었다.

간밤에 잠을 자지 못했지만 오늘은 일요일이라 평소와는 다른 아침 식사를 준비하기로 했다. 평소에는 빵과 홍차였는데, 오늘 아침에는 밥과 된장국 등 고전적인 식단으로 아침상을 차리기로 한 것이다. 11시가 다 되어서 노부토시와 사토시가 내려왔다.

소금에 절인 연어와 김, 달걀을 풀어 끓인 된장국이 차려진 아침상을 본 두 남자의 눈이 빛났다. 뜨끈한 밥을 한입 가득

삼킨 사토시가 아키코에게 물었다.

"할아버진 좀 어떠셔?"

"열은 그대로야. 새벽에 얼음주머니가 찢어져서 좀 전에 하나 사 왔어."

"엄마, 힘들지?"

"한숨도 못 잤어. 밥 먹고 교대해주면 좋겠어."

밥을 먹으며 신문을 읽던 노부토시가 고개를 들고 말했다.

"그래, 그렇게 하지. 당신도 잠을 자야 유지하지."

설거지는 사토시에게 맡기고 얼음주머니와 매시간 거르지 않고 먹여야 하는 약은 노부토시에게 맡긴 아키코는 비틀거리며 2층으로 올라갔다. 노부토시는 자기가 잔 이부자리도 정리하지 않고 내려갔다. 차라리 잘됐다 싶어 아키코는 잠옷도 입지 않고 노부토시의 이불 속으로 들어갔다. 익숙한 노부토시의 체취가 물씬 풍겼다. 요즘 들어 남편과의 잠자리가 부쩍 줄었다. 동시에 왠지 전쟁 중, 전후의 혼란했던 시절이 떠올랐다. 된장국과 함께 밥을 배불리 먹어서인지 아키코는 어느 새 깊은 잠에 빠져들었다.

얼마나 지났을까.

"엄마, 전화 왔어!"

사토시가 흔들어 깨우자 아키코는 언짢아하며 대답했다.

"아빠보고 받으라고 해."

"외숙모 전화야. 엄마랑 만나기로 했다고 하시는데……."

아키코는 비로소 어젯밤 약속이 생각났다. 부리나케 아래층으로 내려가 수화기를 들었다.

"미쓰코, 미안해."

"어떻게 된 거야? 30분이나 기다렸잖아. 아직도 집이야? 아키코답지 않게 웬일이야?"

"사실은 어젯밤에 아버님이 급성 폐렴에 걸리셔서 열이 높았어. 의사가 3일이 고비래. 얼음주머니를 갈아대느라 한숨도 못 잤어. 좀 전에 남편과 아들이 일어나 교대해주어서 잠들어버렸어. 미안해."

"어머나 세상에, 이를 어쩌니? 그럼 못 나오겠네."

"응. 미리 연락했어야 하는데……. 미안해."

"괜찮아. 그럼 나 혼자 갈게. 시즈코에게 간다고 말해놨고 선물도 샀으니……."

"정말 미안해. 나도 어느 정도 안정이 되면 가볼게."

아키코는 마치 눈앞에 미쓰코가 서 있기라도 한 듯이 머리를 조아린 뒤 전화를 끊었다. 밤새도록 시아버지 곁에서 얼음주머니를 갈아대느라 미쓰코와의 약속을 까맣게 잊고 있었다. 원래 시즈코의 일로 전화가 온 것이 일의 발단이었지만 미쓰코에게 그런 말을 할 기분이 아니었고, 병간호를 하느라 여념이 없어서 시즈코의 일은 전혀 머리에 떠오르지 않았다. 어느 정도 안정이 되면 가보겠다는 말은 엉겁결에 한 말이었다. 그런데 어느 정도 안정이 된다는 말은 시아버지가 죽는 걸 의미하는 것이 아닌가, 아키코는 문득 이런 생각이 들어 깜짝 놀랐다. 하지만 그걸 의미하는 게 아닐 수도 있다. 시아버지는 3일이 고비라고 했고 시즈코는 일주일의 여유가 있다고 했으니 그걸 의미하는 것일 수도 있다. 이런 생각을 하니 마음이 진정되었다.

아키코는 더 자려고 2층으로 올라가려다가 남편에게 물었다.

"아가씨는 언제 온대요?"

"당신도 신문 좀 봐. 그쪽에 비가 엄청나게 내려서 열차가 못 다닌대. 오늘은 못 오겠지."

기특하게도 노부토시는 얼음을 갈아 넣은 얼음주머니를 아버지의 이마에 얹고 있었다. 그런데 묵직한 얼음주머니를 시게조의 이마에 내동댕이치듯 내려놓는 것이 아닌가. 아키코는 소스라치게 놀라 외쳤다.

"어머 당신, 그렇게 내동댕이치듯 내려놓으면 어떻게 해요. 머리가 울리잖아요. 그리고 이렇게 얼음만 가득 채우면 딱딱해서 아프잖아요. 물도 좀 넣어야죠. 기저귀는 봤어요?"

"아니, 아직······."

남자들은 왜 다 저 모양인지 모르겠다. 아키코는 혀를 차고서 거칠게 시아버지의 이불을 젖혔다. 이불을 젖혔을 뿐인데 집안에 악취가 진동했다. 사토시도 노부토시도 놀라 엉거주춤했다. 그들은 가장 보고 싶지 않은 것을 보고 말았다. 아키코는 사토시에게 물수건을 가져오라고 하고 노부토시에게 새 기저귀를 집어달라고 한 뒤 화난 표정으로 시커먼 배설물을 치우기 시작했다. 소변을 실수한 것에는 익숙해졌지만 대변은 아키코도 처음 겪는 일이었다. 이렇게 많은 배설물을 밀어내려면 꽤 힘이 들어갔을 법한데, 죽어가는 노인이 고열에 정신을 잃은 상태에서 무슨 힘으로 밀어냈을까. 묽은 똥이 아니라 정상적인 똥이어서 가랑이 사이에 묻은 것을 닦아내기란 쉬운 일이 아니었다. 주름투성이 성기도 배설물로 뒤범벅이어서 수건 한두 장으로는 어림도 없었다. 결국 아키코는 양동이에 미지근한 물을 담고 비눗물을 푼 다음 그 물로 정성스럽게 닦아냈다. 그녀가 머리칼이 곤두선 모습으로 그 일을 하고 있는 동안 두 부자는 마치 엄숙한 의식에라도 참석한 듯이 뻣뻣이 서서 조용히 지켜보고 있었다. 부자는 그녀가 매일처럼 이 일을 하고 있어서 익숙하다고 잘못 알고 있었다. 아키코는 그것을 알면서도 가타부타 말할 기분이 아니었다. 그녀는 양동이에 담긴 똥물을 양변기에 흘려버리고 나서 곧바로 2층으로 올라갔다. 아무래도 좀 더 자두어야 할 필요가 있다고 생각했기 때문이다. 의사가 3일이 고비라고 했고 내일 하루도 거기 포함된다. 어차피 오늘 밤은 잠을 잘 수 없을 것이고, 내일이면 남편은 출근할 게 뻔하다. 시누이가 올 때까지 어떻게든 시아버지는 살아 있어야 한다.

뜻밖에도 저녁 늦게 교코가 도착했다. 레인코트 안에 반소매 투피스를 받쳐 입고 비닐로 된 흰색 여행 가방을 들고 있었다. 오랜 시간 기차를 타고 와서 피곤할 법도 한데 아키코의 얼굴을 보자마자 전매특허인 수다를 시작했다.

"엄마는 눈이 오는 날 가시더니, 아버지는 비 오는 날을 택하신 거야? 두 분이 부부는 부부였나 봐요. 그건 그렇고 올해는 눈도 억수로 왔어요. 도쿄에 있을 땐 눈이 거의 다 녹아 있었잖아요. 근데 집에 내려갔더니 그대로 쌓여 있더라고요. 확실히 그쪽이 더 추운가 봐요. 눈을 쓸면서 엄마 생각 많이 했어요. 난 오빠 전화를 받고도 놀라지 않았어요. 막말로 정신 놓고 살면 뭐 하겠어요. 그게 어디 살아 있다고 할 수 있냔 말이죠. 형제들도 다 세상을 떠나셨고 말이에요. 안 그래요, 언니. 자기 아들딸도 못 알아볼 바에야 빨리 돌아가시는 게 복이에요. 열이 안 내리는 건 아버지도 그만 쉬고 싶어서 그런 거라고요."

아버지의 임종을 지키기 위해 먼 곳에서 달려온 딸치고는 참으로 마음 편한 말을 하고 있었다.

아키코는 교코가 떠난 후에도 시게조가 여러 번 집을 뛰쳐나갔고, 그때마다 경찰에 신고했다는 이야기를 들려줬다.

"어머, 그랬어요?"

교코도 한 번 경험한 일이건만 남의 일처럼 흘려들었다.

"배회증? 후생성이 포기할 정도면 우리 아버지도 대단하시네. 경찰 신세를 자꾸 지면 시골에선 금방 소문이 퍼져요. 도쿄는 인심이 사나워서 미친 노인네가 길바닥을 헤매도 누구 하나 관심이 없잖아요. 아버지한텐 도쿄 시내가 정글이나 마찬가지라고요. 우리 동네에도 배회하는 사람들이 꽤 많은데, 그건

어디나 마찬가진가 봐요. 시댁 쪽으로 먼 친척 되는 양반도 무
지하게 돌아다니거든요. 그 양반 얼마 전에도 사라져서 온 집
안이 발칵 뒤집혔는데 이웃 마을에서 간신히 찾았잖아요. 도
쿄는 옆집에 누가 사는지도 모르는 곳이니까 경찰이 나설 수
밖에 없죠. 경찰도 힘들겠네. 학생 단속하랴, 노인 찾아주랴."

교코는 명랑하게 웃어넘겼다.

시게조는 그토록 식욕이 왕성했었는데도 먹을 것을 달라는
말도 하지 않고 잠만 잤다. 아키코는 그런 시아버지가 측은해
오렌지와 사과를 갈아서 주스를 만들어 하루에 서너 번씩 빨
대로 입에 대주었다. 그러면 시게조는 입을 오므리고 그럭저럭
반 컵 정도 빨아 먹었다.

"오늘내일하면서도 주스를 드실 수 있다니 대단하시네."

교코는 놀라워했다.

아키코는 시게조가 비를 맞으며 하얗게 핀 양옥란꽃을 하염
없이 바라보던 광경이 자꾸 떠올라 교코에게 말해주려다 그만
두었다. 시게조의 열은 월요일 저녁에도 내리지 않았다. 의사는
하루에 한 번 반드시 왕진을 와주었고 이른 아침에도 잠시 들
러주곤 했다. 그때마다 주사를 놓아주곤 했는데, 아무리 대단
한 교코라도 아버지가 앞으로 얼마나 더 사실 것이냐고 의사
에게 묻지는 않았다.

인간의 최후란 어떤 것일까? 아키코는 노인회관에서 바둑을
두던 노인의 최후가 자꾸만 떠올랐다.

교코는 별채에서 자고 밤샘을 한 아키코와 교대했다. 화요일 아침이 되어서야 마침내 할 말이 없어졌는지, 처음으로 아키코에게 질문했다.

"언니, 별채는 어떻게 할 생각이에요? 꽤 오래 사용하지 않았죠?"

아키코는 시게조가 수세식 화장실이라면 진저리를 치는 바람에 낮에는 일일이 별채에 볼일을 보러 갔다고 말했다.

"결국 아버지가 남긴 거라곤 별채뿐이네요."

"아니에요. 별채도 우리가 지었어요. 명의도 오빠 이름이에요."

"그렇긴 해도 10년 이상 살면 거주권이라는 게 생겨요."

순간 아키코는 기분이 이상해졌다. 과연 유산 싸움이란 추한 것이로구나, 하는 생각이 들어 오싹했다. 그렇다고 교코가 정말 별채가 탐나서 그런 말을 꺼낸 것 같지는 않았다. 그녀의 입장에서는 그래도 무엇인가 부모님이 남겨놓은 게 있다는 위안이 필요한 모양이었다.

"생각해보면, 아버지는 평생 불행하게 사셨어요. 잔소리는 어찌 그리 많으셨는지…… 젊었을 때부터요. 오늘은 좋았다든가, 무엇이 기뻤다든가 하는 좋은 일은 아무것도 없었던 것 같아요. 불평투성이였고 오직 당신 위장만이 관심사였어요. 엄마도 불평쟁이 남자하고 사느라 힘드셨을 거야. 난 우리 남편과 선볼 때 딱 하나 봤어요. 그게 뭔지 알아요? 바로 위장이었어요. 남편한테 위장이 튼튼하냐고 물어보니까 이상하다는 듯한 표정을 짓더니 어릴 때 한 번 너무 많이 먹어서 배탈이 난 적이 있었다고 그러더라고요. 그 얘기만 듣고 결혼해버렸어요. 살다 보면 부족한 점은 누구나 다 있기 마련이잖아요. 그래도 아버지랑 비교하면 그이가 낫다는 생각이 들어요. 아버지 인생은 아버지가 망친 거예요. 원래 성격도 괴팍한 편이라 친하게 지낸 분도 거의 없어요. 무슨 생각으로 사셨는지 몰라. 젊어서부터 낙이라는 건 아무것도 없었다고요."

아키코는 시아버지가 정말 불행한 사람이라고 생각했다. 죽음을 선고받은 이 마당에 같은 방 안에서 친딸이 이런 말을 하다니……. 하지만 교코의 말에 반대 의견을 가지고 있는 건 아니었다. 시게조는 취미도 없었고 까다롭기가 한량없었기 때문에 이웃과의 충돌도 잦았다. 그 흔한 극장조차 가보지 않았고, 화초를 가꿔보려고 하지도 않았다. 아내와 단둘이 작은 집 안에서 움츠리고 살다 보니 노화를 막기 위한 정신적인 자극이 있을 리 없었다. 가도타니 할머니는 시게조가 망령 든 이유는 마음씨가 고약했기 때문이라고 비난했는데, 그 말이 사실인지도 모른다. 아키코는 머리를 쓰고 손발을 부지런히 움직여서 심신을 단련하고 노후를 즐겁게 보낼 계획을 세워야겠다고 생각했다. 이제 그 일이 남의 일이 아니라는 결론에 도달한 것이다.

그날 오후, 즉 시게조가 급성 폐렴에 걸린 지 4일째 되는 날, 한잠 잔 아키코는 아래층으로 내려갔다. 교코는 텔레비전 앞에 앉아 있었다. 언뜻 본 시게조의 상태가 조금 달라 보였다. 기겁을 한 아키코가 시게조에게 달려갔다. 반듯하게 누워 있던 시게조의 몸이 오른쪽으로 약간 기운 것처럼 보였다.

"아버님!"

아키코는 시게조를 부르며 이마에 손을 얹었다. 차갑다. 아키코는 몸속의 피가 얼어붙은 듯한 기분이 들었다. 떨리는 손으로 손목의 맥을 짚었다. 다행히 맥박은 뛰었다. 체온계를 겨드랑이에 끼웠다. 교코가 잠시 뒤를 돌아보더니 다시 텔레비전 쪽으로 고개를 돌렸다.

시게조의 체온은 36.5도였다. 시게조의 정상 체온보다 약간 높긴 했지만, 위험한 고비는 넘긴 것 같았다.

"아가씨, 열이 내렸어요."

"그럼 빨리 의사부터 불러요."

"그래요."

아키코와 교코는 서로 다른 생각을 하고 있었다. 아키코는 시게조가 한 고비 넘겼다는 기쁨에 소리를 지른 것인데, 교코는 올 것이 왔다고 받아들인 것이다.

아키코는 병원에 전화를 거니, 상대방은 의사는 왕진을 나갔는데, 다치바나 씨 댁에 가장 먼저 들를 것이라고 했다. 전화를 끊자마자 의사가 검은색 왕진용 가방을 들고 현관에 들어섰다. 아키코는 의사에게 다급하게 열이 내렸어요, 라고 말했다. 의사는 신중한 태도로 시게조의 가슴에 청진기를 대보더니 놀랍다는 듯이 입을 열었다.

"기적입니다. 회복되고 있어요. 심장 소리가 확실해졌습니다. 심장이 튼튼하시군요. 이제 괜찮습니다. 걱정하지 마세요. 정말 놀라운 일이군요."

의사에게 고개 숙여 고맙다고 인사하고 공손히 배웅한 후 두 사람은 한동안 말이 없었다.

우선 회사에 전화를 걸어 남편에게 소식을 전했다.

"오빠가 뭐래요?"

"응, 응, 알았어, 라고만 했어요."

"하긴 무슨 말을 하겠어요. 난 상복까지 챙겨 왔어요. 시어머니한테 부의금도 받아 왔고요. 불효인지도 모르지만 솔직히 좀 실망이네요."

그러나 아키코는 살았다는 안도감에 휩싸였다. 아키코의 마음속에 응어리져 있던 과실치사라는 단어는 시게조의 생명이 하루 이틀 연장될 때마다 조금씩 엷어지다가, 이제는 말끔히 사라졌다. 주스를 드린 것이 역시 효과가 있었나 보다. 그것이 조금씩이라도 노인의 체력을 길러주었으리라. 그리고 무엇보다 아키코의 가장 큰 공로는 시아버지가 밤중에 소란을 피우는 것 때문에 고민하면서도 진정제의 양을 늘리지 않았던 일이다. 의사가 말하지 않았는가. 심장 소리가 확실해졌다고, 심장이 튼튼하다고.

심장 소리가 확실해진 것은, 심장이 튼튼한 것은 아키코가 진정제를 정량으로 먹였기 때문이다. 물론 시게조가 천성적으로 강한 심장을 타고난 면도 있지만, 아키코가 성가시다고 진정제를 함부로 먹였다면 제아무리 튼튼한 시게조의 심장이라도 급성 폐렴이 되기 전에 이미 쇠약해졌을 것이다. 그런 생각이 들자 아키코는 벅찬 해방감을 느꼈다. 그리고 배가 고팠다. 기름진 음식이 잔뜩 먹고 싶었다. 아키코는 지갑과 장바구니를 챙겨 밖으로 나갔다. 슈퍼마켓에서 눈에 띄는 것을 모두 사고 싶었다.

생선조림, 돈가스, 닭꼬치를 중국집에서 하듯 큰 접시에 담아 식탁에 내놨다. 아키코는 사토시와 경쟁하듯 먹었다. 그러나 교코는 기운 없이 찻물에 밥을 말아 생선 한 토막으로 밥을 먹었다. 집안 걱정에서 벗어난 노부토시는 어디선가 한잔하고 있는 모양이다. 집에 있는 세 사람 사이에도 활기찬 대화는 없었다.

저녁을 다 먹은 사토시가 불룩하게 솟은 배를 쓰다듬으며 할아버지가 자고 있는 쪽을 돌아보았다.

"할아버지가 다시 살아나셨다는 거지?"

교코는 말이 없었다. 아키코 역시 말이 없었다. 사토시는 자리에서 일어나 2층으로 올라가버렸다. 사토시는 아무래도 고모가 거북했다.

"여보시우, 여보시우."

속삭이는 듯한 소리가 들렸다. 아키코가 깜짝 놀라 시게조를 바라봤다. 눈을 뜨고 있었다.

"아버님, 이제 정신이 드세요? 다행이에요. 열도 많이 내렸어요. 뭐 드려요? 주스 드시겠어요? 죽 끓여드릴까요?"

아키코의 얼굴을 멍하니 올려다보던 시게조가 슬며시 웃는 것 같았다. 틀니를 빼서 인중 아래로는 변화가 거의 없었지만, 눈가엔 웃을 때 생기는 주름이 살짝 잡혔다. 아키코가 부엌으로 가자, 시게조가 또 불렀다.

"여보시우, 여보시우."

"소변 마려우세요, 아버님?"

시게조가 또다시 싱긋 웃었다. 잠옷 바지를 내렸다. 기저귀가 축축했다. 아키코가 능숙한 솜씨로 기저귀를 갈아 채우는 것을 보고 있던 교코가 집 안이 떠나갈듯 웃어대기 시작했다.

"나 참 기가 막혀서. 뭐가 여보시우예요, 여보시우는. 난 앞으로 아버지가 죽었다고 해도 오지 않을 거니까 언니도 그렇게 아세요. 여보시우, 여보시우라니. 기가 막혀 말이 안 나오네."

아키코는 교코의 말에 대답하지 않았지만 마음속으로 굳은 결심을 했다. 지금까지는 시게조의 존재를 귀찮고 불편하게 여겼지만, 이 순간부터 시아버지를 살릴 수 있을 때까지 최선을 대해 살리리라. 그것은 누구도 아닌, 바로 내가 할 일이다. 낮에 멈추었던 비가 다시 내리기 시작했다. 밤의 빗소리가 아키코의 마음속으로 또렷이 들려왔다.

16

4일간 지속되던 고열이 가라앉았지만 시게조는 회복이 더뎠다. 여든다섯이라는 나이는 숫자에 불과한 게 아니었다. 동작은 전보다 더 느려졌고, 병 때문에 쇠약해진 느낌이 좀처럼 사라지지 않았다. 몸이 부쩍 마르고 말수가 한층 줄었다. 별로 걷지도 않았다. 이 정도라면 배회증은 걱정할 필요가 없을 것 같았다. 공복을 호소하며 우는 일도 없어졌다. 하지만 음식을 주면 언제까지고 먹었다. 머리가 완전히 백발이 된 것이 가장 눈에 띄는 변화였다.

　시아버지의 열이 내린 다음 날, 올케인 미쓰코에게서 전화가 왔다. 시즈코의 상태가 악화돼 그만 죽었다는 소식이었다. 아키코가 병문안 한번 못 가고 친구를 보낸 것이 마음 아프다고 했더니 미쓰코가 말했다.

"안 만나길 잘한 것일지도 몰라. 뼈하고 가죽만 남았더라. 상상도 못할 거야. 자기가 죽는다는 걸 몰랐나 봐. 글쎄, 나보고 암이 아니어서 다행이라는 거야. 머리가 다 지끈거리더라. 네 시아버지 얘길 해줬더니 자기 처지는 생각하지 않고 네 걱정만 했어. 시아버지는 좀 어떠셔?"

"기적적으로 살아나셨어. 보통 사람보다 심장이 튼튼하대. 열도 내려서 어제부터 죽을 드셔."

시게조의 상태를 알고 있는 미쓰코는 어떻게 인사를 해야 할지 곤란하여 잠시 숨을 죽였다.

"그랬구나. 시즈코는 죽고, 너희 시아버지는 사셨네. 죽는 건 나쁜 거니까, 시아버지가 사셔서 다행이네. 앞으로도 힘들겠지만."

"나도 그렇게 생각했어. 뭐랄까. 결심이 선 느낌이 들어."

"우리 앞날도 고생이 훤해. 암 연령에 들어섰고, 다행히 암에 걸리지 않는다 해도 노화를 막을 수는 없으니까."

"맞아. 난 세상 사람들이 앞으로 어떻게 살아갈지 궁금해. 그래서 시아버지를 마지막까지 지켜봐 드려야겠다는 생각이 들어."

시아버지를 살릴 수 있을 때까지 최선을 다해 살리리라고 결심한 것에 대해서는 아무에게도 말하지 않았다. 하지만 자신과 시게조에게 지금부터가 가장 중요한 고비이며 자신이 진가를 발휘해야 할 시기라고 생각했다. 병을 앓고 난 시게조가 전과 비교할 수 없을 정도로 약해진 것이다.

한 가지 특이한 변화는 시게조가 자주 웃는다는 것이었다. 입을 벌리거나 소리를 내지는 않고 눈으로만 미소를 지었다. 아키코가 아는 한 시게조는 이런 표정을 지은 적이 없었다. 그는 신경질적으로 얼굴을 찡그리고 불평불만만 쏟아내면서 살아왔다. 그가 행복해하거나 만족스러워하는 모습을 본 적이 없다고 교코가 말했다. 아키코 역시 마찬가지였다. 그런데 급성 폐렴의 후유증인지, 정말 귀여운 미소를 짓는 듯했다. 시게조는 아키코가 자신의 욕구를 알아맞혔을 때, 먹을 것을 줄 때, 자기가 부르면 와줄 때 그런 미소를 지었다. 때로는 혼자 앉아 있다가 갑자기 미소를 짓기도 했다.

"사토시가 갓 태어났을 때 이렇게 웃곤 했어요. 꿈을 꾸고 있는 모양이라고 생각했죠. 아직 눈을 뜨지 않았을 때였어요. 의사 선생님은 무심히 웃는 얼굴이라는 게 이런 거라고 말해주었어요. 어린아이는 천사라는 생각이 들더라고요. 그런데 아버님이 꼭 그렇게 웃으세요. 살아서 신이 된다는 게 이런 걸까요?"

아키코의 말에 노부토시도, 사토시도 고개를 끄덕였다. 노부토시와 사토시는 서로 이런 대화를 주고받았다.

"인간은 인간을 끝없이 초월한다고 말한 사람이 누구더라?"

"파스칼이잖아."

"오호, 그런 것도 알고 있네."

"그 정도는 알고 있어. 그런데 그 말이 할아버지와 같은 경우를 말하는 건가?"

"아닐지도 모르지만, 또 그럴지도 모르지."

"확실히 초월하신 것 같아, 할아버지는."

신이 된 시게조는 천의무봉天衣無縫으로, 변소 같은 더러운 곳에 가지 않는 대신, 배변은 때와 장소를 가리지 않았다. 기저귀는 항상 차고 있어야 했다.

가도타니 부인은 장마가 시작되자 시어머니의 기저귀를 말리느라 애를 먹다가 결국 건조기를 빌려 쓰러 오기 시작했다. 그리고 건조기가 다 돌아갈 때까지 엉덩이를 붙이고 앉아 수다를 떨다 갔다.

"그나마 세탁기가 있어서 얼마나 다행인지 몰라요. 옛날처럼 손으로 빨아야 한다면 정말 힘들었을 거예요."

"식사 시간을 정해놓으면 대변도 같은 시간에 보세요. 시간 맞춰서 종이 기저귀로 갈아 채우면 뒤처리가 훨씬 쉬워져요. 어렵사리 터득한 요령이에요."

"우린 그래도 시어머니가 말씀은 하시니까 변기를 쓸 수 있어서 편해요. 제가 집을 비우거나 하면 큰일이지만요."

"그래도 같은 여자이니까 기저귀 갈 때 어색하거나 하진 않겠어요. 저는 시아버지라 아무래도 힘들어요."

"그럴 것 같아요. 어차피 쓰지도 못하면서 달려 있을 건 다 달려 있으니까요."

가도타니 부인은 큰 소리로 웃었다. 아키코는 이제 출근하는 것은 단념했기 때문에 낮 시간은 한가했다. 그래서 이웃 사람들이 찾아오면 반가이 맞이했다. 노인을 돌보는 사람들끼리 푸념이랄 것도 없이 이런저런 이야기를 나누다 보면, 자기 혼자만 고생하는 것이 아니라는 것을 알게 되어 한결 위안이 되었다.

어느 날 기하라 부인이 얼굴을 내밀고 두 사람의 대화에 끼어들었다.

"그래도 가도타니 씨나 다치바나 씨는 노인네들이 담배를 피우시지 않아 좋으시겠어요. 우리 아버님은 돌아가시기 전까지 담배를 피워 혼났어요. 담뱃불을 붙여놓고는 정신없이 여기저기 놓아두시는 거예요. 그래서 온 집 안이 연기로 가득 차곤 했다니까요. 피우다 만 담배를 아무데나 놔둬서 잠시도 눈을 뗄 수가 없었어요. 용케 불이 나지 않았다고 지금도 남편과 얘기하곤 해요. 밤중이나 아침이나, 눈만 뜨면 바로 피우고, 그러고서 피운 것을 잊어버리고 다른 담배에 또 불을 붙이고……. 하루에 네다섯 갑을 피우셨죠."

"기하라 할아버님은 참 건강하셨는데……."

"건강하셔서 담배도 손수 사가지고 오셨죠. 몸에 해로우니 담배 좀 줄이시라고 그렇게 말씀드렸는데 살 만큼 살았으니 목숨도 아깝지 않다면서 내 얘긴 듣지도 않으시더라고요."

"어쩌다가 돌아가셨어요?"

"노환이죠, 뭐. 편하게 가셨어요. 전날 밤까지 멀쩡하게 식사도 하시고, 이불에 누워 하도 담배를 피우시기에 큰 사발에 물을 담아 머리맡에 놔드렸는데 글쎄 거기에 담배꽁초가 산처럼 쌓여 있더라고요. 그만큼 담배를 많이 피우고 가셨으니 여한은 없으실 거예요. 지금 생각하면 담배를 뺏거나 하질 않은 게 잘한 것 같아요."

기하라 부인은 갑자기 생각난 듯 이런 이야기를 하러 온 게 아닌데, 라고 웃으며 별채에 세를 놓을 생각이 없느냐고 물었다. 기하라 가의 먼 친척뻘인 젊은 대학생이 같은 과 여학생과 얼마 전 결혼해서 살 곳을 찾는다는 얘기였다. 젊은 대학생 부부의 인품은 자기와 남편이 보증할 것이니 2년만 세를 놔달라고 부탁했다.

남편과 의논해서 알려주겠다고 대답은 했지만, 아키코의 마음은 절반쯤 그렇게 해야겠다는 쪽으로 기울어졌다.

"낮에 잠깐이라도 시아버님을 보살펴준다면 공짜로라도 빌려줄게요. 법률사무소에서도 정 안 되면 일주일에 세 번이라도 출근해줄 수 있느냐고 부탁하시거든요. 지금 아버님 상태라면 손이 가지 않아요. 곁에 누가 있어주기만 하면 되니까, 저도 할 일이 없어서 무료하네요. 하지만 젊은이들은 노인을 돌보는 건 싫다고 말할지도 모르겠네요."

"내가 그런 말은 나오지 않도록 할게요. 누구든 나이를 먹게 되는 거니까요."

기하라 부인의 어조가 단호해서 아키코는 어안이 벙벙했다. 기하라 부인은 자신이 시아버지의 노후를 끝까지 돌본 것에 대해 강한 자부심을 가지고 있는 것 같았다.

"그래도 남의 집에 공짜로 살 수는 없죠. 집세를 2만 엔이면 2만 엔으로 정하고, 할아버지를 돌보는 수고비로 1만 엔이라든지 1만 5천 엔이라든지 정하면 어떨까요? 그 편이 분명해서 좋을 것 같은데요."

"예, 저야 좋지요."

"곧 여름 방학이니까 시간적으로도 문제없을 거예요. 바깥양반한테 잘 말씀드려줘요. 나도 할아버지를 돌봐드려야 한다는 조건을 아이들에게 확실하게 말해둘게요."

기하라 부인이 돌아간 뒤 가도타니 부인과 아키코는 어느 집이나 노인 때문에 문제라면서 노인 문제에 대해 또 한바탕 이야기를 나누었다. 가도타니 부인은 얼마 전에 특별 양로원에 다녀왔다고 털어놓았다. 양로원마다 자격 조건이 다른데, 가도타니 가에는 전업 주부가 있어 아무래도 양로원에는 못 들어갈 것 같다고 투덜거렸다. 새로운 시설은 깨끗해서 좋긴 한데, 한 방에 노인들이 여섯 명씩 누워 있는 걸 보면 아무리 시설이 좋아도 마음이 편치 않다고도 했다.

"기저귀를 갈아드릴 때마다 빨리 죽고 싶다고 우세요. 아마 저한테 미안해서 그러시는 것 같아요. 그동안 구박받은 걸 생각하면 어머님이 정말 미운데, 사토시 엄마가 말한 것처럼 저도 언젠가 어머님처럼 늙는다고 생각하면 남의 일 같지 않아요. 특별 양로원을 보고 와서 생각이 좀 달라졌어요. 어머님이 돌아가실 때까지 잘 돌봐드리면 저는 어머님같이 되진 않을지도 모른다는 생각이 들었어요. 논리적인 생각은 아니지만요."

"저도 비슷한 심정이에요. 신앙이라고 해야 하나, 종교라고 해야 하나, 신에게 봉사하고 있는 것 같은 생각이 들 때가 있어요."

"다치바나 할아버지가 많이 노쇠하셔서 더 그럴 거예요. 우리 어머님은 아직 멀었어요. 남편이 장기전을 준비하라고 하더군요. 얼마 전에 어머님 방에 텔레비전을 들여놨어요. 그랬더니 요샌 울거나 투정 부리는 횟수가 줄어들었어요."

"이럴 땐 문명도 꽤 괜찮아요. 기저귀를 빨 때마다 세탁기가 있어서 정말 다행이라는 생각을 자주 해요."

"저도 이 집 건조기 덕분에 살았어요."

너도나도 가전제품을 구입하기 시작한 지 15년쯤 됐으므로 세탁기 정도는 당연한 것 아니냐고 말할지도 모르지만, 병든 노인을 수발해야 하는 주부들에게는 세탁기의 편리함이 새록새록 고맙게 느껴질 수밖에 없었다.

시게조를 혼자 두고 나올 수 없어 장 보러 갈 때마다 반드시 함께 집을 나섰다. 급성 폐렴에 걸리기 전까지 시게조의 지능은 대여섯 살 수준이었는데, 병을 앓은 뒤로는 세 살 정도가 되었다. 새를 파는 집 앞을 지날 때마다 그 앞에 웅크리고 앉아 한없이 지켜보았다. 덩달아 아키코도 시게조와 나란히 앉아 새장 속에서 바쁘게 날아다니는 새들을 한가롭게 바라보는 것이 일과가 되었다. 빗속에서 양옥란꽃을 바라보며 하염없이 서 있었던 시게조는 카네이션이 늘 화려하게 넘쳐나는 꽃가게 앞은 냉담하게 지나쳤다. 슈퍼마켓에 들어가 생선 코너 앞에 서니 시게조의 눈이 반짝였다.

"아버님, 오늘은 뭘 살까요? 이걸로 할까요? 이걸 토막 내 달라고 할까요? 아니면 찐 가자미가 좋으세요?"

아키코가 찐 가자미를 가리키자 시게조는 그것이 마음에 들었는지 환하게 웃었다. 값이 비싸서 한 마리만 사고 다른 가족들 몫으로는 다른 생선을 사서 토막 내 달라고 했다. 시게조는 고기와 과일에는 관심이 없었다. 거의 말을 하지 않는 것이 최근의 두드러진 특징이었다. 또한 전처럼 공복을 호소하지도 않고 식사 준비가 끝나서 부르면 빙그레 웃었다. 노인이 자신의 의사를 표현하는 것은 이 미소뿐이었다. 아키코는 결혼 후 지금까지 저런 미소는 본 적이 없었다는 생각을 하지 않을 수가 없었다. 시게조는 항상 오만상을 찌푸린 얼굴로 불평불만만 늘어놓았다. 아무도 그의 마음에 들지 않았다. 어린 손자를 보고도 웃은 적이 없었다. 돌아가신 시어머니는 남편에게 이런 표정이 있다는 걸 알고 있었을까?

기하라 부인이 별채를 젊은이들에게 빌려주는 것이 어떻겠냐고 부탁했다고 하자 노부토시는 난색을 표했다.

"대학생이라고? 근데 벌써 결혼했다고?"

그들이 다니는 대학은 사토시가 제1 지망으로 삼고 있는 대학이어서, 아키코의 마음 한구석에는 사토시가 만약 내년 봄 시험에서 실패라도 한다면 어쩌나 하는 걱정이 있었다. 반면 노부토시는 그들이 학생 운동의 투사는 아닐까, 그래서 온 동네에 폐를 끼치는 것은 아닐까하는 걱정을 했다.

"기하라 씨 부부가 보증한다고 했어요. 정 못 미더우면 계약서를 쓰자고 할게요. 내 전문이니까."

"신좌익에 물든 대학생들은 종이에 쓴 건 상관도 안 할 거야."

"하지만 그런 학생들인지 아직 모르잖아요. 한번 기하라 부인에게 물어볼게요."

"그렇지 않더라도 아직 학생인데 결혼했다는 것도 마음에 걸려."

사토시가 갑자기 웃음을 터뜨렸다.

"아빠는 참, 고리타분한 얘기를 하네."

노부토시와 아키코는 속으로 뜨끔했다. 내년부터 사토시도 대학생이니까 그들처럼 이른 결혼을 할 수도 있는 것이 아닌가. 남의 일이 아닐 수도 있다는 생각이 들었다.

세대 간의 단절, 부모 자식 간의 단절이라는 말이 사람들 입에 오르내린 지 오래되었다. '요즘 젊은것들'이라는 말은 옛날부터 있었던 것인데, 최근에는 신문·잡지에서도 다투어가며 쓰고 있다. 게다가 학생 운동도 가장 과격한 부분만 사진과 함께 보도되고 있다. 그러니 청소년을 둔 부모들은 불안할 수밖에 없다. 엄하게 대하면 반발하여 엇나가고 과보호하면 응석받이가 되어 제구실을 못한다고 하니 부모들은 어떻게 해야 할지 갈피를 잡을 수가 없다. 단절, 단절, 단절. 올해 들어 사토시가 머리를 기르기 시작한 것도 노부토시와 아키코는 은근히 신경이 쓰였다. 유행이라고 간단히 생각할 수도 있지만, 그러지 못하는 것이 부모의 마음이다. 자르라고 하면 더 기르려고 할지도 모른다. 어쩌면 용돈을 아끼려고 이발소에 가지 않는 것인지도 모른다. 하지만 노부토시도 아키코도 사토시에게 그것에 대해 말을 꺼낼 엄두가 나지 않았다. 부부가 둘만 있을 때면 서로 당신이 말해보라고 미루다가 곧잘 말다툼으로 번지기도 했다.

결국 별채에 학생 부부를 들어오게 하기로 했다. 이런 뜻밖의 의견 일치를 보게 된 것은 그들을 보면 사토시의 머지않은 장래의 대학 생활에 대해 안심하거나 각오를 하는 데 도움이 되지 않을까 하는 생각에서였다.

"일주일에 월, 수, 금 3일만 아버님을 돌보고 집세는 1만 엔만 받기로 했어요. 기하라 씨가 아버님을 자세히 살펴보고 갔거든요. 아버님 정도면 조카 내외가 돌볼 수 있겠다고 했어요. 기하라 씨 부친도 돌아가시기 전에 무척 힘들었대요."

"어느 집이나 마찬가지군."

"그러니까요. 나도 노화를 방지하기 위해 지금부터 생각해야겠어요. 모두들 그러는데 취미를 가져야 한대요. 계속 머리와 몸에 자극을 줘야 치매에 안 걸린대요. 그래서 화요일하고 목요일에 집에 있을 때는 서예를 할 생각이에요. 어렸을 때 배웠고 좋아했거든요. 통신 강좌도 있대요."

"그래?"

처마에 매달아놓은 새장 속에서 멧새가 지저귀기 시작했다. 새장 밑에 앉아 있던 시게조가 새를 보며 웃었다. 귀는 잘 들리는 모양이다. 먹이와 물은 아키코가 줬고, 시게조는 다만 보고 즐기기만 했다. 혹시라도 시게조가 귀엽다는 생각에 새장 문을 열까 봐 걱정되어 아키코는 새장을 높은 곳에 매달아놓았다. 시게조는 지겹지도 않은지 하루 종일 새만 보며 지냈다. 이제 텔레비전은 보지 않았다. 이 멧새는 얼마 전 시게조의 여든다섯 번째 생일 선물로 아키코가 사 온 것이다.

대학생 부부가 이사 오기로 한 날, 아키코는 이른 아침부터 별채를 청소하고, 예의 틀니가 담긴 상자를 과감히 버렸다. 긴장을 한 채 그들을 기다리고 있었는데, 그들의 이삿짐은 이불 두 채와 모포, 커다란 보따리에 보스턴백 두세 개가 전부였다.

"야마기시라고 합니다."

"저는 에미예요."

까딱하고 고개를 숙이는 것으로 그들의 인사는 끝났다.

아키코는 얼마 안 되는 짐을 같이 옮겨주었다. 에미를 별채의 좁은 부엌으로 데려가 가스 배관 옆에 달린 개폐 장치 사용법을 알려줬다. 젊은 부부의 살림살이는 냄비 한 개와 프라이팬 한 개, 밥그릇 두 개와 젓가락 두 벌이 고작이었다.

"결혼은 언제 했어요?"

"야마기시, 우리 언제 결혼했지?"

"실질적으로는 작년 여름부터지."

"벌써 1년이네. 세월 정말 빠르다, 그렇지?"

"아무것도 해놓은 게 없는데……."

"정말이야."

남편을 성으로 부르는 아내. 결혼은 정식으로 한 걸까? 의문 투성이였다. 에미는 살갗이 희고 작은 몸집에 포동포동하니 젊음이 무르익은 듯한 몸매를 가지고 있었다. 상당히 미인이었다. 에미는 아키코의 표정을 읽었는지 킥킥 웃고는 자초지종을 이야기했다. 야마기시의 하숙에 에미가 동거 비슷하게 있었는데 양쪽 친구들이 끊임없이 찾아오는 바람에 그냥 떠들썩하게 지내다 보니 공부고 뭐고 아무것도 할 수가 없었다는 것이다.

"졸업은 언제죠?"

"전 올해 졸업했고, 야마기시는 낙제했어요. 좀 과격했거든요. 지금은 학생 운동을 그만두었고, 역시 졸업은 해야겠다고 생각하고 있어요. 원래 공부를 좋아했는데 사회 체제에 화가 났었던 거죠. 저도 공부하는 데 찬성이어서 공부할 수 있는 환경으로 이사하자는 결론을 내린 거예요."

"아, 그랬군요."

아키코는 마음이 무거웠다. 두 사람 모두 젊고 귀여운 얼굴을 하고 있지만, 역시 학생 운동에 가담한 전력이 있구나. 기하라 부인은 그런 걱정은 하지 않아도 된다고 큰소리를 쳤는데, 일부러 거짓말을 한 게 아니라면 아마 모르고 있었던 것이리라. 그러나 공부를 좋아해서 친구들이 찾아오지 않는 조용한 환경을 찾아 이사를 했다니, 그나마 다행이었다. 이것이 아키코가 겨우 찾아낸 희망이었다.

시게조가 툇마루 끝에 앉아 별채를 물끄러미 보고 있었다. 아키코는 곧바로 그쪽으로 가서 시아버지를 소개했다.

"할아버지, 안녕하세요."

에미는 시게조에게 큰 소리로 인사했다. 그러자 놀랍게도 시게조가 에미를 보고 예의 환한 미소를 지었다.

"아, 이분이 1만 엔 할아버지군요?"

야마기시가 아키코를 보고 말했다.

젊은 부부는 둘 다 도쿄에서 멀리 떨어진 지방 출신이었다. 학비와 생활비는 양쪽 부모로부터 받아 쓰는 유복한 신분이었다. 둘은 '투쟁'을 하다가 처음 만났는데, 양가의 허락도 없이 동거부터 했다고 거리낌 없이 말했다. 야마기시와 에미의 부모님은 나중에야 둘이 함께 사는 걸 알게 되었고, 시위하다 유치장에 들어간 것에 비교하면 놀랄 일도 탄식한 일도 아니라고 말했다고 한다. 아키코는 이런 사실들을 2~3주에 걸쳐 조금씩 알게 되었다. 그러니까 두 사람 모두 구금된 경험이 있었던 것이다. 이 사실을 알게 된 아키코는 얼굴색이 변해 기하라 부인을 찾아갔다.

"어머, 그래요? 그렇게 배짱이 있어 보이진 않던데……. 그런데 요즘 학생들은 많든 적든 간에 그런 것 같아요. 직업적 혁명가가 되는 건 일부분이고, 나머지는 역시 유행 같은 거죠. 그리고 텔레비전 뉴스를 보면 우리도 길거리로 나가 데모라도 하고 싶은 충동을 느낄 때가 있잖아요. 물가는 치솟는데, 아무도 아무것도 해주지 않으니까요."

기하라 부인은 도리어 울분을 터뜨렸다.

노부토시에게 말하면 틀림없이, 거봐, 내가 뭐랬어, 라고 말할 것이므로 비밀로 하지 않으면 안 되었다. 하지만 집 안에서 잠자코 있을 수도 없어서 사토시에게 털어놓았다.

"이야, 근사한데!"

사토시가 뜻밖의 반응을 보이는 바람에 아키코는 말한 것을 후회했다. 사토시가 별채에 드나들며 영향을 받지나 않을까 걱정이 되었기 때문이다. 하지만 사토시는 부지런히 입시 학원의 방학 특강을 들으러 갔다 와서 낮잠을 잔 다음 밤에 일어나 공부를 했기 때문에 야마기시 부부를 볼 기회가 별로 없었다.

게다가 시게조와 에미의 관계가 야마기시가 말한 '1만 엔 할아버지'보다 훨씬 돈독한 관계가 되었다. 기적 같은 일이었다. 병을 앓은 뒤 시게조는 아키코의 이름도 잊어버린 듯, 용무가 있으면 '여보시우, 여보시우'라고 불렀는데, 그런 만큼 낯가림을 하지 않게 된 것인지도 모른다. 에미를 유독 잘 따랐고, 아키코가 직장에 나가는 월, 수, 금에 한 번도 문제를 일으키지 않았다. 에미는 물건을 사러 나갈 때 아키코처럼 시게조와 함께 나가는 것 같았고, 나간 김에 곧잘 산책을 하고 멀리 세이비야마 공원 근처까지 갔다 오기도 하는 모양이었다. 아키코가 직장에 나가는 날에는 멧새 새장을 별채 처마 끝에 매달아놓았다. 그러면 시게조는 별채 툇마루에 앉아 멍하니 새를 보기도 하고 꾸벅꾸벅 졸기도 하고 때때로 에미를 보고 빙그레 웃기도 하면서 지냈다.

야마기시의 공부에 방해가 될까 봐 걱정하고 있었는데, 놀랍게도 에미가 대학원에 진학하여 두 사람 모두 틈만 나면 책을 읽고 공부했다. 문자 그대로 수재와 재원이 만난 것이다. 공부하는 시간을 위해 모든 것을 희생할 생각인지, 식사는 손쉬운 빵이나 라면이 보통이고, 날달걀과 햄이 단백질 공급원이었다. 매달 부모가 돈을 보내주기는 했지만 도쿄의 학생 생활은 무엇이든지 돈이 들어서 그들은 식생활을 극도로 절약했다. 아키코가 이따금 주의해서 보면 식생활의 빈곤함과 무관심한 태도는 전쟁 직후의 그것과 별 차이가 없었다. 그들에게 2만 엔의 집세는 큰 지출이었으며, 그런 만큼 '1만 엔 할아버지'의 가치는 대단한 것이었다.

2주일이 지나자 에미는 시게조의 기저귀를 갈아주기 시작했다. 물론 내켜서 시작한 일은 아니었다. 함께 지내려면 악취부터 해결해야 했기에 어쩔 수 없이 하게 된 모양이었다. 아키코는 집을 나설 때 종이 기저귀를 두 겹으로 해두곤 했었는데 어느 날 돌아와 기저귀를 갈려고 보니 한 겹이 깨끗하게 처리되어 있었다. 미안하기도 하고 고맙기도 해서 인사를 하기 위해 별채로 건너갔다.

"냄새는 나지만 요령 있게 종이 기저귀만 빼서 버리면 되니까 괜찮아요. 점심 드신 뒤에 앉아 계시지 않도록 하면 편해요. 시간이 정해져 있는 것 같거든요."

"예, 위장은 튼튼하세요."

"그럼 우리랑 같으시네요. 하기야 같은 걸 먹고 있으니까요."

에미는 즐거운 듯 웃었다.

아키코가 집에 있는 날은 수고에 보답하는 의미로 생선조림이나 치킨라이스를 직접 만들어 갖다주곤 했다. 그때마다 야마기시와 에미는 환호성을 질렀다.

"여보시우, 여보시우."

그럴 때면 시게조도 빠질 수 없다는 듯 안채에서 나왔다.

"할아버지, 빨리 오세요. 같이 드셔야죠."

에미가 부르면 노인은 또 환하게 웃었다. 기분이 좋다는 뜻이었다.

"할아버지는 참 행복해 보여."

야마기시가 환하게 웃는 시게조를 보고 말했다.

"정말이야. 불평도 없고 불만도 없으셔. 새를 보며 하루를 보내다니 얼마나 우아해. 신선 같아. 인간의 이상적인 모습이 아닐까?"

"할아버지는 나보다 에미 널 더 좋아해."

"진짜?"

"나한텐 여보시우, 라고 부르지도 않고 웃지도 않으셔. 남자는 죽을 때까지 여자만 좋아하나 봐. 남자인 나로서는 슬픈 것 같기도 하고 즐거운 것 같기도 하고 복잡한 심경이야."

시게조가 아들 노부토시의 얼굴과 이름을 먼저 잊어버렸고 얼마 전까지 아키코의 얼굴과 이름만 기억했다고 아키코가 알려주자, 둘은 재미있다는 듯 듣고 있었다.

"잊어버린다는 게 나쁜 건 아니에요. 에미는 이상적인 모습이라고 했지만, 원시 시대에 사람들은 엉덩이를 닦지 않았을 거예요. 집에 변소가 딸리고 배설물이 비료가 될 수 있다는 걸 알게 된 건 도요토미 히데요시 시대인 1500년대였어요. 도시가 형성됨에 따라 부수적으로 생겨난 지혜죠. 할아버지는 그 이전의 인간의 모습으로 돌아가신 거겠죠, 아주머니?"

야마기시가 정답게 아주머니라고 부르자 아키코는 흠칫했다.

곧바로 대답하지는 못했지만, 이 대화를 통해 아키코는 다음과 같은 것을 알게 되었다. 그들 부부가 1만 엔 이상의 관심을 시게조에게 기울이고 관찰하며 그들 나름대로 정의를 내리고 있다는 것, 그러나 자신들도 늙어서 시게조처럼 될 수 있다는 것을 계산에 넣고 있지 않다는 것을 말이다. 그들은 너무 젊기 때문에 자신들이 나이든다는 것을 생각할 수 없는 것이다. 사토시도 역시 그랬다. 사토시는 자기 부모가 할아버지처럼 되지 않기를 바랐지만 자신이 늙는다는 데까지는 생각이 미치지 않는 모양이었다. 젊음은 이토록 자기중심적이다. 신혼의 단꿈에 젖은 야마기시 부부는 너무 행복한 나머지 누구나 다 자기들처럼 행복할 것이라고 생각하는 모양이었다. 새를 바라보면서 사는 생활이 충분한 건강과 재력을 가지고 유유자적하게 취미로 하는 것이라면 우아한 것이겠지만, 시게조는 세 살배기 어린아이와 같은 흥미로 그저 멍하니 바라보고 있을 뿐이다. 게다가 시게조는 세 살배기와는 달리 내년에 멧새에게 물을 줄 정도로 성장할 가능성이 없다.

시게조는 '여보시우'라는 말 외에는 모든 언어를 상실했다. 야마기시 부부는 시게조를 흉내 내며 서로 '여보시우'라고 불렀다. 그러고 나서 에미는 재미있다는 듯이 깔깔 웃었다. 아키코는 남편을 '야마기시'라고 부르는 것보다는 '여보시우'라고 부르는 편이 듣기 좋다고 생각했다. 시게조가 그들에게 폐를 끼치는 존재가 아니라 신혼부부의 단조로운 생활에 작은 활력소 역할을 하는 것 같아 다행이었다. 누구보다 시게조가 에미에게 호감을 갖고 에미가 부르면 늘 싱긋 웃었다. 하늘에라도 오르는 기분일지도 모른다.

일주일에 3일만 출근하면서 수입이 줄었지만, 사무실에서도 환영했고 직장을 잃을지도 모른다는 불안감에서 해방되었다. 일주일에 4일을 집에 있게 되면서 아키코에겐 생활 속에 윤기를 더할 시간적인 여유가 생겼다. 매월 13일과 23일은 이웃 동네에 있는 묘법사에서 재를 올리는 날이어서 장이 열렸다. 아키코는 시게조의 손을 잡고 함께 구경을 갔다. 시아버지는 금붕어들에게서 눈을 떼지 못했다. 하루는 아키코가 꽃집에 들러 화초 모종을 샀다. 정원이라고 해봤자 손바닥만 한 빈터가 전부였지만, 아키코는 정성껏 흙을 파내고 나팔꽃과 해바라기, 샐비어를 심었다. 10년 동안 흙을 만져본 적이 없었던 아키코는 그 일이 무척 재미있었다. 해바라기는 다소 늦게 심은 편이었지만 한창 크는 아이처럼 하루가 다르게 자라더니 꽃봉오리를 맺을 무렵이 되자 아키코의 키만큼 높이 자랐다. 헌 먼지떨이 자루로 버팀 막대를 박던 아키코는 해바라기가 왜 이렇게 빨리 자랐는지 그 이유를 알 것 같았다. 그 자리는 한때 시게조가 매일 밤 소변을 보던 곳이었다. 야마기시의 변소에 대한 고찰을 생각하자, 뜬금없이 만년의 도요토미 히데요시의 표정이 시게조와 비슷하지 않았을까 하는 생각이 들었다.

나팔꽃이 피기 시작하자 매일 아침 문을 여는 것이 즐거워졌다.

"아버님, 아버님! 꽃이 피었어요. 나팔꽃이 오늘 일곱 송이나 피었어요. 희귀한 옥색도 한 송이 있어요. 와서 한번 보세요."

작은 새에게 먹이와 물을 주고 새장을 처마에 매달았다. 멧새도 꽃을 좋아하는지 다른 날보다 더 아름답게 노래했다. 시게조도 새를 보고 방긋 웃었다. 요사이 시게조는 아침에 일어났을 때 기분이 가장 좋았다.

나팔꽃이 시들고 더위가 찾아왔다. 사무소에는 오래되긴 했지만 에어컨이 있어 그럭저럭 견딜 만했지만, 집에서는 어찌할 도리가 없었다. 뜰에 물을 뿌려도 한낮에는 금세 수증기가 되어 떠올라서 그 습기가 집 안으로 스며들었다. 시게조도 더위에 지쳐 다다미에 축 늘어져 낮잠을 자는 시간이 많았다. 때때로 밤중에 기어 다니며 여보시우, 하고 아키코를 깨우기도 해서 하루걸러 진정제를 먹였다. 이 더위에는 시게조도 큰 타격을 입었다. 식사량은 변하지 않았지만 눈이 띄게 야위어갔다. 노부토시와 아키코는 입 밖으로 꺼내지는 않았지만 이제 얼마 남지 않았다는 생각을 했다.

어느 날 시게조가 천천히 일어나 뜰로 내려가서는 붉게 핀 샐비어 앞에 웅크리고 앉았다. 한여름의 직사광선이 시게조의 등에 내리꽂혔다. 아키코는 시게조의 건강이 걱정되었지만 무슨 생각을 하며 샐비어 앞에 앉아 있는지 궁금해서 잠시 지켜보기로 했다. 가만히 앉아 있던 시게조가 주름이 쭈글쭈글한 오른손을 뻗어 샐비어를 밑동에서 꺾기 시작했다. 두 송이, 세 송이, 네 송이,……. 어떤 것은 뿌리째 뽑아내고 있어 아키코는 더는 보고만 있을 수가 없었다.

"아버님, 안 돼요. 꽃은 보기만 하는 거예요. 뽑으시면 안 돼요."

시게조는 아키코의 목소리에 뒤를 돌아봤지만 웃지는 않았다. 그러곤 일어서서 별채 쪽으로 걸어갔다. 별채의 젊은 부부가 시계조를 돌보는 날은 일주일에 3일이고 나머지 4일은 아키코가 돌보기로 약속했지만, 시계조는 그런 약속에는 아랑곳하지 않고 에미를 만나고 싶으면 언제든 별채로 갔다. 그때마다 아키코는 젊은이들의 공부에 방해될까 걱정되어 서둘러 쫓아가 데려오곤 했다. 요즘은 그 때문에 꽤 바빴다.

뜰에 두 켤레 놓아둔 슬리퍼를 시계조가 짝짝이로 신고 가는 바람에, 아키코도 좌우의 높이가 다른 슬리퍼를 끌고 절뚝이며 별채 쪽으로 갔다. 얼핏 별채를 들여다본 순간 아찔아찔 현기증이 일었다.

젊은 부부가 반라의 몸으로 뒤엉켜 있었다. 순간적으로 아키코에게는 그렇게 보였다.

"여보시우, 여보시우."

시계조가 서슴없이 가까이 다가가서 불렀다. 붙어 있던 두 사람이 떨어지고, 에미가 비키니 차림으로 최소한의 부분만 가린 채 나왔다.

"어머 할아버지, 이 꽃 저 주시는 거예요? 고마워요. 여보시우, 나 좀 봐유. 나한테 꽃을 선물하는 남자가 있어유."

"그거 잘됐군. 그건 그렇고 오늘도 무척 덥네."

야마기시는 달랑 수영 팬티 한 장만 걸치고 있었다. 피부가 희고 몸이 빈약했다. 에미는 거기에 비교되지 않을 만큼 훌륭한 육체미를 지니고 있었다. 에미는 어느새 주방에서 물이 담긴 컵을 가져와 시계조가 바친 새빨간 샐비어를 꽂으며 남편에게 말했다.

"여보시우, 꽃이라는 건 역시 좋은 거라우."

"여보시우."

"왜 부르시우?"

"한 번 더 물을 끼얹지 않겠수?"

"이의 없수."

젊은 부부는 더운 날씨를 견디다 못해 수영복 차림으로 서로 물을 끼얹었으며 더위를 식힌 다음 누워서 뒹굴거나 기둥에 등을 대고 그때그때 편한 자세로 책을 읽고 있었던 것이다. 책을 읽으며 서로의 발을 휘감거나, 아내의 넓적다리를 베개 삼아 눕거나, 남편의 팔에 안기는 모습이 자연스러웠다.

이윽고 시게조가 안채로 돌아왔다. 아키코는 시아버지를 나무랄 마음이 생기지 않았다.

이 얘기를 노부토시에게 전했다.

"흠, 꽃을 바쳤다? 낭만적이시네. 젊었을 때도 그런 일을 하셨을까?"

"글쎄요. 우리가 모르는 면이 드러난 건지도 모르죠."

"아버지 말년이 이렇게 행복할 거라곤 생각하지 못했어. 새댁 이름이 에미라고 했지? 수영복만 입고 있었다면 몸매에 꽤 자신이 있다는 거 아냐? 예쁘게 생겼던데, 나도 봤더라면 좋았을 걸……."

"나는 여학교밖에 못 나와서, 대학교 나와서 대학원에 간 여성은 지성으로 똘똘 뭉쳤을 거라고 생각했는데 비키니를 입은 모습을 보니까 보통 여자애더라고요. 대학에 가는 게 이제 더는 특별한 일이 아니어서 그런가? 당신도 꽃을 주고 싶어요? 야마기시 군에게 된통 당할지도 몰라요."

"그 친구 데모했다면서? 위험해서 안 되겠군."

"그런데 생각보다 몸이 빈약해 보였어요. 공부만 해서 그런가. 사토시도 걱정이에요. 몸이 마른 편이라서."

"그래도 난 다시 봤어."

"뭘요?"

"요즘 젊은이들답지 않게, 당신 말대로라면 그 친구들이 아버지에게 친절하다면서?"

"그렇다니까요. 부탁하지도 않았는데 기저귀까지 갈아줬어요. 친절해서가 아니라 자기들이 냄새를 못 견뎌서 그랬대요. 내가 고맙다고 하니까 고마워할 만한 일도 아니래요. 인사치레로 하는 말 같진 않았어요."

"그게 새로운 윤리의 기본인가?"

"그런 건 잘 모르겠어요. 하지만 아버님 말년이 이렇게 화려하고 행복할 거라곤 생각하지 못했어요. 정말 다행이에요."

시게조의 몸은 조금씩 조금씩 약해져갔다. 목욕이 그를 더 피곤하게 만들 수 있다는 것을 알게 된 뒤부터 이틀에 한 번씩 미지근한 물로 아랫도리만 씻겼다. 진정제 양을 줄여봤는데 효과가 비슷해서 요즘은 최소한만 먹이고 있다. 아키코는 더욱 신중하게 시게조를 보살폈다.

어느 날 무슨 생각을 했는지 사토시가 완구점에서 갓난아기용 딸랑이를 사 왔다. 시게조에게 쥐어주자 딸랑이를 흔들었다. 딸랑이에서 소리가 나자 놀라서 이상한 듯 물끄러미 바라보다가 이윽고 계속 흔들기 시작했다. 그러다가 "여보시우" 하고 아키코를 부르며 흔들었다.

"어머, 좋은 소리가 나네요."

아키코가 말하자 또 활짝 웃었다.

완전히 어린아이가 되어버린 것이다. 아키코보다 먼저 할아버지의 새로운 변화를 알아차리고 자기 용돈으로 장난감을 사온 아들이 대견했다. 새와 꽃과 딸랑이. 시게조의 마지막 날들을 위로하고 기쁨을 선사하는 것들이었다.

그러나 이런 평화는 오래 지속되지 않았다. 건강한 사람도 기운을 못 차리는 무더위가 끝나갈 무렵 시게조가 별채 화장실에 들어가 문을 잠그고 나오지 않는 사건이 일어났다. 야마기시는 외출을 했고, 마침 화요일이어서 에미는 시게조를 데려가지 않고 혼자 물건을 사러 갔다. 아키코는 아키코대로 별채로 향하는 시게조를 붙들려다가 젊은 부부가 귀찮게 여기지 않는다는 걸 알고 평소처럼 내버려뒀다. 하지만 얼마 후 에미의 목소리를 듣고 정신이 없어졌다.

"아주머니, 큰일 났어요! 할아버지가 화장실에서 나오지 않아요!"

화장실 문은 안에서 잠겨 있었다. 여태까지 시게조가 이런적은 한 번도 없었다. 밖에서 이름을 부르고 문을 두드려도 나오기는커녕 대답도 하지 않았다.

"아버님, 아버님!"

재래식 변기에 빠진 것은 아닌지 걱정이 되었지만, 다행히 안에서 쿵쿵거리는 소리가 나고 시게조의 거친 숨소리도 들렸다. 무엇을 하고 있는지, 저 소리는 무슨 소리인지 아키코는 침이 바짝바짝 말랐다.

"아버님, 아버님!"

"여보시우, 여보시우!"

아키코와 에미가 번갈아가며 시게조를 불러도 노인은 나오지 않았다. 화장실 문은 옛날 뒷간처럼 안에서 빗장을 거는 구조여서 문을 부수고 들어가려면 얼마든지 그렇게 할 수 있었지만, 시게조가 어떤 상황인지 알지 못해 함부로 문을 부술 수도 없는 노릇이었다. 문짝과 기둥 틈새에 포크를 쑤셔 박아 빗장을 벗겨낼 수 있지 않을까, 라는 생각을 아키코가 떠올린 순간 에미는 바깥 창문을 통해 화장실 안으로 들어가보겠다고 나섰다.

아키코가 안채에서 포크를 가져오는 동안 에미는 밖에서 창문을 열고 기어들어가려고 끙끙거리고 있었다. 화장실 창문은 위아래 둘로 나누어져 있었고, 위쪽 창문 바깥쪽에는 격자 창살이 박혀 있었다. 아래쪽 창문은 쉽게 열렸으나 폭이 너무 좁아 에미의 작은 얼굴조차 들어가기가 힘들었다.

"아주 튼튼하게 만드셨네요. 도둑놈이 들어올 엄두도 못 내겠어요, 아주머니."

아키코도 몸을 굽혀 창문으로 안을 들여다봤지만 칸막이 문이 닫혀 있어서 시게조의 모습은 보이지 않았다. 시게조는 뭘하고 있는 걸까. 아키코는 한숨을 쉬다가 지독한 악취를 들이마시는 바람에 숨이 턱 막혔다.

마음을 진정시키고 포크 끝으로 빗장을 밀어 우여곡절 끝에 문을 여는 데 성공했다. 시게조는 도기로 된 남자용 소변기를 끌어안고 끙끙거리고 있었다. 아키코와 에미는 한동안 말을 잃었다. 소변기는 벽에서 완전히 떼어져 있었다. 그것을 안고 일어나려고 했지만 너무 무거워서 일어나지 못하고 있는 것 같았다. 시게조는 무슨 생각으로, 게다가 어떻게 그것을 벽에서 떼어낸 것일까?

"아버님!"

시게조의 어깨를 두드리며 큰 소리로 부르자 시게조는 아키코와 에미의 얼굴을 번갈아 바라보며 살짝 웃었지만 숨을 헐떡였다. 아키코가 소변기를 누르고 에미가 시게조의 몸을 밖으로 끌어냈다. 오랫동안 청소를 하지 않은 소변기에서 풍기는 악취가 견디기 힘들었다. 시게조 몸에서도 냄새가 심했다. 한 시간도 넘게 끌어안고 씨름했으니 당연한 일이리라.

아키코는 시게조를 안채로 데려가 옷부터 벗겼다. 아무리 씻겨도 몸에서 냄새가 났다.

"아버님, 왜 그러셨어요?"

아키코가 계속 물어봐도 시게조는 대답하지 않았고, 소변기를 붙잡고 기운을 너무 써서 완전히 지친 모습이었다. 소금을 약간 탄 차를 마시게 하고 이불을 펴주니 곧 잠이 들었다.

별채 화장실이 걱정되어 다시 가봤다.

"할아버지가 어떻게 이걸 떼어내셨을까요? 나사못이 온통 흩어져 있고 널빤지도 벽도 뜯겨나갔어요. 힘껏 잡아당겨 떼어내신 모양이죠? 그렇다면 대단한 힘이에요."

에미는 무척이나 놀란 기색이었다.

소변기가 너무 더러워서 아키코는 이왕 떨어진 김에 닦아야겠다고 생각하고는 밖으로 꺼내 세제를 뿌리고 수세미로 문질렀다. 노부부 둘이서 조용히 살고 있을 때에는 이렇게 더럽지도 않았고 이렇게 냄새가 심하지도 않았다. 그런 생각이 몇 번이나 들었다. 사실 집주인이 이런 일까지 해주어야 할 의무는 없었지만 젊은 부부는 이런 면에서는 너무 게을러서 집 안 청소를 제대로 하지 않았다. 아키코는 깨끗한 것을 좋아해서 부지런히 정리 정돈했기 때문에 맞벌이를 하는데도 집 안은 늘 깨끗했다. 거기 비하면 그들 젊은 부부는 여름 방학 동안 줄곧 집에 있으면서도 청소하는 모습을 본 적이 없었다. 내심 화가 난 아키코는 금속성 그릇을 닦는 모래까지 가져와 힘껏 문질러 닦았다. 그랬더니 소변기는 마치 새것처럼 깨끗해졌다. 걸레로 물기를 닦고 나서 안고 일어나려고 하니 굉장히 무거웠다. 시게조가 안고 일어나지 못했던 이유를 알겠다.

에미는 아키코의 서슬에 겁이 났는지, 아니면 새삼스럽게 화장실이 너무 더럽다는 생각이 들었는지 납죽 엎드려 걸레질을 하고 있었다.

"할아버진 그걸 떼어내서 어떻게 하실 생각이었을까요?"

아키코가 소변기를 안고 화장실로 들어가자 에미가 물었다.

"얼마나 지치셨는지 녹초가 돼서 잠드셨어."

"그러셨을 거예요."

소변기를 제자리에 갖다 붙이느라 한바탕 소동을 벌였다. 소변기를 나사못으로 벽에 고정시켜놓았었는데 소변기를 억지로 떼어내는 바람에 나사못이 빠지면서 벽에 나사못보다 더 큰 구멍이 뚫려버려 원래 자리에는 고정시킬 수 없었다. 머리를 굴려 조금씩 위치를 달리해 나사못으로 겨우겨우 고정시켜놓고 보니 소변기는 약간 오른쪽으로 기울어져 있었다. 간신히 작업을 끝냈을 때 야마기시가 돌아왔다.

"여보시우, 뭘 하고 있으시우."

야마기시는 영문을 모르겠다는 표정으로 두 사람을 쳐다봤다.

"여보시우 할아버지가 소변기를 뜯어내셨다우."

"뭐라구, 소변기를? 그 무거운 걸 어떻게 뜯어내셨지?"

"그게 수수께끼라니까."

에미가 쾌활하게 웃으며 자초지종을 남편에게 설명했다. 아키코는 소변기에 밴 악취의 주인공이 다름 아닌 야마기시라는 생각에 갑자기 민망해져서 부부만 남겨두고 안채로 돌아왔다.

젊은 부부가 '여보시우 할아버지'라고 부르는 시게조는 정신 없이 자고 있었다. 에미가 말한 대로 그의 행동은 수수께끼였다. 그날 밤 사토시와 노부토시에게 낮에 있었던 일을 이야기했지만 두 사람 다 "그래?" 할 뿐 다른 말은 하지 않았다. 아키코는 자기가 소변기를 닦았다는 말은 둘 중 누구에게도 할 수 없었다.

이튿날 아침이 되어서도 시게조는 일어나지 못했다. 체온은 정상이었지만, 몸에 큰 무리가 간 듯싶었다. 아키코가 출근해야 하는 날이었지만 쉬기로 하고 의사에게 왕진을 청했다. 오후에 간호사와 함께 온 의사는 시게조의 가슴에 청진기를 대보더니 말했다.

"많이 약해지셨어요. 올 여름엔 너무 더웠으니까요."

아키코는 시게조가 소변기를 뜯어냈다고 털어놓았다. 의사는 못 믿겠다는 얼굴로 말했다.

"허, 그래요?"

그러나 그 역시 수수께끼를 풀지는 못했고, 풀어볼 생각도 없는 것 같았다. 영양 주사와 강심제를 놓곤 병은 아니니까 약을 쓸 필요는 없다면서 당부의 말을 남겼다.

"몸조심하시는 게 좋겠어요."

의사의 말처럼 병은 아니었는지 4일째 되던 날, 시게조는 간신히 자기 힘으로 일어나 앉았다. 전보다 더 여윈 듯했다. 여전히 '여보시우'라는 말밖에 하지 못했다. 모든 걸 잊어버린 표정이었다. 지저귀는 새를 보며 웃음 짓고 딸랑이를 흔들며 웃을 뿐이었다.

야마기시 부부는 한두 번 찾아왔다. 하필이면 별채 화장실에서 그런 일이 생겨서 걱정했던 것 같았다. 시게조의 상태를 확인하고 둘은 안심했다는 눈빛을 주고받았다.

"백성은 살리지도 죽이지도 않는다는 것이 봉건 시대 체제 측의 사고방식이었지만, 현대 의학도 대단하군. 노인은 죽이지도 살리지도 않는다는 건가?"

"여보시우 할아버지는 꿈꾸는 사람이야. 황홀한 인생을 살고 있어. 몸이 망가지는 것보다는 나아. 우리 할머니는 류머티즘으로 고생하셨는데 얼굴을 맨날 찌푸리셨어. 여보시우 할아버지는 아픈 데도 없고 몸도 건강하시잖아."

이런 대화를 주고받고 나서 두 사람은 돌아갔다.

노인은 죽이지도 살리지도 않는다는 건가? 아키코는 야마기시의 말이 그럴싸하게 들렸다. 노인들이 여간해서는 잘 죽지 않는다는 데 동감했다. 에미의 생각도 멋졌다. 시게조는 꿈을 꾸듯 황홀한 인생을 살고 있다. 이것이 장수로 누릴 수 있는 행복의 극치인지도 모른다. 시게조 눈에는 새장 속의 멧새가 극락의

가릉빈가*이며, 에미는 선녀일 것이다.

평화로운 날들이 며칠간 계속되었다. 늦더위가 한풀 꺾인 후 지에다 법률사무소에는 아키코가 묘법사의 잿날 사 온, 조그마한 화분에 심은 색비름꽃이 활짝 피어 있었다. 줄기를 꺾어 꽃병에 꽂은 것보다 화분에 심은 꽃이 오래가기 때문에 이것저것 집에서 가져다 놓았다가 열흘쯤 지나면 다시 집으로 가져갔다. 사무소에는 햇볕이 잘 안 들어서 붉은 색비름꽃도 금방 빛이 바랬다. 다음에는 꽃송이가 큰 토레니아로 가져와야겠다, 라고 아키코는 생각했다.

사무소 일은 그녀가 일주일에 3일만 나와도 지장 없이 진행되고 있었다. 젊은 직원이 요령을 터득했기 때문이다. 그런데 요즘 두 변호사가 골머리를 앓고 있다. 젊은 직원에게 남자 친구가 생긴 것 같기 때문이다. 연애는 개인의 자유이니 함부로 간섭할 일은 아니지만, 아무래도 결혼이라는 구체적인 목표를 갖기 시작한 것 같다. 만약 젊은 직원이 결혼하고 사무소를 그만둔다면 사무소에서는 급하게 직원을 한 명 채용하지 않으면 안 된다. 아키코가 전처럼 매일 출근한다면 급할 것도 곤란할 것도 없겠지만, 아키코가 지금처럼 변칙적으로 출근하는 상황에서 젊은 직원의 거취가 불확실하니 변호사들로서는 불안하지 않을 수 없는 것이다.

◆ 가릉빈가(迦陵頻伽): 극락에 산다는, 여자 얼굴에 목소리가 고운 상상 속의 새.

이와 같은 새로운 국면을 맞이하고 보니, 아키코는 기묘하게도 투지가 솟아올랐다. 자신을 필요로 하지 않는 상태와 필요로 하는 상태의 차이인 것 같았다. 자신을 필요로 하지 않는다는 생각이 들었을 때에는 맥이 탁 풀리는 기분이었는데, 자신을 필요로 하는 상태가 되자 투지가 솟아오른 것이다. 아키코는 요즘 이틀 치 업무를 하루에 다 해치우고 있다. 젊은 직원이 결혼과 동시에 퇴직하더라도 아키코 혼자 어떻게든 해낼 수 있다는 것을 변호사들에게 보여주겠다는 투지의 소산이었다. 아키코는 다시 젊어진 듯한 기분이 들었다. 필요로 하지 않는 상태라는 것이 노인의 상황인가, 라는 생각이 문득 들었다.

여름이 저물고 처음 코트를 입고 출근한 날, 후배 직원이 말을 꺼냈다.

"언니, 의논드릴 게 있어요."

후배 직원은 드디어 결혼에 대해 구체적으로 이야기할 단계에 이르렀다고 고백하면서, 뜻밖에도 심각한 문제를 털어놓았다.

"우리 할머니요, 올해 아흔여섯이에요. 그 사람에겐 비밀로 하고 있어요. 할머니가 돌아가실 때까지 저도 병원비를 부담해야 해요. 손주가 여섯인데 한 명이라도 빠지면 자기들도 빠지겠다고 할 테고, 그렇게 되면 아버지들이 다 맡아야 하잖아요. 숫자가 많으면 부담액이 그만큼 적어지니까, 그 사람에게 굳이 말 안 해도 제 용돈으로 어떻게든 할 수 있을 것 같아요. 그 사람은 젊은데도 보수적이어서 자기가 책임지겠으니 일하지 말래요. 저도 살림하는 거 좋아하니까 웬만하면 집에 있고 싶어요. 하지만 그 사람이 외아들이라 부모님과 함께 살고 있어요. 저야 될 수 있으면 따로 살고 싶지만 그 사람 월급만으로는 쉽지 않아요. 그래서 저도 언니처럼 일하고 싶어요. 월, 수, 금은 언니가 하고 전 화, 목, 토에 일하면 어떨까 하는데 언니 생각은 어떠세요? 언니가 변호사님께 말씀드려주시면 좋겠어요. 저는 좀 염치없는 말 같아서 말이 안 나오네요. 할머니는 언제까지 사실 작정인지 모르겠어요. 할머니가 딸려 있다는 걸 알면 그 사람 마음이 변할까 봐 겁이 나요. 그쪽 부모님도 좋아하지 않을 거예요. 그래서 이런 이야기는 한 번도 안 했어요. 이런 생각하면 안 된다는 걸 알지만 빨리 돌아가시면 좋겠다는 생각이 들어요. 할머니가 돌아가신다면 우리 모두 한시름 놓을 거예요. 할머니는 자기가 살았는지 죽었는지도 모르세요. 눈도 못 뜨고, 귀에는 환청이라고 할까, 그것밖에는 안 들리니까요. 꿈을 꾸시는지 가끔 이상한 소리를 질러요. 순례자*들이 부르는 노래를 하실 때도 있대요. 저는 들어보지 못했지만요. 할머니 고향이 시코쿠거든요. 열일곱 살에 도쿄로 시집오셨대요. 고향 근처에 순례자들이 잘 다니니까 배우신 것 같아요. 우리 어머니는 두 번 들었고 사촌들도 들었다는데, 저는 실제로는 듣지 못

◆ 순례자: 불교 성지를 참배하는 사람.

했어요. 처음엔 무슨 소리인지 몰랐는데, 자세히 들어보니 순
례자들이 부르는 노래더래요. 할머니가 정신을 놓으신 게 벌써
20년이에요. 이렇게 오래 사실 줄은 몰랐어요. 전문 간호사 때
문에 돈이 많이 들어요. 비용이 적게 드는 곳으로 옮길까 생각
도 했는데 그러다가 갑자기 돌아가시면 또 그렇잖아요. 10년
가까이 그렇게 지냈어요. 10년 전부터 전혀 거동을 못하세요.
간호사가 이제 쉰 살이 넘어버려서 병상을 의젓하게 지키고 있
어요. 저도 익숙해져 있었지만, 막상 결혼하려고 하니까 곤란
하네요. 다 같이 돌아가시게 할까, 하고 농담을 하기도 하지만,
말이 그렇지 진짜 그럴 수도 없고요."

심각한 이야기를 밝은 어조로 말하는 후배 직원의 이야기를
듣고 있자니 아키코는 바늘에라도 찔리는 기분이 들었다. 후배
직원의 이야기에는 전적으로 동감이었지만, 후배 직원의 명랑
함이 아키코를 아프게 했다. 젊을 때는 어떤 고생이라도 이런
식으로 넘길 수 있는 걸까? 적어도 아키코는 시아버지에 대해
이렇게 밝은 어조로 말하지 못할 것이다.

아키코는 탄식하며 생각했다. 마치 이 세상에 노인들이 넘쳐
나고 있는 것 같다. 그리고 지금은 후배 직원이나 에미같이 눈
이 부시도록 젊음이 충만한 사람들도 20년 후에는 아키코의
나이가 될 것이고, 아키코는 확실한 노인이 될 것이다. 그때 자
신은 어떤 노인이 되어 있을까? 아키코는 마치 자신이 자신에
게 칼을 들이대고 있는 것 같은 기분이 들었다. 그 질문은 어려

워서 아직 해답을 찾지 못했다. 선종禪宗의 공안公案이라고 하는 것이 이런 것일까?

결혼하게 되는 후배 직원과 아키코가 격일제로 근무한다고 하면 후지에다 변호사는 반길 것이다. 하지만 아키코는 지금 당장은 그 이야기를 꺼낼 기분이 아니었다. 두 사람 다 노인 때문에 어려움을 겪는다는, 너무나도 비슷한 처지에 있다는 것이 아키코를 주저하게 만들었다. 그건 그렇고 노부토시와 아키코가 시게조보다 먼저 죽게 된다면 사토시는 어떻게 될까? 별 터무니없는 걱정을 다하고 있네 하는 생각이 들기도 했지만, 할머니 때문에 고민하는 손녀를 보니 자연히 이런 생각에 빠지게 되었다.

집에 도착하자마자 즉시 별채로 향했다. 엎드려서 책을 읽고 있는 에미 곁에서 시게조가 꾸벅꾸벅 졸고 있었다. 덧문이 닫혀 있긴 했지만 집 안에 온기라곤 전혀 없었다. 아키코는 내일부터 셔츠 한 장을 시아버지에게 더 입혀야겠다고 생각했다.

"고생했어요. 아버님, 그만 일어나세요."

시게조는 아키코의 목소리를 듣고 순순히 따라 나왔다. 신발을 신다가 에미를 돌아보며 방긋 웃어 보였지만, 에미는 여전히 엎드려 책만 읽고 있었다. 아키코의 인사에도 대답하지 않았다. 야마기시가 안 보였다. 에미의 표정이 좋아 보이지 않았다. 둘 사이에 무슨 일이 있었던 것 같았다. 하지만 젊은 사람들의 태도에 일일이 신경을 쓰다가는 정신이 이상해져버릴 것 같아 아키코는 시게조를 데리고 안채로 돌아왔다.

시게조가 망령이 들었다는 것을 알아챈 다음부터 세간의 노인 정보가 아키코의 귀에 집중적으로 들려오는 듯한 기분이 들었다. 노인들의 상태가 다양해서 그 때문에 고민하는 사람들의 모습도 다양했다. 지금의 시게조는 주위 사람들을 그다지 힘들게 하지 않는다. 시게조는 담배도 피우지 않고, 배고프다고 우는 일도 없다. 이젠 배회증도 없어진 것 같다. 하지만 '여보시우'라는 말을 빼고는 인간의 언어를 모두 잊어버린 것 같다. 배설을 실수하는 것에 대한 자각도 없는 것 같다. 그래도 딸랑이를 흔들거나 새를 보면서 웃는 시게조는 조용해서 전보다 손이 덜 가는 것은 사실이다. 거동도 못하는 노인도 많다는데 어쨌든 시게조는 멀쩡히 걸었고 자유롭게 움직일 수 있다. 또 주위 사람들에게 폐를 끼치는 일도 거의 없다. 화장실 벽에 붙은 소변기를 뜯어냈을 때는 놀랐지만 말이다. 아키코는 10년째 병원에 입원 중이라는 사무소 후배 직원의 할머니와 시아버지를 비교해보곤 했다. 그 할머니에 비하면 시게조는 훨씬 낫다.

그러나 아키코의 행복감은 어느 날 새벽 여지없이 무너지고 말았다. 시게조와 한방에서 자고 있던 아키코는 이상한 악취 때문에 잠에서 깨어났다. 왠지 그 역겨운 악취가 코가 아닌 귀를 뚫고 머릿속으로 파고들어오는 것처럼 착각될 만큼 강렬했다. 도대체 무슨 일인지 종잡을 수가 없었다. 몸을 일으켜 주위를 살펴봤다. 원룸식으로 꾸민 1층 거실 구석에 납죽 엎드려 꼼지락거리고 있는 시아버지가 눈에 띄었다. 뭘 하는지는 모르 겠지만, 악취는 분명 그쪽에서 풍기고 있었다.

"아버님, 지금 뭐 하시는 거예요?"

말을 건네며 시게조에게 다가간 아키코는 기겁을 했다.

시게조는 오른손 손바닥을 펴서 다다미의 결을 따라 왼쪽에 서 오른쪽으로, 왼쪽에서 오른쪽으로 천천히 문지르고 있었다. 다다미 위에는 황금색 물감 같은 것이 두텁게 칠해져 있었다. 아키코는 왼손으로 코를 움켜쥐고 서둘러 덧문을 열어 구린내 가 밖으로 나가도록 환기를 했다. 시게조를 뒤에서 끌어안고 곧장 욕실로 데려갔다. 시게조는 더러워진 양손을 휘저으며 날 뛰기 시작했다. 욕실에 밀어 넣긴 했는데 물을 끓이지 않아, 시 게조를 씻길 따뜻한 물이 없어 아키코는 어찌할 바를 몰랐다. 다행히 간밤에 쓰고 남은 물이 욕조에 남아 있었다. 아직 미지 근했다. 그 물을 대야에 퍼담아 시게조의 손부터 씻겼다. 좁은 욕실에 똥 냄새가 진동을 했다. 시게조의 잠옷도 무릎 부분이 진흙투성이가 된 것처럼 끈적거렸다. 기저귀는 커버째 벗겨진 상태였다. 시게조가 벗어 던진 건지 아니면 저절로 벗겨진 건지 는 알 수 없었다. 지금까지 오후 1시가 되면 누가 시키지 않아 도 배변을 했었는데, 왜 갑자기 한밤중에 이런 일이 벌어졌는 지 아키코는 이해할 수가 없었다. 시게조의 옷을 몽땅 벗긴 아 키코는 저도 모르게 화가 치밀어 시아버지의 냄새나는 몸뚱이에 마구 비누칠을 했다. 감기를 걱정할 여유도 없었다.

시게조의 이불은 차마 눈 뜨고 볼 수 없는 지경이었다. 기저귀와 커버가 이불 속에서 발견되었다. 자고 있는 사이에 벗겨진 모양이었다. 그걸 알게 된 시게조가 다음 작업으로 옮겨간 것이리라. 그러나 미장이도 다다미집도 아니었는데 시게조는 무슨 생각으로 다다미에 자신의 배설물을 문질러 바른 것일까.

옷을 갈아입히고 똥으로 범벅이 된 이불과 시트를 걷어 뜰에 내팽개쳤다.

"여보, 일어나요!"

아키코는 신경질적으로 노부토시를 흔들어 깨웠다. 둘이서 다다미 석 장을 들어 올려 뜰에 내놓았다.

"어휴, 더러워. 갑자기 왜 이러시지?"

노부토시도 망연자실했다.

욕실 물을 계속 틀어놓았지만 구린내가 좀처럼 가시지 않았다. 아키코는 들통에 물을 끓여 세제를 풀고 뜰로 내려가 다다미를 닦기 시작했다. 노부토시는 그 자리에 멍하니 서서 아내를 지켜볼 뿐이었다. 아키코는 정신없이 다다미를 닦는 것으로 무슨 일이 일어났는지 잊어버리려고 애썼다. 그러나 노부토시도 아키코도 속으로는 같은 생각을 하고 있었다. 두 사람 모두 노인병에 관한 풍부한 지식을 갖고 있었다. 망령의 끝에 일어나는 인격 장애. 후생성에서도, 복지사무소에서도, 아마도 노인의학에서도 이 현상을 인격 장애라고 부른다. 자기 배설물을 먹거나, 몸에 칠하거나, 어린아이가 찰흙으로 장난을 치듯 둥글게 빚거나, 사람들을 향해 던지거나, 벽에 문지르는 현상은 노인성 치매 중에서도 최악의 사태라는 것을 부부는 너무나 잘 알고 있었다. 설마하니 시게조가 그 지경에 이르게 될 줄은 상상도 하지 못했는데, 마침내 아무런 예고 없이 그토록 우려했던 최악의 사태가 벌어지고 말았다. 아키코는 다다미에 물을 좍좍 끼얹어 다다미 속까지 물이 스며들게 해버렸다. 시트도 뜰에서 빨고 물을 흘려보냈다. 시들어가는 맨드라미 밑에서 똥물이 소용돌이쳤다. 그 위로 중성 세제의 허연 거품이 둥둥 떠다녔다.

그날은 무슨 일을 해도 악취가 떠나지 않았다. 수면 부족 탓인지 아키코는 식욕도 없고 머리도 아팠다. 시게조의 손을 잡고 약국에 가서 악취 제거제와 두통약을 사가지고 돌아왔다.

"아버님, 대체 왜 그러셨어요? 냄새가 나서 살 수가 있어야죠. 생각만 해도 끔찍해요. 설마 먹은 건 아니죠?"

아키코는 투덜투덜 잔소리라도 해야 이 괴로운 심정에서 벗어날 수 있을 것 같았다. 아키코의 목소리가 점점 커지자 시게조는 아키코가 자신에게 말한다는 것을 깨달았는지 아키코의 얼굴을 보고는 방긋 웃었다. 그 천진난만하고 거룩해 보이기까지 하는 미소 앞에서는 아키코의 노여움도 허를 찔린 듯이 공허해지고 말았다.

그날은 다행히 날씨가 맑아서 다다미를 햇볕에 말릴 수 있었다. 그러나 아키코의 마음은 좀처럼 맑아지지 않았다. 앞으로 무슨 일을 더 겪게 될지 상상조차 할 수 없었다. 앞일을 생각하면 소름이 끼치고 몸이 떨렸다. 이런 일이 매일 계속될 것인가.

어제의 배변 상태는 어땠을까, 아키코는 궁금했다. 평생 위장 때문에 고생한 시아버지였지만, 망령 든 뒤로는 젊은 사람처럼 위장이 튼튼해졌다. 그때부터 배변도 규칙적이었다. 하지만 오늘 새벽녘에 그런 일이 벌어진 걸 보면 어제의 배변에 변화가 일어났을지도 모른다. 어제는 아키코가 출근하는 날이어서 에미가 시아버지를 돌봤다. 아키코는 별채로 건너가 물어보기로 했다.

"아버님, 저랑 별채에 가요. 에미 씨 보러 가요."

한시도 눈을 뗄 수 없는 시게조를 데리고 아키코는 뜰로 내려갔다. 그 참에 말리고 있는 다다미를 가리키며 물었다.

"아버님, 저거 보이세요? 오늘 새벽에 무슨 일을 했는지 기억나세요?"

아키코는 자신이 좀 짓궂다고 생각했다. 시게조는 꿈을 꾸듯이 아키코가 가리키는 다다미를 잠자코 바라봤지만 웃지는 않았다.

아키코가 밖에서 에미를 부르자 장발이 부스스한 야마기시가 스키용 점퍼 차림으로 문을 열었다.

"에미 지금 없는데요."

언짢은 얼굴에 말하는 것도 귀찮다는 말투였다.

"아, 그래요? 어제 할아버지가 어떻게 지내셨는지 물어보려고 왔어요. 언제쯤 오려나?"

"글쎄요, 안 올지도 몰라요."

야마기시의 손에 원서로 보이는 책이 들려 있었다. 공부를 방해한 건 아닌지 아키코는 미안한 생각이 들어 알겠다고 말하고 안채로 돌아왔다. 그렇더라도 무슨 인사가 저 모양일까. 할아버지가 어디 불편하신가요? 라고 물어볼 만도 한데. 아키코는 고개를 절레절레 흔들었다.

토요일이었지만 오늘은 아무것도 하고 싶지 않았다. 하지만 집 안에서 시계조를 보고 있자니 계속 한숨만 나왔다. 이대로는 안 되겠다는 생각이 들어 시아버지 손을 붙잡고 슈퍼마켓에 장을 보러 나갔다. 그곳에서 우연히 기하라 부인을 만났다. 돌아오는 길엔 가도타니 부인과 마주쳤다. 아키코는 말하고 싶은 기분이 아니었다. 더구나 새벽녘에 겪은 일은 아무에게도 말하고 싶지 않았다. 기하라 할아버지도 이런 일이 있었느냐고 묻고 싶었지만 용기가 나지 않았다. 관청이나 의학에서는 인격 장애라고 간단히 말하지만, 실제로 그런 일을 당하고 보니 몹시 부끄러운 일처럼 느껴져 입에 올리기가 꺼려졌다. 일반적으로 사람들이 노망의 끝에 대해 잘 모르는 것은 누구나 집안의 비밀로 여겨 남에게 말을 하지 않기 때문인 것 같았다. 가도타니 부인에게 말하면 당장 재미있어하며 시어머니에게 말하고 흥겨워할 것이 틀림없다. 그런 상대에게는 더더욱 말하고 싶지 않았다.

장바구니를 부엌 한쪽에 세워둔 뒤 문득 병원에 가봐야겠다는 생각이 들어 시아버지의 손을 붙잡고 병원을 찾았다. 환자들로 북적이는 대합실에 앉아 한참을 기다리자 시게조의 이름을 크게 호명하는 간호사의 목소리가 들렸다. 아키코는 곧바로 일어났지만 시게조는 눈을 뜬 채 멍하니 앉아 있었다. 자기 이름도 잊은 모양이었다. 아키코는 시게조의 어깨를 두드린 다음 손을 잡고 진찰실로 들어갔다.

하나하나 자세히 이야기하는 아키코의 말을 의사는 인내심 있게 들어주었다. 그러나 아키코에게는 경천동지할 일도 세상에서는 드물지 않게 일어나는 일인지 의사의 태도는 차분했다.

"그러셨어요? 상당히 되돌아가신 것 같군요."

청진기로 몸 이곳저곳을 진찰하고 혈압도 재보더니 심장이 전과 달리 많이 약해졌다면서 정장제整腸劑를 처방했다. 인격장애에 대한 처방은 없는 모양이었다. 노인성 치매라는 말도 될 수 있으면 사용하려고 하지 않는 의사를 아키코는 전폭적으로 신뢰했다. 상당히 되돌아가신 것 같군요. 이 얼마나 멋진 표현인가. 노화의 극한에서 인생은 되돌아가는 것인가. 그것을 되돌아간다고 하는 것이었던가.

되돌아가는 길. 아키코는 시게조의 손을 잡고 걸으면서 이미 화도 노여움도 사라져버렸다. 오늘 밤 시아버지는 또 한 번 그

짓을 할지도 모른다. 그것이 두렵다면 한숨도 자지 않고 곁을 지키면 된다. 내일은 일요일이니 노부토시가 집에 있을 것이다. 이틀 연속 이런 일이 일어났는데도 골프를 치러 나가겠다고 한다면, 이혼하고 말리라. 오늘 밤은 밤샘이다. 집에 돌아오자마자 시게조는 너무 많이 걸어 피곤했는지 곧 잠이 들었다. 아키코도 서둘러 그 옆에 이불을 펴고 누웠다. 다다미를 뜯어낸 마룻바닥 틈새에서 냉기가 올라왔지만 아키코는 잠시 눈을 붙일 수 있었다.

저녁을 먹은 뒤 아키코는 시아버지에게 정장제와 진정제를 먹였다. 심장이 약해졌다는 소리를 듣고 와서 진정제는 평소보다 양을 더 줄였다. 아키코는 밤을 샐 작정이었는데, 중요한 새벽녘에 자기도 모르게 그만 깜빡 잠이 들었던 모양이었다. 퍼뜩 정신이 들어 잠자고 있는 시게조의 엉덩이 아래를 더듬어보았다. 그때 시게조는 비몽사몽간에 숨을 멈추고 힘을 주고 있었다. 아키코는 벌떡 일어나 이동식 변기를 갖다 댔다. 간발의 차이로 성공해서 아키코는 기분이 좋았다. 정장제의 효과를 봤는지 변은 되지도 무르지도 않은 정상적인 것이었다. 시게조는 황홀한 상태에서 볼일을 보고 그대로 새근새근 잠들었다.

그 뒤 아키코는 편한 마음으로 잠을 잘 수 있었다. 그래서 산뜻한 기분으로 일요일 아침을 맞이할 수 있었다.

노부토시와 사토시도 걱정이 되었는지 일어나자마자 잠자코 방 안을 둘러보았다. 그래서 아키코는 명랑하게 간밤의 일을 자세히 전했다.

"와, 엄만 이제 전문가네."

사토시가 감탄했다. 아키코도 확실히 시계조에 관한 일이라면 무엇이든 잘 해낼 수 있을 것 같은 자신감이 생겼다.

구름 한 점 없이 맑고 화창한 가을날 오후였다. 시계조가 비틀거리며 별채로 걸어가는 모습이 보였다. 아키코는 의사가 시계조의 상태를 '되돌아갔다'라고 표현했다고 남편에게 전했다.

"정말, 아버지가 되돌아가셨다고 했단 말이지?"

"그런 표현이 있었나 봐요."

아키코는 스프레이식 악취 제거제를 계속 뿌렸다. 버릇처럼 몸에 배어버렸다. 다다미를 말리긴 했지만 기억이 사라진 것은 아니어서, 아직도 냄새가 나는 듯했다. 다다미에 대고 코를 킁킁거리면 은은한 세제 냄새에 섞여 악취가 나는 걸 보면, 완전히 빠지지는 않았다. 하지만 달리 방법이 없어 생각날 때마다 악취 제거제를 뿌려대는 수밖에 없었다.

"모든 걸 다 잊어버리셨는데도 젊은 여자는 좋으신가 봐. 아버지는 새댁을 보러 가신 모양이야."

"운이 좋은 거예요. 별채 부부가 아버님을 싫어하지 않으니 말이에요."

"1만 엔이면 싼값이지."

"그러게요. 너무 고마워서 반찬도 자주 챙겨줘요. 야마기시는 고향에 온 것 같다며 좋아해요. 라면하고 날달걀, 빵, 우유만 먹어요. 이 집은 정말 식생활의 간소화에 철저해요. 에미 씨는 과연 대학원에 갈 만해요. 절대 가사노동에 시간을 할애할 마음이 없는 걸 보면."

"묘한 감탄이군."

"청소도 안 하고 빨래도 안 해요. 속옷은 두 사람 모두 대중목욕탕에서 빨아 온대요. 바리케이트 안에서 지낼 때를 생각하면 훨씬 깨끗한 거래요. 보다 못해 내가 세탁기로 빨아주겠다니까 셔츠를 산더미처럼 가져왔어요. 아마 고향에 갈 때 가지고 갈 생각이었나 봐요."

"그렇게 살 거면서 결혼은 무슨 결혼이야?"

"사랑도 여러 가지죠."

월, 수, 금 이외에는 1만 엔에 포함되어 있지 않는데 시아버지가 너무 오랫동안 별채에 가 있는 것이 아키코는 미안했다. 그래서 취미인 케이크 만들기에 잠시 몰두해서 머핀을 구운 다음, 갓 구운 머핀을 큰 접시에 수북이 담아 별채로 가지고 갔다.

"에미 씨 있어요? 아버님이 오래 맡겨서 해서 미안해요. 아버님, 간식 드세요."

아키코가 밖에서 이렇게 말하자, 안에서 어제와 똑같은 옷을 입고 있는 야마기시가 얼굴을 내밀었다.

"할아버지 여기 안 오셨는데요."

"어머, 그래요? 여기 안 계시면 어딜 가셨지?"

시게조가 별채에 없다는 말에 아키코는 멍해졌다.

"에미 씨는요?"

아키코의 목소리가 떨렸다.

"그저께 밤에 나가버렸어요. 헤어지기로 했어요."

아키코는 황급히 안채로 달려와 남편에게 알렸다.

"여보, 큰일 났어요. 아버님이 별채에 안 계세요. 오늘은 한 번도 별채에 가지 않았던 것 같아요. 에미 씨가 그저께 밤부터 없었대요. 어떡하죠?"

적어도 두 시간 가까이 시게조를 본 사람이 아무도 없다는 뜻이었다. 노부토시의 얼굴빛이 노래졌다. 아키코는 2층에 있는 사토시를 소리쳐 불렀다. 셋이서 각자 방향을 분담하고 밖으로 뛰쳐나갔다. 요즘 시게조는 움직임이 놀랄 만큼 느려져서 그다지 멀리 가지 못했을 것이라고 생각했지만 오산이었다. 이전의 배회증이 도진 것이라는 생각이 들어 110에 전화를 걸어 도움을 요청했다. 전화를 걸고 세 시간이 넘었는데 소식이 없었다.

집 주변은 물론이고 별채 툇마루 밑까지 샅샅이 찾아보았다. 혹시나 하는 생각에 우메자토 분관과 마쓰노키 노인회관까지 찾아가봤지만 헛수고였다.

"어떡하지? 다 내 잘못이에요. 별채에 계신 줄로 알았어요. 너무 부주의했어요."

"당신 잘못만은 아니야. 나도 집에 있었으니까 나도 마찬가지지. 그렇다고 짐승처럼 우리에 가둬둘 수도 없는 노릇이고. 이

거 참, 방법이 없네."

"이렇게 어두워질 때까지 연락이 없다는 게 이상해요. 교통 사고라도 났으면 큰일이잖아요."

"그건 그때 가서 생각하자고."

"오늘따라 왜 이렇게 침착해요?"

"각오는 돼 있어. 아버지가 언제 돌아가셔도 난 놀라지 않아."

"아버님이 돌아가신다는 말이에요!"

아키코는 반사적으로 되받아쳤지만, 노부토시도 자신과 같은 생각을 하고 있었다는 것을 알고 눈앞이 캄캄해지는 것 같았다. 마쓰노키 파출소에 몇 번이나 찾아가 지금까지 시게조가 배회한 경로를 경찰관에게 여러 번 설명했다. 젊은 경찰관은 충분히 친절했지만 노인 문제에 대해서는 잘 알지 못해서인지 그런 노인이 발작적으로 집을 나가 오우메 가도를 질풍처럼 걸을 수 있다는 것을 이해하지 못하는 것 같았다. 근본적인 것을 이해하지 못하니 아키코가 장황하게 설명을 해도, 빨리 찾아달라고 애원을 해도 대답이 궁색했다.

"도내를 순찰하는 경찰관들에게 이미 연락했으니까 꼭 찾게 될 겁니다. 조금만 기다리십시오."

"감사합니다."

똑같은 말을 몇 번이나 주고받았는지 모른다. 이렇게 오래도록 찾지 못하는 걸 보면 시게조는 이미 차에 치여 죽은 건 아닐까. 아키코는 그것도 조사해달라고 부탁했다. 그때마다 경찰관은 위로하며 말했다.

"그런 사고라면 금방 연락이 옵니다."

날이 완전히 어두워진 뒤에야 네리마 경찰서에서 연락이 왔다. 가스가초에 있는 파출소에서 시게조를 보호하고 있다는 전갈이었다.

"네리마 구의 가스가초라면 어디쯤인가요?"

"도시마엔 공원 앞입니다."

이전과는 완전히 다른 방향이었다. 이전에는 오우메 가도를 따라 동쪽으로 직진하거나 서쪽으로 곧장 달려갔는데, 이번에는 북쪽으로 북쪽으로 계속 걸어갔던 것이다. 예상과 달라서 경찰도 시간이 많이 걸렸던 것이리라. 도마시엔 공원이라면 스기나미 구에서 나카노 구를 빠져나가 네리마 구의 중심까지 갔다는 얘긴데, 엄청난 거리였다. 그 몸으로 그 먼 거리를 어떻게 걸었을까.

노부토시는 곧바로 택시를 타고 가서 시게조를 끌어안듯이 하고 들어왔다. 시게조는 이제는 알아보지도 못하는 아들의 품 안에서 저항할 힘도 없이 축 늘어져 있었지만, 아키코를 보곤 눈을 반짝이며 웃었다. 이불을 펴주자 그대로 잠이 들었다.

"일요일에 왕진을 와줄지 모르지만 그래도 의사한테 전화해볼까요?"

"그래, 전화해봐. 와주면 좋겠는데……. 발견했을 때에는 숨이 곧 끊어질 것 같았던 모양이야. 이름을 물어봐도 대답이 없고 주소도 몰라서 경찰도 난처했나 봐. 앞으론 미아표 같은 걸 목에 걸어주라고 하더군. 우린 왜 그런 건 생각을 하지 못했지?"

"미아표요? 진짜 그 생각을 하지 못했네요. 하지만 폐렴 후에는 그런 일이 없어서 마음을 놓고 있기도 했어요."

아키코는 시아버지의 체온을 재고 맥박을 확인한 뒤 의사에게 전화를 걸었다. 의사는 그 정도면 잘 요양하시면 될 것 같다고 대답했다. 아키코는 그 대답에 무척 안심이 되었다. 시어머니가 돌아가신 후부터 이런저런 신세를 많이 진 의사이다. 정말 좋은 의사가 가까이에 있어서 든든했다. 신뢰하고 있는 의사와 전화 통화를 한 것만으로도 우선 마음이 놓였다.

진정제를 먹지 않았는데도 시게조는 깊이 잠들었다. 이튿날에도 일어나지 못했다. 아키코는 결근하기로 하고 종일 시아버지 곁을 지켰다. 이젠 무슨 일이 있어도 시아버지에게서 눈을 떼지 않겠다고 마음속으로 다짐했다. 심심하실 것 같아 머리맡으로 새장을 옮겼다. 시게조의 눈동자가 약간 움직였지만 웃지는 않았다.

오후에 왕진을 온 의사는 잠시 뜸을 들이다가 몸이 너무 쇠약해졌다며 집보다는 병원에서 간호하는 편이 낫다고 권했다. 아키코는 노부토시에게 전화를 걸어 의견을 물었고, 모든 것을 의사에게 맡기기로 했다. 의사는 오늘 중으로 준비해둘 테니 내일 아침에 병원으로 모시고 오라고 말했다. 시아버지의 임종이 임박했다는 것일까? 그러나 사무소 후배 직원의 할머니 같은 경우도 있으므로 입원시키고 나서 오래 걸릴지도 모른다. 인격 장애가 일어난 것을 생각하니, 왠지 시게조를 입원시키면 자신이 편해진다는 생각이 드는 것이 이상하게도 견디기 힘들었다.

그날 밤 노부토시는 회사에서 곧바로 돌아왔다. 오랜만에 세 식구가 식탁에 둘러앉아 저녁을 먹었다. 평소와 달리 사토시가 학교에서 일어난 일을 재잘재잘 이야기했기 때문에 흥겨운 식사 시간이었지만, 시게조는 여전히 눈을 감은 채 자고 있었다. 아키코는 시게조를 위해 부추죽을 끓였지만 곤하게 주무시는 시아버지를 일부러 깨우는 것은 주저되었다. 병원에 가져갈 물건은 잠옷과 기저귀, 이동식 변기, 그리고 무엇이 있을까. 아키코는 곰곰이 생각하면서 설거지를 하고 있었다. 노부토시는 거실에서 석간신문을 읽고 있었고, 사토시는 텔레비전을 보고 있었다. 그때 우연히 할아버지의 얼굴을 돌아본 사토시가 다급한 목소리로 외쳤다.

"엄마, 할아버지가 이상해!"

시게조는 여전히 눈을 감고 있었지만 얼굴이 달라 보였다. 전보다 길쭉해진 것처럼 보였다. 목구멍에서 그르렁그르렁하는 소리가 났다. 코고는 소리와는 달랐다. 아키코가 손목을 짚었다. 맥박이 잡히지 않았다.

아키코가 의사에게 전화를 거는 동안 노부토시와 사토시는 멍하니 시계조의 얼굴만 보고 있었다. 안색도 변했다. 핏기라곤 찾아볼 수가 없었다. 노부토시는 지금 이 순간 자기 얼굴도 아버지 얼굴과 같을 것이라고 생각했다. 전쟁터에서 주위 사람들이 픽픽 쓰러져 죽어가는 것을 보던 때가 문득 떠올랐다. 지금은 그때와는 전혀 다르다. 평화롭다. 이렇게 아버지의 임종을 지켜볼 수 있으니까 말이다. 평온하게 이런 생각을 했다.

잠시 후 의사가 그다지 서두르는 기색도 없이 왔다. 소형 전등을 꺼내 시계조의 닫힌 눈꺼풀을 들어 올리고 동공을 살펴보곤 조용히 말했다.

"임종하셨습니다."

노부토시와 사토시는 멍하니 있었다. 아키코는 두 손을 모아 합장했다. 노인회관에서 한 노인이 죽었을 때 그렇게 하는 것을 본 경험이 있었기 때문이다.

아키코는 스스로도 무서우리만치 냉정했다. 바지와 털실로 짠 카디건을 입고 있는 시계조에게 한 벌뿐인 기모노를 수의로 입혀야 할지, 아니면 노부토시에게 유품으로 남겨줘야 할지를 생각했다. 결국 그 문제는 교코가 상경하면 같이 상의해보기로 했다. 교코는 그렇게 좋은 옷을 왜 태우느냐며 반대할 게 틀림없다.

시아버지의 임종을 이웃에 알리기 전에 아키코는 시계조의 몸을 깨끗이 씻기는 탕관을 하기로 했다. 마침 매실주를 만들고 남은 술이 있어서 거기에 물을 탄 뒤, 다시 거기에 끓는 물을 부어 수건 세 장을 적셨다. 그것을 꼭 짠 뒤, 하나는 남편에게 주고 하나는 자신이 가지고 시아버지의 옷을 벗겨가며 닦아가기 시작했다. 사토시는 나머지 수건 하나를 손에 든 채 어떻게 해야 할지 몰라 우두커니 서 있었다. 그것은 남편도 마찬가지였다. 아키코는 시게조의 목에서 가슴, 겨드랑이를 닦은 다음 수건을 사토시에게 건네주고 사토시가 갖고 있던 수건을 받아 시게조의 등을 닦았다. 아무리 힘껏 밀어도 살갗이 빨개지지 않았다. 사토시는 열심히 수건을 빨았다. 혈육끼리만 망자를 저세상으로 보낼 준비를 하고 있다는 실감이 났다.

"여보, 아버님 수염 깎아드리세요."

처음에는 남편과 함께 시아버지의 몸을 닦을 생각이었는데, 노부토시는 전혀 도움이 되지 않았다. 아키코가 명령조로 말하자 노부토시는 순순히 고개를 끄덕이고 일어났으나 멍청한 질문을 했다.

"전기면도기로 해도 될까?"

이런 경우에 전기면도기는 알맞지 않은 것 같아서 아키코는 자신의 안전면도기를 가지고 와서 건넸다. 여름에 겨드랑이 털을 밀 때 사용하던 것이었다. 내친김에 작은 그릇에 쓰다 남은 작은 비누를 넣으면서 말했다.

"이럴 때는 찬물을 먼저 붓고 나중에 더운물을 붓는 거예요."

노부토시에게 하는 말도 아니었고, 사토시에게 하는 말은 더더욱 아니었다. 아키코는 아주 침착하게 예로부터 내려오는, 망자의 몸을 씻기는 방법을 설명했다.

노부토시가 아버지의 수염을 깎는 동안 아키코는 망자의 몸 구석구석을 닦아냈다. 기저귀가 젖어 있었다. 아키코는 기저귀를 벗기고 두 다리 사이를 정성껏 닦았다. 시아버지의 성기는 살아 있을 때와 조금도 다르지 않았다. 주름투성이였고 힘이 없었다. 아키코는 사토시가 옆에 있다는 것도 잊어버리고 닦는데 열중했다. 그 순간만큼은 이번이 마지막이라는 생각도 들지 않았다. 다만 이렇게 부지런히 시아버지를 닦아드리는 자신의 모습이 몹시 슬펐다.

아랫도리를 다 닦은 아키코가 나무젓가락에 탈지면을 둘둘 말아 항문에 밀어 넣었다. 그러고는 비교적 새 기저귀를 채우고 커버를 씌웠다.

"그건 이제 안 해도 되잖아?"

노부토시가 만류했다.

"이렇게 해드려야 편해요."

이런 대화가 한가롭고 일상적인 느낌이 들어서 우스웠다. 편한 것은 시게조일까, 아니면 아키코일까?

시어머니의 죽음은 워낙 갑작스러운 일이었고 난생처음 겪는 장례식이라 정신을 차리지 못했다. 어떻게 해야 하는지도 몰라서 무턱대고 뛰어다니기만 했다. 미쓰코와 이웃 사람들의 도움이 없었다면 낭패를 볼 뻔했다. 그러나 이번에는 자신도 놀랄 만큼 모든 일을 순서 있게 처리해나갔다. 오빠 내외가 오고 기하라 씨 댁 사람들과 가도타니 부인이 찾아왔을 때는 야식으로 먹을 유부초밥까지 준비된 뒤였다.

시어머니 때에는 밤샘과 장례식을 별채에서 치렀지만 지금은 별채에 세를 놓은 터라 안채 거실에 빈소를 차려 물건을 나르거나 하는 수고도 없었다. 미쓰코가 이번에도 흰 국화와 노란 국화를 사 왔다. 아키코는 꽃을 정리해 시아버지 머리맡에 가지런히 놓았다.

지난번에는 하도 정신이 없어서 누가 어떤 조문의 말을 건넸는지, 게다가 자신이 어떻게 대답했는지 기억도 나지 않았는데, 이번에는 "밤늦게 죄송합니다"라든가, 오빠 내외에게까지 공손히 두 손을 모으고 "먼 곳에 와주셔서 고맙습니다"라고 정중하게 인사했다. 아키코 스스로도 자신이 신기하게 생각될 정도였다. "와, 엄만 이제 전문가네"라고 말한 사토시의 목소리가 귓속에서 되살아났다. 문상객들이 오히려 머쓱해하는 것을 아키코는 알아채지 못했다. 미쓰코가 그런 아키코의 모습을 안쓰러운 듯 바라보았다.

아키코가 문상객들 앞에서 가장 신경이 쓰인 것은, 누군가예의 그 다다미 석 장을 이상하게 보지 않을까 하는 점이었다. 딴에는 열심히 씻어냈지만 오히려 그것 때문에 다다미의 안쪽에서 색이 우러나왔는지 다른 다다미보다 유난히 누르스름해 보였다. 스프레이형 악취 제거제를 뿜어대고 어떤 때는 향수를 뿌렸지만, 기분 탓인지 기묘한 냄새가 더욱 진해진 것 같았다.

누가 냄새라도 난다고 하면 어떻게 하지? 뭐라고 얼버무릴까? 그 일만큼은 아무에게도 알리고 싶지 않았다. 아키코는 노부토시와 사토시에게도 입단속을 잘하라고 할 걸 그랬다고 조바심을 냈지만 이미 늦었다.

승려의 독경이 끝날 때쯤 아키코는 누가 시키지 않아도 알아서 시줏돈을 준비했다. 합장을 하고 있는 동안 승려의 부친도 병들어 누워 있다는 것이 생각났다. 아키코는 수고했다는 인사 대신 부친의 안부를 물었다.

"아버님께선 어떠세요?"

"아직 성불하실 때가 아닌 것 같습니다. 장례식에 올 때마다 참 부럽다는 생각이 드네요. 의학도 날이 갈수록 좋아져서 이러다간 제가 암이나 뭔가로 아버지보다 먼저 죽는 게 아닌지 걱정입니다."

젊은 주지는 밝은 표정으로 그렇게 말하고는 자가용을 몰고 돌아갔다.

밤이 깊어 오빠 내외도 돌아가고 기하라 씨 댁 사람들도, 가도타니 부인도 모두 집으로 돌아갔다. 이제 다시 세 사람만 남았다. 망자의 머리맡에 피우는 향불을 꺼뜨리면 안 된다는 것을 지난번에 알게 되었으므로 아키코는 부지런히 두 개씩 불을 붙여 향로에 꽂았다.

"교코가 몇 번이나 묻더라고. 아버지가 정말 돌아가셨느냐고 말이야. 그렇지 않으면 오지 않겠다나. 나 참, 어이가 없어서……"

"저번 일도 있고 해서 그럴 거예요. 괜히 먼 데서 올라와서 차비만 날렸다고 얼마나 화를 냈다고요."

"별채 새댁이 안 왔던데."

"당신, 별채에 얘기했어요?"

"당연하지. 야마기시인가 뭔가 하는 친구가 나와서는 아, 그러셨습니까, 안되셨군요, 한마디 하곤 끝이야. 요즘 젊은것들은 도대체 인사라는 걸 몰라."

"에미 씨는 저번 금요일부터 없었어요. 그 사람들 이혼한대요."

"간단해서 좋네. 왜 이혼한대?"

"물어볼 틈도 없었어요. 에미 씨가 문상을 오지 않아서 아버님이 섭섭하시겠어요. 내일 연락해볼게요."

노부토시는 졸음이 오는지 하품을 했다. 그제야 아키코는 시아버지의 죽음 앞에서 눈물을 흘린 사람이 한 명도 없다는 것을 깨달았다. 노부토시는 잠깐 누워야겠다며 2층으로 올라갔다.

사토시는 내내 아무 말도 하지 않고 방구석에서 무릎을 껴안고 앉아 있었다. 기다란 손발이 시아버지를 닮았다. 노부토시는 중간 키에 살이 알맞게 찐 편이므로 격세유전인 모양이다.

아키코는 처마에 매달아놓은 새장이 생각나 서둘러 일어섰다. 그때 등 뒤에서 사토시가 어렵사리 말했다.

"엄마, 좀 더 살아계셨어도 좋았을 텐데……."

아키코는 머릿속이 텅 비어버린 듯했다. 대답할 말이 없었다.

툇마루로 나가 새장을 들고 안으로 들어왔다. 계단을 뛰어 올라가는 사토시의 발소리가 들렸다. 아키코는 새장을 끌어안은 채 그 자리에 철퍼덕 주저앉았다. 아키코의 품에서 멧새가 날개를 파닥이며 가냘픈 신음 소리를 냈다. 그 소리를 듣자 갑자기 눈물이 쏟아졌다. 아키코는 한참이 지나서야 자신이 울고 있다는 걸 깨달았다. 아키코는 그렇게 새장을 끌어안은 채 언제까지나 그렇게 앉아 있었다.

노인에게 병病은 몸의 아픔으로 그치지 않고 일생의 '마魔'가 된다. 그런 병마 중에서도 나이가 들면 가장 무서운 것은 노망이다. 속된 말로 '벽에 똥칠한다'라는 노망은 암이나 기타 질병보다 잔인하고 저주스럽다. 기억력 감퇴라는 초기 증상이 점차 확산되어 급기야는 살아온 기억이 뒤엉키고 그로 말미암아 가족을 못 알아보고 결국에는 자기가 누구인지도 모르게 된다.

인격의 상실, 자아의 붕괴 같은 거창한 표현을 빌리지 않더라도 인간이 추락할 수 있는 최악의 단계인 자기 부정의 모습은 그를 추억해야 하는 주위 사람들에게 혼란과 슬픔을 불러일으킨다는 점에서 일종의 폭행이라는 생각이 든다.

인구 세 명 중 한 명이 고령자이거나 고령자에 접어들고 있는 한국에서 노인 복지는 전쟁보다 더 큰 위기처럼 취급되고 있다. 사회 시스템이 고령화 시대를 따라가지 못하고 있는 것이다. 고독사와 독거노인, 노인 빈곤은 더는 낯선 단어가 아니다. 노인병을 앓고 있는 인구가 300만 명에 달한다는 통계 뒤에서는 그 300만 명의 배우자와 아들과 딸과 손주와 이웃 들이 함께 고통받고 있는 현실이 펼쳐지고 있다. 이는 소설도 아니고 정부의 발표도 아닌 우리의 오늘이다.

아리요시 사와코는 일본을 대표하는 사회 참여 소설가로 알려져 있지만 처음부터 그녀가 사회의 모순과 위기에 관심을 보였던 것은 아니다. 초창기에는 '탐미의 여왕'으로 불릴 정도로 예술적인 색채와 극단적인 서사로 유명했다. 그만큼 반발도 심해서 일본 문학계에서는 가슴이 아닌 머리로만 쓰는 소설가라는 혹평도 적지 않았다. 이런 비평 때문인지 문학상 후보에만 오를 뿐 번번이 수상에 실패하자 아리요시 사와코는 자신도 사람들의 심금을 울리는 진솔한 소설을 쓸 수 있다는 각오로 새로운 소설을 구상하게 되는데 당시 아무도 관심을 보이지 않던 노인성 치매를 소재로 선택한다. 아리요시 사와코가 노인성 치매를 소재로 삼은 이유 중에는 어머니에 대한 사랑도 큰 부분을 차지했다.

아리요시 사와코의 어머니는 딸의 재능을 일찌감치 알아보고 소설가가 되기를 권했으며 미국 유학 시절에는 뉴욕까지 따라가 뒷바라지를 하는 등 아리요시 사와코가 53세의 나이에 수면제 과다 복용으로 먼저 세상을 떠날 때까지 비서 역할을 충실히 수행했다. 아리요시 사와코가 이혼한 후에는 손녀 양육까지 도맡았다.

처음에 아리요시 사와코는 치매에 걸려 딸을 알아보지 못하는 어머니와 그런 어머니를 곁에서 끝까지 지켜주는 딸의 관계를 인간적으로 묘사하려고 구상했었다. 소설을 위해 아리요시 사와코는 집 근처에 사는 치매 노인 가정을 취재차 방문했고, 이렇게 시작된 취재는 그 후 무려 10년간 지속되었다.

그러나 아리요시 사와코가 목격한 노인 문제는 낭만적인 소설의 소재가 아니었다. 무참했고 무자비했으며 끝이 보이지 않는 지옥이었다. 무엇보다도 그녀를 두렵게 만든 것은 '남의 일'이라는 사회적 무관심이었다. 젊음은 영원하지 않고 건강했던 부모는 나이가 든다. 나이가 든 인간이 어떻게 변할지는 아무도 모른다. 늙은 부모가 노인병으로 온 가족을 힘들게 하고, 자식들은 병든 부모가 세상을 떠날 때까지 경제적·육체적으로 피폐해지는 것을 감수하고 간병한다. 그리고 부모가 세상을 떠나면 이제는 그 자식들이 노인병에 노출되는 나이가 된다. 삶을 절망하게 만드는 악순환이 사회의 눈을 피해 가정과 개인을 뿌리부터 조금씩 무너뜨리고 있었다.

소설을 번역하는 내내 치매에 걸린 시게조의 엉뚱하면서도 웃음이 나오는 눈앞의 현실보다도 그를 돌봐야 하는 가족들,

특히 며느리 아키코와 아들 노부토시의 소설 밖 내일이 걱정스러웠다. 이 소설은 1972년에 처음 발표되었다. 1972년에만 192만 부가 판매되었다. 1973년에는 영화로 제작되었고, 1990년과 1999년, 2006년에는 드라마로 제작되었다. 일본에서는 이 소설이 일본의 노인 복지 정책을 바꿨다고도 평가한다.

그러나 세상은 소설이 처음 발표된 1972년과 크게 달라지지 않았다. 전국 각지에 요양원이 세워졌고 노인 장기 요양 보험과 돌봄 서비스가 지자체별로 시행 중이다. 하지만 그 이면에서는 수많은 시게조들이 방치되어 있다. 간병인이 기저귀를 갈아주고 밥을 떠먹여주고 침대에 묶어놓는 것을 과연 복지라고 할 수 있을까. 소설이 발표된 지 50년이 다 되어가는 지금, 아키코가 차마 선택하지 못했던 감금과 단절이 노인성 치매의 유일한 해결책처럼 여겨지고 있다. 너무나 슬픈 일이다.

소설에서 아키코와 노부토시는 시게조처럼 되기 전에 죽고 싶다는 말을 자주 한다. 안타깝게도 현실의 아키코와 노부토시는 시게조가 되고 말았다. 아니 시게조보다 더 못한 처지가 되어버렸다. 시게조에겐 헌신적으로 노인을 돌봐주던 아키코와 노부토시가 있었지만 핵가족과 저출산 시대에 노인이 되어버린 아키코와 노부토시에겐 그들의 늙은 인생을 인격적으로 돌봐줄 가족이 보이지 않는다. 치매에 걸려 망상에 빠진 시아버지를 향해 꿈을 꾸고 있다고 말하는 아키코의 목소리는 다분히 소설적으로 읽힌다. 그럼에도 그 목소리가 귀에서 떠나지 않는 까닭은 아키코의 따뜻한 시선이야말로 노인 복지의 핵심이기 때문이다.

치매에 걸려 자식을 알아보지 못해도 아버지이며 가족이다. 치매 전문 병원 건립보다 우선해야 될 가치는 인간에 대한 존중이다. 누구나 시게조가 될 수 있다는 것. 따라서 이 소설을 읽는 독자들도 언제 갑자기 아키코와 노부토시가 될지 모른다는 것. 만에 하나 내가 아키코가 되어야 한다면, 그리고 노부토시가 되어야 한다면 나는 어떤 사람이 될 것인가. 치매에 걸린 사랑하는 부모님을 '황홀한 사람'이라고 불러줄 수 있을 것인가.

이 소설 속에서 그 두려운 질문에 대한 답을 찾기를 바란다.

김 욱

같이 읽으면 좋은 청미책 소개 ────────

☑ 나이듦에 대하여

중년에 닥친 위기를 기회로 만드는 50가지 삶의 태도
인생, 계획대로 되지 않아 중년을 위한 인생 지도
안트예 가르디얀 지음 | 김희상 옮김
이 책은 새롭게 출발하자는 격려다. 중년의 위기를 기회로 만드는 변화를 적극적으로 받아들이고 이후의 삶을 더 나은 모습으로 꾸며갈 50가지 방법을 제시한다.

중년 이후의 삶에서 창조성과 의미를 발견하기
새로운 시작을 위한 아티스트 웨이
줄리아 카메론 지음 | 정영수 옮김
이 책에서 제시하는 12주 과정의 목표는 당신 자신을 재정하고 재창조하면서 당신이 소유하고자 하는 인생을 정의하고 창조하는 것이다. 이 책을 통해 당신의 창조적 꿈과 소망, 그리고 욕구를 탐색하며, 다시 시작하기에 결코 늦지 않았음을 깨닫게 될 것이다.

그랜마 휘트니를 아십니까?
인생은 더 많은 것들을 준비해두었다
마리아 바이어도라지오 지음 | 김희상 옮김
노년을 바라보는 생각을 물구나무 세우자, 미래를 의식적으로 설계하고 확장하자 등 노년을 부정적으로 바라보는 고정 관념을 허물고 활달하고 자유롭게 인생을 즐기는 방법을 제시한다.

건강수명과 자산수명을 어떻게 연장할 것인가?
금융 제론톨로지
세이케 아쓰시 편저 | 박현숙 옮김
100세 시대에 극복해야 할 건강, 금융과 자산관리의 문제는 무엇이고, 제4차 산업 혁명 시대에 우리는 금융 문제를 어떻게 해결해 나갈 것인가? 등 건강한 자산수명의 연장 해법을 논한다.

☑ 죽음과 상실, 외로움에 대하여

이해인 수녀, 슬라보예 지젝 추천
죽음과 죽어감

엘리자베스 퀴블러 로스 지음 | 이진 옮김

미국 《타임》 선정 20세기 100대 사상가인 엘리자베스 퀴블러 로스의 대표작으로 '죽음의 5단계'를 최초로 소개한 죽음학 연구의 고전. 죽음과 죽어감을 통해 삶과 살아감을 이야기한다.

죽음과 죽어감에 답하다

엘리자베스 퀴블러 로스 지음 | 안진희 옮김

이 책에는 '죽음과 죽어감'에 대해 사람들이 궁금해하는 모든 질문이 총망라되어 있다. 의료진, 환자, 환자의 가족, 언젠가는 사랑하는 사람 또는 자신의 죽음과 대면할 수밖에 없는 모든 사람은 이 책을 통해 '죽음'에 대해 성찰해보는 기회를 가질 것이다.

슬픔을 어떻게 딛고 일어서는가
모친 상실

에노모토 히로아키 지음 | 박현숙 옮김

애착 대상의 상실에 대한 아픔과 상처를 대면하고, 치유와 회복하는 방법을 논한다. 상실을 통해 인간적인 성장을 이룰 수 있도록 이끄는 상실에 대한 심리 인문서이다.

2020 세종도서 교양 부문 선정
외로움의 철학

라르스 스벤젠 지음 | 이세진 옮김

철학자인 저자는 외로움에 정면으로 달려들어 가장 인간적인 이 감정의 긍정적인 면과 부정적인 면을 모두 살펴본다. 철학, 심리학, 사회과학의 최근 연구 결과들에 의지하여 외로움의 다양한 종류를 살피고 여기에 관련된 사람들의 심리적·사회적 특성들을 검토한다.

☑ 필사, 낭독하고 싶은 청미 소설

국립중앙도서관 사서추천도서 선정
체리토마토파이
베로니크 드 뷔르 지음 | 이세진 옮김

주인공 잔은 아흔 살, 외딴 시골 농가에서 혼자 사는 할머니다. 아흔 번째
봄을 맞던 날, 잔은 일기를 쓰기로 결심한다. 일 년 동안의 일기는 노년의
소소한 행복, 인생에서 피할 수 없는 슬픔을 우리에게 고스란히 전하는 한
편, 우리도 잔처럼 늙고 싶다는 마음을 불러일으킬 것이다.

『연어』의 저자 안도현 시인 추천!
봄을 찾아 떠난 남자 빛으로의 여행
클라라 마리아 바구스 지음 | 김희상 옮김

어른을 위한 동화인 이 책은 자아 탐색이라는 주제를 독창적으로 풀어낸 수
작으로 저마다 다른 주제(행복, 지혜, 평정, 의미, 시간, 자아, 재산 등)를 다
루면서 잃어버린 꿈과 기회, 새로운 가능성을 이야기한다.

인간의 영혼에 관한 시적이고 철학적인 소설
영혼의 향기
클라라 마리아 바구스 지음 | 김희상 옮김

젊은 유리 세공사 아비브는 수상한 의사 카민스키에게 50개의 유리병을 만
들어 달라는 주문을 받는다. 의사는 죽어가는 사람의 영혼을 훔쳐 자신의
완전한 영혼을 빚어내려는 음험한 모략을 꾸민다. 아비브는 이 모험을 하며
얻은 깨달음으로 인간다움이 무엇인지 깊은 이해에 이른다.

☑ 반려동물의 20세 시대를 준비하며

강아지에게도 노화는 찾아온다!
나이 들어도 내겐 영원히 강아지
우스키 아라타 지음 | 박제이 옮김

강아지가 7세가 되면 생각해두어야 할 것 강아지를 위한 집사의 필독서!
#반려동물도 고령화 시대 #반려견 #노령견
#강아지를 부탁해 #견생을 위하여 #반려인의 필독서
#애견인 필수품 #버리지 말고 끝까지 함께해요

고양이 노화 대비법
나이 들어도 내겐 영원히 아깽이
이키 다즈코 지음 | 박제이 옮김

우리 사랑스러운 고양이가 건강하게 오래 살아주길 바란다면
알아두어야 할 고양이 노화 대비법
7세 이상의 고양이에 맞추어 기본 정보, 노화에 의한 변화, 손 쉬운 건강 체
크, 동물병원과 교류하는 법, 시니어 고양이가 걸리기 쉬운 병, 그 증상, 진
단, 치료법에 관해 구체적으로 설명한다.

김욱

　작가. 언론계에서 오랫동안 활동했다. 인생 후반부에 인문, 사회, 철학, 문학 등 다양한 분야의 서적을 탐독하며 사유의 폭을 넓히는 삶을 살았다. 지은 책으로는 『가슴이 뛰는 한 나이는 없다』 『삶의 끝이 오니 보이는 것들』 『상처의 인문학』 『폭주 노년』 『친애하는 청춘에게』 등이 있다.

　옮긴 책으로는 『약간의 거리를 둔다』 『지적 생활의 즐거움』 『메이난 제작소 이야기』 『여행하는 나무』 『지로 이야기』 『동양 기행』 『황천의 개』 『노던 라이츠』 『푸른 묘점』 『나이듦의 지혜』 『간소한 삶, 아름다운 나이듦』 등이 있다.

황홀한 사람

초판 1쇄 발행　2021년 3월 22일
초판 2쇄 발행　2024년 6월 10일

지은이　아리요시 사와코
옮긴이　김욱
펴낸이　이종호
편　집　김미숙 김송이
디자인　씨오디
발행처　청미출판사
출판등록　2015년 2월 2일 제2015-000040호
주　소　서울시 마포구 토정로 158, 103-1403
전　화　02-379-0377
팩　스　0505-300-0377
전자우편　cheongmipub@daum.net
블로그　blog.naver.com/cheongmipub
페이스북　www.facebook.com/cheongmipub
인스타그램　www.instagram.com/cheongmipublishing

ISBN　979-11-89134-23-5　03830

* 책값은 뒤표지에 있습니다.